HEYNE BÜCHER

Von Johanna Lindsey sind
als Heyne-Taschenbücher erschienen:

Zorn und Zärtlichkeit · Band 01/6641
Wild wie der Wind · Band 01/6750
Die gefangene Braut · Band 01/6831
Zärtlicher Sturm · Band 01/6883
Das Geheimnis ihrer Liebe · Band 01/6976
Wenn die Liebe erwacht · Band 01/7843
Herzen in Flammen · Band 01/7746
Stürmisches Herz · Band 01/7843
Wildes Liebesglück · Band 28/44
Auf den Wogen der Leidenschaft · Band 28/53
Paradies der Leidenschaft · Band 28/59
Sündige Liebe · Band 28/67
Die Sprache des Herzens · Band 28/79
Liebe unter heißer Sonne · Band 28/85
Geheime Leidenschaft · Band 01/7928

JOHANNA LINDSEY

LODERNDE LEIDENSCHAFT

Roman

Deutsche Erstausgabe

WILHELM HEYNE VERLAG
MÜNCHEN

HEYNE ALLGEMEINE REIHE
Nr. 01/8081

Dieses Buch widme ich in Liebe meinen Lesern, besonders jenen, die darum baten, daß Onkel Tony seine eigene Geschichte bekommt.

Titel der Originalausgabe
TENDER REBELL
Aus dem Amerikanischen übersetzt
von Alexandra v. Reinhardt

4. Auflage

Printed in Germany 1992
Umschlagzeichnung: Sharon Spiak/Luserke
Umschlaggestaltung: Atelier Ingrid Schütz, München
Satz: Werksatz Wolfersdorf GmbH
Druck und Bindung: Presse-Druck Augburg

ISBN 3-453-04202-6

Kapitel 1

ENGLAND 1818

»Sorgen, Mädchen?«

Roslynn Chadwick wandte sich vom Fenster der Kutsche ab, aus dem sie die letzte Stunde gestarrt hatte, ohne jedoch die Landschaft wahrzunehmen. Ob sie sich Sorgen machte? Sie stand jetzt ganz allein auf der Welt, ohne Familie, ohne jedweden Schutz. Alles Vertraute hatte sie hinter sich gelassen, und vor ihr lag eine ungewisse Zukunft. Sie war nicht nur besorgt – sie hatte Angst.

Aber das brauchte Nettie MacDonald nicht zu wissen. Nettie fühlte sich selbst alles andere als wohl in ihrer Haut, seit sie gestern morgen die Grenze nach England überquert hatten, obwohl auch sie das zu verbergen suchte – hinter ihrer üblichen Maske von Verdrossenheit. Zuvor war sie ganz fröhlich gewesen, sogar während der Fahrt durch die Lowlands, die sie verabscheute. Nettie hatte ihr ganzes bisheriges Leben – immerhin zweiundvierzig Jahre – in ihren geliebten Highlands verbracht und nicht einmal im Traume daran gedacht, daß sie eines Tages gezwungen sein könnte, ihre Heimat zu verlassen, geschweige denn, englischen Boden zu betreten. England! Aber zurückgeblieben wäre sie um keinen Preis, nein, nicht die liebe Nettie!

Roslynn zwang sich zu einem Lächeln, um ihre Zofe zu beruhigen. »Ach wo, worüber sollte ich mir denn Sorgen machen, Nettie? Haben wir's nicht großartig geschafft, uns in finsterer Nacht aus dem Staub zu machen? Geordie wird uns wochenlang in Aberdeen und Edinburgh suchen und nie auf die Idee kommen, daß wir uns nach London abgesetzt haben«, erklärte sie in breitem schottischem Dialekt.

»So ist es«, bestätigte Nettie, und ihr Gesicht hellte sich auf. Sie vergaß vorübergehend sogar ihre Abneigung gegen die Engländer, denn ihre Abneigung gegen Geordie Cameron war noch viel größer. »Und ich hoff' nur von ganzem Herzen, daß dieser Dreckskerl vor Wut platzt, wenn er feststellt, daß du ihm entkommen bist. Ich war ja alles andere als begeistert über das Versprechen, das Duncan – Gott hab ihn selig! – dir abgenommen hat, aber er hat genau gewußt, was das Beste für dich ist. Und glaub ja nicht, Mädchen, daß ich nicht merke, wenn du dein korrektes Englisch vergißt, wo Duncan es dir doch extra von dieser eingebildeten Pute von Lehrerin hat beibringen lassen. Du mußt darauf achten, besonders jetzt, wo wir mitten unter dieser Teufelsbrut stecken.«

Roslynn grinste nur über Netties Schelte. »Wenn ich einen Engländer sehe, ist es noch früh genug, mich an mein korrektes Englisch zu erinnern. Du wirst mir doch wohl noch das letzte bißchen Zeit gönnen, in der ich nicht jedes Wort auf die Goldwaage zu legen brauche, oder?«

»Hmm!« brummte Nettie. »Ich weiß genau, daß du's nur vergißt, wenn du aufgeregt bist.«

Natürlich wußte Nettie das. Sie kannte Roslynn durch und durch. Am häufigsten verfiel Roslynn in den schottischen Dialekt, den sie von ihrem Großvater und Nettie aufgeschnappt hatte, wenn sie in Wut geriet; das war im Augenblick zwar nicht der Fall, aber aufgeregt war sie tatsächlich – und sie hatte allen Grund dazu.

»Ich hoffe nur, daß das Gepäck angekommen ist«, sagte sie seufzend, »andernfalls werden wir ganz schön in der Klemme sitzen.«

Sie hatten nur ganz wenige Kleidungsstücke mitgenommen, um Roslynns Vetter Geordie zu überlisten – für den Fall, daß jemand sie aufbrechen sah, und ihm davon erzählte.

»Das braucht nun wirklich deine geringste Sorge zu

sein, Mädchen. Es war eine gute Idee von Duncan, diese Londoner Modistin nach Cameron Hall zu holen und dir all die schönen Kleider machen zu lassen, damit wir dich nicht erst in London ausstaffieren müssen. Gott sei Dank, daß Duncan an alles gedacht hat, sogar daran, das Gepäck vorauszuschicken – und nie zuviel auf einmal, damit Geordie keinen Verdacht schöpfen konnte.«

Und Nettie hatte es für einen herrlichen Streich gehalten, mitten in der Nacht das Weite zu suchen – mit geschürzten Röcken und in alten Reithosen, damit man sie im Mondlicht für Männer halten konnte. Wenn Roslynn ehrlich sein wollte, so mußte sie zugeben, daß auch ihr dieser Teil des Abenteuers viel Spaß gemacht hatte. Sie waren zur nächsten Stadt geritten, wo die bestellte Kutsche gewartet hatte; um ganz sicherzugehen, daß sie nicht verfolgt wurden, hatten sie dort noch mehrere Stunden ausgeharrt, bevor sie ihre Reise angetreten hatten. All diese Umstände waren notwendig gewesen, um Geordie Cameron auszutricksen. Zumindest hatte Großvater sie davon überzeugt, daß dieses Versteckspiel unumgänglich war.

Und Roslynn glaubte ihm, spätestens seit sie Geordies Gesicht gesehen hatte, als Großvaters Testament verlesen wurde.

Er war schließlich Duncan Camerons Großneffe, der Enkel seines jüngsten Bruders und sein einziger noch lebender männlicher Verwandter. Geordie konnte zu Recht hoffen, wenigstens einen kleinen Teil von Duncans Reichtümern zu erben. Aber Duncan hatte seinen gesamten Besitz der einzigen Enkelin – Roslynn – vermacht: Cameron Hall, die Mühlen, die unzähligen anderen Geschäfte, alles. Und Geordie hatte nur mit größter Mühe seinen Zorn unterdrücken können.

»Eigentlich hätte er doch darauf gefaßt sein müssen«, hatte Nettie gesagt, nachdem Geordie am Tag der Testamentsverlesung aufgebrochen war. Er wußte ja, daß Duncan ihn haßte, daß er ihm die Schuld am Tod deiner lieben Mutter gab. Nur deshalb hat der Bursche dir diese ganzen Jahre über so beharrlich den Hof gemacht. Ihm war klar, daß Duncan alles dir vermachen würde. Und deshalb dürfen wir jetzt, wo Duncan tot ist, auch keine Zeit verlieren.«

Nein, sie hatten tatsächlich keine Zeit zu verlieren, das wußte auch Roslynn, als Geordie ihr nach der Testamentseröffnung erneut einen Heiratsantrag machte und sie ihn erneut abwies. Nettie und sie hatten Cameron Hall in der folgenden Nacht verlassen. Ihr war gar keine Zeit geblieben, um ihren Großvater zu betrauern oder zu bereuen, daß sie ihm ein solches Versprechen gegeben hatte. Aber im Grunde hatte sie schon die letzten zwei Monate um den alten Mann getrauert, in denen sie wußte, daß es um einen endgültigen Abschied ging. Und der Tod war für ihn wirklich eine Erlösung gewesen, denn er hatte sieben Jahre unter starken Schmerzen gelitten, und nur sein schottischer Eigensinn hatte ihn überhaupt so lange am Leben erhalten. Nein, sie mußte froh sein, daß Großvater endlich von seinen Qualen erlöst war. Aber wie sehr würde sie diesen geliebten alten Mann vermissen, der ihr Vater und Mutter ersetzt hatte!

»Du sollst nicht um mich trauern, Mädelchen«, hatte er ihr einige Wochen vor seinem Tod erklärt. »Ich verbiete es dir. Du hast mir ohnehin schon zuviel kostbare Jahre deiner Jugend geschenkt. Wenn ich tot bin, darfst du keinen Tag mehr vergeuden, indem du mir nachtrauerst. Versprich es mir.«

Und sie hatte ihm auch das versprochen, dem bis zuletzt um sie besorgten alten Mann, der sie aufgezogen, sie verwöhnt und zärtlich geliebt hatte, seit seine Tochter mit der sechsjährigen Roslynn zu ihm zurückgekehrt war. Was machte schon ein Versprechen mehr oder weniger aus, nachdem sie ihm jenes eine schicksalhafte gegeben hatte? Und dann hatte sie zum Trauern gar keine Zeit mehr gehabt und auf diese Weise ihr Versprechen gehalten.

Nettie runzelte die Stirn, als sie Roslynn wieder geistesabwesend aus dem Fenster starren sah. Sie wußte, daß ihr Schützling an Duncan Cameron dachte, an ›Opa‹, wie sie ihn vom ersten Tag an respektlos genannt hatte – anfangs, um ihn zu ärgern. Welchen Spaß es der kleinen Göre immer gemacht hatte, den stolzen alten Schotten zu necken – und wie er ihre Neckereien und Streiche genossen hatte! Sie würden ihn beide sehr vermissen, aber im Augenblick mußten sie ihre Gedanken anderen Dingen zuwenden.

»Da vorne ist endlich der Gasthof«, stellte Nettie, die in Fahrtrichtung saß, erleichtert fest.

Roslynn beugte sich vor und spähte ebenfalls aus dem Fenster. Die untergehende Sonne fiel auf ihr Gesicht und ließ ihr Haar erglänzen. Schönes Haar hatte das Mädchen, rotgolden wie das ihrer Mutter Janet. Netties eigene Haare waren kohlrabenschwarz, ihre Augen dunkelgrün wie ein von großen Eichen überschatteter Teich. Roslynn hatte auch Janets Augen, grünlich-graue Augen mit auffallenden goldenen Tupfen. Sie hatte überhaupt große Ähnlichkeit mit der jungen Janet Cameron, die ihrem Engländer, der ihr Herz erorbert hatte, in die Ferne gefolgt war. Als dieser Mann bei einem tragischen Unfall ums Leben gekommen war, hatte Janet jede Lebensfreude verloren. Sie war nur noch ein Schatten ihrer selbst gewesen, und vielleicht war es ganz gut, daß sie ein Jahr später ebenfalls gestorben war. Roslynn hatte ja glücklicherweise ihren Großvater gehabt. Das siebenjährige Kind war Gott sei Dank anpassungsfähig gewesen, zumal der alte Schotte ihm jeden Wunsch von den Augen abgelesen hatte.

Oje, ich bin schon genauso schlimm wie das Mädchen – denke an die Toten, während es doch die Zukunft ist, die uns Sorgen bereitet.

»Hoffen wir, daß die Betten hier bequemer sind als vergangene Nacht«, kommentierte Roslynn, als die Kutsche vor dem Landgasthaus anhielt. »Das ist das *einzige,* worauf ich mich in London freue. Ich weiß, daß uns bei Frances bequeme Betten erwarten.«

»Heißt das, daß du dich nicht freust, deine beste Freundin endlich wiederzusehen?«

Roslynn warf Nettie einen erstaunten Blick zu. »Natürlich freue ich mich. Ich kann es kaum erwarten, sie wiederzusehen. Aber unter den gegebenen Umständen... Ich meine, nachdem wir ja keine Zeit zu verlieren haben, wird es vermutlich nur wenige gemütliche Plauderstündchen mit Frances geben. Ach, zum Teufel mit diesem verfluchten Geordie!« fügte sie wütend hinzu. »Wenn er nicht wäre...«

»... hättest du keine Versprechen abgegeben, und wir wären jetzt nicht hier. Aber was nutzt es, darüber zu jammern?«

Roslynn mußte lachen. »Und wer hat letzte Nacht so schrecklich gejammert, als sie in einem harten Bett lag, das sogar Wanzen verschmähten?«

Nettie schnaubte nur als Antwort und scheuchte Roslynn aus der Kutsche, sobald der Kutscher den Schlag öffnete und ihr seine Hand entgegenstreckte. Roslynn kicherte noch beim Aussteigen, und Nettie schnaubte wieder, diesmal aber über sich selbst.

Du bist doch noch nicht so alt, Nettie, Mädchen, daß du nicht ein paar unbequeme Nächte überstehen könntest! Heute nacht wirst du kein Wort sagen, selbst wenn das Bett aus Stein sein sollte, andernfalls wird die Kleine dich ewig damit aufziehen.

Doch gleich darauf grinste Nettie kopfschüttelnd. Jemanden ein bißchen zu necken, konnte Roslynn nur guttun, weil es sie von ihren trüben Gedanken an die Zukunft ablenkte. *Auch wenn das Bett daunenweich sein sollte, jammerst du am besten, es wäre felsenhart, Mädchen. Du hast sie schon viel zu lange nicht mehr lachen gehört, hast schon viel zu lange kein vergnügtes Funkeln mehr in ihren Augen gesehen. Sie braucht dringend etwas Aufmunterung.*

Roslynn nahm kaum Notiz von dem sechzehnjährigen

Burschen, der auf einem Hocker stand und die Lampe über der Tür anzündete, aber er schenkte ihr unglückseligerweise um so mehr Beachtung. Ihr kehliges Lachen hatte ihn fasziniert aufhorchen lassen, und als er einen Blick über die Schulter warf, fiel er vor Staunen fast von seinem Hocker. Im rötlichen Glanz der untergehenden Sonne erstrahlte die Frau wie eine Flamme, und als sie immer näher kam, konnte er auch die feinen Züge des herzförmigen Gesichts erkennen – die sanft geschwungenen Backenknochen, die kleine schmale Nase, die vollen Lippen. Und dann überschritt sie die Schwelle, und er starrte ihr nach, bis ein energisches Räuspern den Zauber jäh durchbrach. Die Zofe musterte ihn so streng und tadelnd, daß er einen hochroten Kopf bekam.

Aber Nettie bekam Mitleid mit dem Jungen und verzichtete darauf, ihm eine Standpauke zu halten, was sie sonst immer tat, wenn jemand ihre Roslynn angaffte. Und das passierte auf Schritt und Tritt, denn Lady Roslynn Chadwick übte nun einmal diese Wirkung auf das männliche Geschlecht aus, ob jung oder alt. Und dieses Mädchen sollte nun auf London losgelassen werden...

Kapitel 2

»Und du wolltest wissen, wer sein Schneider ist!« raunte der Ehrenwerte William Fairfax seinem jungen Freund kichernd zu. »Habe ich dir nicht gleich gesagt, daß sein Schneider nichts zur Sache tut? Wenn du ihn ordentlich kopieren willst, solltest du schleunigst Boxhandschuhe anziehen. Wie ich gehört habe, betreibt er diesen Sport schon länger als ein Dutzend Jahre.«

Williams Freund Cully zuckte zusammen, als ein neuer Treffer zu hören war, öffnete aber seine Augen, die er vor einigen Minuten zugekniffen hatte, als das erste Blut aus einer mißhandelten Nase getropft war. Jetzt erschauderte er, denn jene Nase blutete inzwischen heftig, ebenso wie der geschwollene Mund darunter und eine aufgerissene Braue darüber.

»Nicht dein Geschmack, Cully?« grinste William, als er das grün verfärbte Gesicht seines Freundes sah. »Stell dir vor, seinem Partner gefällt's auch nicht, jedenfalls heute nicht.« Er kicherte, weil er seine Bemerkung für komisch hielt. »Na ja, da müßte schon Knighton mit ihm in den Ring steigen, damit es wenigstens was zu wetten gäbe. Er hat ihn trainiert, mußt du wissen. Besiegt hat er ihn in den letzten zehn Jahren allerdings nicht mehr, wie ich gehört habe. Aber Malory ist jetzt schon etwas abgekämpft, und da hätte Knighton vielleicht doch gewisse Chancen.«

In diesem Augenblick gab Sir Anthony Malory seine Boxstellung auf und wandte sich dem Besitzer der Sporthalle zu. »Verdammt, Knithton, ich hab' dir doch gesagt, daß er noch nicht soweit ist. Er hat sich vom letzten Mal noch nicht erholt.«

John Knighton zuckte mit den Schultern, aber seine dunklen Augen funkelten amüsiert, während er den empörten Boxer betrachtete, mit dem er befreundet war. »Wenn Eure Lordschaft zur Abwechslung mal jemand anderen gewinnen ließe, würden sich vielleicht leichter Gegner finden lassen.«

Viele der Anwesenden lachten über diese Bemerkung. Alle wußten, daß Malory seit zehn Jahren keinen Kampf mehr verloren hatte, ja nicht einmal in einigen Runden unterlegen war. Er war in hervorragender Kondition, muskulös und durchtrainiert; noch bemerkenswerter war aber sein schnelles Reaktionsvermögen im Ring – deshalb forderte ihn auch nie jemand heraus. Knighton hätte viel darum gegeben, ihn für einen professionellen Kampf zu gewinnen. Aber für einen Lebemann wie Malory war Boxen nur ein Hobby, um fit zu bleiben, ein Gegengewicht zu seinen Ausschweifungen. Er trainierte dreimal wöchentlich in Knighton's Hall, aber ausschließlich zu seinem eigenen Vergnügen, so wie er auch seine Morgenritte im Park genoß.

Mehrere Dutzend Herren standen um den Boxring herum. Etwa die Hälfte von ihnen war ebenfalls aktiv und wartete darauf, mit dem Training an die Reihe zu kommen. Andere – wie der Ehrenwerte Fairfax – kamen nur zum Zuschauen vorbei und schlossen gelegentlich kleine Wetten ab. Meistens kreuzten auch einige Freunde Malorys auf, um zu sehen, wie er seine unglückseligen Gegner k.o. schlug; sie waren aber klug genug, nicht selbst mit ihm in den Ring zu steigen.

Einer von ihnen zog Anthony jetzt auf. Lord Amherst, fast so groß wie sein Freund, aber hagerer, war ein Teufelskerl mit fröhlich funkelnden grauen Augen und blonden Haaren, im Gegensatz zu dem dunkelhaarigen Malory. Die beiden Herren waren gleichaltrig und hatten gleiche Interessen, hauptsächlich Frauen, Glücksspiel und nochmals Frauen.

»Um zu einem ebenbürtigen Gegner zu kommen, Malory, müßtest du wohl einem jungen Korinther deiner Größe und Statur die Hörner aufsetzen und ihn zwingen, dich zum Zweikampf zu fordern.«

»Bei meinem üblichen Glück«, konterte Anthony, »würde er mich statt dessen zu Pistolen fordern – und wo bliebe dann der Spaß?«

George Amherst lachte über diese trockene Bemerkung, denn wenn auch nicht jeder wußte, daß Malory im Ring unschlagbar war, so genoß er doch den Ruf eines unvergleichlichen Schützen. Er war dafür bekannt, daß er bei Duellen die Herausforderer ganz lässig fragte, in welchen Körperteil sie getroffen zu werden wünschten, woraufhin den Ärmsten verständlicherweise die Knie schlotterten.

Soviel George wußte, hatte Anthony noch nie jemanden im Duell getötet, denn bei einem Weiberhelden wie ihm ging es dabei fast immer um Frauen, und er war der festen Überzeugung, daß es sich für keine Frau zu sterben lohnte – selbstverständlich mit Ausnahme jener seiner Familie. In bezug auf seine Familie war Malory verdammt empfindlich. Obwohl er selbst ein überzeugter Junggeselle war, fehlte es ihm dank dreier älterer Brüder nicht an Nichten und Neffen, in die er vernarrt war.

»Suchst du einen Trainingspartner, Tony? Du hättest deine Dienerschaft nach mir suchen lassen sollen. Du weißt doch, daß ich dir immer gern einen Gefallen tu.«

George wirbelte auf dem Absatz herum, denn er traute seinen Ohren kaum, als er eine Stimme vernahm, die er seit zehn Jahren nicht mehr gehört hatte. Gleich darauf hob er die Brauen, denn er hatte sich nicht verhört. Auf der Schwelle stand James Malory, und er war zwar älter geworden, sah aber noch genauso gefährlich aus wie vor zehn Jahren, als er Londons berüchtigster Schürzenjäger gewesen war. Groß, blond und verdammt attraktiv. Es war einfach unglaublich, daß der Bursche plötzlich hier auftauchte!

George drehte sich rasch wieder um, weil er sehen wollte, wie Anthony auf James' unerwartetes Erscheinen reagierte. Die beiden Brüder waren sich früher nahegestanden, denn zwischen ihnen lag nur ein Jahr Altersunterschied, und sie hatten die gleichen Interessen – obwohl James immer der wildere gewesen war. Doch dann war er plötzlich verschwunden, und die anderen Brüder, einschließlich Anthony, hatten ihn enterbt und erwähnten nicht einmal mehr seinen Namen. Und obwohl George seit Jahren mit Anthony eng befreundet war, hatte dieser ihm nie anvertraut, weswegen James von der Familie verstoßen worden war.

Doch zu Georges Erstaunen deutete nichts auf einen dicht bevorstehenden Wutausbruch Anthonys hin. Er verzog keine Miene, und man mußte ihn schon so gut kennen wie George, um das Funkeln in seinen kobaltblauen Augen als das zu erkennen, was es war: Freude, nicht Zorn.

Und doch hätte man glauben können, er spräche mit

seinem ärgsten Feind, als er den Mund öffnete. »Verdammt, James, was hast du denn noch in London verloren? Du solltest doch heute morgen in See stechen!«

James zuckte nur mit den Schultern. »Ich habe meine Pläne geändert, aufgrund Jeremys plötzlichem Eigensinn. Seit er den Rest der Familie kennengelernt hat, ist ihm nicht mehr beizukommen. Ich könnte schwören, daß er bei Regan Unterricht im Manipulieren genommen hat, denn irgendwie ist es ihm gelungen, mich zu überreden, ihn seine Schulausbildung hier beenden zu lassen, obwohl ich beim besten Willen nicht weiß, wie er das bewerkstelligt hat.«

Anthony hätte über James' Verwunderung, von seinem siebzehnjährigen Sohn überrumpelt worden zu sein, bestimmt gelacht, wenn nicht der Name Regan gefallen wäre. Dieser Name war für Anthony – und für seine älteren Brüder Jason und Edward – ein rotes Tuch, und James wußte das und sprach gerade deshalb immer von ›Regan‹ anstatt von ›Reggie‹, wie die ganze übrige Familie Regina Eden nannte. Aber James hatte, solange Anthony sich zurückerinnern konnte, immer seinen eigenen Kopf durchgesetzt und immer nur das getan, was ihm Spaß machte, ohne Rücksicht auf die Konsequenzen.

James durchquerte lässig den Raum, wobei er seinen Rock auszog, unter dem eines jener weitärmeligen Hemden zum Vorschein kam, die er als Kapitän an Bord der ›Maiden Anne‹ bevorzugte. Als Anthony sah, daß sein Bruder sich anschickte, ihn im Ring herauszufordern, verzichtete er darauf, ihn wegen dieses ›Regan‹ zur Rede zu stellen, denn das hätte unweigerlich zum Streit geführt und einen kleinen freundschaftlichen Boxkampf gefährdet.

»Heißt das, daß auch du hierbleibst?« erkundigte er sich, während James seinen Rock George übergab und sich von einem grinsenden John Knighton die Boxhandschuhe überstreifen ließ.

»Nur so lange, bis der Junge untergebracht und ausstaffiert ist, zumindest für den Augenblick. Obwohl Connie betont hat, daß wir nur aus dem einzigen Grund, Jeremy ein Zuhause zu schaffen, bereit waren, auf den Inseln seßhaft zu werden.«

Diesmal konnte Anthony ein Lachen nicht unterdrükken. »Zwei alte Seebären spielen Mutter! Bei Gott, das hätte ich sehen wollen!«

»Ich wäre an deiner Stelle lieber mucksmäuschenstill, Tony«, erwiderte James ungerührt. »Du hast doch selbst sechs Sommer lang Mutter gespielt, wenn ich mich nicht irre.«

»Vater«, korrigierte Anthony. »Oder noch eher den großen Bruder, aber das tut nichts zur Sache. Ich wundere mich eigentlich, daß du nicht wie Jason geheiratet hast, nur um Jeremy eine Mutter zu geben. Aber nachdem Conrad Sharp bereit war, dir bei der Erziehung des Jungen zu helfen, hattest du ja einen fantastischen Mutterersatz!«

James sprang in den Ring. »Du verunglimpfst meinen besten Freund!«

Anthony verbeugte sich leicht. »Ein Punkt für dich. Und wer bekommt den lieben Jungen, während du und Connie euch überlegt, ob ihr zu Hause seßhaft werden wollt?«

James' Rechte landete überraschend auf Anthonys Brustkorb, während er ruhig erwiderte: »Du!«

Während Anthony in die Knie ging und etwas Zeit brauchte, um sowohl den Schlag als auch diese Antwort zu verdauen, wurden im Raum eifrig Wetten abgeschlossen. Endlich war jemand aufgetaucht, der so aussah, als könnte er den unschlagbaren Lord Malory besiegen. Malory war etwas größer, aber der andere strotzte von Kraft und wirkte irgendwie furchteinflößend. Alle freuten sich auf den bevorstehenden interessanten Kampf. Nur wenige wußten, daß die Kontrahenten Brüder waren.

Sobald Anthony wieder Luft holen konnte, fragte er nur: »Ich? Wie komme ich zu diesem Glück?«

»Der Junge hat sich für dich entschieden. Du bist sein Idol, wußtest du das nicht? Abgesehen von mir, versteht sich.«

»Versteht sich!« versicherte Anthony und versetzte James seinerseits überraschend einen Kinnhaken, der diesen mehrere Schritte rückwärts taumeln ließ. Während James sich das Kinn rieb, fügte Anthony hinzu: »Ich nehme ihn gern auf, aber du mußt dir darüber im klaren sein, daß ich seinetwegen nicht meine Aktivitäten einschränken werde, wie ich es seinerzeit für Reggie getan habe.«

Sie umkreisten einander jetzt, und beide konnten einen Treffer landen, bevor James erwiderte: »Das erwarte ich auch nicht von dir, mein Guter. Ich hab's selbst auch nie getan. Mit einem Jungen ist das eben was anderes. Verdammt, er hatte schon mit vierzehn Weibergeschichten.«

Anthony mußte darüber so lachen, daß er aufzupassen vergaß und sofort einen kräftigen Schlag auf die Schläfe abbekam. Er konterte jedoch mit einem Aufwärtshaken gegen James' Mitte, und der gut dreißig Pfund schwerere Bruder wurde zehn Zentimeter vom Boden abgehoben.

Anthony trat einen Schritt zurück, um James Luft holen zu lassen. Als dieser, noch immer gekrümmt, hochblickte, lag ein breites Grinsen auf seinem Gesicht.

»Wollen wir heute nacht wirklich mit blauen Flecken und schmerzenden Gliedern ins Bett gehen, Tony?«

Anthony entblößte beim Lachen seine blendend weißen Zähne. »Nicht, wenn wir etwas Angenehmeres finden können, und das dürfte mühelos zu schaffen sein.« Er legte seinem Bruder einen Arm um die Schultern.

»Dann nimmst du den Jungen also, bis die Schule anfängt?«

»Mit Freuden, obwohl mir bei Gott klar ist, was an Hänseleien auf mich zukommen wird. Jeder, der Jeremy sieht, wird ihn für *meinen* Sohn halten.«

»Gerade deshalb will er ja zu dir«, grinste James. »Er

hat einen teuflischen Sinn für Humor. Doch nun zu heute abend. Ich kenne da ein paar Nutten...«

»Nutten, sonst noch was? Sie waren viel zu lange Pirat, Captain Hawke. Ich kenne da nämlich ein paar Damen...«

Kapitel 3

»Ich kann das beim besten Willen nicht verstehen, Ros!« Lady Frances beugte sich erregt vor. »Warum willst du dich an einen Mann binden, wenn du es nicht nötig hast? Ich meine, es wäre etwas anderes, wenn du schon verliebt wärest. Aber du redest davon, jemanden heiraten zu wollen, den du bisher noch nicht einmal kennst.«

»Frances, glaubst du wirklich, daß ich so etwas täte, wenn ich es nicht versprochen hätte?« fragte Roslynn.

»Hoffentlich nicht. Aber mußt du denn dieses Versprechen unbedingt halten? Ich meine – dein Großvater ist doch tot und...« Frances verstummte, als sie den Gesichtsausdruck ihrer Freundin sah. »Vergiß, daß ich sowas gesagt habe.«

»Schon gut.«

»Oh, aber ich finde diese Sache einfach schrecklich!« Frances stieß einen tiefen Seufzer aus.

Lady Franes Grenfell war eine eindrucksvolle Erscheinung. Niemand hätte sie zierlich nennen können, aber sie war mit ihren blonden Haaren und dunkelbraunen Augen sehr hübsch. Sie war einmal das fröhlichste und temperamentvollste Mädchen gewesen, daß Roslynn je gekannt hatte, doch in den sieben Jahren seit ihrer enttäuschenden Eheschließung mit Henry Grenfell hatte sie sich sehr verändert, war ernst und sogar etwas matronenhaft geworden. Aber in seltenen Momenten erinnerte sie Roslynn noch immer an das lebenssprühende Geschöpf von einst.

»Du bist jetzt so unabhängig, wie man es sich nur wünschen kann«, fuhr Frances energisch fort. »Du hast soviel Geld, daß du nicht weißt, was du damit anfangen sollst, und keine Menschenseele kann dir vorschreiben, was du zu tun und zu lassen hast. Ich mußte fünf Jahre mit einem Mann leben, den ich nicht liebte, um das zu erreichen, und noch immer muß ich Rücksicht auf meine Mutter nehmen, die herumnörgelt, sobald ich etwas tue, was ihr mißfällt. Sogar als Witwe mit einem kleinen Sohn bin ich nicht völlig frei. Du aber bist es, Roslynn, du bist keinem Menschen Rechenschaft schuldig, und trotzdem willst du dich an irgendeinen Mann binden, der dir jede Freiheit nehmen wird, wie Lord Henry es mit mir getan hat. Und ich weiß, daß du das nicht willst. Ich weiß es genau.«

»Es geht nicht darum, was ich will, Frances. Ich muß es einfach tun.«

»Aber warum nur?« rief Frances erbittert. »Das ist es, was ich wissen möchte. Und sag nicht wieder, weil du es deinem Großvater versprochen hast. Erklär mir, warum er dir dieses Versprechen abnahm. Wenn ihm die Sache so wichtig war, hätte er doch selbst eine Heirat für dich arrangieren können.«

»Es gab niemanden, den ich gern geheiratet hätte«, erwiderte Roslynn, »und Großvater hätte mich nie gezwungen, jemanden gegen meinen Willen zu heiraten.«

»In all den Jahren gab es keinen einzigen Mann, der dir gefallen hätte?«

»Ach, ich hasse es, wenn du mit dieser Betonung von *all diesen Jahren* sprichst, Frances. Erinnere mich lieber nicht daran, wie schwierig es für mich sein wird.«

Frances riß ihre braunen Augen weit auf. »Schwierig?« Sie hätte fast gelacht. »Ich kann mir nichts Leichteres vorstellen, als dich unter die Haube zu bringen. Du wirst gar nicht wissen, was du mit all den vielen Kandidaten machen sollst. Dein Alter wird dabei überhaupt keine Rolle spielen, meine Liebe. Großer Gott, weißt du denn nicht, wie schön du bist? Und als ob das nicht schon genug wäre, besitzt du auch noch ein Vermögen, das jedem Bankier den Mund wäßrig machen würde.«

»Aber ich bin fünfundzwanzig, Frances!« sagte Roslynn in einem Ton, als wäre sie hundert Jahre alt.

Frances grinste. »Ich auch, und ich finde mich noch gar nicht so uralt.«

»Es ist etwas anderes, wenn man Witwe ist. Du warst verheiratet. Niemand fände etwas dabei, wenn du es wieder tätest.«

»Ich habe nicht die Absicht, verbindlichsten Dank.«

Roslynn runzelte die Stirn über diese Unterbrechung. »Alle werden sich totlachen, wenn ich mich unter all diese blutjungen Debütantinnen mische.«

Frances lächelte. »Ehrlich, Ros...«

»Ach, es stimmt doch. Eine alte Jungfer wie ich, die auf Männerfang ausgeht, macht sich nun mal lächerlich.«

»Jetzt hör aber auf! Ich versichere dir – ich schwöre dir, daß dein Alter überhaupt keine Rolle spielen wird.«

Roslynn konnte das nicht glauben. Sie war – auch wenn sie es gut zu verbergen wußte – den Tränen nahe. Der Gedanke, sich zum Gespött der Leute zu machen, wenn sie Ausschau nach einem Ehemann hielt, war ihr unerträglich.

»Jeder wird glauben, daß etwas mit mir nicht stimmen kann, wenn ich in meinem Alter noch ledig bin. Du weißt doch, wie die Menschen nun mal sind.«

»Wenn sie hören, daß du in den letzten sechs Jahren deinen Großvater gepflegt hast, werden sie dir größte Achtung entgegenbringen. Also kein Wort mehr über dein Alter! Das sollte wirklich deine geringste Sorge sein. Übrigens hast du es geschickt vermieden, meine Frage zu beantworten.«

Roslynn lachte leise über die strenge Miene ihrer Freundin – ein unnachahmliches warmes, kehliges Lachen, dem niemand widerstehen konnte.

Sie und Nettie waren am Vorabend so spät in dem Stadthaus an der South Audley Street angekommen, daß die beiden Freundinnen erst an diesem Morgen Zeit zu einem ausführlichen Gespräch hatten. Es war eine alte Freundschaft, die sie verband; sie hatte zwölf Jahre überdauert, obwohl sie sich in den letzten zehn Jahren nur einmal gesehen hatten, als Frances mit ihrem Sohn Timmy vor vier Jahren einen Urlaub in den Highlands verlebt hatte.

Roslynn hatte in Schottland andere Freundinnen, aber keine stand ihr so nahe wie Frances, und keiner hätte sie ihre Geheimnisse anvertrauen mögen. Sie hatten sich mit dreizehn kennengelernt, als Roslynn von ihrem Großvater auf eine Schule in England geschickt worden war, um ›damenhaftes Benehmen‹ zu lernen. Sie war zu jener Zeit ein Wildfang gewesen, dem jeder Sinn für standesgemäße gesellschaftliche Umgangsformen völlig abging.

Roslynn hatte es an dieser Schule zwei Jahre ausgehalten, bevor sie wegen ›unverbesserlichen schlechten Benehmens‹ hinausgeworfen worden war. Großvater hatte nicht geschimpft, als sie nach Cameron Hall zurückkehrte, denn er hatte sie sehr vermißt und war überglücklich gewesen, sie wieder bei sich zu haben. Aber er hatte eine der Lehrerinnen überreden können, Roslynn Privatunterricht zu erteilen, und kein noch so übler Streich hatte Miß Beechham zur Kündigung bewogen; dazu hatte Großvater ihr zuviel bezahlt.

Doch während jener zwei Jahre in England waren Frances und Roslynn unzertrennlich gewesen. Und obwohl sie selbst mit achtzehn nicht in die Gesellschaft eingeführt worden war, hatten Frances' Briefe ihr doch einen lebhaften Eindruck davon vermittelt. Durch Frances wußte sie, wie es ist, verliebt zu sein, und wie es ist, mit einem Mann verheiratet zu sein, den man nicht liebt. Und obwohl sie selbst keine Kinder hatte, wußte sie doch so gut wie alles darüber, zumindest über einen Sohn, denn Frances hatte sie über jede Phase von Timmys Entwicklung auf dem laufenden gehalten.

Auch Roslynn hatte in ihren Briefen treulich alle Neuigkeiten berichtet, obwohl ihr Leben in den Highlands nicht gerade ereignisreich gewesen war. Aber in den letzten Monaten hatte sie Frances mit Großvaters Befürchtungen nicht beunruhigen wollen und ihr deshalb auch nichts von Geordie erzählt. Und wie sollte sie ihrer Freundin jetzt begreiflich machen, daß es sich nicht um die Marotte eines senilen Greises handelte, sondern um eine sehr reale gefährliche Situation?

Roslynn beschloß, ganz am Anfang zu beginnen. »Frances, erinnerst du dich noch daran, daß ich dir erzählt habe, meine Mutter sei in Loch Etive ertrunken, als ich sieben Jahre alt war?«

»Ja, ein Jahr nach dem Tod deines Vaters, nicht wahr?« Frances tätschelte ihrer Freundin mitfühlend die Hand.

Roslynn nickte und versuchte, nicht daran zu denken, wie verzweifelt sie über den Verlust ihrer Eltern gewesen war. »Großvater hat immer seinem Großneffen Geordie die Schuld am Tode meiner Mutter gegeben. Weißt du, Geordie war ein schlimmes Kind – er hat Tiere gequält und Unfälle verursacht, über die er sich totlachen konnte. Er war damals erst elf, aber seine üblen Streiche hatten schon dazu geführt, daß einer unserer Stallknechte sich das Bein brach, unser Koch ernste Verbrennungen erlitt und ein Pferd erschossen werden mußte. Bei sich zu Hause dürfte er noch viel mehr Unheil gestiftet haben. Sein Vater war der Cousin meiner Mutter, und wenn er zu Besuch kam, brachte er Geordie immer mit. Und an dem Tag, als meine Mutter ertrank, hielten sie sich seit einer Woche in Cameron Hall auf.«

»Aber wie hätte er am Tod deiner Mutter schuld sein können?«

»Es gab nie irgendeinen Beweis dafür, Frances. Man vermutete, daß ihr Boot gekentert war, und daß ihre schwere Winterkleidung sie daran gehindert hatte, ans Ufer zu schwimmen.«

»Was hatte sie denn im Winter auf dem See zu suchen?«

»Sie war am Loch Etive aufgewachsen und eine richtige Wasserratte. Sie schwamm im Sommer jeden Tag und kannte jeden Winkel an beiden Seeufern. Wenn sie Besuche am See machte, nahm sie nur selten eine Kutsche oder ein Pferd, sondern ruderte hin, bei jedem Wetter. Sie hatte ihr eigenes kleines Ruderboot, das sie leicht handhaben konnte. Ich hatte übrigens auch eines, durfte aber nie allein rausrudern. Na ja, und obwohl sie eine hervorragende Schwimmerin war, ist sie an jenem Tag ertrunken.«

»Konnte ihr denn niemand zu Hilfe kommen?«

»Niemand hat den Unfall beobachtet. Sie wollte an jenem Tag den See überqueren, und vermutlich ist das Boot weit draußen gekentert. Einige Tage später hat dann einer der Kleinbauern Großvater zufällig erzählt, daß Geordie sich unlängst in der Nähe der Boote herumgetrieben habe. Großvater hätte sich nichts weiter dabei gedacht, wenn Geordie nicht für seine Streiche berüchtigt gewesen wäre. Hinzu kam noch, daß der Tod meiner Mutter Geordie fast genauso entsetzt hatte wie mich, was sehr verwunderlich war, denn er konnte weder mich noch meine Mutter jemals richtig leiden.«

»Dein Großvater glaubte also, daß Geordie sich an ihrem Boot zu schaffen gemacht hatte?«

Roslynn nickte. »Ein kleines Leck, das zunächst nicht auffallen würde. So etwas hätte Geordie nur allzu ähnlich gesehen. Er hätte sich köstlich amüsiert, wenn jemand ein unfreiwilliges Bad genommen und ein gutes Boot verloren hätte. Falls er es getan hat, so sollte es natürlich nur einer seiner üblen Scherze sein. Ich glaube nicht, daß er jemanden umbringen wollte. Er konnte ja auch nicht ahnen, daß meine Mutter nicht am Ufer entlang rudern würde. Sie überquerte den See nicht oft.«

»Aber trotzdem...«

»Ja, trotzdem«, seufzte Roslynn. »Aber Großvater konnte es nie beweisen, denn das Boot wurde nie gefunden. Er hat Geordie danach jedoch gründlich mißtraut, und wenn der Junge nach Cameron Hall kam, wurde jedesmal ein Diener beauftragt, ihn nicht aus den Augen zu lassen. Tief im Innern hat Großvater ihn gehaßt, Frances, aber er konnte ihm nicht das Haus verbieten; dazu hätte er Geordies Vater erklären müssen, welch schrecklichen Verdacht er hegte. Er schwor sich aber, daß Geordie von ihm nie etwas bekommen würde. Dann starb Geordies Vater, aber er hatte seinem Sohn nicht viel zu vererben. Großvater wußte, daß Geordie ihm seinen Reichtum neidete. Als ältester Sohn hatte Großvater nun einmal den größten Teil des Vermögens der Camerons geerbt. Und er wußte genau, daß Geordie es nur auf das Geld abgesehen hatte, als dieser mir einen Heiratsantrag machte.«

»Übersiehst du dabei nicht vielleicht, daß du auch noch andere Vorzüge hast als nur dein Geld, Ros?«

Roslynn winkte ab. »Geordie hat mich nie gemocht. Frances, auch nicht, als wir beide älter wurden, und dieses Gefühl beruhte auf Gegenseitigkeit. Er konnte mir nicht verzeihen, daß ich Großvaters nächste Verwandte war. Erst nachdem sein Vater gestorben war und er erfahren hatte, wie klein sein Erbe war, machte er eine Kehrtwendung und begann mir den Hof zu machen.«

»Und du hast ihm die kalte Schulter gezeigt.«

»Natürlich habe ich das. Ich bin schließlich keine dumme Gans, die auf falsche Komplimente hereinfällt. Aber Geordie gab nicht auf. Er beteuerte immer wieder, ich wäre seine große Liebe, obwohl in seinen eisigen blauen Augen kalter Haß zu lesen war.«

»Ich verstehe aber noch immer nicht, warum du es so eilig hast zu heiraten?«

»Nach Großvaters Tod stehe ich schutzlos da, was mir nichts ausmachen würde, wenn nur Geordie nicht wäre. Weißt du, er hat mich zuoft gebeten, ihn zu heiraten. Er will um jeden Preis an das Vermögen der Camerons herankommen, und er dürfte zu allem bereit sein.«

»Aber was könnte er schon machen?«

Roslynn schnaubte empört. »Ich dachte auch, daß er nichts machen könnte. Aber Großvater war klüger.«

Frances hielt plötzlich den Atem an. »Das Geld würde doch nicht etwa Geordie zufallen, wenn dir etwas zustieße, oder?«

»Nein, dafür hat Großvater gesorgt. Aber Geordie könnte mich zwingen, ihn zu heiraten, wenn ich in seine Hände fiele – mit Schlägen oder Drogen, mit Hilfe eines skrupellosen Pfarrers. In diesem Fall würde natürlich auch der Ehevertrag nicht unterschrieben werden, den Großvater für mich aufgesetzt hat. Geordie hätte dann die Kontrolle über meinen gesamten Besitz, und sobald ich seine Frau wäre, bräuchte er mich nicht mehr. Im Gegenteil, ich wäre für ihn eine Gefahr. Und um mich am Reden zu hindern...«

Frances erschauderte unwillkürlich. »Du hast diese Geschichte nicht nur erfunden, um mir einen Schrecken einzujagen?«

»Ich wünschte wirklich, das alles wäre nur ein Fantasiegespinst, das kannst du mir glauben! Großvater hat immer gehofft, daß Geordie heiraten würde, aber er ist Junggeselle geblieben und hat nur auf den Tag gewartet, an dem ich allein sein und deshalb niemand laut protestieren würde, wenn er mich zur Heirat zwang. Und er ist zu stark, als daß ich im Kampf gegen ihn eine Chance hätte, obwohl ich mit einem Dolch ganz gut umgehen kann und in meiner Stiefelette immer einen bei mir trage.«

»Das ist doch nicht möglich!«

»O doch. Und Großvater hat mir beigebracht, wie man diese Waffe benutzt. Aber was würde mir ein kleiner Dolch schon helfen, wenn Geordie Leute anheuert, um mich zu entführen? Jetzt weißt du, warum ich Schottland bei Nacht und Nebel verlassen mußte, warum ich hier bin.«

»Und warum du einen Mann suchst.«

»Auch das. Sobald ich verheiratet bin, kann Geordie

nichts mehr machen. Großvater hat mir das Versprechen abgenommen, daß ich so schnell wie möglich heiraten werde. Er hat alles genau geplant, sogar meine Flucht. Geordie wird zuerst in Schottland nach mir suchen. Deshalb habe ich wenig Zeit, um jemanden auszusuchen, aber allzu lang darf es nicht dauern.«

»Verdammt, das ist einfach nicht fair!« rief Frances. »Wie sollst du dich in solcher Hast verlieben können?«

Roslynn grinste, weil sie an den Rat ihres Großvaters denken mußte. »Schütz dich zuerst durch einen Ring am Finger, Mädelchen. Liebe kannst du später immer noch finden.« Sie war errötet, weil sie genau verstanden hatte, was er meinte. Aber er hatte hinzugefügt: »Wenn dir Liebe natürlich in den Schoß fällt, stoß sie nicht von dir. Halt sie fest und laß nicht los, denn dann brauchst du später nicht danach zu suchen.«

Er hatte ihr auch andere Ratschläge erteilt. »Ein Weiberheld kann einen großartigen Ehemann abgeben, wenn ein hübsches Mädchen sein Herz erobert – nicht sein Auge, verstehst du, sondern sein Herz. Er hat sich die Hörner abgestoßen, er hat sozusagen das ganze Feld abgegrast, und deshalb kann er sich als Ehemann beruhigt auf eine einzige Frau beschränken.«

»Man sagt aber auch: ›Einmal ein Weiberheld, immer ein Weiberheld‹«, hatte Roslynn ihm widersprochen.

»Wer sagt das? Das trifft nur zu, wenn das Herz nicht beteiligt ist. Wenn du sein Herz gewinnst, Mädelchen, wirst du mit einem Schwerenöter sehr glücklich sein. Ich rede nicht von den jungen Hengsten, o nein. Du mußt einen Mann finden, der genügend Jahre auf dem Buckel hat, um zu erkennen, daß seine wilden Tage reichlich bemessen waren, daß er sich nicht mehr auszutoben braucht. Aber er darf natürlich noch keine Schindmähre sein. Darauf mußt du achten.«

»Und wie soll ich den Unterschied erkennen?«

»Du wirst merken, ob er noch Gefühle hat, ob du ihn erregen kannst – oh, du brauchst nicht rot zu werden,

Mädelchen. Du wirst mehr junge Heißsporne erregen, als dir vielleicht lieb ist, und auch genügend Weiberhelden, so daß es dir an Auswahl nicht mangeln wird.«

»Ich will aber keinen Weiberhelden«, hatte sie bockig erklärt.

»Das kommt schon noch«, hatte Duncan prophezeit. »Denn sie sind es nun einmal, denen die Frauen nicht widerstehen können. Sorg nur dafür, daß du den Ring am Finger hast, bevor du zuläßt...«

»Opa!«

»Wer sollte dich denn darüber aufklären, wenn nicht ich?« hatte er ungerührt erwidert. »Du mußt wissen, wie ein solcher Mann zu behandeln ist.«

»Am besten mit dem Handrücken!«

Er hatte gekichert. »Nun, Liebling, du scheinst voreingenommen zu sein. Wenn der Mann dir gefällt und dein Herz klopfen läßt – willst du ihn dann trotzdem ignorieren, nur weil er ein Schürzenjäger ist?«

»O ja!«

»Aber ich sage dir doch, daß sie die besten Ehemänner abgeben!« Ihr Eigensinn hatte ihn dazu gebracht, laut zu brüllen. »Und ich will den besten Mann für dich, auch wenn du nicht viel Zeit haben wirst, ihn zu finden.«

»Woher in aller Welt willst du das wissen, Opa? Kannst du mir das sagen?« Sie war völlig verwirrt gewesen. Ihr Großvater wußte nicht, daß Frances sie über Weiberhelden informiert und ihr dringend geraten hatte, diese Spezies zu meiden wie die Pest.

»Ich war selbst einer, und mach jetzt nur nicht so ein überraschtes Gesicht. Ich hatte sechzehn Jahre lang die Gefilde abgegrast, bevor ich deine Großmutter kennenlernte und heiratete, und ihr war ich bis zu ihrem Tod treu.«

Eine Ausnahme! Eine seltsame Ausnahme, die Roslynn nicht veranlassen würde, ihre Meinung über diese Kategorie von Männern zu ändern. Aber das hatte sie Duncan nicht gesagt. Sie hatte ihn in dem Glauben gelassen, er hätte sie überzeugt, ohne ihm in dieser Hinsicht etwas zu versprechen.

Als Frances sie jetzt nach Liebe fragte, zuckte Roslynn nur mit den Schultern. »Wenn man sich nicht sofort verliebt, muß es eben ohne Liebe gehen. Du hast das ja auch überlebt.«

Frances runzelte die Stirn. »Mir blieb keine andere Wahl.«

»Entschuldige, ich hätte dich nicht daran erinnern sollen. Und was mich betrifft – zeig mir einen passabel aussehenden Mann, der kein allzu großer Schürzenjäger ist. Das genügt mir vollkommen.« Sie grinste verschmitzt. »Schließlich hat mein Großvater mir erlaubt, ja sogar selbst empfohlen, später Liebe zu finden, wenn ich sie in der Ehe nicht bekomme.«

»Er hat... Würdest du so etwas tun?«

Roslynn kicherte über die schockierte Miene ihrer Freundin. »Laß mich erst einen Ehemann finden, bevor ich mir Gedanken über den Liebhaber mache. Und drück mir die Daumen, daß ich beide in einer Person finde.«

Kapitel 4

»Na, Junge, was meinst du? Wird's gehen?« Anthony lehnte lässig am Türrahmen, während Jeremy sein neues Zimmer mit offensichtlicher Begeisterung betrachtete.

»Donnerwetter, Onkel Tony, ich...«

»Sofort stop!« Anthony setzte für den Neffen seine grimmigste Miene auf. »Du kannst meine Brüder mit ›Onkel‹ titulieren, soviel du willst, aber mich verschon bitte damit! Ein einfaches ›Tony‹ genügt vollkommen.«

Nicht im geringsten eingeschüchtert, schenkte Jeremy ihm ein strahlendes Lächeln. »Es ist fantastisch, Tony, ganz fantastisch. Das Zimmer, das Haus, du. Ich weiß gar nicht, wie ich dir danken...«

»Dann tu's bitte nicht«, fiel Anthony ihm rasch ins Wort. »Und bevor du diese blödsinnige Heldenverehrung weiter betreibst, nimm gefälligst zur Kenntnis, daß ich dich gründlich verderben werde, lieber Junge. Geschieht deinem Vater ganz recht – wie kann er dich nur meiner Obhut anvertrauen?«

»Versprichst du mir das?«

Anthony konnte sich nur mit Mühe das Lachen verbeißen. Der Junge hatte seine Worte tatsächlich ernst genommen. »Nein, das tu ich nicht. Großer Gott, glaubst du, ich möchte von Jason gelyncht werden? Er wird ohnehin toben, wenn er erfährt, daß James dich mir und nicht ihm anvertraut hat. Nein, ich werde dich mit einem Frauentyp bekannt machen, dessen Existenz dein Vater vergessen hat.«

»Wie Regan?«

Diesmal war Anthonys Stirnrunzeln nicht gespielt. »Wir beide werden gut miteinander auskommen, solange ich nie diesen Namen von dir höre. Verdammt, du bist genauso schlimm wie dein Vater...«

»Halt, Onkel Tony, ich kann nicht zulassen, daß du schlecht über meinen Vater sprichst«, unterbrach Jeremy ihn ernsthaft.

Anthony trat etwas vor und zauste den Jungen an den Haaren, die genauso rabenschwarz waren wie seine eigenen. »Versteh mich richtig, du Dreikäsehoch. Ich liebe deinen Vater. Ich habe ihn immer geliebt. Aber ich werde über ihn herziehen, so oft ich Lust dazu habe. Er war mein Bruder, lange bevor er dein Vater wurde, und er hat es nicht nötig, von einem jungen Dachs wie dir verteidigt zu werden. Dir braucht also nicht gleich der Kamm zu schwellen. Ich wollte ihn keineswegs schlechtmachen.«

Jeremy lächelte versöhnt. »Rega... – äh, Reggie sagt, du seist nur glücklich, wenn du mit deinen Brüdern streiten kannst.«

»Sagt sie das? Na ja, dieses Mädchen war schon immer

allwissend«, erwiderte Anthony mit zärtlichem Stolz. »Da wir übrigens gerade von der Dame sprechen – ich habe heute einen Brief von ihr erhalten. Offenbar ist sie zur Abwechslung einmal ohne ihren Viscount in der Stadt und benötigt für einen Ball heute abend einen Begleiter. Wie würde dir diese Aufgabe zusagen?«

»Mir? Ist das dein Ernst?« fragte Jeremy aufgeregt.

»Warum nicht? Sie weiß, daß ich solche Veranstaltungen nicht ausstehen kann, und sie hätte mich erst gar nicht darum gebeten, wenn jemand anderer zur Verfügung stünde. Aber Edward ist diese Woche mit seiner ganzen Brut bei Jason in Haverston zu Besuch, und Derek hält sich ebenfalls dort auf. Du und ich sind also die einzigen Malorys in der Stadt, die ihr aus der Klemme helfen können – es sei denn, daß wir deinen Vater mit dieser Aufgabe betrauen. Dazu müßten wir ihn allerdings rechtzeitig finden. Er hat zwar vorläufig sein Lager hier bei mir aufgeschlagen, aber soviel ich weiß wollte er irgendeine alte Freundin aufsuchen...«

»Sarah«, informierte Jeremy ihn mit funkelnden blauen Augen. »Sie arbeitet in einer Taverne unten...«

»Erspar mir die Einzelheiten!«

»Du könntest ihn ohnehin nicht dazu bringen, einen Ball zu besuchen, nicht einmal seiner Lieblingsnichte zuliebe. Aber ich täte es furchtbar gern. Ich habe dafür sogar die richtige Kleidung. Und tanzen kann ich auch. Connie hat es mir beigebracht.«

Anthony lachte schallend. »Tatsächlich? Und wer hat geführt, du oder er?«

Jeremy grinste. »Beide ein bißchen. Aber ich habe inzwischen auch mit Weibern viel getanzt, und keine hat sich je beklagt.«

Anthony konnte sich nur allzu gut vorstellen, daß es nicht nur beim Tanzen geblieben war. Der Junge hatte zweifellos zuviel Umgang mit den anstößigen Freundinnen seines Vaters. Was sollte er nur mit diesem charmanten Nichtsnutz anfangen? Irgend etwas mußte geschehen, denn von gesellschaftlichen Anstandsregeln hatte Jeremy keine Ahnung. Schuld daran war natürlich sein Vater. Was konnte man von einem Gentleman-Piraten – nun ja, ehemaligen Piraten – schon erwarten? Und er selbst, ein berüchtigter Lebemann, war auch nicht gerade ein geeignetes Vorbild. Vielleicht sollte er den Burschen seinen Cousins übergeben, wenn sie nach London zurückkehrten, damit sie ihm die Anfangsgründe guter Umgangsformen beibrächten.

»Ich bin sicher, daß Reggie entzückt sein wird, mit dir zu tanzen, Junge, nur solltest du sie nicht als Weib bezeichnen, sonst schmiert sie dir garantiert eine. Sie kennt dich ja gut genug und wird sich deshalb freuen, den Abend mit dir zu verbringen. Soviel ich weiß, soll sie dich sehr gern haben.«

»Ja, sie hat mich gleich an dem Tag, als wir sie entführten, ins Herz geschlossen.«

»Mußt du mich daran erinnern? Und erst, als sie erfuhr, wer du bist, hat sie dich ins Herz geschlossen, mein lieber Junge. Großer Gott, der arme James! Soviel Unannehmlichkeiten auf sich zu nehmen, um mit dem Viscount abzurechnen, und dann feststellen zu müssen, daß Reggie ihn geheiratet hat.«

»Nun, das hat alles geändert.«

»Selbstverständlich hat das alles geändert. Aber er hätte dich in diesen Rachefeldzug nicht hineinziehen sollen.«

»Es ging um die Ehre.«

»Ah, über Ehre weißt du also Bescheid«, stellte Anthony trocken fest. »Dann besteht vermutlich Hoffnung für dich – das heißt, wenn es uns gelingt, ›Weiber‹ aus deinem Wortschatz zu streichen.«

Jeremy errötete. Es war nicht seine Schuld, daß er die ersten Jahre seines Lebens in einer Taverne verbracht hatte, bis sein Vater von seiner Existenz erfuhr und ihn zu sich nahm. Connie, James' erster Steuermann und bester Freund, hatte an seiner Ausdrucksweise immer etwas auszusetzen, und Onkel Tony war offenbar entschlossen, ins gleiche Horn zu blasen.

»Vielleicht bin ich nicht gut genug als Begleiter...«

»Jetzt nimmst du schon wieder ernst, was ich sage.« Anthony schüttelte den Kopf über den Jungen. »Hätte ich vorgeschlagen, daß du meine Lieblingsnichte begleitest, wenn ich dich für ungeeignet hielte?«

Jeremy runzelte die Stirn, weil ihm plötzlich ein Hindernis eingefallen war. »Ich kann es nicht tun. Verdammt, wie konnte ich auch nur daran denken? Es geht nicht. Wenn es jemand anderes wäre... Nein, ich kann nicht!«

»Was, zum Teufel, meinst du damit?«

Jeremy blickte ihm in die Augen. »Ich kann mit ihr auf keinen Ball gehen, wenn ich ihr einziger Beschützer sein soll. Was soll ich denn machen, wenn jemand wie du sie belästigt?«

»Wie *ich?*« Anthony schwankte, ob er lachen oder dem unverschämten Kerl an die Gurgel springen sollte.

»Ach, du weißt schon, was ich meine, Tony – jemand, der ein Nein einfach nicht akzeptieren kann. Natürlich würde jeder, der es wagt, ihr zu nahezutreten, es mit mir zu tun bekommen, aber...«

»Aber wer würde einen Siebzehnjährigen ernst nehmen? Das willst du doch wohl sagen. Verdammt, du hast recht! Hmm, dann werden wir wohl einen Kompromiß schließen müssen. Du begleitest Reggie, und ich werde sie unauffällig im Auge behalten. Der Ballsaal der Crandals geht auf einen Garten hinaus, wenn mich mein Gedächtnis nicht täuscht, folglich brauche ich offiziell nicht in Erscheinung zu treten. Diese Regelung müßte sogar ihrem überängstlichen Herrn Gemahl zusagen. Und wie gefällt sie dir, junger Galahad?«

»Ausgezeichnet, wenn ich nur weiß, daß du eingreifen kannst, wenn es echte Probleme gibt. Aber, Tony, wirst du dich nicht zu Tode langweilen, wenn du den ganzen Abend im Garten verbringen mußt?«

»Bestimmt, aber ich werd's überleben. Du kannst dir ja nicht vorstellen, was passieren würde, wenn ich bei einem dieser Bälle aufkreuzte, und frag mich lieber nicht! Es ist der Fluch meines Lebens, aber dieses Leben habe ich nun einmal gewählt, und deshalb will ich mich auch nicht beklagen.«

Und mit dieser rätselhaften Bemerkung verließ Anthony seinen Neffen, der sein neues Reich in Besitz nahm.

Kapitel 5

»Nun, meine Liebe, glaubst du mir jetzt?« flüsterte Frances Roslynn zu, die inmitten einer Schar von Verehrern stand. Das ging so, seit sie auf diesem Ball erschienen war, ihrem dritten innerhalb von drei Tagen.

Die Frage war bewußt unverfänglich, in Anbetracht eventueller Zuhörer. Aber niemand hatte Frances gehört, denn die um Roslynn versammelten Herren führten momentan eine hitzige Diskussion über ein Rennen, das am nächsten Tag stattfinden sollte, obwohl ihrer aller Blicke immer wieder zu der bezaubernden jungen Frau im Satinkleid schweiften. Roslynn hatte dieses Thema selbst geschickt aufs Tapet gebracht, um den Streit zu beenden, wer ihr nächster Tanzpartner sein dürfe. Sie hatte es ziemlich satt, mit ihnen zu tanzen, vor allem mit Lord Bradley, der die größten Füße von ganz England haben mußte.

Roslynn hatte diese Frage ihrer Freundin in den letzten Tagen bis zum Überdruß zu hören bekommen, denn Frances freute sich über Roslynns Erfolge bei den Herren der vornehmen Gesellschaft so sehr, als wären es ihre eigenen, und sie konnte es nicht lassen, Roslynn unter die Nase zu reiben, daß sie ihr das von Anfang an prophezeit hatte.

»Ich glaube dir«, seufzte Roslynn. »Aber wie soll ich unter so vielen Männern jemals eine Wahl treffen?«

Frances zog sie etwas beiseite, um sie zu ermahnen: »Du brauchst keinen von ihnen zu wählen. Himmel, die Jagd hat für dich doch eben erst begonnen. Es gibt genug Heiratskandidaten, die du noch gar nicht kennengelernt hast. Du willst dich doch nicht blindlings in die Ehe stürzen, oder?«

»Nein, nein, natürlich nicht. Ich habe nicht die Absicht, einen völlig Wildfremden zu heiraten. Das heißt, im Grunde wird er natürlich ein Unbekannter für mich sein, aber ich will vorher soviel wie möglich über ihn herausfinden. Ich will über meine Beute einigermaßen Bescheid wissen, um keinen Fehler zu begehen.«

»Beute!« Frances rollte dramatisch mit den Augen. »Ist das dein Ernst?«

Roslynn seufzte wieder. »Ach, ich weiß nicht, Frances. Die ganze Sache hat etwas so Kaltblütiges an sich, speziell, da noch kein einziger der Herren, die ich bisher kennengelernt habe, mich auch nur im geringsten interessiert. Ich *kaufe* mir einen Ehemann. Da gibt es nichts zu beschönigen. Und es sieht nicht so aus, als würde ich ihn besonders schätzen, wenn ich mir die bisherigen Exemplare so ansehe. Aber wenn er nur den übrigen Kriterien entspricht...«

»Unsinn!« fiel Frances ihr streng ins Wort. »Du gibst auf, kaum daß du dich auf die Suche gemacht hast. Warum bist du plötzlich so deprimiert?«

Roslynn schnitt eine Grimasse. »Sie sind alle so *jung*, Frances! Gilbert Tyrwhitt ist höchstens zwanzig, und Neville Baldwin kann nicht viel älter sein. Der Graf ist in meinem Alter, und Lord Bradley ist einige Jahre älter, benimmt sich aber wie ein unreifer Schuljunge. Die zwei anderen sind auch nicht viel besser. Verdammt, ich komme mir in ihrer Gesellschaft *uralt* vor. Aber Großvater hat mich gewarnt. Er sagte, ich solle nach einem älteren Mann Ausschau halten, aber wo sind sie? Und wenn du mir jetzt erklärst, sie seien alle schon vergeben, schreie ich!«

Frances mußte lachen. »Ros, du hast es einfach viel zu eilig. Es ist durchaus eine ganze Anzahl distinguierter Herren anwesend – Witwer und einige eingefleischte Junggesellen, die aber rasch anderer Meinung werden könnten, wenn sie dich kennenlernen. Aber ich werde dich wohl auf sie aufmerksam machen müssen, denn sie sind zweifelsohne von diesen jungen Heißspornen eingeschüchtert, die dich umschwärmen. Die Älteren fühlen sich dieser Konkurrenz einfach nicht gewachsen. Wenn du also einen reiferen Mann haben willst, wirst du den armen Kerl irgendwie ermutigen, ihm zu verstehen geben müssen, daß du interessiert bist – na ja, du weißt schon, was ich meine.«

»Du lieber Himmel, Frances, du brauchst doch nicht rot zu werden! Es macht mir nichts aus, die Initiative zu ergreifen. Ich bin sogar darauf eingestellt, meinen Fall offen darzulegen und meinerseits den Heiratsantrag zu machen. Und du brauchst gar nicht so ungläubig die Brauen zu heben. Du weißt, daß ich es ernst meine, und wenn es sein muß, werde ich es tun.«

»Das glaube ich einfach nicht. Du würdest dich bestimmt genieren.«

»Unter normalen Umständen, ja. Aber mir bleibt keine andere Wahl. Ich habe einfach nicht die Zeit, mir umständlich den Hof machen zu lassen, und noch weniger habe ich die Zeit, um untätig herumzusitzen und auf den richtigen Mann zu warten. Also zeig mir die in Frage kommenden reiferen Herren, und ich sage dir dann, welchen ich vorgestellt werden möchte. Von diesem jungen Gemüse habe ich jedenfalls erst einmal genug.«

»Also gut«, erwiderte Frances und ließ ihre Blicke unauffällig durch den Saal schweifen. »Dort drüben, neben den Musikern, der Große. Mir fällt im Augenblick sein Name nicht ein, aber er ist Witwer und hat zwei Kinder – nein, ich glaube, drei. Er muß einundvierzig oder zweiundvierzig sein, und soviel ich weiß, ist er ein sehr sympathischer Mensch. Er hat ein großes Gut oben in

Kent, wo seine Kinder leben, aber er selbst zieht die Großstadt vor. Entspricht er mehr deinen Vorstellungen?«

Roslynn grinste über Frances' unverkennbaren Sarkasmus. »Oh, er ist nicht übel, gar nicht übel. Silbergraue Schläfen gefallen mir. Wenn ich schon auf Liebe verzichten soll, muß ich wenigstens auf einem angenehmen Äußeren bestehen, und er sieht ganz passabel aus, nicht wahr? Ja, er ist für den Anfang nicht schlecht. Wen kannst du mir sonst noch empfehlen?«

Frances warf ihr einen entrüsteten Blick zu. Ihr widerstrebte die nüchterne, geschäftsmäßige Art, in der Roslynn diese Sache betrieb, so als würde sie Waren auf einem Markt auswählen. Aber andererseits mußte sie zugeben, daß es im Leben nun einmal so zuging, nur daß die meisten Frauen einen Vater oder Vormund hatten, der die notwendigen Auskünfte einholte, während sie selbst von ewiger Liebe träumen konnten. Ros mußte sich eben um alles, auch um die finanziellen Vereinbarungen, selbst kümmern.

Nachdem sie die Notwendigkeit dieses Vorgehens nun eingesehen hatte, machte Frances ihre Freundin bereitwilliger auf mehrere Herren aufmerksam, und eine Stunde später hatte Roslynn alle Kandidaten kennengelernt und einige davon in die engere Wahl gezogen. Aber die jungen Männer gaben nicht auf und holten sie immer wieder zum Tanzen. Obwohl ihr Erfolg sie von so manchen Sorgen befreite, wurde dieses Herumscharwenzeln ihr allmählich etwas zuviel.

Roslynn hatte so lange mit ihrem Großvater und den Dienstboten, die ihr seit vielen Jahren vertraut waren, in der Abgeschiedenheit von Cameron Hall gelebt, daß sie nur mit wenigen Menschen zusammengekommen war. Die Männer in ihrer Bekanntschaft waren an sie gewöhnt gewesen, und von Fremden hatte sie einfach keine Notiz genommen. Im Gegensatz zu Nettie, die alles auf den ersten Blick wahrnahm und Roslynns Wirkung auf das männliche Geschlecht genauestens registrierte, hatte Roslynn selbst auf so etwas nie geachtet. Kein Wunder, daß sie ihrem Aussehen, das ihr nie außergewöhnlich vorgekommen war, keinen großen Wert beigemessen und andererseits den Nachteil ihres ›fortgeschrittenen Alters‹ gehörig überschätzt und geglaubt hatte, nur aufgrund der Tatsache, daß sie eine reiche Erbin war, rasch einen Ehemann finden zu können.

Sie hatte sich schon mit dem Gedanken abgefunden, daß eine alte Jungfer wie sie mit irgendeinem nicht gerade wohlhabenden zweiten oder dritten Sohn würde vorlieb nehmen müssen, oder sogar mit einem Spieler, mit irgendeinem hochverschuldeten Lord. Und sie hatte sich vorgenommen, großzügig zu sein, auch wenn sie vernünftigerweise darauf bestehen mußte, daß der Ehevertrag unterzeichnet wurde, demzufolge nur sie allein über ihr Vermögen verfügen konnte. Sie konnte es sich wirklich leisten, großzügig zu sein, denn sie war unermeßlich reich.

Aber seit dem ersten Ball, auf den Frances sie mitgenommen hatte, mußte sie ihre Situation neu überdenken. Sie hatte festgestellt, daß alle Arten von Männern an ihr interessiert ren, obwohl ihr Reichtum noch gar nicht bekannt war. Gewiß, ihre Kleidung und ihr Schmuck bewiesen, daß sie kein Aschenputtel war, aber sie konnte es noch immer kaum glauben, daß der reiche Graf sie bereits in der South Audley Street besucht hatte, und ebenso der ihr unsympathische Lord Bradley. Auch die älteren Herren, die sie auf ihre neue Liste gesetzt hatte, waren alles andere als Habenichtse, und sie schienen über ihr Interesse sehr geschmeichelt gewesen zu sein. Aber wären sie auch bereit, sie zu heiraten? Nun, das bleibt abzuwarten. Jetzt galt es zunächst einmal, möglichst viel über jeden von ihnen herauszufinden. Sie wollte *nach* der Hochzeit keine unangenehmen Überraschungen erleben.

Was sie bräuchte, wäre eine Vertrauensperson, die

diese Männer seit langem mit allen Vorzügen und Nachteilen kannte. Frances hatte, seit sie verwitwet war, ein viel zu zurückgezogenes Leben geführt, als daß sie zu einer gründlichen Charakteranalyse der in Frage kommenden Herren imstande gewesen wäre. Näheres wußte sie nur über einige Freunde ihres verstorbenen Mannes, und sie hatte Roslynn keinen davon empfehlen können. Die Herren, die sie Roslynn an diesem Abend vorgestellt hatte, waren oberflächliche Bekannte, über die sie nichts Genaues wußte.

Klatschgeschichten hatten hingegen den Nachteil, daß sie nicht zuverlässig waren und daß über einem aktuellen Skandal andere leicht in Vergessenheit gerieten. Roslynn bedauerte nicht zum ersten Male in den letzten Tagen, daß Frances ihre einzige Freundin in London war.

Auf die Idee, jemanden zu engagieren, der alles über ihre Kandidaten auskundschaften würde, kamen weder Roslynn noch Frances; aber sie hätten ohnehin nicht gewußt, wie man eine solche Person findet. Und es wäre auch eine viel zu einfache Lösung gewesen. Roslynn hatte sich von Anfang an darauf eingestellt, daß diese Jagd nach einem Ehemann schwierig sein würde, weil ihr die Zeit fehlte, in aller Ruhe eine Entscheidung zu treffen.

An diesem Abend machte sie aber immerhin einige Fortschritte. Sir Artemus Shadwell, der Witwer mit den grauen Schläfen, brachte es fertig, den jungen Flegeln, wie Roslynn sie ungerechterweise wegen ihrer übereifrigen Bemühungen bezeichnete, zuvorzukommen und mit ihr zu tanzen. Leider war es kein Tanz, bei dem man sich gut unterhalten konnte, und so erfuhr sie nur, daß er aus seiner ersten Ehe fünf Kinder hatte (Frances war entschieden nicht auf dem laufenden!) und an weiteren nicht interessiert war, falls er wieder heiraten sollte. Sie hätte gern gewußt, wie er das verhindern wollte, konnte ihn aber natürlich nicht danach fragen.

Roslynn hingegen war fest entschlossen, wenigstens Kinder zu haben, wenn sie schon so überstürzt heiraten mußte. Das war das einzige, worauf sie sich wirklich freute. Sie wollte nicht allzu viele Kinder, aber doch zwei oder drei oder auch vier. Und in ihrem Alter konnte sie damit nicht mehr lange warten. Wenn sie eine Familie gründen wollte, so mußte sie unverzüglich damit beginnen. Das würde klargestellt werden müssen, ohne jedes ›vielleicht‹ oder ›mal sehen‹. Darauf würde sie sich nicht einlassen.

Aber sie brauchte Sir Artemus trotzdem nicht gleich von ihrer Liste zu streichen. Schließlich wußte er nicht, daß sie ihn als Heiratskandidaten in Betracht zog, und hatte ihre Frage nach Kindern deshalb rein theoretisch beantwortet. Ein Mann konnte leicht umgestimmt werden, das wußte sie aus Erfahrung.

Nach ihrem Tanz brachte er sie zu Frances zurück, die am Buffet stand und sich mit einer jungen Frau unterhielt, die Roslynn noch nicht kennengelernt hatte. Doch gleich darauf erklangen Walzertakte, und Roslynn sah, daß der beharrliche Lord Bradley schnurstracks auf sie zusteuerte. Sie stöhnte laut auf. Das war einfach zuviel. Sie würde sich von diesem ungeschickten Burschen nicht wieder die Füße zertrampeln lassen!

»Was ist jetzt los, Roslynn?« erkundigte sich Frances, die den Stoßseufzer gehört hatte.

»Nichts... Herrgott, mir bleibt aber auch wirklich nichts erspart!« murmelte Roslynn erbittert und faßte plötzlich einen Entschluß. »Ich werde nicht wieder mit diesem Tölpel von Bradley tanzen, Frances, das schwöre ich dir. Eher falle ich in Ohnmacht, aber dieser Peinlichkeit will ich dich nicht aussetzen, deshalb werde ich mich kurz verdrücken. Entschuldigt mich bitte.«

Sie grinste Frances und der unbekannten Dame verschwörerisch zu, tauchte kichernd in der Menge unter und überließ es ihrer Freundin, dem hartnäckigen Lord ihr Verschwinden zu erklären.

Sie flüchtete durch eine der offenen Terrassentüren ins Freie, drückte sich an die Mauer neben der Tür und überzeugte sich mit einem raschen Blick davon, daß in dem herrlichen mondbeschienenen Garten hinter der Steinterrasse niemand zu sehen war. Dann spähte sie vorsichtig um die Ecke, um zu sehen, ob ihre Flucht geglückt war. Lord Bradley entfernte sich gerade sichtlich enttäuscht von Frances.

Ohne die leisesten Gewissensbisse beobachtete sie ihn weiter. Sie wollte sicher sein, daß er nicht draußen nach ihr suchen würde. In diesem Fall müßte sie sich schnell ein neues Versteck suchen, und sie sah sich im Geiste schon hinter Blumenbeeten kauern. Erst jetzt kam ihr zu Bewußtsein, daß sie auch hier auf ihrem Spähposten, in geduckter Haltung vornübergebeugt, ein lächerliches Bild bieten mußte, und sie vergewisserte sich nervös, daß der Garten noch immer leer war. Gleich darauf sah sie erleichtert, daß Lord Bradley ein junges Mädchen zum Tanz aufgefordert hatte.

Roslynn richtete sich auf und beglückwünschte sich insgeheim, ihre Füße wenigstens für den Augenblick gerettet zu haben. Sie hätte sich schon früher in den Garten begeben sollen. Die frische Luft war wohltuend, und sie wollte einige Minuten allein sein und zur Ruhe kommen.

Durch die Türen und Fenster fiel weiches goldenes Licht auf die Terrasse. Hier standen zwar einige Tische und Stühle, aber sie waren vom Saal aus zu sehen und deshalb für Roslynns Zwecke ungeeignet.

Aber sie entdeckte am Ende der Terrasse, dort wo sie in Rasen überging, eine Bank; zumindest die Beine von etwas, das wie eine Bank aussah, während der Sitz hinter einem tief herabhängenden Ast wie hinter einem Vorsprung verborgen war. Großartig! Sie konnte ihre Füße auf den Sitz hochziehen und wäre dann fast unsichtbar, falls jemand herauskommen sollte. Unsichtbar zu sein, wäre zur Abwechslung herrlich!

Roslynn rannte auf diese nur wenige Meter entfernte Bank zu, die ihr wie ein unverhoffter Zufluchtsort erschien, und befürchtete nur, daß jemand sie durchs Fenster sehen könnte, daß sie es nicht schaffen würde, mit der Dunkelheit unter dem dichten Geäst zu verschmelzen. Es war lächerlich, welche Bedeutung sie dieser kurzen Verschnaufpause plötzlich beimaß. Lange konnte sie ohnehin nicht wegbleiben, sonst würde Frances sich Sorgen machen. Und dann blieb sie jäh stehen, förmlich zur Salzsäule erstarrt. Es gab keinen Zufluchtsort für sie. Die Bank, *ihre* Bank, war besetzt.

Sie stand in einem Lichtkreis und starrte auf etwas, das aus der Entfernung wie ein dunkler Schatten ausgesehen hatte, sich nun aber als schwarz bekleidetes Männerbein entpuppte. Der Fuß stand auf dem Sitz, auf dem *sie* es sich hatte gemütlich machen wollen. Ihr Blick schweifte höher, zu einem gebeugten Knie, und sie stellte fest, daß der Mann sich auf die Rückenlehne stützte und eine halb sitzende, halb stehende Position einnahm. Seine Unterarme lagen lässig auf dem gebeugten Knie, die Hände mit den langen, schlanken Fingern waren entspannt und hoben sich von der schwarzen Hose ab. Ein Stück höher waren breite, leicht nach vorne gebeugte Schultern und eine locker gebundene weiße Krawatte zu sehen. Seine Gesichtszüge waren im Schatten nur ein grauer Fleck, umrahmt von dunklem Haar.

Sogar aus der Nähe verschwamm seine Gestalt fast mit der Dunkelheit, aber es handelte sich zweifellos um einen lebendigen Mann, auch wenn er beharrlich schwieg. Heftiger Zorn stieg plötzlich in ihr auf. Sie wußte, daß er sie im Licht, das aus dem Haus kam, deutlich sehen konnte; und wo dieses Licht nicht hinfiel, blieb immerhin der silberne Mondschein. Er hatte höchstwahrscheinlich beobachtet, wie sie hinter der Tür hervor in den Ballsaal gespäht hatte, so als wäre sie ein kleines Kind, das Verstecken spielte. Und er sagte kein Wort. Er bewegte sich nicht. Er betrachtete sie nur aufmerksam.

Ihre Haut brannte vor Scham, und sie ärgerte sich maßlos, daß er stumm blieb, so als wäre er noch immer unsichtbar für sie. Er hätte sie beruhigen müssen. Ein

Gentleman hätte ihr versichert, daß auch er sie soeben erst bemerkt habe, selbst wenn es nicht stimmte.

Sie wäre am liebsten geflüchtet, aber sie mußte wissen, wer er war, denn andernfalls würde sie sich in Zukunft bei jedem Mann, den sie kennenlernte, unwillkürlich fragen, ob es sich um jenen Unbekannten im Garten handelte, ob er sich insgeheim über sie amüsierte. Das würde ihre zahlreichen Sorgen nur noch unnötig vermehren.

Deshalb blieb sie stehen und faßte den Entschluß, ihn nach seinem Namen zu fragen, ihn – wenn notwendig – sogar mit Gewalt ins Licht zu zerren. Sie war so wütend, daß sie sich durchaus dazu imstande fühlte. Und dann, von einer Sekunde zur anderen, vergaß sie diesen Vorsatz. In einem Raum im oberen Stockwerk war Licht gemacht worden, und ein goldener Lichtstrahl drang durch das Laubwerk des Baumes und verwandelte den undeutlichen grauen Fleck in ein Gesicht.

Roslynn war auf diesen Anblick einfach nicht vorbereitet. Sie vergaß zu atmen und verspürte eine totale Leere im Gehirn.

Ein breiter Mund, die Winkel leicht nach oben gebogen. Eine energische Kinnpartie. Eine stolze Adlernase. Dunkel gebräunte Haut, umrahmt von lockigem Haar, schwarz wie Ebenholz. Die Augen – Gott beschütze die Unschuldigen vor solchen Augen! – waren strahlend blau, ganz leicht schräg, mit schweren Lidern. Es waren exotische, hypnotisierende Augen, beschattet von langen Wimpern. Der abschätzende Blick war kühn und sinnlich – er strahlte Wärme aus, viel zuviel Wärme.

Erst ein akuter Luftmangel brachte Roslynn wieder zur Besinnung. Sie atmete tief durch. Es war einfach unfair. Aber Großvater hatte sie ja gewarnt. Sie wußte es auf Anhieb. Dieser Mann gehörte zu jenen, die ›nicht in Betracht kamen‹. Er war viel zu attraktiv, als daß es anders ein könnte.

Ihr vorheriger Zorn war verflogen. Und doch verspürte sie das unerklärliche Verlangen, ihn zu ohrfeigen, weil er das war, was er zweifellos war. Warum gerade er? Warum mußte der einzige Mann, der ihr den Atem raubte, ausgerechnet zu jener völlig inakzeptablen Kategorie gehören?

»Sie starren mich höchst ungehörig an, mein Herr!« brachte sie trotz des heftigen Aufruhrs in ihrem Innern hervor.

»Ich weiß«, erwiderte er ruhig, mit breitem Lächeln.

Als Kavalier machte er sie nicht darauf aufmerksam, daß auch sie ihn anstarrte. Außerdem genoß er es, sie einfach zu beobachten. Worte waren überflüssig, obwohl ihre heisere Stimme seine Haut prickeln machte.

Anthony Malory war völlig fasziniert. Er hatte sie gesehen, noch bevor sie herauskam. Er hatte Reggie durch das nächstgelegene Fenster im Auge behalten, und plötzlich war dieser schlanke, in Satin gehüllte Rücken in sein Blickfeld geraten. Und dieses Haar! Die herrliche rotgoldene Farbe hatte sogleich seine Aufmerksamkeit erregt. Als sie dann plötzlich wieder in der Menge untergetaucht war, hatte er sogar allen Ernstes erwogen, den Saal zu betreten, nur um das Gesicht zu sehen, das zu diesen prächtigen Haaren gehörte.

Aber gleich darauf war sie herausgekommen, und er hatte sich wieder an die Bank gelehnt und geduldig abgewartet. Als sie sich duckte und um die Tür spähte, war er durch den Anblick ihres scharf konturierten Gesäßes reich belohnt worden. Unwillkürlich hatte er gegrinst, während er dachte: *Süße, du ahnst ja nicht, wie einladend du wirkst!*

Er hätte fast laut aufgelacht, aber plötzlich richtete sie sich auf, so als hätte sie seine Gedanken gelesen, und ließ ihre Blicke über die Terrasse schweifen. Als sie in seine Richtung schaute, glaubte er schon, entdeckt worden zu sein. Und dann rannte sie zu seiner größten Überraschung direkt auf ihn zu, und er sah endlich ihr Gesicht, das atemberaubend schön war, doch im nächsten Moment, als sie in den Lichtstreifen dicht vor der Bank trat,

Erstaunen und Verwirrung widerspiegelte. Er begriff, daß sie nicht auf *ihn* zugerannt war, daß sie ihn erst jetzt gesehen hatte.

Es amüsierte ihn, die verschiedenen Emotionen an ihrem bezaubernden Gesicht abzulesen. Neugier, Verlegenheit, aber keine Furcht. Ihr Blick schweifte langsam an ihm empor, und er fragte sich, wieviel sie wohl erkennen konnte. Vermutlich ziemlich wenig, nachdem sie im Licht und er im Schatten stand.

Es wunderte ihn, daß sie nicht sofort weggerannt oder in Ohnmacht gefallen war und auch sonst nichts von jenen albernen Dingen tat, mit denen man bei einer wohlbehüteten Debütantin nun einmal ständig rechnen mußte. Unwillkürlich überlegte er, warum sie sich so völlig anders verhielt als jene Unschuldslämmer, um die er einen weiten Bogen machte. Die Erkenntnis versetzte ihm einen Schock: sie war nicht so jung wie die anderen Mädchen, jedenfalls nicht zu jung für ihn. Folglich war sie für ihn auch nicht tabu.

Hatte er ihre Schönheit bisher nur als Kenner gewürdigt, so schoß ihm nun sofort der Gedanke durch den Kopf, daß es nicht beim bloßen Schauen bleiben mußte, daß sie eine Frau auch zum Anfassen sein könnte. Und dann ging im oberen Stockwerk ein Licht an, und sie starrte ihm unverwandt ins Gesicht, sichtlich fasziniert. Nie zuvor war er so glücklich gewesen, daß Frauen ihn attraktiv fanden.

Eine Frage drängte sich ihm plötzlich auf: »Wer paßt hier auf Sie auf?«

Roslynn zuckte zusammen, als sie nach dem langen Schweigen wieder seine Stimme hörte. Sie wußte genau, daß sie sich schon nach den ersten Worten, die sie getauscht hatten, hätte zurückziehen müssen. Statt dessen war sie wie angewurzelt stehengeblieben, außerstande, ihre Augen von ihm zu wenden.

»Wer auf mich aufpaßt?«

»Ja. Zu wem gehören Sie?«

»Ach so... Zu niemandem.«

Anthony lächelte belustigt. »Vielleicht sollte ich meine Frage anders formulieren?«

»Nein, ich habe Sie durchaus verstanden, und Sie haben meine Antwort gehört. Wissen Sie, mein Großvater ist unlängst gestorben. Ich habe bei ihm gelebt. Jetzt habe ich niemanden mehr.«

»Doch, Sie haben mich.«

Die sanften Worte versetzten ihr einen Stich, obwohl ihr Herz unwillkürlich schneller schlug. Oh, was hätte sie nicht darum gegeben, ihn zu haben! Aber sie war so gut wie sicher, daß er etwas ganz anderes meinte als das, was sie heiß ersehnte, und daß sie eigentlich schockiert sein müßte. Aber sie war weder schockiert, noch verlegen. Einem Mann wie ihm kamen solche Worte eben ganz leicht über die Lippen. Man mußte jederzeit darauf gefaßt sein. Sie wußte von Frances, daß diese Spezies es nie ehrlich meinte, daß solche Typen es einfach ihrem Image schuldig zu sein glaubten, schockierende Äußerungen von sich zu geben.

Trotzdem konnte sie einfach nicht anders als ihn zu fragen: »Sie würden mich also heiraten?«

»Heiraten?«

Sie hatte es fertiggebracht, ihn völlig aus der Fassung zu bringen. Seine entgeisterte Miene war direkt erheiternd.

»Ich nehme kein Blatt vor den Mund, mein Herr, obwohl ich im allgemeinen nicht *so* offen rede. Meine Frage war in Anbetracht Ihrer Worte völlig berechtigt. Darf ich aber aus Ihrer Reaktion schließen, daß Ihnen die Rolle eines Ehemanns nicht zusagen würde?«

»Großer Gott, alles, nur das nicht!«

»Mit solchem Nachdruck bräuchten Sie das nicht gerade zu betonen«, rügte sie mit einer Spur von Enttäuschung in der Stimme. »Ich hatte nichts anderes erwartet.«

Er hegte plötzlich die Befürchtung, daß seine Felle davonschwimmen könnten. »Sie wollen doch wohl nicht schlagartig all meine Hoffnungen zerstören? Sagen Sie mir schnell, daß Sie nicht wie all die anderen eine Ehe ins Auge fassen.«

»O doch, genau das tu ich. Nur deshalb bin ich nach London gekommen.«

»Wie alle.«

»Bitte?«

Er lächelte sie wieder an, und sie hatte das Gefühl dahinzuschmelzen. »Sie sind aber noch nicht verheiratet.« Er beugte sich vor, griff nach ihrer Hand und zog sie sanft näher. »Welchen Namen trägt eine solche Schönheit?«

Welchen Namen? Welchen Namen? Sie spürte seine warme, starke Hand, die ihre Finger umspannte. Ihre Haut prickelte am ganzen Arm. Ihre Schienbeine stießen gegen die Bankkante, aber sie fühlte keinen Schmerz. Er hatte sie in den Schatten gezogen.

»Sie haben doch einen, oder?« fragte er beharrlich.

Ein männlicher Duft stieg Roslynn in die Nase. »Was?«

Er lachte leise, erfreut über Ihre Verwirrung. »Einen Namen, mein liebes Mädchen. Wir alle müssen einen tragen, ob er uns nun gefällt oder nicht. Ich selbst heiße Anthony Malory, Tony für meine Freunde. Und jetzt sind Sie an der Reihe.«

Sie schloß die Augen. Nur auf diese Weise konnte sie einen klaren Gedanken fassen. »Ros – Roslynn.«

Sie hörte ihn mit der Zunge schnalzen. »Kein Wunder, daß Sie heiraten wollen, Ros Roslynn. Sie möchten einfach ihren Namen ändern.«

Sie riß ihre Augen auf und sah wieder sein betörendes Lächeln. Er neckte sie nur, und seine Ungezwungenheit gefiel ihr. Die anderen Männer, die sie in den vergangenen Tagen kennengelernt hatte, waren zu sehr bemüht, einen guten Eindruck auf sie zu machen, als daß sie entspannt scherzen konnten.

Sie erwiderte sein Lächeln: »Roslynn Chadwick.«

»Diesen Namen sollten Sie auch behalten – zumindest bis wir viel besser bekannt geworden sind. Und das werden wir zweifellos. Soll ich Ihnen verraten, auf welche Weise?«

Sie lachte, und diese kehligen Laute ließen ihn vor Erregung erbeben. »Ach, Sie versuchen doch nur, mich wieder zu schockieren. Das wird Ihnen aber nicht gelingen. Ich bin zu alt, um zu erröten, und ich bin vor Männern wie Ihnen gewarnt worden.«

»Wie mir?«

»Vor Weiberhelden.«

»Schuldig.« Er stieß einen gespielten Seufzer aus.

»Vor Meistern in der Kunst der Verführung.«

»Ich hoffe doch sehr, einer zu sein.«

Sie lachte leise vor sich hin, aber es war kein albernes Gekichere, und es war auch nicht auf Wirkung bedacht. Dieses volle, warme Lachen brachte ihn fast um den Verstand, aber er beherrschte sich mühsam. Er wollte nicht riskieren, diese Frau zu verschrecken. Sie war zwar dem Alter nach keine Debütantin mehr, aber er wußte noch nicht, ob sie schon einschlägige Erfahrungen gesammelt hatte.

Das Licht im oberen Stockwerk erlosch plötzlich, und sofort geriet Roslynn in Panik. Es spielte keine Rolle mehr, daß sie seine Gesellschaft genoß, daß sie sich in seiner Gegenwart wohl fühlte. Sie standen jetzt im Dunkeln, und er war ein Lebemann, und sie konnte es sich nicht leisten, verführt zu werden.

»Ich muß gehen.«

»Noch nicht.«

»Doch, ich muß in den Saal zurück.«

Sie versuchte, ihm ihre Hand zu entziehen, aber er verstärkte seinen Griff. Mit den Fingerspitzen seiner anderen Hand streichelte er sanft ihre Wange, und sie bekam weiche Knie. Sie mußte ihm ihren Standpunkt rasch klarmachen.

»Ich – ich muß mich bei Ihnen bedanken, Mr. Malory.« Ohne es zu bemerken, verfiel sie aus Verwirrung in den breiten schottischen Dialekt. »Sie haben mich für kurze Zeit von meinen Sorgen abgelenkt, aber Sie dürfen sie jetzt nicht vergrößern. Ich brauche einen Ehemann, keinen Geliebten, und Sie eignen sich nicht dazu... wirklich ein Jammer!«

Sie hatte es wieder fertiggebracht, ihn so zu überraschen, daß er sie losließ. Er blickte ihr nach, bis sie im Haus verschwand, und verspürte das lächerliche Bedürfnis, ihr zu folgen. Aber er tat es nicht. Langsam breitete sich auf seinem Gesicht ein Lächeln aus. Mit welchem Bedauern sie ›wirklich ein Jammer‹ gesagt hatte... Mit diesen Worten hatte sie, ohne es zu wissen, ihr Schicksal besiegelt.

Kapitel 6

»Du hast soeben einen Meister am Werk bewundern können, Connie.«

»Mir kam es eher wie eine Komödie der Irrungen vor«, erwiderte der große Rotschopf. »Eine verpaßte Gelegenheit ist nun mal eine verpaßte Gelegenheit, daran ist nicht zu rütteln.«

Anthony lachte, als die beiden Männer zu ihm traten. »Spionierst du mir nach, Bruderherz?«

James stützte sich mit den Unterarmen auf der Banklehne auf und grinste Anthony zu. »Ich konnte nicht widerstehen, um ganz ehrlich zu sein. Aber ich befürchtete schon, peinlicherweise Zeuge einer delikaten Situation zu werden.«

»Das war ziemlich unwahrscheinlich. Ich habe sie eben erst kennengelernt.«

»Und wieder verloren«, stellte Conrad Sharp mit Nachdruck fest.

Anthony warf dem ersten Steuermann einen mörderischen Blick zu, der in der Dunkelheit allerdings ohne jede Wirkung blieb.

»Nun, Connie, daraus kannst du ihm wirklich keinen Vorwurf machen«, mischte sich James begütigend ein. »Sie hat schließlich so rührend an sein weiches Herz appelliert, noch dazu in diesem seltsamen Schottisch. Und dabei hatte ich schon gedacht, daß sie gleich schwach würde.«

»Jedenfalls ist sie ein tolles Weib«, sagte Conrad genießerisch.

»Ja, geradezu atemberaubend«, bestätigte James.

Anthony hatte genug gehört. »Und sie ist für euch beide tabu.«

James lachte. »Du hast sie wohl für dich reserviert, Junge? Vorsicht, sonst könnte ich das als Herausforderung auffassen.«

Anthony spürte, wie ihm das Blut zu Kopfe stieg. In vergangenen Jugendzeiten, als sie zusammen London unsicher gemacht hatten, war es für sie ein beliebter Sport gewesen, um dieselbe Frau zu werben und zu wetten, wer sie zuerst verführen würde. Aber Anthony war mit den Jahren ruhiger geworden. Er hatte sich ausgetobt und so viele Abenteuer gehabt, daß er fast schon etwas übersättigt war. Eine Frau um jeden Preis besitzen zu müssen – dieses Gefühl hatte er vorhin zum erstenmal seit sehr langer Zeit verspürt.

Er hätte aber beim besten Willen nicht sagen können, ob auch James ruhiger geworden war. Dazu kannte er ihn jetzt zu wenig. Früher waren sie enge Verbündete gegen ihre zwei Brüder gewesen, die gut zehn Jahre älter waren. Aber das war, bevor James die verrückte Idee gehabt hatte, ein Piratenleben auf hoher See zu führen.

In den vergangenen zehn Jahren hatte er James nur selten gesehen, und das letzte Wiedersehen hatte mit einem Eklat geendet, der dazu führte, daß James von allen drei Brüdern enterbt wurde – nachdem sie ihn ordentlich verprügelt hatten, weil er Reggie in jenem Sommer aufs Meer mitgenommen hatte. Aber jetzt war James in Gnaden wieder in den Familienkreis aufgenommen worden. Er hatte die Piraterei aufgegeben, und vermutlich würde er sogar wieder in England seßhaft werden. Aber Anthony hatte keine Ahnung, ob James nur Spaß gemacht hatte oder tatsächlich versuchen wollte, Roslynn Chadwick zu erobern.

In diesem Augenblick sah er sie durchs Fenster, und ihm entging nicht, daß auch sein Bruder sie gesehen hatte. »Verdammt, James, was hast du hier überhaupt zu suchen?« rief er erbittert.

Sein um ein Jahr älterer Bruder richtete sich zu voller Größe auf, was aber nichts daran änderte, daß er etwas kleiner als Anthony war. Kein Mensch konnte auf den Gedanken kommen, daß sie Brüder waren. James war blond und hatte grüne Augen wie die meisten Malorys. Nur Anthony, Regina, Edwards Tochter Amy und Jeremy hatten die schwarzen Haare und kobaltblauen Augen ihrer Großmutter geerbt, die angeblich Zigeunerblut in den Adern gehabt hatte.

»Wenn du mir eine etwas ausführlichere Nachricht hinterlassen hättest, hätte ich nicht meinen Abend ruinieren und hierherkommen müssen«, antwortete James. »Und nachdem du mich jetzt daran erinnert hast – mit dir habe ich ein Hühnchen zu rupfen, Bruderherz. Was, zum Teufel, hast du dir nur dabei gedacht, meinen nichtsnutzigen Sohn zu Regans Begleiter zu machen?«

Anthony knirschte mit den Zähnen, als er den Namen Regan hörte. »Bist du deshalb hier aufgetaucht?«

»Du hast es ja nicht für nötig gehalten, mir auf deinem Zettel mitzuteilen, daß du ebenfalls hier sein würdest.«

»Daß ich an dem Ball teilnehme, kann man ja kaum behaupten, nachdem ich mich hier im Dunkeln verstecke.«

»Werd nur nicht sarkastisch, Kleiner!« mischte sich Conrad ein. »Solange du keinen eigenen Sohn hast, kannst du dir nicht vorstellen, welche Ängste man bei dem Gedanken aussteht, was er alles anstellen könnte.«

»Was soll der arme Junge mit zwei so wachsamen Vätern denn anstellen? Nebenbei möchte ich aber darauf hinweisen, daß Jeremy sich der Aufgabe, Reggie zu beschützen, selbst nicht gewachsen fühlte. Deshalb mußte ich mitkommen.«

»Du mißverstehst mich, Tony. Es geht mir nicht darum, wer Regan vor den Massen beschützt. Ich habe mir Sorgen gemacht, wer sie vor ihrem Beschützer beschützen würde.«

»Um Himmels willen, sie ist doch seine Kusine!« lachte Anthony.

»Glaubst du, daß er sich auch nur einen Deut darum schert?«

»Ist das wirklich dein Ernst?«

»Er ist unsterblich in sie verliebt«, lautete James' knappe Antwort.

»Das mag ja sein, aber du läßt das Objekt seiner Verliebtheit außer Betracht. Er würde nach höchstens einer Minute um Gnade winseln, wenn er es wagen sollte, ihr auch nur schöne Augen zu machen. So gut müßtest du deine Nichte doch eigentlich kennen, alter Junge.«

»Ja, ich weiß, daß sie ganz gut auf sich aufpassen kann. Aber ich kenne auch meinen Sohn, und er läßt sich nicht so leicht entmutigen.«

»Muß ich dich daran erinnern, daß wir über einen siebzehnjährigen Jungen sprechen?«

»Und muß ich dich daran erinnern, wie *du* mit siebzehn warst?« konterte James.

Anthony grinste. »Ein Punkt für dich. Also gut. Ich werde ab jetzt nicht nur Reggie im Auge halten, sondern auch deinen Satansbraten.«

»Er will sagen, daß er sie im Auge behalten wird, wenn er seine Augen zufällig einmal von der Schottin lösen kann«, kommentierte Connie.

»Dann bleibt doch am besten auch hier«, erwiderte Anthony. »Warum sollten wir nicht zu dritt Wache halten? Es ist schließlich ein so angenehmer Zeitvertreib.«

James grinste. »Ich glaube, das ist eine höfliche Aufforderung, daß wir uns verdrücken sollen. Komm, Connie, überlassen wir den armen Jungen seinen schmachtenden Blicken. Aber man kann ja nie wissen – vielleicht traut sie sich noch einmal heraus und tröstet ihn über den langweiligen Abend hinweg.« Er kicherte. »Anders kommen sie nämlich nicht zusammen. In die Höhle des Löwens wird er sich genauso wenig wie ich begeben – nicht einmal diesem Prachtweib zuliebe.«

Doch darin täuschte sich James.

Kapitel 7

»Ich möchte wirklich wissen, was er hier macht. Lady Crandal hat für seinesgleichen nicht viel übrig. Sie hätte ihn nie eingeladen.«

»Sir Anthony benötigt keine Einladung, meine Liebe. Er tut, was ihm gefällt.«

»Aber er hatte immer soviel Anstand, unseren Veranstaltungen fernzubleiben.«

»Anstand?« Ein kurzes Lachen. »Mit Anstand hat das nicht das geringste zu tun. Er kann solche Festivitäten einfach nicht ausstehen. Und das ist kein Wunder. Es gibt vermutlich keine einzige Dame hier im Saal, die diesen Schürzenjäger nicht liebend gern bekehren würde.«

»Ich weiß wirklich nicht, was du daran komisch findest, Lenore. Er taucht auf, und mindestens die Hälfte der anwesenden Frauen verliebt sich Hals über Kopf in ihn. Ich habe es mit eigenen Augen gesehen. Deshalb würde es einer Gastgeberin nie einfallen, ihn einzuladen, wenn sie auf ein harmonisches Fest Wert legt. Er verursacht viel zuviel Aufsehen.«

»Aber er versorgt uns auch auf Monate hinaus mit Gesprächsstoff. Das mußt du doch zugeben.«

»Du hast gut reden, Lenore«, warf eine andere Dame

verstört ein. »Du führst in dieser Saison keine Tochter in die Gesellschaft ein. Mein Gott, schaut euch nur mal meine Jane dort drüben an! Sie läßt ihn nicht mehr aus den Augen. Ich weiß genau, daß Percy für sie jetzt nicht mehr in Frage kommen wird. Sie kann *so* schwierig sein.«

»Laß sie doch schauen, Alice. Du brauchst deiner Tochter später doch nur einige Histörchen über ihn zu erzählen, dann wird sie gründlich schockiert sein und sich glücklich preisen, daß er keine Notiz von ihr genommen hat.«

»Aber was *macht* er hier? Das würde mich brennend interessieren.«

»Wahrscheinlich will er seinen Sohn im Auge behalten«, gab Lenore selbstzufrieden zum besten.

»Seinen – *was*?«

»Schaut euch doch mal den Jungen an, der gerade mit Sarah Lordes tanzt. Er ist das reinste Ebenbild von Sir Anthony, findet ihr nicht auch?«

»Allmächtiger Gott, noch ein Malory-Bastard! Diese Familie sollte sich wirklich mehr vorsehen.«

»Nun ja, der Marquis hat seinen unehelichen Sohn anerkannt. Ich frage mich, ob Sir Anthony das auch tun wird.«

»Es ist unglaublich! Wie konnten sie das nur so lange geheimhalten?«

»Vermutlich haben sie ihn bis jetzt irgendwo versteckt. Die Malorys scheinen in dieser Saison verschiedene Überraschungen auf Lager zu haben. Ich habe gehört, daß der dritte Bruder zurückgekehrt ist.«

»Der dritte Bruder?« mischte sich eine weitere Dame ins Gespräch. »Aber es sind doch nur drei.«

»Lebst du eigentlich auf dem Mond, Lidia?« fragte Lenore honigsüß. »Es sind vier Brüder, und der dritte ist das schwarze Schaf der Familie.«

»Ich dachte immer, das wäre Sir Anthony.«

»Er ist zwar ein Schwerenöter sondergleichen, aber der

andere ist viel schlimmer. Oh, ich könnte euch Geschichten über ihn erzählen! Er war jahrelang verschwunden, und niemand weiß, wo er gesteckt und was er gemacht hat.«

»Dann ist es ja nicht verwunderlich, daß ich nichts von seiner Existenz wußte«, verteidigte sich Lidia.

»Hallo!«

Roslynn ärgerte sich über die plötzliche Störung, aber es war wenigstens keiner ihrer jungen Verehrer. Die meisten von ihnen hatten sich zum Glück für eine Weile zum Kartenspielen zurückgezogen, was ihr die Gelegenheit gab, die reiferen Herren ihrer neuen Liste etwas näher kennenzulernen. Aber anstatt sich dieser Aufgabe zu widmen, hatte sie sich von dem Getuschel ablenken lassen, das überall in Gang gekommen war, sobald Anthony Malory den Ballsaal betreten hatte.

Roslynn hatte sich unauffällig hinter eine Gruppe älterer Damen gestellt und ganz ohne schlechtes Gewissen gehorcht. Sie gestand sich ein, daß das Gesprächsthema sie faszinierte, und sie ließ sich kein Wort davon entgehen. Doch jetzt wollte jemand sich mit ihr unterhalten, was ihr höchst ungelegen kam.

Sie wandte sich notgedrungen Lady Eden zu, versuchte aber gleichzeitig, wenigstens mit einem Ohr den interessanten Geschichten der Damen weiterhin zu lauschen. »Sind Sie schon müde vom Tanzen?«

Regina Eden hatte einige Bemerkungen der Damen ebenfalls gehört und amüsierte sich deshalb über Roslynns unverkennbare Unaufmerksamkeit.

»Ich tanze selten, außer mit meinem Mann, und er konnte mich heute abend nicht begleiten.«

»Wie schön!«

Die junge Frau rollte mit den Augen, lächelte und hängte sich bei Roslynn ein. »Kommen Sie, meine Liebe. Hier ist es schrecklich heiß. Suchen wir uns ein anderes Plätzchen.«

Roslynn seufzte, während sie weggeschleppt wurde.

Diese Lady Eden war wirklich erstaunlich energisch. Und dabei hätte Roslynn nie gedacht, daß sie verheiratet war und sogar schon ein Kind hatte, denn sie sah so aus, als hätte sie noch vor kurzem die Schulbank gedrückt. Sie war jene Unbekannte, mit der Frances sich unterhalten hatte, als Roslynn vor Lord Bradley geflüchtet war, und nach ihrer Rückkehr aus dem Garten hatte Frances sie mit Regina Eden bekannt gemacht. An die Unterhaltung konnte sich Roslynn allerdings nicht mehr erinnern, weil sie nur an ihre Begegnung mit Malory gedacht hatte.

Lady Eden blieb in der Nähe des Büfetts stehen. Unglücklicherweise hatte Roslynn von hier aus freie Sicht auf den Mann, der im Augenblick das Gesprächsthema Nummer eins war. Er hatte den Ballsaal nicht betreten, sondern stand auf der Türschwelle zum Garten, eine Schulter an den Rahmen gelehnt, die Arme über der Brust gekreuzt. Seine Blicke schweiften langsam durch den Raum – bis er Roslynn entdeckte und ihr jenes strahlende Lächeln schenkte, das ihr Herz dahinschmelzen ließ.

Ihn im hellen Licht zu sehen, war ein überwältigendes Erlebnis. Er hatte einen vollendet gebauten Körper – breite Schultern, eine schmale Taille, schlanke Hüften, lange Beine. Im Garten war ihr nicht aufgefallen, wie groß er war. Aber seine ungeheuer sinnliche Ausstrahlung *war* ihr aufgefallen.

Sein Abendanzug hatte einen perfekten Schnitt, und der schwarze Samt stand ihm großartig. Roslynn konnte ihn sich in den hellen Farben eines Dandy nicht vorstellen. Er wäre dann noch mehr aufgefallen – falls das überhaupt möglich war.

»Er ist höllisch attraktiv, nicht wahr?«

Roslynn zuckte verlegen zusammen, weil sie dabei ertappt worden war, wie sie ihn anstarrte. Aber ihr Verhalten fiel überhaupt nicht auf, denn *alle* starrten ihn an.

Sie bemühte sich, für Lady Eden eine gleichgültige Miene aufzusetzen, und sagte achselzuckend: »Finden Sie?«

»O ja. Auch seine Brüder sehen fantastisch aus, aber für mich war Tony immer der attraktivste.«

Es versetzte Roslynn einen leisen Stich, diese bezaubernde junge Frau mit ihrem schwarzen Haar und den lebhaften blauen Augen von ›Tony‹ reden zu hören. Was hatte er vorhin gesagt? ›Tony für meine Freunde.‹

»Sie kennen ihn offenbar sehr gut?«

Regina grinste. »Ich kenne die ganze Familie sehr gut.«

Roslynn errötete, was ihr selten passierte. Sie war erleichtert über diese Antwort, ärgerte sich aber über sich selbst, weil ihre Frage so scharf geklungen hatte. Wenn die Viscountess mit den Malorys gut bekannt war, würde sie sich über Roslynns Interesse an Sir Anthony bestimmt amüsieren. Es wäre vernünftiger, ein anderes Gesprächsthema zu finden. Aber das brachte sie nicht fertig.

»Er ist furchtbar alt, nicht wahr?«

»Nun, wenn Sie fünfunddreißig sehr alt finden...«

»Erst fünfunddreißig?«

Regina konnte nur mit Mühe ein Lachen unterdrükken. Diese Frau war verzweifelt bemüht, irgendeinen Fehler an Tony zu entdecken. Es war nicht zu übersehen, daß er eine neue Eroberung gemacht hatte, ohne es darauf anzulegen. Oder legte er es doch darauf an? Es war wirklich sehr undiplomatisch von ihm, Lady Roslynn so anzustarren. Wenn sie nicht dicht danebenstünde, käme die arme Frau sofort ins Gerede.

Ja, er verhielt sich entschieden taktlos, speziell, da er ja nie ernste Ansichten hatte. Sie fand Lady Roslynn sehr sympathisch und wollte ihr Kummer ersparen.

»Er ist ein eingefleischter Junggeselle«, warnte Regina deshalb. »Mit drei älteren Brüdern gab es für ihn nie einen Grund zu heiraten, müssen Sie wissen.«

»Sie brauchen es nicht so vornehm zu umschreiben. Ich weiß, daß er ein Weiberheld ist.«

»Er zieht den Ausdruck ›Frauenkenner‹ vor...«

»Dann liebt er offenbar ebenfalls vornehme Umschreibungen!«

Regina lachte. O ja, sie mochte diese Frau. Roslynn heuchelte zwar Desinteresse an Tony, aber ansonsten war sie herzerfrischend offen.

Roslynn riskierte wieder einen verstohlenen Blick auf Sir Anthony. Sie ärgerte sich, ihn mit Mr. Malory angeredet zu haben, aber woher hätte sie wissen sollen, daß er dem Adel angehörte? Sein ältester Bruder war der Marquis von Haverston, der zweite ein Graf, der dritte das schwarze Schaf, und Anthony ein berüchtigter Lebemann. Oh, sie hatte in kürzester Zeit sehr viel über ihn gehört. Warum konnte sie über ihre Heiratskandidaten nicht ebenso viel erfahren?

»Tanzt er nicht?« hörte Roslynn sich ungewollt fragen.

»O doch, er ist ein fantastischer Tänzer, aber er wagt nicht, hier jemanden aufzufordern. Wenn er es täte, müßte er anschließend mit einigen Dutzend anderer Frauen tanzen, nur damit kein Gerede entsteht. Aber dieser lästigen Pflicht will Tony sich verständlicherweise nicht unterziehen, nur um einmal mit der Frau seiner Wahl tanzen zu können. Deshalb kann er solche Bälle nicht ausstehen. Sie zwingen ihn zur Diskretion, und ihm ist allein schon dieses Wort zuwider.«

»Ist er wirklich so berüchtigt, daß es den Ruf eines Mädchens ruinieren würde, mit ihm zu tanzen?«

»Ich habe Derartiges schon erlebt, und es ist wirklich eine Schande, denn ein *gar* so schlimmer Schürzenjäger ist er nun auch wieder nicht. Nicht, daß es ihm jemals an weiblicher Gesellschaft fehlen würde. Aber er hat es auch nicht darauf abgesehen, ganz London zu verführen.«

»Nur einen nicht unbeträchtlichen Teil?«

Regina sah ihr Grinsen und stellte fest, daß Roslynn über Anthonys Ruf eher amüsiert als schockiert war. Vielleicht interessierte sie sich doch nicht für ihn. Oder sie sah vernünftigerweise ein, daß es eine hoffnungslose Sache wäre.

»Klatsch kann sehr grausam sein, meine Liebe.« Im Flüsterton fügte sie hinzu: »Tatsache ist, daß ich mich nicht traue, von Ihrer Seite zu weichen. Es ist wirklich ungezogen von ihm, Sie so anzustarren.«

Roslynn mied den Blickkontakt zu ihrer Beschützerin. »Vielleicht sind Sie es, die er anschaut.«

»Ausgeschlossen. Aber solange keiner der hier Anwesenden ganz sicher ist, wen von uns beiden er mit Blikken verschlingt, werden Sie nicht kompromittiert.«

»Ah, da bist du ja, Ros!« Frances gesellte sich zu ihnen. »Lord Grahame hat gerade nach dir gefragt. Er behauptet, du hättest ihm den Walzer versprochen.«

»Das habe ich«, seufzte Roslynn. Es war höchste Zeit, Anthony Malory zu vergessen und sich wieder an die Arbeit zu machen. »Ich hoffe nur, daß der Kerl jetzt ein bißchen mehr aus sich herausgeht, damit ich etwas Interessantes über ihn erfahre.«

Dann fiel ihr mit Schrecken ein, daß ihre unbedachten Worte Lady Eden sehr seltsam berühren mußten, aber Regina lächelte vergnügt. »Schon gut, meine Liebe. Frances hat mich in groben Zügen über Ihre Situation aufgeklärt. Wissen Sie, ich hatte das gleiche Problem, als ich nach einem Ehemann Ausschau hielt. Aber im Gegensatz zu Ihnen mußte bei mir auch noch die ganze Familie meine Wahl billigen, und das machte die Sache außerordentlich schwierig, denn kein Mann war ihnen für mich gut genug. Ein wahres Glück, daß mein Nicholas mich kompromittiert hat, sonst wäre ich vielleicht heute noch immer auf der Suche.«

Frances war sichtlich schockiert. »Aber ich dachte, du wärest ihm versprochen gewesen!«

»Das wurde nach der Bekanntgebung allgemein vermutet, aber in Wirklichkeit hatte er mich entführt, in der irrigen Annahme, ich wäre seine derzeitige Geliebte, und dieser kleine Irrtum kam heraus. Oh, er brachte mich unverzüglich nach Hause, nachdem er seinen Irrtum bemerkt hatte, aber da war es schon geschehen... Und da er ein eingefleischter Junggeselle war, mußte man ihn mit Gewalt zum Altar schleppen. Aber inzwischen hat er sich großartig mit der Ehe abgefunden. Das beweist nur wieder einmal, daß ein Mann, der in jeder Hinsicht ungeeignet zu sein scheint, sich durchaus als Glückstreffer erweisen kann. Das läßt sich nie im voraus sagen.«

Die letzten Worte waren für Roslynn bestimmt, fielen bei ihr aber nicht auf fruchtbaren Boden. Ihre Aufgabe war ohnehin schon schwierig genug, da konnte sie sich nicht auch noch mit unberechenbaren Männern abgeben. Sie war keine Spielernatur und hatte nicht die Absicht, eine totale Niete zu ziehen.

Mit dem festen Vorsatz, Weiberhelden auch weiterhin aus dem Wege zu gehen, machte sie sich auf die Suche nach Lord Grahame.

Kapitel 8

Das Wetter an diesem Morgen hätte selbst auf Bestellung nicht schöner sein können. Deshalb waren auch fast dreimal soviel Reiter wie sonst zu so früher Stunde im Hyde Park unterwegs. Nachmittags wurden Spazierfahrten unternommen; dann waren auf den ländlich anmutenden Wegen Kutschen aller Art zu sehen. Morgens konnte man hingegen unbehindert reiten, ohne auf Schritt und Tritt Bekannte zu treffen, mit denen man Konversation treiben mußte.

Anthony Malory war an diesem Morgen gezwungen, seinen üblichen harten Galopp durch den Park zugunsten eines schnellen Trabs aufzugeben, denn er bezweifelte, daß Reggies Stute mit seinem kraftvollen Hengst Schritt halten könnte, und nachdem das Frauenzimmer darauf bestanden hatte, mit ihm auszureiten, mußte er sich wohl oder übel ihrem Tempo anpassen.

Er hatte einen bestimmten Verdacht, worüber sie mit ihm sprechen wollte, und er war nicht sicher, ob er über die Dame vom Vorabend diskutieren wollte. Als Reggie aber ihr Pferd zügelte und gleichzeitig James und Jeremy zuwinkte vorauszureiten, wußte er, daß es für ihn kein Entrinnen gab. Das kleine Schätzchen konnte manchmal unangenehm beharrlich sein.

»Als ich dich bat, heute morgen mit mir zu reiten, dachte ich, daß wir allein sein würden«, begann Regina mit einem leichten Anflug von Ärger. »Daß Jeremy mitkommen wollte, kann ich ja noch verstehen, aber Onkel James? Er steht doch selten vor Mittag auf.«

Anthony hatte sowohl seinen Bruder als auch seinen Neffen nur unter Aufbietung aller Überredungskünste aus den Betten und in die Sattel bekommen. Doch auch das hatte ihm nichts genutzt. Dieser verdammte James! Obwohl er genau wußte, daß Anthony ihn nur mitgeschleppt hatte, um eine unverfängliche Konversation sicherzustellen, trabte er jetzt fröhlich von dannen und bedachte Anthony auch noch mit einem amüsierten Grinsen.

Anthony zuckte unschuldig die Achseln. »Was kann ich denn dafür? James hat seine Gewohnheiten geändert, seit er Vater geworden ist. Hat dieser Schurke, den du geheiratet hast, das nicht auch getan?«

»Großartig! Warum mußt du immer auf Nicholas herumhacken, obwohl dein eigenes Benehmen alles andere als beispielhaft ist?« Und schon war sie bei *ihrem* eigentlichen Thema. »Sie ist eine halbe Schottin, wußtest du das?«

Er machte sich nicht die Mühe zu fragen, von wem eigentlich die Rede sei, sondern murmelte nur gleichgültig: »Tatsächlich?«

»Sie sind bekannt für ihr ungezügeltes Temperament.«

»Also gut, Kindchen.« Er seufzte tief. »Was liegt dir auf der Seele? Wovor willst du mich warnen?«

Mit gerunzelter Stirn blickte sie ihm in die Augen. »Bist du an ihr interessiert, Tony?«

»Bin ich gestorben, ohne es zu wissen?«

Sie mußte unwillkürlich lachen. »Zugegeben, das war eine dumme Frage. Natürlich bist du interessiert – du und ein paar Dutzend anderer Männer. Meine nächste Frage lautet: hast du die Absicht, etwas zu unternehmen?«

»Das, mein liebes Mädchen, geht dich nun überhaupt nichts an.«

Sein Ton war freundlich, aber energisch, und Regina runzelte wieder die Stirn. »Ich weiß. Aber ich dachte, daß du ein bißchen mehr über sie erfahren solltest, bevor du beschließt, sie zu becircen.«

»Willst du mir ihren vollständigen Lebenslauf erzählen?« erkundigte er sich trocken.

»Sei nicht albern, Tony. Sie ist nach London gekommen, um zu heiraten.«

»Diese betrübliche Nachricht habe ich schon aus dem Munde der Dame selbst vernommen.«

»Heißt das, daß du mit ihr gesprochen hast? Wann denn?«

»Wenn du es unbedingt wissen willst – gestern abend im Garten.«

Sie schnappte nach Luft. »Du hast sie doch nicht...«

»Nein, du kannst ganz beruhigt sein.«

Regina stieß einen erleichterten Seufzer aus, aber beruhigt war sie keineswegs. Wenn ihn die Tatsache, daß Lady Roslynn eine Heirat anstrebte, nicht von seinem Vorhaben abgebracht hatte, war die arme Frau verloren.

»Vielleicht ist dir nicht klar, Tony, wie ernst es ihr ist. Sie will bis zum Ende dieses Monats verheiratet sein. Nein, du brauchst nicht so vielsagend die Brauen zu heben. Es ist nicht das, was du glaubst. Was ihre Erfahrungen mit Männern betrifft, könnte sie auch erst sechzehn sein.«

»*Das* vermag ich nun wirklich nicht zu glauben.«

»Da sieht man's mal wieder! Du weißt überhaupt nichts von ihr und willst trotzdem ihr Leben durcheinanderbringen. Sie ist sehr behütet aufgewachsen, hat seit dem frühen Tod ihrer Eltern mit ihrem Großvater in den Highlands gelebt und ihn in den letzten Jahren gepflegt. Deshalb kann sie auch erst jetzt an eine Ehe denken. Wußtest du das?«

»Unsere Unterhaltung war nur kurz, Reggie.«

Obwohl sein Ärger nicht zu übersehen war, redete sie weiter auf ihn ein. »Ihr Vater war ein ziemlich einflußreicher Graf. Du weißt, daß Onkel Jason es scharf mißbilligen würde...«

Anthony fiel ihr ins Wort. »So ungern ich auch auf der schwarzen Liste meines großen Bruders stehe, bin ich ihm doch keineswegs Rechenschaft schuldig, meine Liebe.«

»Da ist auch noch etwas anderes, Tony. Sie ist eine reiche Erbin. Ihr Großvater besaß ein riesiges Vermögen und hat alles Lady Roslynn hinterlassen. Das ist noch nicht allgemein bekannt, aber du kannst dir ja vorstellen, was passiert, wenn sie nicht verheiratet ist, bevor es sich herumspricht.«

»Jeder Schurke in London wird ihr nachstellen«, erwiderte Anthony kurz und bündig.

»So ist es. Glücklicherweise hat sie aber schon mehrere Herren in die engere Wahl gezogen. Sie will nur noch möglichst viel über die einzelnen Kandidaten erfahren, bevor sie sich für einen von ihnen entscheidet. Sie hat mich sogar gebeten, Nicholas zu fragen, was er über diese Herren weiß.«

»Nachdem Sie so fantastisch unterrichtet sind, mein liebes Fräulein, können Sie mir bestimmt auch verraten, warum sie es so verdammt eilig hat.«

Oh, er war ganz entschieden an Roslynn interessiert, so sehr, daß er sich nicht einmal bemühte, seinen Ärger zu verbergen. Das war erstaunlich. Sie hatte noch nie erlebt, daß er sich wegen einer Frau aufregte. Ihm standen immer so viele zur Auswahl, daß eine spezielle ihm nicht allzu viel bedeutete. Vielleicht würde sie ihren Standpunkt doch noch einmal überdenken müssen.

Wesentlich zögernder als bisher fuhr sie fort: »Es hat etwas mit einem Versprechen zu tun, das sie ihrem Größvater auf dem Sterbebett gegeben hat. Deshalb die Eile und überhaupt die ganze Suche nach einem Ehemann. Ihre Freundin Frances Grenfell meint, daß Lady Roslynn wahrscheinlich überhaupt nicht heiraten würde, wenn nicht dieses Versprechen wäre. Das leuchtet mir ein, denn sie ist ja in einer selten günstigen Position – sie ist bildschön, hat Geld wie Heu und ist völlig unabhängig.«

Es war wirklich eine einmalige Situation, aber Anthony dachte im Augenblick nicht näher darüber nach, denn der Name Grenfell bereitete ihm Unbehagen. »Ist sie mit Frances Grenfell eng befreundet?«

Regina wunderte sich über diese Frage. »Warum?«

»Lady Frances war eine von Georges Jugendsünden – aber das muß unter uns bleiben, Kleines.«

»Selbstverständlich«, versicherte sie und fuhr eifrig fort: »Meinst du den guten alten George, deinen besten Freund, der mich immer so gemein aufgezogen hat? *Diesen* George?«

Er grinste über ihr Erstaunen. »Genau den meine ich. Aber du hast meine Frage noch nicht beantwortet.«

»Ich verstehe zwar immer noch nicht, was das für eine Rolle spielt, aber sie sind sehr eng befreundet. Sie haben sich in der Schule kennengelernt und sind seitdem immer in Verbindung geblieben.«

»Und das bedeutet natürlich, daß sie keine Geheimnisse voreinander haben!« knurrte Anthony vor sich hin.

Verdammt! Er hörte im Geiste ihre Worte: ›Ich bin vor Männern wie Ihnen gewarnt worden.‹ Er hatte gedacht, daß sie scherzte, aber jetzt war ihm klar, wer sie gewarnt hatte. Sie mußte eine verheerende Meinung über Schürzenjäger haben und würde vor ihm auf der Hut sein, was auch immer er sagen oder tun mochte, nur aufgrund der schlechten Erfahrungen ihrer Freundin. Er verwünschte George Amherst und hätte ihn für seine Jugendtorheit plötzlich ohrfeigen können. So ein verdammtes Pech!

Trotz seiner unheilverkündend düsteren Miene fühlte Regina sich verpflichtet weiterzureden, denn sie wußte, daß niemand außer ihr das wagen würde. »Weißt du, Tony, du solltest Lady Roslynn wirklich in Ruhe lassen, es sei denn, daß du selbst bereit bist, in den heiligen Stand der Ehe zu treten, was ganz London schockieren, aber die Familie ungemein freuen würde.«

Er lachte plötzlich. »Um Himmels willen, Kleines, seit wann bist du mein geistlicher Vater?«

Sie errötete. »Ach, weißt du, es ist so verdammt unfair. Ich bezweifle, daß es eine Frau gibt, die deinen Verführungskünsten widerstehen könnte.«

»Du überschätzt meine Fähigkeiten.«

»Hol dich der Kuckuck!« rief sie. »Ich habe dich als Charmeur erlebt und weiß, was du mit dieser Masche alles anrichtest. Aber ich mag Roslynn Chadwick. Es ist für sie sehr wichtig, dieses Versprechen zu halten, und aus irgendeinem Grund muß sie das innerhalb einer bestimmten Frist tun. Wenn du dich nun einmischst, stiftest du nur Verwirrung und bereitest ihr Kummer.«

Anthony lächelte ihr zu. »Es ist ja sehr löblich, daß du dich so für jemanden einsetzst, den du gerade erst kennengelernt hast, Reggie, aber findest du nicht, daß du etwas voreilig bist? Außerdem ist sie kein hirnloses Gänschen. Sie ist ein freier Mensch und nur sich selbst Rechenschaft schuldig. Das hast du selbst gesagt. Glaubst du also nicht, daß sie alt und reif genug ist, um einen Wüstling wie mich auf Distanz zu halten, wenn sie es will?«

»Dieses Wörtchen *will* ist der Haken an der Sache«, stöhnte Reggie.

Er lachte wieder. »Du hast dich gestern abend lange

mit ihr unterhalten. Hat sie mich vielleicht zufällig erwähnt?«

Großer Gott! Daß er eine solche Frage stellte, bewies eindeutig, daß es ihm wirklich ernst war, sogar nachdem sie ihm alles auseinandergesetzt hatte.

»Du warst so ziemlich unser einziges Gesprächsthema«, gab sie zu. »Aber das ist nichts Ungewöhnliches, denn fast jeder im Saal hat sich über dich ausgelassen. Weißt du, ich bin sicher, daß sie einiges von dem Klatsch über dich mitbekommen hat.«

»Hast wenigstens du ein hübsches Bild von mir gezeichnet, Kleines?«

»Ich hab's versucht, aber sie hat es mir nicht abgenommen. Trotzdem wird es dich freuen zu hören, daß sie zwar gleichgültig tat, ihr Interesse aber genauso unverkennbar ist wie das deinige.« Ihr Geständnis rief bei Anthony ein so strahlendes Lächeln hervor, daß sie ihm rasch einen Dämpfer versetzen mußte. »Das Interesse an deiner Person hat sie allerdings keineswegs davon abgehalten, ihre Bekanntschaft mit jenen Herren zu vertiefen, die sie als Heiratskandidaten in Betracht zieht. Du magst einen gewissen Eindruck auf sie gemacht haben, aber an ihren Plänen hat sich deshalb nichts geändert.«

Regina sah ein, daß nichts, was sie sagte, ihn entmutigen konnte. Sie hätte sich ihre Worte genauso gut sparen können. Nie zuvor hatte sie sich in sein Liebesleben eingemischt, und sie begriff, daß jeder derartige Versuch sinnlos war. Er würde wie immer das tun, was er wollte. Onkel Jason hatte schließlich jahrelang erfolglos versucht, Tony vom Hedonismus abzubringen. Wie hatte sie nur glauben können, daß er auf sie mehr hören würde?

Sie erkannte plötzlich, wie töricht sie gewesen war. Anthony war ein charmanter Weiberheld, und gerade das hatte ihr an ihm immer besonders gut gefallen. Nicht umsonst war er ihr Lieblingsonkel. Was konnte dieser

Herzensbrecher denn dafür, daß die Frauen sich in ihn verliebten, obwohl er ihnen nie falsche Hoffnungen machte? Aber er schenkte auch Genuß und Glück, und das war schon viel wert.

»Ich hoffe, du bist mir nicht böse, daß ich meine Nase in Dinge gesteckt habe, die mich nichts angehen.« Sie schenkte ihm jenes betörende Lächeln, dem er nie widerstehen konnte.

»Es ist eine so hübsche Nase!«

»Aber sie war zu vorwitzig. Es tut mir wirklich leid, Tony. Ich dachte nur – na ja, vergiß es. Du bist bisher ohne fremden Rat ganz gut zurechtgekommen. Ich glaube, wir sollten jetzt die anderen...«

Sie verstummte. Ein prachtvoller schwarzer Hengst kam ihnen in leichtem Galopp entgegen, mit einem Pony an seiner Seite. Beim Anblick der Reiterin auf dem Rappen stöhnte Reggie inwendig. Welch unglückseliger Zufall!

Auch Anthony hatte Lady Roslynn bereits bemerkt. Wie hätte ihm dieses stolze Pferd und die Frau im grünen Reitkostüm mit ihren rotgoldenen Haaren auch entgehen können? Was Reggie jedoch überraschte, war sein Gesichtsausdruck.

Großer Gott, sie hatte noch nie gesehen, daß er eine Frau so ansah, und dabei hatte sie ihn mit Dutzenden seiner Geliebten beobachtet. Auf dem Ball hatte er Roslynn absichtlich angestarrt, hatte seine Blicke als Verführungstaktik eingesetzt. Jetzt aber, da er sich unbeobachtet glaubte, stand in seinen Augen nicht nur Leidenschaft geschrieben, sondern auch zärtlichere Gefühle. Dies war ein Blick, wie Reggie ihn von ihrem Nicholas kannte.

Ihr Versuch, Anthony zum Verzicht zu bewegen, kam ihr nun noch absurder vor. Sie erkannte, daß etwas Besonderes vorging. Und wäre es nicht wunderbar, wenn etwas dabei herauskäme?

Ihre Einstellung änderte sich schlagartig. Sie überlegte jetzt, wie sie dazu beitragen könnte, die beiden zusammenzubringen. Anthony hatte darüber indessen eigene Ideen.

»Könntest du vielleicht hier warten, während ich sie begrüße?« Ihre Miene besagte: *Kommt überhaupt nicht in Frage!* Er stieß einen schweren Seufzer aus. »Das dachte ich mir schon. Also komm. Jetzt darfst zur Abwechslung einmal du die Anstandsdame spielen.«

Anthony ritt sofort los, ohne auf Reggie zu warten; wider besseres Wissen hoffte er, daß sie ihm wenigstens ein paar Minuten mit Roslynn allein gönnen würde. Doch dann kam alles ganz anders. Ausgerechnet in diesem Moment tauchte James am Horizont auf und schaffte es, die Dame als erster zu begrüßen. Anthony hörte ihn sagen: »Ich bin entzückt, Sie wiederzusehen, Lady Chadwick.«

Roslynn war so nervös, daß sie Mühe hatte, Brutus im Zaume zu halten, was ihr bisher noch nie passiert war. Sie hatte Sir Anthony herbeireiten sehen, und vermutlich hatte der blonde Unbekannte, der aus dem Nichts aufgetaucht zu sein schien, sie deshalb so erschreckt. Als er sich jetzt auch noch vorbeugte, um ihr Pferd zu beruhigen, stieg Zorn in ihr auf. Sir Anthony mußte ja glauben, daß sie mit Brutus nicht allein fertigwerden konnte.

In scharfem Ton fragte sie: »Kenne ich Sie, mein Herr?«

»Nein, aber ich hatte Gelegenheit, Sie gestern abend im Garten der Crandals zu bewundern. Bedauerlicherweise sind Sie weggerannt, bevor ich Ihre Bekanntschaft machen konnte.«

Anthony beobachtete, wie ihr das Blut zu Kopfe stieg, und er sah plötzlich rot. »Mein lieber Bruder, *dafür* werde ich dich in die Knighton's Hall bitten.«

James ließ sich von dieser Drohung nicht im geringsten einschüchtern. Roslynn Chadwick im hellen Tageslicht war eine der attraktivsten Frauen, die er je gesehen hatte. Daß Anthony sie als erster entdeckt hatte, war völlig belanglos. Bis die Dame zu erkennen gab, wen sie bevorzugte, hatte sie durchaus das Recht, sein Glück zu versuchen.

Roslynn starrte James an, nachdem sie jetzt wußte, wer er war. Sie wäre von allein nie darauf gekommen. Anthonys Bruder vor sich zu haben. Und sie verstand jetzt auch, warum Anthony nur als zweitschlimmster Wüstling galt. Beide Brüder sahen unglaublich gut aus, aber während Anthony einfach ein charmanter Herzensbrecher war, machte der blonde Malory einen wesentlich rücksichtsloseren und gefährlicheren Eindruck. Trotzdem fürchtete sie sich nicht vor ihm. Es war Anthony, der ihren Seelenfrieden bedrohte, der ihr – wie sie genau wußte – gefährlich werden konnte.

»Ah, Sie sind also das schwarze Schaf des Malory-Clans«, sagte sie. »Welche Schandtaten haben Sie denn begangen?«

»Nichts, was bewiesen werden könnte, das versichere ich Ihnen, schöne Dame.« An Anthony gewandt, fügte er mit einem provozierenden Grinsen hinzu: »Wo bleiben eigentlich deine Manieren, mein Junge? Übernimm doch bitte die Vorstellung.«

Anthony knirschte mit den Zähnen. »Mein Bruder, James Malory. Und dieser Bursche hier, der uns offenbar über den Haufen reiten will, ist sein Sohn Jeremy.«

Jeremy brachte sein Pferd in letzter Sekunde zum Stehen und hörte gerade noch, wie Roslynn zu James sagte: »Ihr Sohn? Aber selbstverständlich, das sieht man ja auf den ersten Blick!« Ihre Stimme triefte nur so von Ironie.

Jeremy lachte ausgelassen, und auch James amüsierte sich köstlich. Nur Anthony wurde immer wütender. Er hatte vorausgesehen, daß man ihn für Jeremys Vater halten würde, aber mußte ihm das ausgerechnet bei Roslynn passieren? Und nachdem der junge Nichtsnutz auch noch schallend lachte, wäre es im Moment sinnlos, die Sache richtigzustellen.

Roslynn war jetzt von Malorys umgeben und wünschte nur, sie wäre nicht so sorglos gewesen, auf die Begleitung von Timmys Reitknecht zu verzichten. Zu Hause war sie immer ohne männlichen Schutz ausgeritten, aber London ließ sich mit den Highlands eben nicht vergleichen.

So als hätte er ihre Gedanken gelesen, fragte Anthony plötzlich: »Haben Sie Ihren Reitknecht verloren?«

Der sechsjährige Timmy auf seinem Pony ergriff unerwartet das Wort: »Ros ist mein Reitknecht, und ich bin ihrer. Sie hat gesagt, wir brauchen nur einander.«

»Und wer bist du?«

»Lord Grenfell«, erklärte Timmy großartig.

Der Junge hatte Georges blonde Haaren und graue Augen. Anthony schluckte, bevor er sagte: »Ich kenne – das heißt, ich kannte deinen Vater sehr gut. Aber wenn Lady Ros das nächste Mal dein Reitknecht sein will, mußt du ihr sagen...«

»Ich habe schon selbst eingesehen, daß der Park nicht so sicher ist, wie ich glaubte, Sir Anthony«, fiel Roslynn ihm anzüglich ins Wort. »Ich versichere Ihnen, daß ich diese Rolle nicht wieder übernehmen werde.«

»Es freut mich, das zu hören, aber jetzt werde ich Sie doch lieber nach Hause begleiten.«

James rieb ihm entzückt unter die Nase: »Es tut mir wahnsinnig leid, Bruderherz, dich daran erinnern zu müssen, daß du bereits anderweitige Verpflichtungen hast. Es wird mir aber eine besondere Ehre sein, die Dame sicher nach Hause zu bringen.«

»Den Teufel wirst du tun!« schoß Anthony zurück.

Regina hatte sich im Hintergrund gehalten und das Geplänkel von Herzen genossen. Als es jetzt aber in Streit auszuarten drohte, hielt sie es doch für geraten einzugreifen.

»Bevor ihr beide euch prügelt, möchte ich darauf hinweisen, daß auch Jeremy zur Verfügung steht und für die kurze Strecke als Beschützer völlig genügt. Und da ich sowieso die Absicht hatte, Lady Frances zu besuchen, werde ich mich ihnen anschließen. Tony, ich bedanke mich, daß du mich heute morgen ertragen hast.« An Roslynn gewandt, fügte sie etwas verspätet hinzu: »Sagt Ihnen diese Regelung zu?«

Roslynn seufzte erleichtert, denn sie hatte verzweifelt überlegt, wie sie die Begleitung des einen oder anderen Bruders ablehnen könnte, nachdem sie ja dummerweise zugegeben hatte, daß es ein Fehler gewesen war, ohne männlichen Schutz auszureiten. »O ja, durchaus, Lady Eden.«

»Bitte nicht so förmlich, meine Liebe. Nennen Sie mich Reggie.« Sie grinste James zu, bevor sie hinzufügte: »So nennt mich fast jeder.«

Diese Bemerkung besserte Anthonys Laune ein klein wenig. Er lächelte Roslynn an, und sie schmolz sofort wieder dahin. Nur unter Aufbietung aller Willenskraft brachte sie es fertig, seinen Blick zu meiden, während man sich voneinander verabschiedete. Sie hatte schon letzte Nacht erkannt, daß es besser für sie war, diesen Mann nicht wiederzusehen. Und in diesem Entschluß, sah sie sich jetzt nur noch mehr bestärkt.

Während Anthony den vier Reitern nachblickte, erwog er, Reggie übers Knie zu legen, sobald er sie irgendwo allein traf. »Sie hat einen unerträglichen Kommandoton an sich, seit sie Eden geheiratet hat.«

»Findest du?« lachte James. »Vielleicht ist dir das früher nur nie aufgefallen, weil sie damals nicht *dich* herumkommandiert hat.«

Anthony fuhr wütend auf ihn los: »Und was dich betrifft...«

James nahm ihm rasch den Wind aus den Segeln. »Jetzt sei mal nicht so humorlos, alter Junge. Nachdem ich gesehen habe, welche Wirkung du auf sie ausübst, schätze ich meine Chancen sie dir auszuspannen, selbst als gering ein.« Während er seinem Pferd die Sporen gab, rief er aber noch mit einem teuflischen Grinsen: »Aber einen Versuch ist es allemal wert!«

Kapitel 9

»Du bist überhaupt keine Hilfe, Frances!« schimpfte Roslynn. »›Geh hin, wenn du Lust hast.‹ Was ist das für eine Antwort, möchte ich wissen?«

Frances blieb so plötzlich auf dem belebten Gehweg vor den Geschäften in der Oxford Street stehen, daß Nettie, die nicht aufgepaßt hatte, gegen ihn Rücken prallte und zwei Pakete verlor. Eine runde Hutschachtel rollte auf den Bordstein zu, und Anne, Frances' Zofe, konnte gerade noch verhindern, daß sie auf der Straße landete. Doch Frances merkte nicht einmal etwas von diesem kleinen Zwischenfall.

»Was ist nur in dich gefahren, Ros?« erkundigte sie sich kopfschüttelnd. »Wenn du nicht einmal eine so einfache Entscheidung treffen kannst, wird mir angst und bange bei dem Gedanken, welche Qualen du durchmachen wirst, wenn du deinen Zukünftigen wählen mußt. Entweder du willst zu dem Fest der Edens gehen, oder du willst es nicht. Ja oder nein, entweder oder – was könnte einfacher sein?«

Roslynn schnitt eine Grimasse. Frances hatte natürlich recht, aber sie wußte schließlich nicht, daß Roslynn auf dem Ball der Crandals Anthony Malory kennengelernt hatte. Roslynn hatte es ihr erzählen wollen, aber zunächst hatte sie sich auf der Heimfahrt erkundigt, ob Lady Edens Ehemann vor der Heirat ein Weiberheld gewesen sei.

»Und ob!«

Trotz des Abscheus, der aus Frances' Stimme herauszuhören war, hatte Roslynn eine weitere Frage gestellt: »Sind die beiden ein glückliches Paar?«

»Ich muß gestehen, daß ich nie zwei glücklichere und verliebtere Menschen gesehen habe.«

Ihrem Ton war zu entnehmen gewesen, daß sie nicht verstehen konnte, wie so etwas möglich war. Daraufhin hatte Roslynn den Namen Anthony Malory lieber erst gar nicht erwähnt. Für Frances waren Männer wie er unverkennbar noch immer ein rotes Tuch, und wenn sie erführe, daß Roslynn von ihm fasziniert war, würde sie sich schreckliche Sorgen machen.

Obwohl Roslynn die Einstellung ihrer Freundin kannte und Schwerenöter theoretisch auch selbst ablehnte, gelang es ihr einfach nicht, alle Gedanken an ihn aus dem Sinn zu verbannen, und Nettie hatte natürlich sofort etwas gewittert, als Roslynn ins Schlafzimmer gekommen war. Ihre ersten Worte waren gewesen: »Aha, ich sehe, daß du dem richtigen Mann begegnet bist. Wie heißt er denn?«

Jäh aus ihren Träumen gerissen, hatte Roslynn hastig behauptet, es wären gleich vier Männer, und sie hatte alles berichtet, was sie über die betreffenden reiferen Herren wußte, was nicht allzuviel war, aber doch genügte, um Nettie zunächst von der richtigen Spur abzubringen.

Und jetzt wußte Roslynn genau, daß sie viel zuviel Aufhebens von Lady Edens Einladung machte, zumal sie all den anderen Einladungen, die sie seit ihrer Einführung in die Gesellschaft erhalten hatte, wenig Aufmerksamkeit geschenkt hatte. Kein Wunder, daß Frances glaubte, irgend etwas stimme nicht mit ihr. Aber sie hatte wenigstens keine Ahnung, was es sein könnte. Nettie hingegen war nicht so leicht hinters Licht zu führen. Sie beäugte Roslynn ohnehin unablässig, seit diese am Vortag von ihrem Ausritt mit Timmy zurückgekehrt war, obwohl Roslynn beim besten Willen nicht wußte, wodurch sie sich verraten haben könnte.

»Für dich wäre es zweifellos eine einfache Entscheidung«, verteidigte sie sich gegenüber Frances, »aber ich muß dabei einiges bedenken...«

»Beispielsweise?«

»Zum einen den Zeitaufwand. Die Stadt für drei oder vier Tage zu verlassen, könnte eine Verzögerung...«

»Hast du mir nicht erzählt, daß Regina versprochen hat, deine Herren ebenfalls einzuladen?«

»Das bedeutet noch lange nicht, daß sie sich auch tatsächlich einfinden, Frances. Die Saison hat kaum begonnen. Das ist eine denkbar ungeeignete Zeit für eine Wochenendparty auf dem Lande.«

»Silverley liegt in Hampshire und nicht am Ende der Welt. Außerdem hast du doch auch erwähnt, daß sie versprochen hat, ihren Mann über deine Heiratskandidaten auszufragen und dir alles brühwarm zu berichten, sobald du dort bist. Du müßtest doch eigentlich schon allein aus diesem Grund hinfahren wollen.«

Was konnte sie dieser Logik entgegensetzen? »Wer sagt mir, daß er überhaupt etwas Interessantes über die Herren zu berichten weiß? Es könnte sich als reine Zeitverschwendung herausstellen.«

»Dann kannst du sofort umkehren und noch am selben Abend wieder in London sein.«

»Und dich dort allein lassen?« protestierte Roslynn. »Und wie willst du dann zurückkommen?«

Frances schüttelte wieder den Kopf. »Ich geb's auf! Du hast offensichtlich keine Lust hinzufahren, also lassen wir es eben. Wir haben für dieses Wochenende ein halbes Dutzend anderer Einladungen und können...«

»Leg mir bitte nichts in den Mund. Ich habe noch nicht ›nein‹ gesagt.«

»Nun?«

Roslynn ging weiter und rief über die Schulter hinweg: »Ich muß noch darüber nachdenken.«

Hätte sie diese Party doch nur nicht wieder aufs Tapet gebracht! Sie konnte sich lebhaft vorstellen, wie intensiv Netties Gehirn jetzt arbeitete. Nettie kannte sie eben viel zu gut. Sie würde mit Sicherheit neugierige Fragen stellen. Was sollte sie ihr nur sagen? Frances hatte ja soeben klargestellt, daß es keine überzeugenden Gründe für eine Absage gab.

Eine solche Absage wäre sogar denkbar unvernünftig. Frances hatte völlig recht – allein schon wegen der Information, die Regina für sie einholen wollte, würde sich die Fahrt nach Silverley lohnen. Und außerdem – wenn sie nun absagte, aber ihre vier ›Anwärter‹ der Einladung folgten? Dann würde sie in London herumsitzen und keinerlei Fortschritte erzielen können, und *das* wäre eine Zeitvergeudung.

Aber andererseits – und es war ein großes Aber! – bestand die Möglichkeit, daß Anthony Malory in Silverley aufkreuzen würde, und Roslynn wollte nicht riskieren, ihn wiederzusehen. Sie *durfte* ihn nicht wiedersehen. Er übte auf sie eine geradezu magische Anziehungskraft aus, und sie mußte sich schleunigst jeden Gedanken an ihn aus dem Kopf schlagen.

Sie hätte Lady Eden frei heraus fragen sollen, ob der eine Malory, um den sie einen weiten Bogen machen wollte, dort sein würde. Statt dessen hatte sie, um sich nicht bloßzustellen, nur ganz allgemein gefragt, ob irgendwelche Malorys kommen würden, und Regina hatte unbestimmt geantwortet: »Ich weiß nie, ob einer oder mehrere von ihnen auftauchen. Sie wissen alle, daß sie jederzeit willkommen sind.«

Und Roslynn war genauso schlau wie vorher gewesen! Sie wußte, daß es im Grunde nichts zu überlegen gab. Sie mußte eine weitere Begegnung mit Anthony Malory um alles in der Welt vermeiden, selbst wenn sie dadurch Zeit verlieren würde.

»Da wären wir!« riß Frances sie aus ihren trüben Gedanken. »Ros. Dickens and Smith, mein letzter Programmpunkt für heute. Aber ich muß schon sagen – mit dir einkaufen zu gehen, macht überhaupt keinen Spaß! Du könntest doch wenigstens in den Laden mitkommen, wenn du schon selbst nichts kaufen willst.«

Roslynn rang sich trotz ihrer deprimierten Stimmung ein Lächeln ab, um Frances zu versöhnen. »Das täte ich auch, wenn du nicht einen so heißen Tag ausgesucht hättest, um mich herumzuschleppen. Ich war schon nach der Parfümerie und dem Strumpfladen total erledigt. Wie du auch noch das Haubengeschäft und die Seidenhändler durchstehen konntest, ist mir schleierhaft. Aber vermutlich bist du daran gewöhnt, während du nicht vergessen darfst, daß bei uns in Schottland ein kälteres Klima herrscht. In diesen Geschäften ist es so wahnsinnig stickig. Hier draußen ist wenigstens ein schwacher Luftzug zu spüren. Also, rein mit dir. Ich warte mit Nettie wieder draußen.«

Sobald sich die Tür zum Tuchladen hinter Frances und Anne geschloßen hatte, konnte Nettie erwartungsgemäß ihre Neugier nicht länger bezähmen. »So, Mädchen, und jetzt wirst du mir erzählen...«

»Ach, Nettie, verschon' mich bitte mit deinen Fragen!« unterbrach Roslynn sie hastig. »Ich bin wirklich nicht in der Stimmung, mir Löcher in den Bauch fragen zu lassen oder mir Vorwürfe anzuhören.«

So leicht ließ Nettie jedoch nicht locker. »Du kannst doch nicht abstreiten, daß du dich sehr eigenartig aufführst.«

»Ist das nicht verständlich, in Anbetracht meiner Situation? Kannst du dir nicht vorstellen, was mir so alles im Kopf herumgeht?« entgegnete Roslynn in gereiztem Ton, weil sie sich in die Defensive gedrängt fühlte. »Hast du gedacht, es würde einfach sein, einen Ehemann auszuwählen? Mein Gott, manchmal habe ich das Gefühl, diesen Nervenstrapazen nicht gewachsen zu sein!«

Sie hatte es tatsächlich fertiggebracht, Netties Mitgefühl zu wecken. »Na, na, Liebling, bald wirst du es ja hinter...«

»Psst!« unterbrach Roslynn sie mit gerunzelter Stirn. »Da ist es wieder! Bemerkst du es auch?«

»Was denn?«

»Daß wir beobachtet werden.«

Nettie warf ihr einen skeptischen Blick zu; sie wußte nicht so recht, ob Roslynn nur ablenken wollte oder es ernst meinte. Das Mädchen spähte aber tatsächlich intensiv nach allen Richtungen.

»Wenn jemand uns beobachtet, dann eigentlich nicht *uns*, sondern *dich*. Zweifellos ein Verehrer.«

Roslynn winkte ungeduldig ab. »Ich kenne das Gefühl, das man hat, wenn man bewundernde Blicke auf sich zieht. Dies hier ist etwas ganz anderes. Ich werde dieses unangenehme Gefühl nicht los, seit wir vor dem Haubengeschäft auf Frances gewartet haben.«

»Na ja, dann ist es bestimmt ein Taschendieb, dem wir aufgefallen sind, und bei dem ganzen Schmuck, den du trägst, ist das ja auch kein Wunder! Halt deinen Geldbeutel fest, Mädchen!«

Roslynn seufzte. »Vermutlich hast du recht. Geordie kann mich doch unmöglich so schnell gefunden haben, oder? Trotzdem werde ich lieber in der Kutsche warten. Siehst du sie irgendwo?«

Nettie stellte sich auf die Zehenspitzen. »Ja, etwa fünf Läden entfernt, aber sie scheint durch einen Karren behindert zu sein. Wir könnten aber hingehen. Dann steigst du schon mal ein, und ich komme hierher zurück, um Lady Frances Bescheid zu sagen.«

Roslynn hatte nie zuvor ein so seltsames Gefühl gehabt. Sie vermutete zwar, daß ihre lebhafte Fantasie ihr einfach einen Streich spielte, aber weshalb sollte sie vor dem Laden herumstehen, wenn sie bequem in der Kutsche sitzen konnte? Sie sah sich noch einmal mißtrauisch nach allen Seiten um, aber auf dem Gehweg wimmelte es nur so von Passanten, und auf der Straße reihten sich die Fahrzeuge aneinander, so daß sie unmöglich feststellen konnte, ob irgend jemand sie beobachtete.

Sie gingen auf die Kutsche zu, doch schon nach wenigen Metern schlang sich von hinten ein Arm um Roslynns Taille, und sie verlor den Boden unter den Füßen. Geradezu erleichtert, daß ihr Gefühl sie nicht getrogen hatte und sie nicht gänzlich unvorbereitet war, dachte sie nicht einmal daran, um Hilfe zu schreien. Sie hatte keine Angst, sie geriet auch nicht in Panik. Statt dessen ließ sie ihren Oberkörper über dem stählernen Arm ihres Angreifers nach vorne fallen, hob ihren Rock etwas an und zog den Dolch aus ihrer Stiefelette.

Währenddessen stieß Nettie einen markerschütternden Schrei aus und stürzte sich auf den Mann, schlug ihm ihr Handtäschchen um die Ohren und klatschte es ihm ins Gesicht. Versehentlich traf sie dabei auch die Kopfbedeckung ihres Schützlings; die Haube rutschte Roslynn über die Augen, doch sie brauchte den fleischigen Arm, der ihr die Luft abschnürte, nicht zu sehen, um den Dolch hineinzustoßen.

Der Kerl heulte auf und ließ sie los, und im nächsten Augenblick saß sie mitten auf dem Gehsteig. Sie schob ihre Haube zurück und stellte fest, daß Nettie den Mann noch immer verfolgte und mit ihrem Ridikül auf ihn einschlug, bis er in eine altersschwache Kutsche sprang, deren Kutscher die Pferde mit einer Peitsche zur Eile antrieb.

Ein kalter Schauder lief Roslynn über den Rücken, als sie sah, daß die Kutsche in unmittelbarer Nähe gewartet hatte, daß der Entführer nur noch wenige Schritte hätte machen müssen, um sie hineinstoßen zu können. Und alles war so schnell gegangen! Leute standen jetzt um sie herum, aber sie hatten viel zu langsam reagiert, als daß sie eine Hilfe gewesen wären. Und erst jetzt rannte einer von Frances' Kutschknechten herbei – viel zu spät.

Nettie zog ihr Jäckchen zurecht, während sie sich mit einem triumphierenden Lächeln auf den Lippen umdrehte, das nicht einmal verschwand, als sie Roslynn auf dem Boden sitzen sah. Einen kleinen Dämpfer versetzte ihr erst der Anblick des Dolches in Roslynns Faust. Aber sie tröstete sich rasch damit, daß *sie* den Entführer in die Flucht geschlagen hatte, auch wenn Roslynn ihn veranlaßt haben mochte, sie loszulassen. Jedenfalls hatten sie gemeinsam einen Sieg errungen, und das war ein ungemein befriedigendes Gefühl.

Auch Roslynn frohlockte, obwohl ihr Gesäß schmerzte. Großvater wäre stolz auf sie gewesen. Sie hatte bewiesen, daß sie auf sich aufpassen und Gebrauch von einer Waffe machen konnte, wenn es erforderlich war. Zugegeben – vielleicht hätte sie nicht so kaltblütig reagiert, wenn sie völlig unvorbereitet gewesen wäre. Und sie wußte nicht, ob sie eine Gefahr jedesmal intuitiv erfassen würde. Außerdem wäre die Sache bestimmt nicht so glimpflich abgelaufen, wenn *zwei* Männer sie gepackt hätten. Sie sagte sich, daß sie nicht übermütig werden durfte, nur weil sie diesmal den Angriff abgewehrt hatte.

Sie ließ sich von dem Knecht aufhelfen und schob ruhig ihren Dolch in die Stiefelette, bevor sie den Staub aus ihrer Kleidung klopfte. Nettie machte währenddessen den Umstehenden unmißverständlich klar, was sie von Leuten hielt, die einer Dame nicht rechtzeitig zu Hilfe kamen und nur gaffen konnten. Dann sammelte sie ihre Pakete auf, drückte sie dem Knecht in die Hand, packte Roslynn am Arm und zog sie auf die Kutsche zu.

»Ich hätte auf dich hören sollen, Mädchen. Nächstes Mal werde ich deine Vorahnungen nicht einfach ignorieren.«

»Du glaubst also, daß Geordie diese Kerle gedungen hat?«

Nettie überlegte kurz. »Na ja, möglich wäre es schon, aber es kommt mir nicht sehr wahrscheinlich vor.«

»Aber wer könnte mich sonst entführen wollen?«

»Schau dich noch mal an! Diese Saphire um deinen Hals sind einfach nicht zu übersehen. Vielleicht haben diese Ganoven dich für die Frau eines stinkreichen Lords gehalten und wollten einen ordentlichen Batzen Lösegeld von ihm erpressen.«

»Das könnte sein.« Nach kurzem Schweigen fuhr Roslynn unerwartet fort: »Ich glaube, ich werde die Einladung der Edens doch annehmen. Es kann nichts schaden, London sicherheitshalber für einige Tage zu verlassen. Wenn Geordie hier ist und mich beschatten läßt, wird er glauben, ich wäre wieder vor ihm geflohen. Und schiedener Stilepochen geschmackvoll eingerichtet, doch nichts wirkte museal oder zur Schau gestellt. Roslynn gewann den Eindruck eines behaglichen Heims.

Der Rundgang endete im hinteren Teil des Hauses, wo sich die Gäste aufhielten. Vom Antichambre mit seinen deckenhohen bunten Glasfenstern aus gelangte man links in den Salon und in das angrenzende Musikzimmer, rechts in den großen Speisesaal und in den Wintergarten, den zu besichtigen im Augenblick allerdings keine Zeit blieb, denn schon im Antichambre mußte Regina die jungen Frauen mit zahlreichen Gästen bekannt machen.

»Ich glaube, daß Sie einen meiner Nachbarn besonders sympathisch finden werden«, sagte Regina zu Roslynn, nachdem es ihr endlich gelungen war, die Freundinnen in den Salon zu führen. »Wissen Sie, die Saison in London ist nicht jedermanns Sache. Auch ich bin nur hingefahren, weil ich es versprochen hatte, aber jetzt bin ich froh darüber, denn auf diese Weise habe ich Sie kennengelernt. Seien Sie übrigens unbesorgt – wir werden später genügend Gelegenheit haben, uns über die Herren zu unterhalten, für die Sie sich interessieren.«

»Ich sehe nur Sir Artemus, Ros«, sagte Frances beunruhigt, weil sie wußte, wieviel ihrer Freundin daran gelegen war, mit ihren Heiratskandidaten zusammenzutreffen.

»Das stimmt«, erwiderte Regina. »Aber die übrigen Herren kommen vielleicht morgen. Zugesagt hatten jedenfalls alle vier. Aber zunächst einmal müssen Sie jetzt unbedingt Lord Warton kennenlernen. Nicholas ist wahnsinnig eifersüchtig auf ihn, müssen Sie wissen, und ich frage mich mitunter selbst, was passiert wäre, wenn ich Justin Warton vor Nicholas kennengelernt hätte.« Ihr verschmitztes Grinsen verriet allerdings, daß sie das nicht ernst meinte.

»Justin ist jünger als Ihre übrigen Herren, Roslynn«, fuhr sie fort. »Er ist erst achtundzwanzig, glaube ich,

bis dahin werde ich nur noch in Begleitung von Frances' Dienern das Haus verlassen.«

»Ja, du mußt ab jetzt unbedingt noch viel vorsichtiger sein als bisher.«

Kapitel 10

Es gab keine Zwischenfälle, als Roslynn bei Tagesanbruch auf dem Rücken ihres Reitpferdes Brutus London verließ, von zwei kräftigen Stallknechten begleitet. Falls Frances' Stadthaus observiert wurde, sollte Geordie glauben, daß sie vor ihm erneut auf der Flucht war. Eigens zum Zwecke der Täuschung nahm sie eine pralle Satteltasche voller Kleidungsstücke mit.

Diese Vorsichtsmaßnahmen stellten sich jedoch als überflüssig heraus, denn nach einigen Meilen war Roslynn überzeugt, daß sie nicht verfolgt wurde. Im Licht eines strahlenden Sonnenaufgangs war alles leicht zu überblicken, denn die Straßen waren hauptsächlich stadteinwärts verstopft, mit Bauern, die ihre Waren auf den Märkten verkaufen wollten, und mit Ausflüglern, die übers Wochenende nach London kamen. Stadtauswärts war zu dieser frühen Morgenstunde nur eine einzige Kutsche unterwegs, und die ließ Roslynn mühelos weit hinter sich.

Sie gönnte sich ein opulentes Frühstück, während sie in dem Gasthof wartete, wo sie sich mit Frances treffen wollte, und als ihre Freundin eintraf und ebenfalls nichts Verdächtiges zu berichten hatte, entschied Roslynn, daß es ungefährlich sei, die weitere Fahrt nach Hampshire in der Kutsche der Grenfells zurückzulegen. Auf halbem Wege trat eine neue Sorge in den Vordergrund, und sie konnte nur hoffen, daß ihre diesbezüglichen Befürchtungen sich als unbegründet erweisen würden. Sie versuchte sich einzureden, daß ein Mann wie Sir Anthony mit größter Wahrscheinlichkeit das pulsierende Leben in London einem kleinen Fest auf dem Lande vorziehen würde, und Lady Eden hatte ja auch zugegeben, daß diese seit Monaten geplante Gesellschaft hauptsächlich von ihren Nachbarn besucht würde, von Landadligen, die London während der Saison mieden.

Sie kamen am frühen Nachmittag in Silverley an und waren erwartungsgemäß die ersten Gäste. Die meisten anderen wohnten ganz in der Nähe und wollten deshalb auch nicht bei ihren Gastgebern übernachten. Frances schlug vor, einige Stunden zu schlafen, und auch Roslynn zog sich unter diesem Vorwand auf ihr Zimmer zurück, legte sich aber nicht zu Bett, sondern setzte sich ans Fenster und ließ die Auffahrt nicht aus den Augen. Jede eintreffende Kutsche versetzte sie in Aufregung, jeder männliche Fahrgast wurde mit Herzklopfen betrachtet. Sie achtete sogar auf das Kommen und Gehen der Dienstboten, um ganz sicher zu sein, daß niemand ihrer Aufmerksamkeit entging.

Als Nettie einige Stunden später ihrer Herrin half, Toilette zu machen, wurde ihre Geduld durch Roslynns nervöse Unruhe auf eine harte Probe gestellt. Sie brauchte allein für die Frisur länger als eine halbe Stunde, weil Roslynn ständig aufsprang und zum Fenster rannte, sobald irgendein Geräusch auf die Ankunft eines neuen Gastes hindeutete.

»Ich möchte wirklich für mein Leben gern wissen, nach wem du so sehnsüchtig Ausschau hältst, daß du nicht einmal zwei Minuten stillsitzen kannst?« fragte Nettie schließlich, als Roslynn wieder einmal am Toilettentisch Platz nahm.

»Nach wem sollte ich Ausschau halten, wenn nicht nach meinen Herren?« schwindelte Roslynn gereizt. »Bis jetzt ist nur Sir Artemus Shadwell erschienen.«

»Wenn die anderen kommen, sind sie nachher hier, und wenn nicht, dann kannst du auch nichts daran ändern. Also mach dich nicht verrückt.«

»Leicht gesagt«, murmelte Roslynn, heilfroh, daß Nettie nicht die Wahrheit wußte.

Sie hatte nämlich, um ganz ehrlich zu sein, seit der ersten Begegnung mit Anthony Malory kaum noch an ihre vier Heiratskandidaten gedacht. Aber *das* mußte sich schleunigst ändern.

Zum Glück schienen nun alle Gäste eingetroffen zu sein, und so konnte Nettie ihr ohne Unterbrechungen in das himmelblaue Seidenkleid helfen, das sie für diesen Abend ausgewählt hatte, und ihr das Saphirkollier und die Saphirarmbänder anlegen.

Als Roslynn dann mit Frances nach unten ging, fühlte sie sich fast entspannt. *Er* war nicht gekommen, und obwohl sie eine leichte Enttäuschung verspürte, so überwog doch bei weitem die Erleichterung.

Lady Eden begrüßte sie am Fuße der breiten Treppe, die von der riesigen zweigeschossigen Halle nach oben führte und sich auf halber Höhe verzweigte; ein Teil führte zu den an der Vorderseite des Hauses gelegenen Gästezimmern, der andere zu den Schlafgemächern der Familie. Eine mit herrlich geschnitztem Geländer versehene Galerie verband diese zahlreichen Räume im ersten Stock. Von der hohen kuppelförmigen Decke hing ei Kronleuchter von enormen Ausmaßen herab, dess strahlendes Licht reizvolle Muster auf den weißen M morboden der Halle zauberte.

Roslynn freute sich auf einen Rundgang durch Haus, und Regina enttäuschte sie nicht. Mit der Bete rung, daß die anderen Gäste warten könnten, führt die beiden Freundinnen herum und brachte es durc fröhliches Geplaudere und ihr charmantes Weser stande, Roslynns Laune weiter zu heben.

Silverley war ein sehr großes Landhaus, das m nem massiven Haupttrakt und den Ecktürmche schloßartig anmutete, im Innern aber nichts Mittel ches an sich hatte, mit Ausnahme der antiken G an einigen Wänden. Die Räume waren mit Möbe

aber wahnsinnig nett. Ich weiß, daß er Ihnen gefallen wird. London ist ihm ein Greuel, deshalb wären Sie ihm dort nie begegnet. Einmal im Jahr opfert er sich allerdings, um seine Mutter und Schwester bei ihren Einkäufen in der Stadt zu begleiten, aber sie fahren nie während der Saison hin. Na, wo steckt er denn nur?« Das winzige Persönchen mußte sich auf die Zehenspitzen stellen, um einigen Gästen über die Schultern blicken zu können. »Ah, drüben beim Kamin. Kommt mit, meine Lieben.«

Roslynn blieb schon nach zwei Schritten wie angewurzelt stehen. Der Mann, mit dem Regina sie bekannt machen wollte, saß auf einem creme- und goldfarbenen Sofa in der Nähe des Kamins, umgeben von zwei Frauen, einer jungen Blondine, die ihm sehr ähnlich sah, und einer älteren Dame. Vermutlich handelte es sich um seine Mutter und Schwester. Doch im nächsten Moment war Roslynns Blick auf die beiden elegant gekleideten Herren gefallen, die dahinter – direkt vor dem Kamin – standen. Es waren die Malory-Brüder, und ein heftiger Schwindel hatte Roslynn erfaßt, als sie die blauen Augen des einen auf sich gerichtet sah.

Nur mit größter Mühe brachte sie es fertig, ihre Blicke von Anthony Malory zu lösen und ihrer Gastgeberin weiter zu folgen. Am liebsten hätte sie kehrtgemacht und wäre irgendwohin geflüchtet, aber statt dessen mußte sie auf das Sofa zugehen, das nicht einmal zwei Meter vom Kamin entfernt stand. Da ihr nun einmal keine andere Wahl blieb, faßte sie den heroischen Entschluß, den Malorys den Rücken zuzuwenden und ihre Aufmerksamkeit ausschließlich auf die Wartons – und speziell auf Justin Warton – zu konzentrieren.

Es lag auf der Hand, weshalb Regina glaubte, daß Justin sie interessieren könnte. Mit seinen blonden Haaren, den markanten Gesichtszügen und dunkelblauen Augen war er ein blendend aussehender Mann. Und als er sich vom Sofa erhob und ihre Hand küßte, stellte sie fest, daß ihr noch nie ein solcher Riese begegnet war. Er hatte auch ungewöhnlich breite Schultern und einen kräftigen, muskulösen Körper, und er hätte geradezu einschüchternd gewirkt, wenn nicht sein jungenhaftes Lächeln und sein charmantes Wesen gewesen wären.

Seine indigofarbenen Augen ruhten bewundernd auf Roslynn, und sie fühlte sich in seiner Gesellschaft sofort so wohl, daß sie fast vergaß, wer hinter ihr stand – fast! Sie spürte fortwährend, daß Anthony sie mit seinen Blikken verschlang wie neulich auf dem Ball der Crandals, und sie konnte sich nur allzu gut vorstellen, welche Gedanken ihm dabei durch den Kopf gingen.

Zum Glück wurde ihr alsbald eine willkommene Ablenkung geboten. »Ah, hier bist du, Liebste!« sagte Nicholas Eden, während er besitzergreifend einen Arm um die Wespentaille seiner Frau legte. »Wie schafft dieser lange Kerl es nur, an deiner Seite aufzutauchen, sobald ich den Raum verlasse?«

Ob er nur scherzte oder es ernst meinte, war weder an seinem Ton noch an seiner Miene zu erkennen, aber Justin Warton nahm seine Bemerkung keineswegs übel, sondern lachte, so als sei er an solche Äußerungen seines Gastgebers gewöhnt.

»Wenn ich sie dir stehlen wollte, Montieth, würde ich dich vorwarnen«, erwiderte er, während er Regina zuzwinkerte, die das Geplänkel sichtlich genoß.

»Benehmt euch, ihr zwei!« mahnte sie lachend. »Sonst glauben diese Damen noch, daß ihr es ernst meint. Und das ist wirklich nicht der Fall«, fügte sie, an ihre Gäste gewandt, hinzu. »Dies ist mein Mann, wie Sie bestimmt schon erraten haben.«

Roslynn hatte schon damit gerechnet, daß eine Schönheit wie Regina einen sehr attraktiven Mann haben würde, und der Vierte Viscount Eden von Montieth enttäuschte ihre Erwartungen nicht. Er hatte golden schimmerndes braunes Haar und hellbraune Augen, die wie Bernsteine leuchteten, wenn seine Blicke auf Regina ruhten. Es fiel nicht schwer zu glauben, daß er noch vor einem Jahr seinem Ruf als Weiberheld vollauf gerecht geworden war, aber es war auch unübersehbar, daß er sich seitdem in ein zahmes Haustier verwandelt hatte und seine Frau von Herzen liebte. Er war überraschend jung, hatte aber das sichere Auftreten eines reifen Mannes, ja er erinnerte Roslynn lebhaft an Sir Anthony, womit ihre Gedanken prompt wieder bei jenem Herzensbrecher angelangt waren.

»Hör mal, Kleines, wie lange willst du uns eigentlich noch ignorieren?« erscholl plötzlich Anthonys tiefe Stimme während einer kurzen Gesprächspause.

»Wenn es nach mir ginge – die ganze Nacht«, knurrte Nicholas alles andere als liebenswürdig.

Einen atemberaubenden Moment lang hatte Roslynn geglaubt, Anthonys Worte wären an sie gerichtet. Doch Nicholas' überraschende Antwort, die ihm einen heftigen Rippenstoß seiner Frau einbrachte, belehrte sie rasch eines Besseren.

»O Gott, muß ich immer als Schiedsrichter fungieren?« stöhnte Regina, bevor sie zum Kamin eilte und beide Malorys mit einem Kuß begrüßte. »Als könnte irgend jemand euch lange ignorieren!« lachte sie. »Aber ihr wollt mir doch wohl nicht weismachen, daß euch an *meiner* Aufmerksamkeit soviel gelegen ist? Also, kommt mit, damit ich euch vorstellen kann.« Sie hängte sich bei den Brüdern ein und zog sie mit sich. »Lady Frances, ich glaube, Sie kennen meinen Onkel noch nicht – James und Anthony Malory.«

Onkel? *Onkel?* Warum war das bisher nicht zur Sprache gekommen, fragte sich Roslynn erbittert. Sie wäre bestimmt nicht hergekommen, wenn sie gewußt hätte, daß die Malorys mit Regina Eden so eng verwandt waren. Die Nichte... Verdammt!

Vier Personen – die Wartons und Frances – machten keinen Hehl aus ihrem Unbehagen. Justin zog sich mit den beiden Frauen in seiner Begleitung hastig zurück, ängstlich darauf bedacht seine Schwester von zwei so berüchtigten Weiberhelden fernzuhalten. Roslynn wünschte sich fast, ebenfalls einen solchen Beschützer zu haben, jemanden, der diese neuerliche Begegnung verhindert hätte. Aber sie beherrschte sich und verriet weder durch ein Wort noch durch ihre Miene, daß sie sich der Situation eigentlich nicht gewachsen fühlte. Frances hingegen versuchte nicht einmal, ihre Abneigung gegen die Malorys zu verbergen. Sie ließ die Vorstellung mit zusammengekniffenen Lippen über sich ergehen, beschränkte die Höflichtkeitsfloskeln auf ein absolutes Minimum und gesellte sich rasch einer anderen Gruppe von Gästen zu.

Roslynn befand sich in einem schrecklichen Dilemma. Sich ebenfalls zu entfernen, wäre denkbar unhöflich gewesen, folglich blieb ihr nichts anderes übrig als dazustehen und die Blicke der Brüder zu ertragen, die nicht die geringsten Hemmungen hatten, sie anzustarren.

James konnte es zudem nicht lassen, das Geschehen zu kommentieren. »Ich glaube wirklich, daß dem Mädchen das Verhalten der anderen etwas peinlich ist, Tony. Machen Sie sich keine Sorgen, Lady Roslynn – mein Bruder und ich sind völlig immun gegen solche Reaktionen.«

»Du vielleicht, alter Junge«, korrigierte Anthony ihn mit funkelnden blauen Augen. »Ich für meine Person könnte ein wenig Mitgefühl durchaus gebrauchen.«

Was er unter Mitgefühl verstand, war an seinen leidenschaftlichen Blicken unschwer zu erkennen, und Roslynn mußte unwillkürlich lächeln. Daß er seine Verführungskünste sogar in Gegenwart anderer unverhohlen einsetzte, war gewiß unerhört.

Regina war offenbar derselben Ansicht, denn sie ermahnte ihn: »Aber, aber, Tony, du hast doch versprochen, dich anständig zu benehmen!«

»Das tu ich doch auch«, erklärte er, ganz die gekränkte Unschuld. »Ich bin geradezu ein Ausbund an Tugend. Wenn ich nämlich täte, wonach mir der Sinn steht, hättest du hier in deinem trauten Heim den schönsten Skandal.«

Roslynn hatte den Eindruck, daß er es ganz ernst meinte, obwohl Regina seine Worte lachend als Scherz abtat. »Du wirst sie noch total verängstigen, Tony, wenn du dein Temperament nicht zügelst.«

»Keineswegs«, protestierte Roslynn.

»Da hörst du es, Süße!« meldete sich James wieder zu Wort. »Du kannst dich getrost deinen Pflichten als Gastgeberin widmen. Die Dame wird in unseren Händen völlig sicher sein.«

»Oh, daran habe ich keinen Augenblick gezweifelt«, sagte Regina, nur um im nächsten Atemzug hinzuzufügen: »Nicholas, laß die beiden Schelme nicht aus den Augen.«

»Na großartig!« brummte Nicholas.

James kicherte. »Ein ausgesprochener Mangel an Vertrauen ist das!«

»Bedauerlicherweise nur allzu begründet«, knurrte Nicholas vor sich hin.

»Ich glaube wirklich, daß der Knabe uns noch immer nicht verziehen hat, Tony«, meinte James.

»Wirf uns beide nicht immer in einen Topf, Bruderherz. Ich habe ihn nur diskret darauf hingewiesen, daß es seiner Gesundheit nicht zuträglich wäre, Reggie nicht zu heiraten. Du hingegen warst immerhin dafür verantwortlich, daß er einige Wochen das Bett hüten mußte, ganz zu schweigen davon, daß du ihn von Westindien nach Hause geschleppt hast, als er sich als lustloser Ehemann entpuppte.«

»Ich war nie...«

Roslynn unterbrach Nicholas' heftigen Protest. »Bevor Sie sich die Köpfe einschlagen, werde ich mich lieber...«

Anthony ließ sie nicht ausreden. »Eine ausgezeichnete Idee. Während die beiden sich nach Herzenslust streiten, werden wir einmal nachschauen, was im Wintergarten so alles blüht.«

Ohne ihr Zeit zum Widerspruch zu lassen, nahm er ihren Arm und führte sie durch den Raum. Schon nach wenigen Schritten versuchte sie, sich ihm zu entziehen, aber er hielt sie fest.

»Sir Anthony...«

»Sie wollen doch nicht etwa kneifen?« hörte sie seine Stimme dicht an ihrem Ohr.

Roslynn ärgerte sich über diese Herausforderung. »Ich möchte einfach nicht mit Ihnen das Zimmer verlassen.«

»Aber Sie werden es tun.«

Sie blieb stehen und zwang ihn dadurch, ebenfalls stehenzubleiben, da er sie ja schlecht hinter sich her schleppen konnte. Mit dem Anflug eines Grinsens auf den Lippen beugte er sich zu ihr hinab.

»Sie haben die Wahl, Liebling. Entweder ich küsse Sie im Wintergarten, oder ich küsse Sie gleich hier an Ort und Stelle. Wo auch immer, jedenfalls werde ich Sie in meine Arme nehmen und...«

»Den Teufel werden Sie!« rief Roslynn, bevor ihr zu Bewußtsein kam, von wieviel neugierigen Augen sie beobachtet wurden. Sie dämpfte ihre Stimme zu einem zornigen Zischen. »Also gut. Ich möchte den Wintergarten wirklich gern sehen, aber es wird dort keine Küsserei geben, Sie Schuft! Das müssen Sie mir versprechen.«

Er grinste unverschämt übers ganze Gesicht. »Gut, kommen Sie mit.«

Er geleitete sie weiter durch den Salon und blieb sogar hier und da kurz stehen, um einige Worte mit Bekannten zu wechseln, so als schlenderten sie einfach durch die Räume. Roslynn fing flüchtig Frances' Blick auf – einen zu Recht mißbilligenden Blick. Aber Roslynn wußte beim besten Willen nicht, wie sie sich aus dieser mißlichen Lage befreien sollte. Sie durfte auf keinen Fall das Risiko eingehen, von Anthony in aller Öffentlichkeit geküßt zu werden.

Aber sie hätte auf ihrer Abmachung bestehen sollen. Sein ›gut, kommen Sie mit‹ war durchaus kein Versprechen gewesen, wie sie feststellen mußte, kaum daß sie den Wintergarten betreten hatten.

»Wirklich wunderschön«, murmelte sie unbehaglich, während er einen Arm um ihre Taille legte und sie den mit Pflanzen gesäumten Rundweg entlangführte.

»Ganz meine Meinung«, pflichtete er ihr bei, sah dabei aber nur sie an.

Sie mied seinen Blick und tat so, als gälte ihr Interesse ausschließlich den Statuen, den unzähligen Blumen und dem tiefer gelegenen Springbrunnen in der Mitte des Raumes. Doch ihr ganzes Denken und Fühlen kreiste um jene Hand auf ihrer Hüfte, die durch den dünnen Stoff ihres Kleides hindurch ihre Haut zu verbrennen schien.

»Ich – ich müßte Sie wirklich zur Rede stellen, Sir Anthony.« Ihre Stimme klang dünn und zittrig, und sie mußte sich räuspern, bevor sie etwas kräftiger fortfahren konnte: »Es war äußerst unfair von Ihnen, mir keine Wahl zu lassen.«

»Ich weiß.«

»War es notwendig, mich derart zu überrumpeln?«

Er blieb stehen und drehte sie zu sich herum. Seine Augen schweiften langsam über ihr Gesicht, während er über ihre Frage nachdachte. Roslynn registrierte beunruhigt, daß er sie ans Ende des Wintergartens geführt hatte, und daß dicke Äste der auf tieferer Ebene gepflanzten Bäume sie vor Blicken schützten. Die Geräusche des Festes wurden hier vom Plätschern des Brunnens übertönt. Sie war allein mit Anthony...

»Ja, es war notwendig«, antwortete er schließlich heiser. »Denn seit ich Sie zum erstenmal gesehen habe, konnte ich immer nur an das eine denken – an das!«

Selbst wenn es um ihr Seelenheil gegangen wäre, hätte Roslynn nicht die Willenskraft aufgebracht zu protestieren, als er sie fester an sich zog. Seine andere Hand glitt an ihrem Nacken entlang, und sein Daumen hob ihr Kinn etwas an, so daß ihre Blicke einen Augenblick lang ineinandertauchten. Dann spürte sie seine Lippen auf ihrem Mund, sanft, warm und verführerisch, und sie schloß ihre Augen und ergab sich in das Unvermeidliche.

Sie hätte es wissen müssen, und jetzt wußte sie es. Und im Augenblick zählte für sie nichts anderes als dieses erregende Gefühl, an seinen Körper geschmiegt zu sein.

Anthony erschreckte sie nicht mit seiner Leidenschaft, sondern zügelte sie mühsam, obwohl er lichterloh entflammt war. Er konnte sich nicht daran erinnern, wann er etwas mit solcher Macht gewollt hatte, aber er wußte, daß er ihr Verlangen langsam entfachen mußte, bis sie ihn genauso begehrte wie er sie.

Sich derart zu beherrschen, während er sie am liebsten auf der Stelle in Besitz genommen hätte, war wohl das Schwerste, was er je getan hatte. Und in Wirklichkeit hatte er sich auch nicht so total unter Kontrolle, wie er glaubte. In seinem Sinnesrausch war er sich nicht bewußt, daß seine Finger in ihrem Haar wühlten und Haarnadeln aus ihrer Frisur lösten, und daß sein Knie tief zwischen ihre Beine geglitten war. Zum Glück für ihn war aber auch Roslynn inzwischen außerstande, etwas nüchtern wahrzunehmen.

Der Druck seines Schenkels in ihrer Leistengegend raubte ihr zusammen mit seinen immer leidenschaftlicheren Küssen fast die Besinnung. Er hatte allmählich seine Zunge ins Spiel gebracht, zwischen ihre Lippen geschoben, die Süße ihres Mundes erforscht. Und schließlich lockte er auch ihre Zunge hervor, saugte sie immer tiefer in seinen eigenen Mund.

Als Anthony endlich bemerkte, daß er sie in einen Zustand versetzt hatte, da sie ihm bereitwilllig alles gewähren würde, was er begehrte, hätte er sich ohrfeigen mögen, daß er sich für diese Verführung keinen anderen Ort ausgesucht hatte. Aber er hätte sich nie träumen lassen, daß seine Bemühungen so rasch zum Erfolg führen würden.

Er riß sich von ihren Lippen los und flüsterte ihr zärtlich ins Ohr: »Geh in dein Zimmer, Liebling. Ich komme nach.«

Außerstande, einen klaren Gedanken zu fassen, murmelte sie benommen: »Mein Zimmer?«

Er hätte sie am liebsten geschüttelt, begnügte sich aber damit, sie bei den Schultern zu packen, um sie aus ihrer seligen Trance zu wecken. »Schau mich an, Roslynn«, sagte er eindringlich. »Wir können nicht hierbleiben. Verstehst du? Hier könnte uns jemand überraschen.«

Sie runzelte die Stirn. »Wobei denn überraschen?«

Allmächtiger Himmel! Hatte Regina doch recht gehabt? Konnte Roslynn in ihrem Alter wirklich noch so unschuldig sein? Dieser Gedanke weckte in ihm sowohl Bedauern als auch Freude. Falls dem so war, riskierte er, den soeben gewonnenen Boden wieder zu verlieren, indem er sie aus ihrer Verzückung weckte. Und doch war in ihm eine leise Sehnsucht erwacht, es möge wahr sein.

Seufzend unterzog er sich der harten Geduldsprobe, ihr die Sache klarzumachen. »Wir beide, du und ich, werden miteinander schlafen. Das ist die natürliche Vollendung unseres bisherigen Tuns. Und nachdem wir es beide wollen, müssen wir einen Ort finden, an dem wir ungestört sind. Du wirst mir gewiß zustimmen, daß dein Zimmer sich am besten dazu eignet.«

Roslynn begann den Kopf zu schütteln, noch bevor er seine Ausführungen beendet hatte. »O Mann, was haben Sie angestellt? Es sollte keine Küsserei geben – das hatte ich Ihnen doch gesagt!«

In ihrem Zorn war sie in den schottischen Dialekt verfallen, den er so reizvoll fand, und er zog sie rasch wieder an seine Brust. »Für Ausflüchte ist es jetzt viel zu spät, Liebling, nachdem du schon so gut wie kapituliert hast. Also sei ein braves Mädchen und tu, was ich dir sage. Andernfalls nehme ich dich gleich hier, das schwöre ich dir, und hol der Teufel jeden, der zufällig hereinplatzt.«

Falls er gehofft hatte, sie durch diese Drohung gefügig zu machen, so war es ihm gründlich mißlungen. Roslynn konnte nur mit Mühe ein Lachen unterdrücken, das ihn in seiner derzeitigen Stimmung bestimmt empfindlich gekränkt hätte. Der gesunde Menschenverstand sagte ihr, daß er nichts tun würde, was seine Nichte in eine äußerst peinliche Situation bringen könnte. Das hätte sie eigentlich schon erkennen müssen, bevor sie mit ihm in den Wintergarten gegangen war.

»Ein zweites Mal lasse ich mich von Ihnen nicht bluffen, mein Lieber!«

Anthony war sich nicht einmal sicher, daß es nur ein Bluff gewesen war. Doch brachte ihre Reaktion ihn wieder halbwegs zur Vernunft, obwohl die Glut seiner Leidenschaft keineswegs abgekühlt war. Er hatte die Situation gründlich verpfuscht, und sie hatte allen Grund, wütend auf ihn zu sein.

Mit seinem betörendsten Lächeln versuchte er, wieder Grund unter die Füße zu bekommen. »Wenn es jetzt nicht geht, komme ich eben heute nacht zu Ihnen.«

Sie schob ihn energisch von sich und schüttelte heftig den Kopf. »Sie kommen bestenfalls bis zur Tür, das verspreche ich Ihnen.«

»Sie dürfen nicht abschließen.«

»O doch, das tu ich.«

»Dann lassen Sie wenigstens Ihr Fenster geöffnet.«

Ihre Augen schleuderten Blitze. »Mir bleibt offenbar nichts anderes übrig, als Ihretwegen heute nacht bei geschlossenen Fenstern zu ersticken. Warum können Sie kein Nein als Antwort akzeptieren? Habe ich mich nicht deutlich genug ausgedrückt?«

»Es ist die falsche Antwort, Liebling, und Sie können doch nicht erwarten, daß ich so leicht aufgebe. Schließlich muß ich meinem Ruf gerecht werden.«

Sie mußte unwillkürlich lachen, und dadurch löste sich ihre nervliche Anspannung ein wenig. Bei Gott, er war wirklich unverbesserlich, durch und durch unmoralisch – und ach so verführerisch! Sie hätte nie geglaubt, daß ein Mann eine derart sinnliche Ausstrahlung haben konnte. Sogar jetzt, da sie wieder bei klarem Verstand war und genau wußte, daß er als Ehemann nicht in Frage kam, fühlte sie sich geradezu magisch zu ihm hingezogen, und es kostete sie beträchtliche Mühe, eine tadelnde Miene aufzusetzen und herausfordernd zu erklären: »Auch *ich* denke an nichts anderes als an Ihren Ruf.«

»Dann muß ich eben versuchen, solche Gedanken wieder zu vertreiben!«

»Nein!«

Bevor sie wußte, wie ihr schah, saß sie auf dem Geländer, und er grinste sie unverschämt an. Sie hatte geglaubt, daß er sie wieder küssen wollte. Dies hier fand sie alles andere als amüsant. Das Geländer war so hoch, daß ihre Füße in der Luft hingen, und bis zur unteren Ebene des Wintergartens waren es gut zweieinhalb oder drei Meter. Wenn sie das Gleichgewicht verlor, konnte sie sich an nichts festhalten – nur an Anthony.

Sie versuchte hinabzuspringen, aber er trat dicht an sie heran und schob zu ihrem Entsetzen ihren Rock bis zu den Schenkeln hoch. Und dann kam er noch einen Schritt näher, zwängte seine Hüften zwischen ihre Beine und beugte seinen Oberkörper über sie, so daß sie gezwungen war, sich zurückzubeugen, immer tiefer...

»Halt dich fest, sonst fällst du hinunter«, drang seine Stimme durch das Brausen in ihren Ohren.

Sie gehorchte ihm, denn im Augenblick blieb ihr einfach nichts anderes übrig. Er richtete sich nicht etwa wieder auf, sondern ließ sie halb in der Luft hängen, mit seinem Körper als einzigem Halt.

»Schling deine Arme um meinen Hals.« Er preßte ihren Leib mit einem Arm fest an sich. »Du mußt dich jetzt gut festhalten, Liebling, denn ich laß dich los.«

»Nein, nicht...«

»Schscht, Liebling.« Sein Atem blies ihr ins Ohr und ließ ihr köstliche Schauer den Rücken hinablaufen. »Wenn du dich mir schon nicht hingeben willst, laß mich dich wenigstens berühren.«

Sie hielt die Luft an, als sie seine Hände auf ihren Knien spürte, als sie streichelnd immer höher an der Außenseite ihrer Schenkel entlangglitten. »Hören Sie sofort auf! Sie sind ein verdammter... lassen Sie mich runter!« Und dann ein heiseres Flüstern: »Anthony!«

Seine Hände erreichten ihre Hüften, und plötzlich preßte er ihre Lenden fest zusammen.

Roslynn stöhnte leise, ihr Kopf fiel zurück, und ihre Glieder wurden butterweich. Seine heißen Lippen liebkosten jetzt ihren Hals, und sie vergaß völlig, daß sie in der Luft hing.

»Ich rechne nicht damit, daß du mir dankbar für die Störung sein wirst, Tony, aber Lady Grenfell sucht nach deiner kleinen Schottin und kann jeden Augenblick hier auftauchen.«

Mit einem Fluch drehte sich Anthony nach James um, der seine Blicke taktvoll auf den Springbrunnen gerichtet hielt. Die Hände immer noch auf Roslynns Hüften, hob er sie vom Geländer. Sie hatte ihre Beine um seine Taille geschlungen und lag mit geschlossenen Augen, geöffneten Lippen und geröteten Gesicht in seinen Armen. Er bezweifelte stark, daß sie James überhaupt gehört hatte.

»O Gott«, murmelte er frustriert, während er sie behutsam auf die Beine stellte. »Wir werden das bei nächster Gelegenheit fortsetzen müssen, Liebling.«

Sie taumelte mit weichen Knien einen Schritt zurück, und er beobachtete fasziniert, wie ihr Blick sich allmählich klärte, wie sie die Augen weit aufriß und im nächsten Moment zu Schlitzen verengte. Er sah nicht einmal, daß ihre Hand zum Schlag ausholte, aber ihre Ohrfeige war wirklich nicht von schlechten Eltern.

»Eine nächste Gelegenheit wird es nicht geben, Mann«, sagte sie leise, aber mit einem Nachdruck, der deutlich verriet, daß sie innerlich vor Zorn bebte. »Ihnen ist nicht zu trauen, also bleiben Sie mir gefälligst in Zukunft vom Leibe!«

Sie eilte davon, und Anthony versuchte nicht, ihr zu folgen. Er schwang sich auf das Geländer und blickte ihr nach, während er sich versonnen die Wange rieb.

»Ich hatte mich schon gefragt, wann das schottische

Temperament durchbrechen würde«, grinste er, als James an seine Seite trat.

»Ich würde sagen, daß du noch ganz gut davongekommen bist.«

Anthony grinste noch breiter. »Sie hat dich nicht einmal bemerkt.«

»Du prahlst doch wohl nicht, Bruderherz?«

»Ich fühle mich nur außerordentlich geschmeichelt, alter Junge.«

»Nun, nachdem du dir ihre Sympathien vorerst verscherzt hast, wirst du ja wohl nichts dagegen haben, wenn ich mein Glück versuche?«

Anthonys Miene verdüsterte sich schlagartig. »Laß gefälligst die Finger von ihr, James!«

Eine blonde Braue hob sich. »Du bist ziemlich besitzergreifend, findest du nicht auch? Denk daran – erobert hast du sie noch nicht, mein Junge.«

Kapitel 11

Justin Warton war ein so angenehmer Gesellschafter, daß Roslynns Stimmung sich in viel kürzerer Zeit besserte, als sie nach dem Vorfall zu hoffen gewagt hätte. Sie war beim Verlassen des Wintergartens unglaublich wütend gewesen, auf Anthony und auch auf sich selbst, und ihre Laune hatte sich nur noch verschlechtert, als sie Frances auf der Schwelle zum Salon in die Arme gelaufen war und die Freundin sie rasch nach oben gescheucht hatte, um ihre Frisur zu richten. Sie selbst hatte gar nicht bemerkt, wie dieser schreckliche Kerl ihr Haar zugerichtet hatte. Es legte ein beredtes Zeugnis von den Geschehnissen ab, und Frances hatte ihr denn auch eine strenge Strafpredigt gehalten, die sie – wie sie zugeben mußte – wirklich verdient hatte.

Sie *wußte*, daß sie töricht gewesen war, *wußte*, daß sie

ein enormes Risiko eingegangen war. Das brauchte ihr niemand klarzumachen. Aber sie konnte Frances auch nicht böse sein, denn der Ärger ihrer Freundin hatte seinen Ursprung in Liebe und Fürsorge. Sie wurde nur noch wütender auf sich selbst, weil sie wider besseres Wissen gehandelt und Frances beunruhigt hatte.

Nach einer langen Tirade über Sir Anthonys üblen Ruf hatte Frances ihr geraten: »Du darfst einfach nie mehr mit ihm allein bleiben, Ros, besonders weil du von ihm derart fasziniert bist.«

»Das habe ich nie gesagt, Frances.«

»Das brauchst du auch nicht. Ich habe es dir sofort angesehen, als Regina ihn uns vorstellte. Und mir ist auch nicht entgangen, wie er dich anschaute. Sich im Wintergarten von ihm küssen zu lassen, ist *eine* Sache, aber du weißt selbst, daß es dabei nicht geblieben wäre, wenn ihr euch ein verschwiegeneres Plätzchen ausgesucht hättet.«

Roslynn verschwieg ihr wohlweislich, daß es nicht beim Küssen geblieben war und sogar dort im Wintergarten noch viel mehr hätte passieren können, wenn Anthony nicht glücklicherweise noch beizeiten zur Vernunft gekommen wäre. Sie selbst hätte jedenfalls nicht einmal den Versuch unternommen, sich zu befreien – nicht, nachdem er sie in einen solchen Sinnesrausch versetzt hatte.

»Du hättest mir erzählen sollen, daß du ihm beim Ball der Crandals begegnet bist«, fuhr Frances gekränkt fort. »Dann hätte ich dich auch früher warnen können, den es ist ja nicht zu übersehen, daß er dich als seine nächste Eroberung erkoren hat.«

»Frances, du hättest mich nicht zu warnen brauchen. Ich habe auf dem Ball den ganzen Klatsch über ihn gehört. Ich wußte, daß er als Schürzenjäger berüchtigt ist.«

»Und trotzdem hast du dich mit ihm in den Wintergarten begeben?«

»Ich habe dir doch schon gesagt, daß er mich überrumpelt hat!« rief Roslynn wütend, bedauerte ihren Ausfall aber schon im nächsten Moment. »Entschuldige bitte, aber du mußt aufhören, dir Sorgen zu machen. Ich habe ihm klargemacht, daß er sich von mir fernhalten soll.«

Frances schürzte die Lippen und hob ihre zart gewölbten Brauen. »Glaubst du wirklich, daß er auf deine Wünsche Rücksicht nehmen wird? Männer wie er akzeptieren keine Zurückweisung, Ros. Je schwieriger die Jagd ist, desto mehr Mühe geben sie sich absurderweise, um die Beute doch noch zu erlegen. Und dieser Sir Anthony ist der Allerschlimmste, einfach weil er am attraktivsten und am begehrtesten ist. Außerdem ist er der eingefleischteste Junggeselle im ganzen Königreich. Er wird niemals heiraten, Ros. Er wird sich nie mit einer einzigen Frau zur Ruhe setzen. Und warum sollte er auch, wenn Hunderte um seine Gunst buhlen?«

»Frances, du vergißt ganz, daß ich keine normale hoffnungsvolle Debütantin auf dem Heiratsmarkt bin. Ich habe ein festes Ziel vor Augen, und davon lasse ich mich durch nichts abbringen. Es hätte viel zu schreckliche Folgen für mich, wenn es mir mißlänge, in Kürze zu heiraten.«

Frances seufzte und brachte endlich ein kleines Lächeln zustande. »Du hast recht, das hatte ich vergessen. Aber du wirst doch vorsichtig sein, Ros, ein Mann mit Malorys Erfahrung könnte dich verführen, bevor du es überhaupt merkst. Wir können uns vermutlich noch glücklich schätzen, daß sein ebenso unmoralischer Bruder nicht ebenfalls ein Auge auf dich geworfen hat.«

Später sollte sich Roslynn an diese Worte erinnern, aber als sie wieder nach unten kamen und Justin Warton herbeieilte und sie bat, ihm beim Büfett Gesellschaft zu leisten, ärgerte sie sich noch immer über ihre eigene Naivität gegenüber Anthony und verschwendete deshalb keinen Gedanken an seinen Bruder. Und dann lenkte Justin sie von der Katastrophe ab, der sie nur knapp entronnen war, und sie amüsierte sich eine Zeitlang. Er war so charmant und blickte sie mit seinen indigofarbenen

Augen so bewundernd an, daß sie ernsthaft erwog, ihn auf ihre Kandidatenliste zu setzen, trotz seiner Jugend. Immerhin war er ja etwas älter als sie, und er zeigte unverhohlen sein Interesse an ihr, was besonders erfreulich war, nachdem sie bei ihren anderen Kandidaten gezwungen gewesen war, selbst die Initiative zu ergreifen. Und das würde sie wohl auch weiterhin tun müssen, denn Sir Artemus hatte an diesem Abend noch nicht ihre Nähe gesucht, obwohl er sie gesehen hatte.

Bedauerlicherweise bereitete Lady Warton dem gemütlichen Beisammensein ein Ende, kurz nachdem Roslynn, Frances und Justin sich gestärkt hatten. Die Dame klagte über Kopfschmerzen, und Justin war gezwungen, sie nach Hause zu bringen. Vorher nahm er Roslynn aber das Versprechen ab, daß sie bei der für den nächsten Morgen geplanten Jagd mit ihm reiten würde.

»Na, das war ja eine leichte Eroberung«, kommentierte Frances, nachdem Justin sich verabschiedet hatte.

»Glaubst du?« grinste Roslynn. »Er ist sehr nett, findest du nicht auch?«

»Und ein so aufrechter Charakter. Ich habe nur Gutes über ihn gehört...«

»Frances, du brauchst seine Vorzüge nicht anzupreisen. Wie du vielleicht bemerkt hast, scheint Sir Anthony sich zurückgezogen zu haben. Du kannst also ganz unbesorgt sein.«

Frances drückte ihr die Hand. »Ausgezeichnet. Ich weiß, daß du Gutes von Schlechtem unterscheiden kannst. Meinst du nicht auch, daß du jetzt die Gelegenheit nutzen solltest, deine Bekanntschaft mit Sir Artemus zu vertiefen?«

»Du hast völlig recht«, seufzte Roslynn. »Und ich muß auch Lady Eden finden, um von ihr die versprochenen Informationen zu erhalten. Je eher ich Kandidaten von meiner Liste streichen kann, um so besser.«

Aber Regina Eden war gerade in eine so angeregte Unterhaltung mit einigen Nachbarn vertieft, daß Roslynn sie nicht stören wollte; und Sir Artemus spielte Whist.

Während Roslynn darauf wartete, daß Regina sich von der Gruppe lösen würde, trat sie in die Nähe einer der offenen Terrassentüren, wo eine leichte Brise aus dem riesigen Park zu spüren war. Im Salon herrschte inzwischen eine solche Hitze, daß sie am liebsten ins Freie gegangen wäre, aber das wagte sie nicht, nachdem ihre Flucht in den Garten der Crandals zu der ersten Begegnung mit Anthony geführt hatte. Daß sie ihn nach dem Zwischenfall im Wintergarten nicht mehr gesehen hatte, besagte noch lange nicht, daß er sich nicht irgendwo in der Nähe herumtrieb.

Sie überlegte gerade, ob sie Frances suchen und ins Freie schleppen sollte, um sich etwas Abkühlung verschaffen zu können, als sie hinter sich eine Bewegung wahrnahm.

»Amüsieren Sie sich, Lady Roslynn?«

Sie erkannte James Marlorys Stimme und befürchtete, daß sein Bruder bei ihm sein könnte. Doch als sie sich umdrehte, stellte sie erleichtert fest, daß er allein war. Er kam offenbar von draußen, denn sein goldfarbenes Haar war vom Wind leicht zerzaust. Ihre Erleichterung hielt allerdings nicht lange an, denn seine Blicke brachten ihr deutlich in Erinnerung, daß sie ihn bei der ersten Begegnung als rücksichtslos und gefährlich eingeschätzt hatte, und an dieser Meinung hatte sich nichts geändert, obwohl sie nach wie vor glaubte, daß ihr persönlich Anthony gefährlicher werden könnte.

Sie nickte. »Ja, dank Ihrer Nichte fühle ich mich hier wie zu Hause. Ich war allerdings sehr überrascht zu hören, daß sie Ihre Nichte ist. Sie muß wohl die Tochter eines Ihrer älteren Brüder sein, nehme ich an?«

»Die Tochter unserer einzigen Schwester Melissa«, berichtigte er. »Sie starb, als Regan noch ein Baby war, und so hatten meine Brüder und ich das Vergnügen, sie zu erziehen.«

Roslynn gewann den Eindruck, daß es den vier jungen Männern tatsächlich Freude gemacht hatte, sich um das Kind ihrer verstorbenen Schwester zu kümmern, und dieser sympathische Zug ließ auch James weniger bedrohlich erscheinen, allerdings nur, bis er unerwartet vorschlug: »Wie wär's mit einem kleinen Spaziergang zum See?«

Sie war sofort auf der Hut. »Nein, danke.«

»Dann wenigstens ein paar Schritte ins Freie. Sie sehen so aus, als könnten Sie etwas frische Luft gebrauchen.«

»Keineswegs. Mir ist sogar etwas kühl, und ich wollte mir gerade einen Schal holen.«

James schmunzelte über diese ungeschickte Ausrede. »Mein liebes Kind, die Schweißperlen auf Ihrer Stirn strafen Ihre Worte Lügen. Kommen Sie mit. Sie brauchen vor mir wirklich keine Angst zu haben. Ich bin in jeder Hinsicht völlig harmlos.«

Als er nach ihrem Ellbogen griff und sie hinausführte, hatte Roslynn das beklemmende Gefühl, ein zweites Mal auf den Weg ins Verderben geführt zu werden. Nur hatte sie nicht einmal die Möglichkeit, James unterwegs zum Stehenblieben zu zwingen, wie sie es bei Anthony getan hatte, als er sie in den Wintergarten entführen wollte. Nur zwei Schritte, und schon waren sie im Freien. Ihr war gar keine Zeit geblieben sich loszureißen, aber das hätte James bestimmt ohnehin zu verhindern gewußt. Anstatt weiterzugehen, zog er sie nun neben die Tür, drückte sie an die Wand und erstickte ihren leisen Aufschrei mit seinem Mund.

Er hatte sie mit unglaublichem Geschick in diese Falle gelockt, und sie wagte nicht, laut zu protestieren oder um Hilfe zu rufen, denn sie konnte sich nun einmal kein Gerede leisten. Ihr blieb deshalb nur die Möglichkeit, sich stumm zur Wehr zu setzen, aber es gelang ihr nicht, ihn wegzustoßen. Sein breiter, massiver Brustkorb rührte sich genausowenig von der Stelle wie die Mauer hinter ihr. Und dann versuchte sie gar nicht mehr, sich zu befreien. Das Blut pochte in ihren Schläfen, und obwohl sie sich einreden wollte, daß das nur an ihrer Angst vor Entdeckung lag, wußte sie es in Wirklichkeit besser: James küßte sie genauso, wie sein Bruder es getan hatte, und ihr einziger Hoffnungsschimmer bestand darin, sich immer wieder vorzusagen, daß es nicht Anthony war, der sie an sich drückte.

»Sie und Ihr Bruder geben sich offenbar gegenseitig Unterricht«, zischte sie, als er seinen Mund endlich von ihren Lippen löste.

James lachte trotz seiner Enttäuschung. »Finden Sie, kleine Schottin? Wie kommen Sie nur darauf?«

Sie errötete heftig, als ihr bewußt wurde, daß sie damit zugegeben hatte, auch von Anthony geküßt worden zu sein. Hastig ging sie in die Offensive: »Ist das Ihre Vorstellung von Harmlosigkeit?«

»Ich habe gelogen«, gab er ohne das geringste Anzeichen von Reue zu.

»Das kann man wohl sagen! Lassen Sie mich sofort vorbei, Lord Malory.«

Er trat ein wenig zurück, aber nicht weit genug, als daß sie an ihm hätte vorbeischlüpfen können. »Nicht böse sein, Süße«, raunte er. »Sie können einem Mann doch nicht verübeln, daß er sein Glück versucht, obwohl ich jetzt zugeben muß, daß Tony mich diesmal ausgestochen hat. Es ist schon verdammt ärgerlich, daß Sie zufällig ihm zuerst begegnet sind.«

»Wovon reden Sie eigentlich?« Im nächsten Moment blieb ihr fast der Atem weg, weil sie glaubte, den wahren Sachverhalt erraten zu haben. »Wenn Sie beide Wetten auf mich abgeschlossen haben sollten...«

»Aber nein, mein liebes Mädchen, so etwas dürfen Sie nicht glauben. Es ist nichts weiter als brüderliche Rivalität und die Tatsache, daß Tony und ich den gleichen Geschmack haben.« Ein Finger strich ihr sanft die feuchten Locken aus der Stirn, und eine Sekunde lang fühlte sie sich wie hypnotisiert von leuchtend grünen Augen. »Sie sind unglaublich reizvoll, wissen Sie – unglaublich. Und das macht es verdammt schwer, eine Niederlage hinzunehmen.« Und dann flüsterte er fast beschwörend: »Ich könnte dein Blut in Wallung bringen, du süßes Geschöpf. Bist du ganz sicher, daß du Tony vorziehst?«

Roslynn mußte ihre ganze Willenskraft aufbieten, um sich von dieser Stimme nicht betören zu lassen. Allmächtiger Himmel, die Verführungskünste der Malorys waren wirklich phänomenal! Sie hoffte inbrünstig, daß er sich ihre Worte zu Herzen nehmen würde, als sie gepreßt herausbrachte: »Ich habe nie gesagt, daß ich Ihren Bruder vorziehe, aber das bedeutet noch lange nicht, daß ich Sie ihm vorziehe. Tatsache ist, daß ich weder ihn noch Sie will. Und jetzt lassen Sie mich bitte gehen. Oder muß ich erst um Hilfe rufen?«

Er trat einige Schritte zurück und verbeugte sich leicht, ein unverschämtes Grinsen auf den sinnlichen Lippen. »Das könnte ich keineswegs verantworten, werte Dame. Hier draußen mit mir gesehen zu werden würde Sie unwiderruflich kompromittieren.«

»Das hätten Sie sich überlegen sollen, *bevor* Sie mich rausschleppten!« zischte sie, bevor sie sich rasch im Salon in Sicherheit brachte.

James blickte ihr nach, wie Anthony es im Wintergarten getan hatte, aber im Gegensatz zu seinem Bruder konnte er sich nicht mit dem Gedanken trösten, daß er sie letztendlich doch noch erobern würde. James zweifelte zwar nicht daran, daß seine Bemühungen von Erfolg gekrönt sein würden, wenn er alle Waffen einsetzte, aber ihm war nicht entgangen, daß sie auf seinen Kuß bei weitem nicht so leidenschaftlich reagiert hatte wie auf Anthonys Zärtlichkeiten. Er hatte sie nicht in jenen selbstvergessenen Sinnestaumel versetzt wie sein Bruder. Sie hatte ihre Wahl getroffen, obwohl sie sich dessen selbst noch nicht bewußt war. Aber wenn jemand anderer als Tony der Glückliche wäre...

Verdammt, sie war wirklich ein herrliches Frauenzimmer! Sein Sinn für Humor ließ ihn auch jetzt nicht im Stich, gewürzt mit leichter Selbstironie. Sie hatte ihn dermaßen erregt, daß er sich unbedingt abreagieren mußte, und das bedeutete einen Ausflug ins nächste Dorf, wenn er nicht Regan verärgern wollte, indem er eine ihrer Nachbarinnen verführte. Ihm blieb also keine andere Wahl als sich zu trollen, obwohl er viel lieber die Jagd fortgesetzt hätte. Zum Teufel mit der Liebe auf den ersten Blick!

Kapitel 12

Roslynn rieb sich den Schlaf aus den Augen und warf einen Blick auf die Kaminuhr. Verdammt! Sie hatte sich fest vorgenommen gehabt, an der Jagd teilzunehmen, ja sie hatte Justin sogar versprochen, daß sie mit ihm reiten würde, und sie hatte sich darauf gefreut, ihn mit ihren beachtlichen Reitkünsten zu beeindrucken. Aber die Jagdgesellschaft würde vermutlich in Kürze bereits zurückkehren, wenn sie nicht sogar schon wieder hier war. Mittags sollte ein Picknick am See stattfinden, und jetzt war es fast Mittag. Verdammt! Verdammt!

Sie setzte sich im Bett auf, das ihr keine Nachtruhe beschert hatte. Nettie hatte versucht, sie zu wecken, daran erinnerte sie sich vage. Aber sie bezweifelte, daß etwas Gelinderes als ein Brand imstande gewesen wäre, sie früh am Morgen zum Aufstehen zu veranlassen, denn sie war erst kurz vor Sonnenaufgang eingeschlafen. Und auch daran war nur dieser verfluchte Anthony Malory schuld!

Es gab keine andere Entschuldigung dafür, daß sie verschlafen hatte. Sie hatte sich kurz nach Mitternacht zurückgezogen, denn sie hatte einen langen Tag hinter sich gehabt und im Gegensatz zu Frances ja auch nachmittags nicht geschlafen. Es hatte einige Zeit gedauert, bis sie über James' unverschämte Schlußfolgerungen bezüglich ihrer Vorliebe für einen bestimmten Mann hinweggekommen war, aber sie hatte sich sogar noch mit Regina unterhalten und wußte jetzt wesentlich mehr über ihre Heiratskandidaten, obwohl die Liste durch diese Auskünfte bedauerlicherweise nicht kürzer geworden war.

Sir Artemus Shadwellar ein leidenschaftlicher Spieler, aber diese Beobachtung hatte Roslynn selbst schon gemacht, und er war reich genug, um sich diesen Luxus leisten zu können. Lord Grahame, der distinguierte Graf von Dunstanton, war dreimal verwitwet. Der Ärmste schien immerhin die Hoffnung nie aufzugeben. Lord David Fleming, Viscount und Erbe eines Herzogtums, war ein eingefleischter Junggeselle von so großer Diskretion, daß sein Name noch nie in Zusammenhang mit irgendeiner Frau genannt worden war. Empfehlenswert. Aber der Ehrenwerte Christopher Savage war für Roslynn nach wie vor ein Buch mit sieben Siegeln. Die Montieths waren mit ihm nicht bekannt.

Aber es waren nicht diese Herren gewesen, die ihre Gedanken so beschäftigten, daß sie sich nachts schlaflos von einer Seite auf die andere gewälzt hatte. Auch James Malorys Frechheit war vergessen gewesen. Nein, es war nur jener schwarzhaarige Schuft mit seinen kühnen, blauen Augen, der ihr den Schlaf geraubt hatte, weil sie im Geiste immer wieder jene schicksalhaften Minuten im Wintergarten durchlebt hatte.

Nun, damit mußte jetzt endgültig Schluß sein. Sie würde keinen Gedanken mehr an hinterhältige Schürzenjäger verschwenden, sie würde sich nicht mehr von ihrem Ziel ablenken lassen, sondern sich energisch an die Arbeit machen. Sie schickte ein Stoßgebet zum Himmel, daß heute all ihre respektablen Kandidaten auf Silverley weilen würden.

Sie klingelte nach Nettie, hatte es aber plötzlich so eilig, ihr Zimmer zu verlassen, daß sie allein begann, Toilette zu machen, und schon in ein pfirsichfarbenes Tageskleid mit kurzen Puffärmeln und Volants am Saum geschlüpft war, bevor die Zofe erschien. Roslynn bestürmte sie, sich mit ihrer Frisur zu beeilen, was ihr ein Schnauben und eine kurze Standpauke über die versäumten Gelegenheiten von Langschläfern einbrachte. Der straffe Nackenknoten mit den einzelnen kurzen Lokken, die das Gesicht umrahmten, gelang Nettie allerdings trotz ihres Gebrumms großartig.

Roslynn nahm sich aber nicht viel Zeit, um ihr Spiegelbild zu bewundern, sondern griff hastig nach einer weißen Satinhaube mit Straußenfedern und nach einem Sonnenschirm aus Spitzen und eilte davon, während Nettie sich seufzend daran machte, die Unordnung zu beseitigen, die Roslynn bei der Suche nach geeigneter Garderobe angerichtet hatte.

Roslynn warf hinter sich die Tür zu und blieb im nächsten Augenblick wie angewurzelt stehen, denn am Ende des schmalen Korridors, der zu den Gästezimmern führte, lehnte Anthony Malory lässig am Geländer.

Es konnte kein Zweifel daran bestehen, daß er auf sie wartete, und sie hatte keine Möglichkeit, ihm zu entkommen.

Er trug ein besticktes Batisthemd ohne Krawatte; die obersten Knöpfe waren geöffnet und enthüllten ein V-förmiges braungebranntes, leicht behaartes Stück Brust. Sein dunkelblaues Jackett brachte die breiten Schultern und die muskulösen Oberarme voll zur Geltung. Eine weiche Wildlederhose sowie auf Hochglanz polierte Schaftstiefel vervollständigten seinen Aufzug. Er erweckte äußerlich wirklich nicht den Eindruck eines Nachtschwärmers, der alle Arten von Ausschweifungen liebte, sondern strotzte nur so von Kraft. Man hätte glauben können, einen Athleten vor sich zu haben, der sich viel in freier Natur aufhielt. Jedenfalls war er geradezu gemeingefährlich attraktiv.

Als Roslynn keine Anstalten machte, sich ihm zu nähern, sagte Anthony: »Ein wahres Glück, daß Sie endlich herausgekommen sind. Ich hatte mir gerade ausgemalt, was wohl passieren würde, wenn ich in Ihr Zimmer schlüpfte und Sie noch im Bett fände...«

»Sir Anthony!«

»War die Tür unverschlossen?« neckte er sie weiter und fuhr angesichts ihrer zornigen Miene mit strahlendem Lächeln fort: »Sie brauchen mich mit Ihren schönen Augen nicht zu erdolchen, meine Liebe. Ich habe kein Wort davon ernst gemeint. Und Sie können wirklich ganz unbesorgt näher kommen. Ich habe mir nämlich vorgenommen, mich heute von meiner besten Seite zu zeigen, sämtliche Anstandsregeln zu beachten und meine abscheulichen Triebe streng unter Kontrolle zu halten.«

»Versprechen Sie das?«

Er grinste. »Ist das wirklich notwendig?«

»O ja.«

»Also gut. Ich verspreche Ihnen feierlich, mich korrekt zu benehmen, bis Sie sich meiner erbarmen und mich von diesem Versprechen entbinden.«

Ihr heiseres Lachen klang wie Musik in seinen Ohren. »Ich werde Sie davon entbinden, wenn Sie so alt sind, daß Ihnen nichts mehr daran liegt – keinen Tag früher.«

Sie kam jetzt auf ihn zu, den Sonnenschirm unter den Arm geklemmt, die Haube in der Hand, ein Lächeln auf den vollen Lippen, mit fröhlich leuchtenden Goldtupfen in den herrlichen Augen. Bei Gott, sie war ein bezauberndes Geschöpf!

Er gratulierte sich zu seinem weisen Entschluß vom Vorabend, Silverley frühzeitig zu verlassen. Wenn er länger geblieben wäre, hätte es ihn immer wieder zu Roslynn hingezogen, aber er hatte genau gewußt, daß er ihr Zeit lassen mußte, bis ihr Zorn auf ihn verraucht sein würde. Deshalb hatte er sich zum Feiern ins Dorf begeben. Er hatte auch allen Grund dazu, trotz der Ohrfeige, denn es war ihm gelungen, ihre Sinne zu wecken. Und für seine eigene heftige Erregung hatte er im Dorf leicht Abhilfe zu finden erwartet.

Als er sich jetzt daran erinnerte, wie anders alles gekommen war, mußte er insgeheim über sich selbst schmunzeln. Als er nämlich in der kleinen Taverne, wo er gelandet war, ein williges und halbwegs hübsches Mädchen gefunden hatte, war ihm plötzlich nicht mehr danach zumute gewesen, sich mit einer anderen Frau als Roslynn abzugeben. Deshalb hatte er, als wenig später James in derselben Taverne aufgetaucht war, die kleine Dirne bereitwillig seinem Bruder überlassen und sich dem Trunke ergeben, während er den nächsten Schachzug plante.

Roslynns Lächeln deutete darauf hin, daß auch sein in jener Taverne gefaßter Entschluß, es mit einer anderen Taktik zu versuchen, richtig gewesen war. Und nach einem ausführlichen Gespräch mit seiner Lieblingsnichte an diesem Morgen war ihm die perfekte Strategie eingefallen. Er würde der Dame etwas anbieten, das sie nicht zurückweisen konnte – seine Hilfe bei ihren Bemühungen, einen passenden Ehemann zu finden. Falls seine Ratschläge ihr allerdings mehr schaden als nutzen sollten, so würde ihm das natürlich keine schlaflosen Nächte bereiten. Sie hatten nun einmal nicht dasselbe Ziel vor Augen.

Durch sein Versprechen glaubte sie sich jetzt in Sicherheit. Woher sollte sie auch wissen, daß seine Leidenschaften für ihn wesentlich mehr Bedeutung hatten als irgendein alberner Ehrenkodex, zumindest im Umgang mit dem weiblichen Geschlecht.

Er stieß sich vom Geländer ab und erklärte in nüchternem Ton: »Es wäre zu Ihrem Vorteil, Lady Roslynn, sich mit mir irgendwo ungestört zu unterhalten.«

Sofort erwachte wieder ihr Mißtrauen. »Ich sehe nicht ein...«

Mit einem entwaffnenden Lächeln fiel er ihr ins Wort. »Meine Liebe, ich sag' ›unterhalten‹ und nichts anderes.

Wie soll ich Ihnen helfen, wenn Sie mir kein Vertrauen schenken?«

»Mir helfen?« wiederholte sie verdutzt.

»Selbstverständlich«, erwiderte er. »Das ist meine einzige Absicht. Kommen Sie.«

Roslynns Neugier war so groß, daß sie ihm widerspruchslos nach unten in die Bibliothek folgte. Sie konnte sich beim besten Willen nicht vorstellen, wobei er ihr helfen wollte. Sie hatte im Augenblick nur zwei Probleme: die Faszination, die er auf sie ausübte, und ihre bislang wenig erfolgreichen Bemühungen, hinter die untadeligen Fassaden ihrer Kandidaten zu blicken. Aber darüber konnte er doch unmöglich Bescheid wissen, oder?

Allein diese Vorstellung trieb ihr die Schamröte ins Gesicht, was Anthony zum Glück nicht bemerkte. Er geleitete sie zu einem Sofa und durchquerte sodann den großen Raum, um vor einer Anrichte mit Flaschen stehenzubleiben.

»Brandy?« fragte er über die Schulter hinweg.

»Um diese Zeit?«

Ihr ungläubiger Ton ließ ihn vor sich hin schmunzeln. »Natürlich nicht. Wie dumm von mir!«

Aber er benötigte dringend einen Drink, denn ihm drängte sich plötzlich der Gedanke auf, daß er endlich mit ihr allein war und nur die Türen zu schließen bräuchte... Doch es war bestimmt klüger, sich an seinen ursprünglichen Plan zu halten.

Er kippte den Brandy und kehrte zum Sofa zurück. Sie saß anmutig in einer Ecke, die Beine korrekt nebeneinander, Sonnenschirm und Haube auf dem Schoß. Ihm standen auf dem Sofa gut anderthalb Meter Sitzfläche zur Verfügung, und sie würde es zweifellos als aufdringlich empfinden, wenn er dicht neben ihr Platz nähme. Trotzdem konnte er der Versuchung nicht widerstehen. Immerhin hielt er einen Abstand von etwa 15 cm ein, damit sie nicht gleich in Panik geriet.

Ihre Furcht war dennoch unverkennbar. »Sir Anthony...«

»Glauben Sie, daß Sie es übers Herz bringen könnten, mich Anthony zu nennen, oder noch besser Tony? Wenn ich schon Ihr Vertrauter sein soll...«

»Mein *was?*«

Er hob eine Braue. »Ist dieser Ausdruck zu stark? Nun gut, dann sagen wir eben Freund und Berater. Nachdem ich heute morgen ein langes Gespräch mit meiner Nichte geführt habe, weiß ich, daß Sie beides dringend benötigen.«

»Sie hat es Ihnen also erzählt?« Roslynn schnappte wütend nach Luft. »Verdammt, dazu hatte sie kein Recht!«

»Oh, sie hat es mit den besten Absichten getan, meine Liebe. Sie wollte mir eindringlich klarmachen, wie ernst es Ihnen mit Ihren Heiratsplänen ist. Die Kleine scheint zu glauben, ich hätte ruchlose Pläne mit Ihnen. Wie sie auf eine solche Idee kommt, ist mir völlig schleierhaft.«

Trotz ihres Ärgers über Reginas Indiskretion mußte sie lachen. »Sie sind ein Schelm. Nehmen Sie eigentlich nie etwas ernst?«

»Nicht, wenn ich es irgendwie zu verhindern weiß«, grinste er.

»Versuchen Sie es trotzdem einmal, um mir zu erklären, wie ausgerechnet Sie dazu kommen, mir bei der Suche nach einem Ehemann behilflich sein zu wollen.«

»Je eher Sie heiraten und sich mit dem Herrn Gemahl zu Tode langweilen, desto eher werden Sie auch in meinem Bett liegen«, antwortete er unumwunden.

Jede andere Begründung hätte Roslynn angezweifelt; *diese* glaubte sie ihm aufs Wort.

»Meinen Sie nicht, daß Sie damit ein großes Risiko eingehen?« konterte sie. »Immerhin könnte ich mich leidenschaftlich in meinen Mann verlieben.«

»Heilige Einfalt!« rief er mit gespieltem Entsetzen. »Heutzutage verliebt sich doch niemand mehr leidenschaftlich, ausgenommen junge Romantikerinnen und närrische alte Tattergreise. Und Sie gehen an diese Sache viel zu vernünftig heran, als daß eine solche Möglichkeit bestünde.«

»Also gut, ich akzeptiere Ihre Erklärung vorerst. Was glauben Sie denn konkret für mich tun zu können?«

»Reggie war in einer ähnlichen Situation wie Sie, als sie nach einem Mann Ausschau hielt. Sie hatte schon eine ganze Saison sowie eine Europareise hinter sich, und noch immer war kein passender Freier in Sicht. Das war natürlich nicht ihre Schuld. Sie mußte eben einen Mann finden, den meine Brüder und ich billigten.«

»Ja, ich erinnere mich, daß sie sowas erwähnt hat.«

»Hat sie Ihnen auch erzählt, wie sie dieses Problem gelöst hat?«

»Sie wurde kompromittiert.«

Zu Roslynns Überraschung verdüsterte sich seine Miene. »*Damit* hatte sie nicht das geringste zu tun. Montieth hatte sich mit seiner damaligen Geliebten einen kleinen Scherz erlauben wollen, und dabei war ein Irrtum passiert. Wenn es Ihnen recht ist, möchte ich mich darüber lieber nicht weiter auslassen. Aber zuvor hatte Reggie einen alten Lord angeheuert, der Gott und die Welt kannte. Sie schleppte ihn überall mit hin, und durch vereinbarte Zeichen konnte er ihr zu verstehen geben, welche Männer überhaupt in Betracht kamen und welche völlig indiskutabel waren.«

»Ich hoffe, Sie wollen nicht vorschlagen, daß ich Sie überallhin mitnehmen soll, Sir Anthony, denn...«

Er fiel ihr rasch ins Wort. »Keineswegs, und es wäre ja auch überflüssig. Reggie hat mir erzählt, daß Sie bereits mehrere Herren in die engere Wahl gezogen haben. Zufällig kenne ich sie besser als Montieth, aus dem einfachen Grunde, weil sie mir im Alter näherstehen als ihm. Drei dieser Herren gehören meinem Klub an, und der vierte besucht dieselbe Sporthalle wie ich. Mich würde

sch machen muß. Keine Frau wurde je auch nur zwei-
ıl mit ihm gesehen. Aber vielleicht werden Sie die gro-
Ausnahme sein. Er hat einen weichen Charakter. Böse
ngen bezeichnen ihn sogar als einen Feigling. Offen-
r wurde er einmal von einem jungen Mann zum Duell
fordert und hat gekniffen. Gott weiß warum. Macht er
nen den Hof?«
Das war durchaus nicht der Fall, aber dieses Thema
nd hier nicht zur Debatte. »Weiter bitte.«
Anthony lachte inwendig über ihr durchsichtiges Ab-
kungsmanöver. Er hielt es für überflüssig, ihr zu er-
ılen, daß Fleming sich nur für Personen seines eige-
n Geschlechts interessierte. Wenn sie den Burschen
zu bringen könnte, sie zu heiraten, was er allerdings
zweifelte, so würde sie sehr bald nach einem Geliebten
sschau halten.
›Der Graf von Dunstanton ist ein sehr sympathischer
ensch, wenn man sich erst einmal an seinen schnei-
nden Sarkasmus gewöhnt hat. Er ist eine fast schon
gische Gestalt, wenn man bedenkt, daß ihm in den
zten fünf Jahren drei Frauen gestorben sind. Aber man
gt, daß er mit dem Tod jeder Frau sein Vermögen je-
ils verdoppel hat.«
›Sie wollen doch wohl nicht andeuten...«
›Keineswegs«, beruhigte er sie, während er sein Knie
ıutsam an das ihrige heranschob. »Das sind nur wilde
rüchte, die von bösen Neidern verbreitet werden, die
ht so gut gestellt sind.«
Die Saat war ausgestreut und würde bestimmt Frucht
gen. In Wirklichkeit waren zwei dieser Frauen im
ıdbett gestorben, und die dritte war von einem Felsen
türzt, woran der Graf nur schuld sein konnte, wenn
n ihm die Fähigkeit zuschreiben wollte, jenen plötzli-
en Sturm bewirkt zu haben, der das Pferd der Dame
chreckt hatte.
›Und was ist mit Sir Artemus?«
›Er spielt gern – aber tun wir das nicht alle?« sagte er

aber brennend interessieren, warum Sie sich keine jüngeren Kandidaten ausgesucht haben.«

Roslynn wandte ihren Blick ab, bevor sie murmelte: »Ein älterer Mann wird wahrscheinlich nachsichtiger gegenüber meinen Fehlern sein.«

»Sie haben Fehler? Na sowas!«

»Jeder Mensch hat Fehler!« zischte sie.

»Ein aufbrausendes Wesen gehört aber gewiß nicht zu Ihren Fehlern«, stellte er trocken fest.

Sie mußte unwillkürlich lachen, ließ sich von ihm aber nicht aus dem Konzept bringen. »Ein älterer Mann ist beständiger, weil seine wilden Jahre hinter ihm liegen. Wenn ich in dieser Ehe treu sein soll, muß ich das auch von meinem Mann erwarten können.«

»Aber Sie werden Ihrem Mann nicht treu sein«, brachte er ihr in Erinnerung.

»In diesem Fall werde ich es auch von ihm nicht verlangen, aber andernfalls schon. Lassen wir's dabei. Um Ihnen die Wahrheit zu sagen – es war mein Großvater, der mir zu einem reifen Mann mit vielen Erfahrungen geraten hat, und außerdem haben die jungen Männer, die ich bisher kennengelernt habe, mich nicht gerade beeindruckt. Nun ja, bis auf einen, und den habe ich jetzt auch auf meine Liste gesetzt.«

»Wer ist der Glückliche?«

»Justin Warton.«

»Warton?« rief Anthony erbittert und richtete sich kerzengerade auf. »Das ist doch ein Muttersöhnchen!«

»Sie brauchen nicht beleidigend zu werden«, sagte sie in eisigem Ton.

»Mein liebes Mädchen, wenn Sie nur Lobeshymnen auf Ihre Kandidaten hören wollen, weiß ich nicht, inwiefern ich Ihnen behilflich sein könnte. Nach außen hin sind all diese Herren selbstverständlich über jeden Zweifel erhaben. Ich dachte, Sie wären an dem Dreck unter dem Teppich interessiert.«

Sein Tadel ließ sie wieder leicht erröten. »Sie haben natürlich völlig recht. Entschuldigen Sie bitte. Nun, welcher meiner Kandidaten würde Ihrer Ansicht nach den besten Ehemann abgeben?«

»Sie haben keinen Favoriten?«

»Eigentlich nicht. Ich finde sie alle recht sympathisch und ansehnlich, und bisher ist mir auch nichts Nachteiliges über sie zu Ohren gekommen. Genau das ist mein Problem. Ich weiß nicht, für wen ich mich entscheiden soll.«

Anthony lehnte sich wieder entspannt zurück und legte seinen Arm unauffällig auf die Rückenlehne, hinter ihren Kopf. Sie bemerkte nichts davon, denn sie wartete ungeduldig auf seine Antwort, während er nicht die geringste Lust verspürte, sich dazu zu äußern.

Ausweichend schlug er deshalb vor: »Es wäre vielleicht ganz nützlich zu wissen, welche Eigenschaften Ihnen besonders wichtig sind.«

»Ein umgängliches, einfühlsames Wesen, Güte, Intelligenz, Nachsicht, wie bereits gesagt...«

»Großartig!« rief er mit boshaftem Grinsen. »Sie werden sich zu Tode langweilen, meine Liebe, und ich werde Sie sogar noch früher als erwartet in meine Arme schließen.« Ihr strafender Blick ließ ihn völlig unberührt. »Aber bitte, fahren Sie doch fort.«

»Es muß auch ein Ehevertrag unterzeichnet werden«, sagte sie steif. »Auf diese Weise soll verhindert werden, daß mein Mann die Kontrolle über meine Besitztümer an sich reißt.«

»War das Ihre Idee?«

»Nein, die meines Großvaters. Er war ein eigenwilliger alter Mann, und er wollte ganz sicher sein, daß das Vermögen, das er mir hinterließ, tatsächlich *meines* blieb und nicht irgendeinem Unbekannten in die Hände fiel, der ihm vielleicht zugesagt hätte, vielleicht aber auch nicht. Er ließ den Vertrag kurz vor seinem Tod aufsetzen.«

»Warum hat er denn nicht selbst einen Ehemann für

Sie ausgesucht, der seinen hohen Ansprüch
hätte?«

Ihr Blick wurde weich und versonnen. »Zwi
bestand eine sehr enge Bindung, Anthony. Ich
nicht verlassen, solange er noch am Leben wa
hätte mich nie dazu gezwungen.«

Anthony lächelte selbstzufrieden. Daß ihr so
Vorname entschlüpft war, bewies deutlich, da
entspannt hatte und sich in seiner Gesellsch
fühlte. Sie hatte sich ihm beim Reden auch zu
und saß jetzt fast seitlich auf dem Sofa. Er kön
mühelos seinen Arm auf ihre Schultern hinabgle
sen und sie an sich ziehen...

Anthony rief sich energisch zur Ordnung. »N
glaube, daß nur Savage vielleicht etwas gegen
Ehevertrag hätte. Nicht, weil er Ihr Vermögen an s
ßen möchte. Soviel ich weiß, ist er finanziell so
stellt, daß Geld für ihn bei einer Heirat keine Roll
len dürfte. Aber er ist ein Mann, der keine Au
liebt. Doch wenn ihm viel an Ihnen liegt, kön
durchaus über seinen Schatten springen.«

»Dann würden Sie also *ihn* empfehlen?«

»Meine Liebe, von den Eigenschaften, die Sie für
schenswert halten, besitzt er nur eine – Intelligenz.
keiner Ihrer Kandidaten wird Ihren Erwartungen ge
werden können. Warton vielleicht noch am ehesten,
wenn Sie ihn heiraten, müssen Sie quasi eine Ehe zu
führen. Seine Mutter wird immer mit von der Partie
– das heißt, wenn sie ihm überhaupt erlaubt zu heira
Ich kenne keine andere Frau, die ihren Sohn derar
der Kandare hält.«

Roslynn hatte während seiner Ausführungen die S
gerunzelt. »Wenn Sie mir schon keinen der Herren a
drücklich empfehlen können, erzählen Sie mir doch v
nigstens, was Sie über die einzelnen wissen.«

»Aber gern. Wollen wir mit Fleming beginnen? Er
den Spitznamen ›Tolpatsch‹, weil er immer irgend etw

augenzwinkernd. »Bei ihm hätten Sie wenigstens sofort eine komplette Familie. Er hat Dutzende von Sprößlingen...«

»Mir wurde gesagt, er hätte nur fünf Kinder.«

»Fünf legitime. O ja, da hätten Sie schon alle Hände voll zu tun, und Shadwell wäre keine große Hilfe, denn er vergißt nur allzu gern, daß er überhaupt Kinder hat. Möchten Sie eigentlich eigene Kinder haben?«

Ihr reizvolles Erröten machte Anthonys gute Vorsätze endgültig zunichte. Seine Hand glitt auf ihren Nacken, und er zog sie an seine Brust, während seine Finger sich in ihr Haar gruben, um ihr Gesicht in die richtige Position für einen Kuß zu bringen.

Doch dazu kam es nicht. Sie stieß ihn so kräftig zurück, daß er sie vor Überraschung losließ.

»Sie hatten es versprochen!«

Er richtete sich auf und fuhr sich gereizt durch die Haare, aber seine Stimme verriet nichts von seiner Erregung. »Sie vergessen, meine Liebe, daß diese Rolle eines Ratgebers für mich noch neu ist. Ich muß mich erst daran gewöhnen.« Ihre Augen funkelten vor Zorn. »Um Himmels willen, nun bringen Sie mich doch nicht gleich um! Es wird nicht wieder vorkommen, darauf können Sie sich verlassen.«

Sie sprang auf und hielt ihren Sonnenschirm wie eine Waffe in der Hand. »Wenn Sie mir nichts mehr zu sagen haben...«

O Liebste, wenn du wüßtest, daß nur mein Wille dich im Augenblick schützt...

»Man muß herausfinden, was tatsächlich stimmt und was nur alberne Gerüchte sind. Geben Sie mir ein – zwei Wochen Zeit und...«

»Eine Woche.«

Er lehnte sich wieder zurück und streckte seine Arme auf der Lehne aus. Daß sie überhaupt noch mit ihm sprach und sogar bereit war, weiterhin seinem Rat zu vertrauen, verriet ihm, daß sie nicht allzu wütend war.

»Richten Sie Ihr Haar, meine Liebe, und dann begleite ich Sie zum See hinab.«

Er konnte sich nur mit Mühe das Lachen verbeißen, als sie erbittert an ihren Haaren herumfingerte, und als sie dann mit demonstrativem Nachdruck ihre Haube aufsetzte, lachte er los, was ihm einen mörderischen Blick einbrachte, der ihn nur noch mehr belustigte.

Doch als sie wenige Minuten später über den Rasen schlenderten, ließ er seinen ganzen entwaffnenden Charme spielen, und sie vergaß tatsächlich sofort ihren Zorn und war bereit, ihm seinen Faux pas zu verzeihen. Ihre gute Laune hielt allerdings nicht lange an. Sie hatte nicht bedacht, welche Schlußfolgerungen man daraus ziehen könnte, daß weder Anthony noch sie an der Jagd teilgenommen hatten. Es kam ihr erst zu Bewußtsein, als sie Justins bestürztes Stirnrunzeln sah.

»Ich halte es für keine gute Idee, wenn wir zusammen gesehen werden«, versuchte sie rasch zu retten, was noch zu retten war, denn sie hatte auch einige ihrer anderen Kandidaten am See erspäht.

»Ich würde Ihnen zustimmen, meine Liebe, wenn wir an irgendeinem anderen Ort wären«, erwiderte er. »Aber als Verwandter der Hausherrin habe ich sogar die Pflicht, mich um die Gäste zu kümmern.«

Seine Sorglosigkeit ärgerte sie, denn inzwischen hatten auch Lord Grahame und Lord Fleming sie an Sir Anthonys Arm gesehen, und ihr fiel Reginas freundschaftliche Warnung ein, daß jede Frau, an der dieser Schürzenjäger Interesse zeigte, sofort ins Gerede kam.

In seiner Begleitung am See aufzutauchen, nachdem sie beide die Jagd verpaßt hatten, könnte die Herren auf falsche Gedanken bringen, und das hätte Anthony eigentlich wissen müssen. In solchen Dingen hatte er schließlich viel mehr Erfahrung als sie. Wieder stieg heftiger Zorn in ihr auf, und sie verspürte das Bedürfnis, ihn irgendwie aus der Fassung zu bringen.

»Wissen Sie, Anthony, selbst wenn ich mich mit meinem Ehemann langweilen sollte, so bedeutet das noch lange nicht, daß *Sie* davon profitieren werden.«

Sein Grinsen verriet, daß er ihre Absicht durchschaute, und seine Antwort ließ sie unwillkürlich erschaudern. »O doch, Sie *werden* meine Geliebte sein. Wenn ich mir dessen nicht ganz sicher wäre, hätte ich mich nie bereit erklärt, Ihnen zu helfen.«

Kapitel 13

»O nein, lieber Gott, laß das nur einen Traum sein!«

Es war in der Tat ein Alptraum, in einem Zimmer aufzuwachen, in dem man nicht zu Bett gegangen war, und sich nicht erinnern zu können, wie man an diesen Ort gekommen war. Roslynn schaute sich mit schreckensweit aufgerissenen Augen um und wußte trotz ihres Stoßgebets genau, daß sie nicht träumte. Schmutzige, abblätternde Tapeten. Ein Tisch mit nur drei Beinen, dem man in eine Ecke geklemmt hatte, damit er nicht umkippte. Darauf eine angeschlagene Waschschüssel und ein Krug, an dem eine Küchenschabe entlanglief. Das schmale Bett, in dem sie lag, zugedeckt mit einer groben Wolldecke. Nackter Fußboden, kahle Wände, ein Fenster ohne Vorhänge.

Wie war so etwas nur möglich? Roslynn preßte ihre Hände an die Schläfen und versuchte verzweifelt, sich zu erinnern. War sie krank gewesen? Hatte sie einen Unfall gehabt? Sie wußte nur, daß sie sich am vergangenen Abend in Frances' Haus zu Bett begeben hatte – aber vielleicht lag dieser Abend in Wirklichkeit Tage zurück, und sie hatte alles Dazwischenliegende nur vergessen?

Sie hatte nicht einschlafen können, was ihr seit der ersten Begegnung mit Anthony Malory oft passierte. Frances und sie waren drei Tage zuvor von Reginas Landsitz zurückgekehrt, aber sie hatte ständig an Anthony denken müssen, an jenen Vorfall im Wintergarten und an sein erstaunliches Anerbieten, ihr zu helfen, anstatt sie zu verführen.

Trotz seines Versprechens, sie in Ruhe zu lassen, zumindest bis sie verheiratet war, hatte er sie an jenem Sonntag aber nicht aus den Augen gelassen. Gewiß, er hatte sich zeitweilig diskret im Hintergrund gehalten und sie nicht daran gehindert, beim Picknick mit den anderen Gästen Konversation zu treiben und ihre Heiratskanditen zu umgarnen. Aber jedesmal, wenn sie ihn irgendwo in der Menge gesehen hatte, waren ihre Blicke sich unweigerlich begegnet, so als beobachte er sie ständig. Und abends beim Ball hatte er sie dreimal zum Tanz gebeten, während er keine andere Frau aufforderte, nicht einmal seine Nichte.

Sie war wütend gewesen, als sie seine Absichten durchschaut hatte, aber da war es schon zu spät gewesen. Lord Grahame hatte eine Einladung ins Theater rückgängig gemacht, kaum daß sie wieder in London waren. Angeblich war ihm eine anderweitige Verpflichtung eingefallen, aber für Roslynn stand fest, daß er durch Anthonys unverhohlenes Interesse an ihr eingeschüchtert worden war.

Ja, sie hatte in der vergangenen Nacht nicht einschlafen können, weil ihr vielerlei im Kopf herumgegangen war. Seit ihrer Rückkehr nach London hatte keiner ihrer Herren ihr seine Aufwartung gemacht, und sie war sich darüber im klaren, daß sie nicht einfach viel zu beschäftigt waren. Anthonys unschuldiges ›Sich-um-die-Gäste-kümmern‹ hatte ihr beträchtlich geschadet.

Und wenn sie sich an all das so deutlich erinnern konnte – wie war es denn möglich, daß sie nicht wußte, wie sie in diese gräßliche Kammer gelangt war? Anthony würde doch nicht... Nein, völlig ausgeschlossen. Und es war auch höchst unwahrscheinlich, daß Frances den Verstand verloren und so etwas arrangiert hatte. Folglich gab es nur *eine* plausible Erklärung, wenn sie nicht annehmen wollte, daß sie schwer krank war und im Fieber fantasierte, und dazu war alles viel zu real. Geordie! Irgendwie mußte er es fertiggebracht haben, sie aus dem Haus in der South Audley Street in Mayfair zu entführen und hierher zu bringen. Unvorstellbar, aber offensichtlich wahr.

Und doch wollte sie noch immer nicht akzeptieren, daß Geordie gewonnen hatte, hoffte sie immer noch, daß es eine andere Erklärung geben könnte, und so war es für sie ein arger Schock, als sie sich mit der Realität konfrontiert sah. Ihr brach vor Angst der Schweiß aus, und ihre Kehle war plötzlich wie zugeschnürt, als Geordie Cameron mit triumphierender Miene das Zimmer betrat. Roslynn hatte sich so oft ausgemalt, was passieren würde, wenn er sie in seine Gewalt bekam, daß sie ihn zunächst nur schreckensbleich anstarren konnte.

»Ah, ich freue mich wirklich, daß Mrs. Pym recht hatte, als sie mir meldete, du seist endlich aufgewacht«, rief er in breitestem schottischem Dialekt. »Sie war so nett, draußen vor der Tür zu sitzen und zu horchen, ob du dich bewegst, um mir gleich Bescheid sagen zu können. Sie weiß, wie ungeduldig ich bin, und zweifellos haben auch die Münzen in ihrer Tasche zu ihrer Beflissenheit beigetragen. Glaub aber nur nicht, daß du sie auf deine Seite ziehen kannst, Mädchen. Ich habe ihr nämlich eine hübsche Geschichte erzählt, wie ich dich befreit habe, um dich in den Schoß deiner Familie zurückzubringen. Sie wird dir kein Wort glauben, wenn du etwas anderes daherplapperst.«

Nach dieser langen Einleitung lächelte er, und dieses Lächeln war schon immer einer der Gründe gewesen, weshalb Roslynn diesen Cameron nicht ausstehen konnte. Es war nie ein freundliches Lächeln, sondern stets ein hämisches, höhnisches oder hinterlistiges Grinsen, bei dem seine kalten blauen Augen boshaft funkelten.

Er war Roslynn immer groß vorgekommen, bis sie die Malorys kennengelernt hatte. Sein karottenrotes Haar hing zottelig herab, was vermutlich daran lag, daß er während der Verfolgungsjagd keine Zeit zur Körperpflege gehabt hatte. Er war nicht dick, aber so massiv gebaut, daß er sie mühelos überwältigen könnte, sollte sie versuchen, ihm zu entkommen. Alles in allem war er durchaus ein gut aussehender Mann, und zu Roslynns Leidwesen hatte er sogar große Ähnlichkeit mit ihrem Großvater in jungen Jahren, wie das einzige Porträt von Duncan Cameron auf Cameron Hall bewies.

»Du bist ja so ungewöhnlich still«, spottete Geordie, als sie ihn weiterhin schweigend anstarrte. »Hast du für deinen einzigen Vetter keinen warmen Willkommensgruß übrig?«

Diese Unverschämtheit riß Roslynn aus ihrer Erstarrung und ließ heftigen Zorn in ihr aufsteigen. Daß er es tatsächlich *wagte* zu tun, was sie befürchtet hatte! Natürlich war sie nur deshalb nach London gekommen, nur deshalb suchte sie nach einem Mann, und nur deshalb hatte sie Anthony als Berater akzeptiert, obwohl sie genau wußte, daß sie eigentlich einen weiten Bogen um ihn machen sollte. Aber feststellen zu müssen, daß ihre Befürchtungen nur allzu begründet gewesen waren! Bei dem Gedanken, wieviel Unannehmlichkeiten ihr dieser habgierige Kerl schon beschert hatte, geriet sie so in Rage, daß sie sogar ihre Furcht vergaß.

»Warmer Willkommensgruß?« schnaubte sie. »Ich möchte nur eines wissen, *Vetter*, nämlich, wie du das geschafft hast!«

Er lachte selbstzufrieden, überaus stolz auf seine Schläue und zudem heilfroh, daß sie nicht wissen wollte, warum sie hier war. Offenbar war ihr das klar, und somit konnte er sich lange Erklärungen sparen. Vermutlich würde sie dann auch einsehen, daß sie keine andere Wahl hatte als mit ihm zu kommen. Er fühlte sich auf englischem Boden nicht wohl und hatte es nicht gern mit gedungenen englischen Ganoven zu tun. Je eher sie sich auf den Heimweg machen konnten, desto besser.

»Es war ganz leicht, Mädchen, kinderleicht!« prahlte er. »Ich wußte, daß du etwas unternehmen würdest, sobald der alte Mann unter der Erde lag, nur dachte ich nicht, daß du *hierher* kommen würdest. Aber ich ließ die meisten Straßen beobachten, weißt du, und als du dort nirgends aufgetaucht warst, war mir klar, daß du nur nach England geflohen sein konntest.«

»Wie schlau von dir, eine solche Schlußfolgerung zu ziehen!« kommentierte sie ironisch.

Seine Augen verengten sich zu Schlitzen. »Jedenfalls schlau genug, um dich zu schnappen.«

Roslynn zuckte zusammen und lenkte ihn hastig ab: »Aber wie hast du mich nur so schnell gefunden, Geordie? London ist doch wirklich keine Kleinstadt.«

»Mir fiel ein, daß du hier eine Freundin hast, und es war nicht schwer, sie ausfindig zu machen – und damit auch dich. Übrigens wäre ich deiner schon viel früher habhaft geworden, wenn diese Idioten, die ich auf dich angesetzt hatte, nicht das Hasenpanier ergriffen hätten, nur weil die Menge auf der Oxford Street dir zu Hilfe kam.«

Es war also doch Geordie gewesen, der jene nur knapp vereitelte Entführung initiiert hatte! Was aber die angebliche Hilfe der Passanten anging, so mußte Roslynn unwillkürlich lachen, tat allerdings rasch so, als hätte sie einen Hustenanfall. Sie konnte sich gut vorstellen, welchen Bären die beiden Ganoven ihrem Vetter aufgebunden hatten, um nicht in Ungnade zu fallen.

»Dann aber hast du plötzlich die Stadt verlassen, und ich dachte schon, du wärest mir durch die Lappen gegangen«, fuhr Geordie mit gerunzelter Stirn fort. »Du hast mir dadurch eine Menge Scherereien und Unkosten verursacht, Mädchen, das kannst du mir glauben. Ich mußte Männer in alle Richtungen losschicken, um dir auf die Spur zu kommen, aber du hattest keine Spuren hinterlassen, jedenfalls keine ergiebigen. Aber dann bist du ganz von allein zurückgekommen.« Sein Grinsen besagte, daß er das für einen typisch weiblichen Fehler hielt. »Und danach mußte ich nur noch eine günstige Gelegenheit abwarten – und jetzt bist du hier!«

Ja, hier war sie, aber sie wußte noch immer nicht, wie Geordie das bewerkstelligt hatte. Sie sah ihm jedoch an, daß er darauf brannte, es ihr zu erzählen, weil er so stolz auf sich war und seine Schläue von ihr bestätigt haben wollte. Ihm lag seit jeher ungeheuer viel daran, als schlauer Fuchs und gerissener Kerl zu gelten. Deshalb hatte er es auch so genossen, wenn ihm als Kind wieder einmal ein übler Streich gelungen war. Warum sollte es diesmal anders sein?

Sie beschloß, ihm wenigstens diese Genugtuung zu versagen. Nach einem herzhaften Gähnen murmelte sie gleichgültig: »Und was jetzt, Vetter?«

Ihm klappte der Unterkiefer herunter. »Interessiert es dich überhaupt nicht, wie du hierhergekommen bist?«

»Spielt das denn eine Rolle?« fragte sie in gelangweiltem Ton. »Wie du ganz richtig festgestellt hast, bin ich jetzt jedenfalls hier.«

Er lief vor Wut rot an. »Ich werde es dir aber erzählen, damit du siehst, daß es zwar im Grunde ganz einfach war, aber doch großen Einfallsreichtum erforderte.«

»Gewiß doch«, erwiderte sie.

Sie gähnte wieder und registrierte befriedigt, daß seine hellblauen Augen Blitze schleuderten. Er war so leicht zu durchschauen, so unbedeutend, so selbstsüchtig und jähzornig. Vielleicht sollte sie ihn lieber nicht weiter reizen. Ihre Furcht war zwar verebbt, nachdem sie den ersten Schock überwunden hatte, aber er stellte nach wie vor eine ernsthafte Bedrohung dar. Und es war bestimmt vernünftiger, ihn zu besänftigen, bis ihr irgendein Ausweg einfiel – wenn es überhaupt einen Ausweg aus dieser mißlichen Situation gab!

»Ich habe ein Dienstmädchen ins Haus geschleust, verstehst du? Ein gerissenes Ding, das für Geld zu allem bereit ist. Es war kinderleicht, eines der echten Dienstmädchen daran zu hindern, zur Arbeit zu erscheinen, und dann brauchte meine Kleine nur noch hinzugehen und zu behaupten, die andere wäre krank, und sie würde sie vertreten.«

»Und was hast du mit dem armen Mädchen gemacht, das nicht zur Arbeit erschien?« fragte Roslynn aufgebracht.

»Reg dich nicht auf, Kusine.« Seine Laune besserte sich sichtlich, nachdem er jetzt wieder ihre volle Aufmerksamkeit hatte. »Der ist nichts weiter passiert – sie hat nur einen leichten Schlag über den Schädel bekommen. Ich habe sogar schon einen Mann losgeschickt, um sie zu befreien, nachdem dein Verschwinden inzwischen ohnehin aufgefallen sein dürfte. Aber was ich eigentlich sagen wollte – nachdem das Mädchen sich ins Haus eingeschmuggelt hatte, brauchte es nur abzuwarten, bis du vor dem Schlafengehen noch etwas zu essen oder zu trinken verlangtest, um ein Schlafmittel hineinzugeben.«

Die Milch! Diese verdammte warme Milch, die sie im Bett getrunken hatte, in der Hoffnung, danach einschlafen zu können. Nun, eingeschlafen war sie tatsächlich, und sie hatte sogar ihre eigene Entführung verschlafen!

»Ah, jetzt begreifst du endlich, stimmt's?« kicherte Geordie. »Das Mädchen hat meine Männer bei erstbester Gelegenheit ins Haus gelassen und versteckt und ist dann nach Hause gegangen. Als alle im Hause lebenden Dienstboten sich zurückgezogen hatten, brauchten meine Männer dich nur noch rauszutragen und zu mir zu bringen, und du bist dabei nicht mal aufgewacht.«

»Und wie sehen jetzt deine weiteren Pläne aus?« erkundigte sie sich ironisch. »Du hast doch bestimmt etwas Niederträchtiges im Sinn.«

»Ich habe einen Pfaffen davon überzeugen können, daß er uns ruhig trauen kann, auch ohne dein ›Ich will‹ zu hören. Der versoffene Kerl liegt irgendwo in der Gosse, aber meine Männer suchen schon nach ihm. Es wird jetzt nicht mehr lange dauern, Kusine. Und glaub nur nicht, daß du irgendwelche Sperenzchen machen kannst, während wir auf den geistlichen Herrn warten. Mrs. Pym wird vor deiner Tür Wache halten.«

Er verließ das Zimmer, und sie hörte, wie ein Schlüssel sich im Schloß drehte. Sie überlegte, ob sie ihn zurückrufen sollte. Vielleicht würde er sich die Sache noch einmal überlegen, wenn sie ihm erzählte, daß sowohl Nettie als auch Frances ihre unüberwindliche Abneigung gegen ihn kannten und jederzeit beschwören würden, daß sie ihn niemals freiwillig geheiratet hätte. Doch sie verwarf diesen Plan rasch wieder, denn in seiner grenzenlosen Geldgier würde er höchstwahrscheinlich vor nichts zurückschrecken, nicht einmal vor Mord. Im Augenblick beabsichtigte er vermutlich, sie nach der Eheschließung irgendwo einzusperren. Vielleicht spielte er auch mit dem Gedanken an einen ›bedauerlichen Unfall‹. Aber wenn er wüßte, daß sie Freundinnen hatte, die diese Ehe anfechten könnten, wäre nicht nur ihr eigenes Leben keinen Pfifferling mehr wert, sondern sie würde auch Nettie und Frances gefährden.

Es gibt keinen Ausweg, und in Kürze wirst du mit diesem Schurken verheiratet sein, dachte sie resigniert, doch schon im nächsten Moment bäumte sich ihr Stolz heftig dagegen auf. Verdammt, sie würde sich nicht so leicht kleinkriegen lassen! Sie mußte nur ihren Grips zusammennehmen! Aber sie spürte, daß sie einer Panik nahe war. Nicht mehr lange, hatte er gesagt. Wieviel Zeit blieb ihr noch? Der betrunkene Geistliche konnte jeden Moment hier sein. Und wo, zum Teufel, war sie hier überhaupt?

Sie sprang aus dem Bett und rannte ans Fenster. Entmutigt stellte sie fest, daß sie sich im zweiten Stockwerk befand. Kein Wunder, daß Geordie sich nicht die Mühe gemacht hatte, das Fenster zu verbarrikadieren. Und wenn sie versuchte, um Hilfe zu schreien, würde Mrs. Pym sofort ins Zimmer stürzen, dann würde man sie bestimmt fesseln und knebeln.

Ebenso sinnlos wäre zweifellos der Versuch, Mrs. Pym

auf ihre Seite zu ziehen. Die Frau hielt sie wahrscheinlich für geisteskrank. Weiß Gott, was Geordie ihr alles weisgemacht hatte! An Einfallsreichtum hatte es ihm nie gefehlt. Und nachdem sein heißersehntes Ziel, an das Vermögen der Camerons heranzukommen, nun endlich in greifbare Nähe gerückt war, hatte er bestimmt nichts dem Zufall überlassen.

Angsterfüllt ließ sie ihre Blicke durch die Kammer schweifen, aber als Waffe eignete sich bestenfalls der Wasserkrug, und auch der nur gegen die erste Person, die das Zimmer betrat. Und das mußte nicht unbedingt Geordie sein. Außerdem wußte sie nicht, ob es ihr gelingen würde, ihn mit dem Krug bewußtlos zu schlagen. Und was tun, wenn er nicht allein kam?

Nein, ihre einzige Chance war das Fenster. Es ging auf eine Gasse hinaus, die aber breit genug für Fahrzeuge war. Nur, daß im Augenblick weit und breit kein Fahrzeug zu sehen war. Die Häuser auf beiden Seiten hielten das Tageslicht ab und verliehen der Gasse ein düsteres Aussehen. Roslynn beugte sich aus dem Fenster und sah, daß die Gasse an beiden Enden in helle Straßen mündete, wo lebhafter Verkehr herrschte. Auch Fußgänger waren dort unterwegs – ein Kind rannte vorbei, ein Seemann schlenderte Arm in Arm mit einer aufgetakelten Frau dahin. Wenn sie laut genug schrie, würde sie wahrscheinlich jemanden auf sich aufmerksam machen können. Aber dann würde auch Mrs. Pym sie hören.

Roslynn hastete zum Bett, zog mit einem Ruck das grobe Leintuch hervor und eilte damit ans Fenster zurück. Sie beugte sich weit hinaus und schwenkte es wie eine Fahne, bis sie vor Anstrengung keuchte und lahme Arme hatte. Nichts! Falls jemand ihr Tun beobachtet hatte, so dachte er wohl, daß sie das Leintuch nur gründlich ausschütteln wollte.

Und dann hörte sie das Fahrzeug, noch bevor sie es langsam in die Gasse einbiegen sah. Sie hatte plötzlich rasendes Herzklopfen. Es war ein mit Fässern beladener

Wagen, und der Fuhrmann pfiff vergnügt vor sich hin, während er sein Maultier lenkte.

Roslynn ließ das Leintuch auf den Boden fallen und schwenkte statt dessen ihre Arme. Doch sie erkannte rasch, wie gering die Chance war, daß er sie überhaupt bemerkte. Er trug einen breitkrempigen Hut, der ihm die Sicht nach oben versperrte, und er hatte ja auch keinen Grund, in die Höhe zu blicken. Sie machte verzweifelt *Pssst, pssst,* um ihm doch noch auf sich aufmerksam zu machen, aber der Karren machte auf dem Kopfsteinpflaster einen solchen Lärm, daß nicht einmal lautes Rufen zu hören gewesen wäre. Und als ihr endlich einfiel, daß sie den Krug hinunterwerfen könnte, hatte der Wagen sich schon ein ganzes Stück von ihrem Fenster entfernt.

Sie lehnte sich mutlos an die Wand neben dem Fenster. Nein, so ging es nicht. Selbst wenn der Fuhrmann sie gesehen hätte – wie hätte sie sich ihm im Flüsterton verständlich machen sollen? Und wenn sie lauter redete, würde sie Mrs. Pym alarmieren.

Verdammt, konnte sie denn wirklich gar nichts tun? Der Krug würde ihr nichts nutzen, denn Geordie würde bestimmt in Begleitung des Geistlichen und seiner Männer kommen. Schließlich wurden für die Zeremonie ja auch Zeugen benötigt.

Ihr graute allein schon bei der Vorstellung, mit Geordie verheiratet zu sein, und sie wurde von ihren düsteren Zukunftsvisionen so in Anspruch genommen, daß sie das zweite Fahrzeug erst hörte, als es fast schon zu spät war. Als sie ans Fenster stürzte, war der Heuwagen nur noch ein kleines Stück entfernt. Der Fuhrmann trieb die beiden Mähren, die den Wagen zogen, mit lauten Flüchen an und gestikulierte dabei wild mit einer Ginflasche. Er würde sie bestimmt nicht hören, und er war schon so nahe!

Roslynn faßte blitzschnell ihren Entschluß. Eine weitere Chance würde sich ihr vielleicht nicht bieten. Sie durfte nur nicht an die möglichen Folgen denken, denn dann würde ihr der Mut zum Handeln fehlen. Sie kletterte rasch auf das Fensterbrett, wartete, bis der Wagen direkt darunter war, und sprang in die Tiefe.

Kapitel 14

Im Fallen schoß ihr der Gedanke durch den Kopf, daß dies eine reine Verzweiflungstat gewesen war. Sie sah ihre Füße in die Höhe fliegen und versuchte instinktiv, mit den Händen irgendwo Halt zu finden. Sie wußte, daß sie im nächsten Moment sterben würde, und in dieser letzten Sekunde verfluchte sie Geordie. Indem sie den Tod einer Ehe mit ihm vorzog, würde sie seinem Selbstvertrauen einen gewaltigen Stoß versetzen, und das verschaffte ihr eine gewisse Befriedigung, wenn es sie auch keineswegs mit ihrem Schicksal versöhnte, denn sterben würde *sie,* und dieser habgierige Schurke würde wahrscheinlich eine gefälschte Heiratsurkunde vorlegen, um doch noch an ihr Vermögen heranzukommen.

Sie landete mit voller Wucht auf dem Rücken. Der heftige Aufprall raubte ihr den Atem, und sie wurde ohnmächtig. Ein heftiger Ruck des Wagens ließ sie wieder zu sich kommen. Sie stöhnte, überzeugt davon, mindestens ein Dutzend Knochen gebrochen zu haben. Doch beim nächsten Ruck verspürte sie keine Schmerzen. Unglaublich, etwas so Törichtes getan zu haben und unverletzt davongekommen zu sein. Sie mußte einen ganz besonderen Schutzengel gehabt haben, wie man es Kindern und Narren ja nachsagte, und eine größere Närrin als sie konnte es gar nicht geben. Sie hätte sich leicht den Hals brechen können, das wußte sie genau. Sie konnte nur Gott danken, daß dieser Wagen Heu transportierte und keine harten Gegenstände.

Der betrunkene Fuhrmann hatte nicht einmal gemerkt, daß er einen Fahrgast bekommen hatte. Entweder er hatte bei ihrem lauten Aufprall geglaubt, der Wagen wäre in ein besonders tiefes Loch im Pflaster geraten, oder aber er war taub.

Sie war tief im Heu versunken, aber sicherheitshalber vervollständigte sie die Tarnung, indem sie mit beiden Händen Heu über ihren ganzen Körper streute. Keinen Augenblick zu früh, denn der Wagen bog von der dunklen Gasse in die lichtdurchflutete Straße ein, und Roslynn kam erst jetzt mit Schrecken zu Bewußtsein, daß sie nur ein dünnes, weißes Baumwollnachhemd trug und barfuß war.

Immerhin konnte sie sich glücklich schätzen, daß sie am Vorabend nicht in einem der verspielten Negligés zu Bett gegangen war, die zu ihrer Aussteuer gehörten. Es war ein züchtiges Nachthemd, bodenlang, mit langen weiten Ärmeln und Manschetten. Wenn sie etwas fand, das als Gürtel dienen konnte, würde man es bei flüchtigem Hinsehen vielleicht sogar für ein Kleid halten können.

Unglückseligerweise blieb Roslynn wenig Zeit, darüber nachzudenken, wie sie ohne Geld nach Hause gelangen sollte. Der Wagen rollte in einen Stall und blieb stehen, und sie konnte gerade noch rechtzeitig hinausspringen und sich in einer leeren Box verstecken, bevor der Fuhrmann nach hinten kam und das Heu abzuladen begann. Er erhielt gleich darauf Hilfe von einem großen, kräftigen Kerl, der ihn mit freundschaftlichen Flüchen bedachte, weil er sich verspätet hatte.

Roslynn konnte sich währenddessen einen Schlachtplan zurechtlegen. Sie hatte wieder Glück gehabt, denn ein Stall war der ideale Ort, um an ein Pferd heranzukommen. Zwar hatte sie noch immer keine Ahnung, in welchem Stadtteil sie sich befand, aber sich nach Mayfair durchzufragen konnte nicht allzu schwierig sein. Das Dumme war nur, daß der einzige Wertgegenstand, den sie bei sich hatte, das Kruzifix ihrer Mutter war, das sie nur ablegte, wenn sie sich mit ihren kostbaren Juwelen schmückte. Undenkbar, sich davon zu trennen! Aber ihr blieb wohl keine andere Wahl, es sei denn, sie wäre nicht weit von Mayfair entfernt. Dann könnte sie zur Not auch zu Fuß gehen.

Doch schon im nächsten Moment erkannte sie, daß das keine gute Idee war. Sie hatte vorhin auf der Straße keine einzige Kutsche gesehen, nur Fuhrwerke, Trunkenbolde und Matrosen mit ihren Liebchen. Was für ein Stadtteil dies auch sein mochte – ein vornehmes Viertel war es jedenfalls nicht, und wenn sie sich zu Fuß auf den Heimweg machte, würde sie unweigerlich in Schwierigkeiten geraten. Nein, sie mußte unbedingt ein Pferd mieten.

Der Gedanke, daß Geordie ihre Flucht bereit bemerkt haben könnte und die ganze Umgebung nach ihr absuchte, verwandelte sie in das reinste Nervenbündel, während sie darauf wartete, daß der betrunkene Fuhrmann mit seinem Heuwagen endlich verschwand. Sie wollte mit dem anderen Mann unter vier Augen sprechen, denn je weniger Leute sie in diesem Aufzug sahen, desto besser. Sie konnte sich lebhaft vorstellen, welchen Skandal es gäbe, wenn etwas davon an die Öffentlichkeit käme. *Lady Chadwick spaziert im Nachthemd durch die Slums.* Die vornehme Gesellschaft würde sich begierig auf diese Sensation stürzen, und dann könnte sie jede Hoffnung auf eine passende Partie in absehbarer Zeit aufgeben.

Trotzdem kostete es sie große Überwindung, ihr Versteck zu verlassen, als sie endlich mit dem Mann allein war. Sich jemandem im Nachtgewand präsentieren zu müssen, war eine schreckliche Vorstellung, und ihre Verlegenheit stieg ins Unermeßliche, als der stämmige Kerl sie mit weitaufgerissenen Augen und offenem Mund anstarrte. Sie versuchte erfolglos, einen nackten Fuß hinter dem anderen zu verstecken, und kreuzte ihre Arme über der Brust. Die langen Haare, in denen sich Heu verfangen hatte, hingen ihr wirr über die Schultern. Sie bot einen überaus reizvollen Anblick, obwohl sie selbst das nicht für möglich gehalten hätte.

Der Mann stand wie angewurzelt da und starrte sie hingerissen an wie eine himmlische Erscheinung. Sein braunes Haar war mit grauen Strähnen durchzogen, und graue Bartstoppeln bedeckten sein breites Kinn. Roslynn wußte nicht, ob der Stall ihm gehörte, oder ob er nur ein Angestellter war, aber das spielte auch keine Rolle. Er war jedenfalls der einzige Mensch, der ihr im Augenblick helfen konnte, und das machte sie so nervös.

Als sie endlich ihren ganzen Mut zusammennahm und nach einer kurzen Erklärung ihr Anliegen vorbrachte, konnte der Mann ihr hektisches Gestotter kaum verstehen, doch schließlich begriff er doch, was sie von ihm wollte, und ging auf sie zu, während er seine Hose hochzog.

»Ein Pferd brauchen Sie? Das hätten Sie gleich sagen sollen, Miß. Und ich dachte schon, daß mein guter alter Freund Zeke mir ein wirklich tolles Geburtstagsgeschenk geschickt hat. Ein Pferd also?« Er schüttelte kichernd den Kopf. »Nichts für ungut, Miß, aber bei sowas läuft doch jedem das Wasser im Mund zusammen.«

Rot vor Zorn und Scham, unterbrach Roslynn sein Gelächter. »Können Sie mir nun ein Pferd vermieten oder nicht?«

»Zwei sind noch da, aber beide taugen nicht viel. Die guten Gäule gehen immer zuerst weg.«

»Würden Sie das hier als Sicherheit annehmen?« Sie nahm das Kreuz ab und überreichte es ihm. »Es ist bestimmt mehr wert als alle Pferde, die Sie im Stall haben. Aber ich will es zurückhaben. Ich lasse den Gaul später zurückbringen, und dann bekommen Sie auch Ihr Geld.«

Er betrachtete das Kreuz von allen Seiten und hatte sogar die Frechheit, darauf zu beißen, bevor er mit dem Kopf nickte. »Ja, das tut's.«

»Ein Paar Schuhe könnten Sie mir nicht zufällig ausleihen?«

Er warf einen Blick auf ihre zarten Füße und schnaubte belustigt. »Kaum, Miß. Meine Kinder sind alle schon erwachsen und aus dem Haus.«

»Verzweifelt fragte sie: »Haben Sie dann wenigstens vielleicht einen Mantel oder sonst etwas zum Anziehen?«

»Nun, damit könnte ich Ihnen dienen. Und das ist auch zu empfehlen, denn sonst gibt's auf den Straßen einen Menschenauflauf.«

Roslynn war viel zu erleichtert, um sich über sein Gelächter zu ärgern, als er den Klepper holen ging.

Kapitel 15

Die Dunkelheit brach herein. Eigentlich hätte sie nach einem nur halbstündigen Ritt in Mayfair sein müssen, aber sie hatte sich im Straßengewirr verirrt und unzählige Umwege gemacht, bis sie nach drei Stunden endlich in eine ihr vertraute Gegend kam. Ihre Nerven waren inzwischen zum Zerreißen gespannt, aber sie sagte sich, daß die Dunkelheit für sie eigentlich von Vorteil war, weil dadurch die Gefahr verringert wurde, auf der South Audley Street von Frances' Nachbarn erkannt zu werden. Eine ausgezeichnete Tarnung war außerdem die große Kapuze des alten mottenzerfressenen Umhangs, den der Mann im Stall ihr überlassen hatte.

Sie wünschte sehnlichst, daß dieser schreckliche Tag für sie bald zu Ende wäre, aber davon konnte überhaupt keine Rede sein. Sie durfte nicht riskieren, auch nur eine weitere Nacht unter Frances' Dach zu verbringen. Und sie durfte ihre Heirat nicht mehr auf die lange Bank schieben. Daß Geordie sie so schnell ausfindig gemacht hatte, änderte ihre Situation von Grund auf. Sie rechnete sogar damit, daß er sie auf der Schwelle von Frances' Haus abfangen und in eine Kutsche zerren würde.

Das war jedoch zum Glück nicht der Fall. Und zum Glück war Frances nicht zu Hause. Roslynn wußte, daß die Freundin ihre Pläne nicht gebilligt hätte, und sie hatte jetzt wirklich keine Zeit für lange Debatten.

Hingegen mußte Nettie selbstverständlich eingeweiht werden. Nachdem Roslynn einen Knecht damit beauftragt hatte, den Klepper zurückzubringen und ihr Kreuz auszulösen, mußte sie den Butler und andere aufgeregte Dienstboten beruhigen und ihnen versichern, daß alles in Ordnung sei; ohne nähere Erklärungen abzugeben, eilte sie sodann nach oben auf ihr Zimmer, wo Nettie ruhelos auf und ab lief. Roslynn hatte ihre Zofe noch nie so verhärmt gesehen, doch schon im nächsten Moment spiegelte Netties Gesicht ungläubiges Staunen und grenzenlose Erleichterung wider.

»Ach, Mädelchen, ich bin vor Sorge um dich fast gestorben!« Fast im selben Atemzug begann sie zu schimpfen: »Wo, zum Teufel, hast du nur gesteckt, kannst du mir das mal verraten? Ich dachte schon, dein Vetter hätte dich geschnappt.«

Unter normalen Umständen hätte Roslynn über Netties raschen Stimmungsumdchwung schallend gelacht, und sogar jetzt ließ ihre nervliche Anspannung zum erstenmal an diesem schrecklichen Tag ein wenig nach. Aber sie durften keine Zeit vergeuden. In dem Bewußtsein, daß jede Sekunde kostbar war, eilte sie zu ihrem Kleiderschrank, während sie ihrer Zofe über die Schulter hinweg zurief: »Das hat er auch! Und jetzt hilf mir rasch beim Ankleiden, Nettie. Dabei erzähle ich dir alles.«

Nettie unterbrach den Bericht nur einmal mit einem ungläubigen »Du hast *was* getan?«, als Roslynn schilderte, wie sie aus dem Fenster gesprungen war, und nachdem sie geendet hatte, stand der Zofe wieder die Angst im Gesicht.

»Du kannst nicht länger hierbleiben«, erklärte sie resolut.

»Ich weiß«, erwiderte Roslynn. »Wir verlassen dieses Haus noch heute abend – aber nicht zusammen.«

»Aber...«

»Hör zu«, fiel Roslynn ihr ungeduldig ins Wort. »Ich hatte den ganzen Nachmittag Zeit zum Nachdenken. Geordie kann in Zukunft mit offenen Karten spielen, und ich halte es für durchaus möglich, daß er bei seinem nächsten Versuch, mich zu entführen, auch vor Gewaltanwendung nicht zurückschreckt, und ich möchte nicht, daß jemand verletzt wird. Ich habe so ewig lange gebraucht, um nach Hause zu gelangen, daß er mir ohne weiteres hier hätte auflauern können. Aber wahrscheinlich hat er geglaubt, daß ich ohne Geld und Kleider nicht weit kommen würde.«

»Du meinst also, daß er noch immer in jener Gegend nach dir sucht, wo du ihm entkommen bist?«

»Durchaus möglich. Vielleicht legte er sich aber auch schon einen neuen Plan zurecht. Wir müssen damit rechnen, daß er dieses Haus observieren läßt. Ich habe vorhin zwar niemanden gesehen, aber das besagt nicht viel. Wir müssen auf jeden Fall gewisse Vorsichtsmaßnahmen treffen. Deshalb werden wir gleichzeitig losfahren – aber in verschiedene Richtungen. Damit stiften wir Verwirrung.«

»Aber wohin sollen wir denn überhaupt fahren?«

Endlich huschte ein Lächeln über Roslynns Gesicht. »Zurück nach Silverley. Dort wird er uns nicht finden.«

»Woher willst du das wissen?«

»Die Männer, die mich aus der Oxford Street entführen wollten, haben in Geordies Auftrag gehandelt. Er wußte, wo ich mich aufhielt, aber offenbar wurde das Haus an jenem Morgen, als ich in aller Herrgottsfrühe losgeritten bin, nicht observiert. Als Geordie dann merkte, daß ich verschwunden war, haben seine Männer überall nachgeforscht, aber die Spur endete bei jenem Gasthof, wo wir uns getroffen hatten. Wenn wir also öffentliche Plätze meiden und uns vergewissern, daß wir nicht verfolgt werden, müßten wir auf Silverley in Sicherheit sein.«

»Aber es nutzt dir im Endresultat nicht viel, dich irgendwo zu verstecken, Mädchen. Erst wenn du verheiratet bist, wirst du vor diesem Dreckskerl wirklich in Sicherheit sein.«

»Das weiß ich, und deshalb werde ich dem Mann meiner Wahl eine Nachricht zukommen lassen und ihn bitten, mich auf Silverley zu treffen. Dort werde ich ihm einen Heiratsantrag machen, und wenn alles gut geht und Regina nichts dagegen hat, könnte auch die Hochzeit dort stattfinden.«

Netties Brauen schossen in die Höhe. »Dann hast du dich also entschieden, welchen der Herren du heiraten willst?«

»Ich werde meine endgültige Entscheidung unterwegs treffen«, erwiderte Roslynn kurz angebunden und wechselte rasch das Thema. »Das Wichtigste ist im Augenblick, nach Silverley zu kommen, ohne Spuren zu hinterlassen. Einer der Dienstboten ist schon unterwegs, um uns zwei Mietkutschen zu besorgen.«

»Und was ist mit Brutus?« fragte Nettie, und im nächsten Moment fiel ihr Blick auf Roslynns vollen Kleiderschrank. »Und mit deiner Garderobe? Wir haben keine Zeit zum Packen...«

»Die Sachen müssen eben hierbleiben, bis ich verheiratet bin, Nettie. Einige wenige Kleidungsstücke nehmen wir jetzt mit, und ich bin sicher, daß Regina eine gute Schneiderin hat, die uns anfertigen kann, was wir sonst noch benötigen. Ich muß nur noch schnell eine Nachricht für Frances hinterlassen, dann können wir aufbrechen. Wo steckt sie eigentlich?«

Nettie gab einen Grunzlaut von sich. »Nachdem sie den ganzen Morgen händeringend rumgelaufen ist wie ein Tiger im Käfig, hat eines der Dienstmädchen erwähnt, es hätte einen Bruder, der einen Burschen kennt, der weiß, wie man an Leute herankommt, die dich schneller finden würden als die Polizei...«

»Polizei!« rief Roslynn entsetzt, hatte sie doch um jeden Preis einen Skandal vermeiden wollen. »Verdammt, sie wird mich doch nicht als vermißt gemeldet haben?«

Nettie schüttelte rasch den Kopf. »Sie war allerdings nahe daran, weil sie sich solche Sorgen machte, aber ihr war klar, daß die Sache dann an die Öffentlichkeit dringen würde und das Gerede dir erheblich schaden könnte. Deshalb war sie auch so angetan von dem Vorschlag des Mädchens und hat sich sogar selbst auf den Weg gemacht, um diese Leute anzuheuern.«

Roslynn runzelte die Stirn. »Trotzdem, wenn soviel Dienstboten Bescheid wissen...«

»Oh, was das anbelangt, brauchst du dir keine Sorgen zu machen, Mädchen. Lady Frances hat gute Leute, aber zur Sicherheit habe ich mit jedem von ihnen noch ein Wörtchen geredet, und ich glaube kaum, daß etwas von dieser Geschichte nach draußen dringen wird.«

Roslynn kicherte. »Du wirst mir später erzählen müssen, mit welchen Drohungen du sie eingeschüchtert hast. Jetzt haben wir dazu leider keine Zeit. Geh und pack schnell ein paar Sachen ein, und ich werde das gleiche tun. Wir treffen uns unten. Du fährst dann zunächst einmal in nördliche Richtung, bis du ganz sicher bist, daß niemand dir folgt. Erst dann darf der Kutscher den Weg nach Hampshire einschlagen. Ich werde ein Stück weit nach Süden fahren und später kehrtmachen. Es könnte deshalb sein, daß ich erst eine ganze Weile nach dir ankomme. In diesem Fall darfst du dir keine Sorgen machen. Lieber nehme ich einen riesigen Umweg in Kauf, als noch einmal Geordie in die Hände zu fallen. Beim nächstenmal würde er bestimmt dafür sorgen, daß ich nicht fliehen könnte.«

Kapitel 16

Roslynn hämmerte verzweifelt an die Tür. Sie war so nervös, daß sie sogar vor ihrem eigenen Schatten erschrak, als sie einen Blick über die Schulter warf, um sich zu vergewissern, daß die alte Kutsche noch wartete und der Kutscher sie im Auge behielt. Gegen Geordie und seine gedungenen Ganoven würde er allerdings nicht viel ausrichten können.

Das Bewußtsein, ein unnötiges Risiko eingegangen zu sein, trug erheblich zu ihrer Nervosität bei. Sie hatte Nettie versprochen, London so schnell wie möglich hinter sich zu lassen. Doch statt dessen war sie auf direktem Wege hierher gekommen und hatte nicht einmal darauf geachtet, ob sie verfolgt wurde. Sie hämmerte im Rhythmus ihres rasenden Herzklopfens immer weiter an diese verdammte Tür, die sich nicht öffnen wollte, während Geordie sich vielleicht schon an sie heranschlich.

Als die Tür nach einer Ewigkeit dann noch geöffnet wurde, hätte sie in ihrer Hast, ins Haus zu kommen, fast den Butler über den Haufen gerannt. Sie warf die Tür ins Schloß, lehnte sich dagegen und rang nach Luft, während der Butler sie völlig entgeistert anstarrte.

Schließlich besann er sich jedoch auf seine Würde, zupfte sein Jackett zurecht und räusperte sich energisch. »Also wirklich, Miß...«

Sie fiel ihm hastig ins Wort, und diese Ungezogenheit sowie der schottische Dialekt diskreditierten sie in seinen Augen nur noch mehr. »Ach, Mann, halten Sie mir keine Standpauke! Es tut mir leid, daß ich hier so reinplatze, aber dies ist ein Notfall. Ich muß mit Sir Anthony sprechen.«

»Das ist völlig ausgeschlossen«, erklärte er hoheitsvoll. »Sir Anthony empfängt heute abend nicht.«

»Heißt das, daß er nicht zu Hause ist?«

»Das heißt, daß er für Besucher nicht zu sprechen ist«, erwiderte der Butler unverblümt. »Ich habe meine Anweisungen, Miß. Wenn sie jetzt bitte so gut wären...«

»Nein!« rief sie erbittert, als er seine Hand auf den Türgriff legte. »Haben Sie mich nicht verstanden, Mann? Ich *muß* ihn sehen!«

Er öffnete ungerührt die Tür. »Hier werden keine Ausnahmen gemacht.« Doch als er sie am Arm packte und über die Schwelle schieben wollte, attackierte Roslynn ihn mit ihrem Handtäschchen. »Das ist nun wirklich die Höhe!« schnaubte der Mann indigniert.

»O Mann, Sie sind ganz schön bescheuert!« erklärte Roslynn mit eisiger Ruhe, obwohl ihre Augen vor Zorn funkelten. »Ich werde dieses Haus nicht verlassen, bis ich Anthony gesehen habe. Nachdem ich das Risiko eingegangen bin herzukommen, lasse ich mich nicht einfach abweisen, haben Sie mich verstanden? Sagen Sie ihm – sagen Sie ihm, daß eine Dame ihn zu sprechen wünscht. Tun Sie, was ich Ihnen sage, Mann, oder ich schwöre Ihnen...«

Dobson wartete nicht, bis sie ihre Drohung ausgesprochen hatte, sondern stieg in steifer Haltung die Treppe hinauf – allerdings betont langsam. *Und das will nun eine Dame sein!* dachte er sarkastisch. Er stand nun schon seit vielen Jahren in Sir Anthonys Diensten, aber so etwas hatte er noch nie erlebt. Damen griffen nicht einen Mann an, der nur seine Pflicht tat. Sir Anthony mußte wirklich tief gesunken sein, wenn er sich mit einer solch unverschämten Person einließ!

Sobald er von der Eingangshalle aus nicht mehr zu sehen war, blieb Dobson stehen und überlegte, ob er nicht einfach einige Minuten warten und dann noch einmal versuchen sollte, die Frau loszuwerden. Schließlich war Sir Anthony vorhin ohnehin in schlechter Stimmung nach Hause gekommen, weil er wußte, daß er sich zum Familientreffen im Hause seines Bruders Edward verspäten würde. Lord James und Master Jeremy hatten sich schon auf den Weg dorthin gemacht. Selbst wenn Sir Anthony geneigt wäre, diese Frau zu sehen, hätte er jetzt keine Zeit dazu. Er war dabei sich umzukleiden und wäre gewiß nicht begeistert, von einer aufdringlichen Person aufgehalten zu werden. Wenn es sich um irgendeine andere Verabredung handeln würde, wäre es nicht so schlimm. Aber die Familie kam bei Sir Anthony immer an erster Stelle. Das war schon immer so gewesen, und das würde auch so bleiben.

Und doch... Die unausgesprochen gebliebene Drohung der Frau ging Dobson nicht aus dem Sinn. Er hatte es noch nie mit einer so beharrlichen Besucherin zu tun gehabt – nun ja, selbstverständlich mit Ausnahme von Sir Anthonys Familienangehörigen. Würde die Person Zeter und Mordio schreien oder gar wieder handgreiflich werden? Vielleicht sollte er Sir Anthony doch lieber über das Problem informieren.

Als er ins Zimmer trat, brauchte er nur einen flüchtigen Blick auf Willis, Sir Anthonys Kammerdiener zu werfen, um zu erkennen, daß die Laune ihres Herrn sich nicht gebessert hatte. Willis sah so aus, als hätte er schon einiges schlucken müssen.

Sir Anthony war nur mit einer Hose bekleidet und rieb sich gerade mit einem Handtuch die dichten schwarzen Haare trocken. »Was gibt's denn, Dobson?« fragte er ungehalten.

»Unten wartet eine Frau, Sir. Sie ist einfach hereingestürmt und wünscht Sie zu sprechen.«

»Wimmeln Sie sie ab.«

»Das habe ich versucht, Sir, aber sie weigert sich zu gehen.«

»Wie heißt sie?«

Dobson konnte mit seiner Empörung nicht länger hinter dem Berge halten. »Sie hat mir ihren Namen nicht genannt, behauptet aber, eine Dame zu sein.«

»Ist sie das?«

»Ich bezweifle das sehr, Sir.«

Anthony warf gereizt das Handtuch beiseite. »Vermutlich will sie zu James. Verdammt, ich hätte eigentlich wissen müssen, daß seine Flittchen hier auftauchen würden, wenn ich ihn längere Zeit beherberge.«

Dobson räusperte sich verlegen. »Ich bitte um Verzeihung, Sir, aber sie hat ihren Namen erwähnt und nicht Lord Malorys.«

Anthony runzelte die Stirn. »Dann gebrauchen Sie doch einmal Ihren Verstand, Mann. Hierher kommen nur Frauen, die eingeladen sind, habe ich recht?«

»Jawohl, Sir.«

»Und hätte ich für heute abend jemanden eingeladen, nachdem ich wußte, daß ich außer Haus sein würde?«

»Nein, Sir.«

»Warum belästigen Sie mich dann überhaupt?«

Dobson spürte, wie ihm die Röte ins Gesicht schoß. »Ich wollte Ihre Erlaubnis einholen, die Frau mit Gewalt vor die Tür setzen zu dürfen. Sie will nämlich nicht freiwillig gehen.«

»Tun Sie das«, erwiderte Anthony trocken. »Und holen Sie einen der Knechte zu Hilfe, wenn Sie glauben, daß Sie mit ihr nicht allein fertig werden.«

Mit hochrotem Kopf sagte Dobson würdevoll: »Danke, Sir. Ich glaube, ich werde mir wirklich Hilfe holen. Diese Schottin ist mir etwas zu temperamentvoll.«

»Was war das?« brüllte Anthony so furchterregend, daß Dobson schlagartig erbleichte.

»Ich... Ich...«

»Sagten Sie eben, daß sie Schottin ist?«

»Nein, nein, es hörte sich nur so...«

»Himmeldonnerwetter, Mann, warum haben Sie das nicht gleich gesagt? Bringen Sie sie her – und beeilen Sie sich, bevor sie es sich anders überlegt und geht.«

»Bevor sie...« Mit offenem Mund ließ Dobson seinen Blick durch das Zimmer schweifen, bevor er mühsam herausbrachte: »*Hierher*, Sir?«

»*Sofort*, Dobson.«

Kapitel 17

Anthony konnte es nicht glauben. Sogar als sie über die Schwelle trat, Dobson mit einem mörderischen Blick bedachte und ihn selbst nicht viel freundlicher ansah, konnte er es nicht glauben.

»Ich muß schon sagen, Sie haben einen sehr ungehobelten Kerl als Butler, Sir Anthony.«

Sie hatte die Arme über der Brust verschränkt und klopfte mit dem Fuß ungeduldig auf den Boden. Völlig ungerührt von ihrem Zorn grinste er ihr zu. »Als ich Ihnen meine Adresse gegeben habe, meine Liebe, wollte ich Ihnen nur die Möglichkeit geben, mir bei Bedarf eine Nachricht zukommen zu lassen, nicht aber, persönlich hier zu erscheinen. Ist Ihnen klar wie unschicklich das ist? Dies ist eine Juggesellenwohnung. Ich habe sogar meinen Bruder und meinen Neffen zu Besuch...«

»Um so besser, dann bin ich ja nicht allein mit Ihnen.«

»Ich muß Sie leider enttäuschen, meine Liebe, aber sie sind ausgegangen, und Sie sind ganz allein mit mir. Wie Sie sehen können, stand ich ebenfalls im Begriff auszugehen. Deshalb wollte Dobson Sie auch nicht einlassen.«

Sie war so wütend gewesen, daß sie seiner Aufmachung bisher keine Aufmerksamkeit geschenkt hatte. Als sie ihn jetzt betrachtete, fand sie, daß es eher so aussah, als hätte er zu Bett gehen wollen. Er trug einen kurzen gesteppten Morgenrock aus silberblauem Satin über einer Hose, sonst nichts. Bevor er den Gürtel des Morgenrocks fester band, konnte sie einen Blick auf seine nackte Brust werfen, die mit einem Flaum schwarzer Locken bedeckt war. Seine Haare waren feucht, und er hatte sie sich offenbar mit der Hand aus der Stirn gestrichen. An den Schläfen ringelten sich einige fast trockene Strähnen schon wieder. Noch nie hatte er auf Roslynn so sinnlich gewirkt wie jetzt, und sie mußte hastig ihren Blick abwenden und sich energisch in Erinnerung rufen, weshalb sie hier war.

Unglückseligerweise fiel ihr Blick nun aber auf ein Bett, und ihr kam schlagartig zu Bewußtsein, wo sie sich befand. Dies war sein *Schlafzimmer!*

»Wußten Sie, daß ich es war – nein, das konnten Sie ja nicht wissen«, beantwortete sie ihre Frage selbst. »Empfangen Sie alle Ihre Gäste hier oben?«

Anthony grinste. »Nur wenn ich in Eile bin, meine Liebe.«

Roslynn fand die Situation alles andere als amüsant, wollte sich ihr Unbehagen aber nicht anmerken lassen. »Ich werde Sie nicht lange aufhalten, Sir Anthony. Ich habe selbst keine Zeit zu verlieren. Etwas ist passiert – nun, das ist nicht Ihre Sache. Machen wir es kurz – ich brauche einen Namen von Ihnen, und zwar auf der Stelle.«

Seine gute Laune verflog sofort. Er wußte leider genau, wovon sie redete, und er verspürte plötzlich einen Druck im Magen. Sein Angebot, ihr Berater zu sein, war nur ein Vorwand gewesen, um an sie heranzukommen. Er würde sich doch nicht ins eigene Fleisch schneiden, indem er ihr zu einem Ehemann verhalf. Er hatte geglaubt, eine Entscheidung unter irgendwelchen Vorwänden immer wieder hinauszögern und sie in der Zwischenzeit verführen zu können. Und jetzt stand sie plötzlich vor ihm und wollte von ihm einen Namen hören. Zweifellos hätte er ihr damit dienen können, wenn er sein Versprechen gehalten und diskrete Erkundigungen über ihre Kandidaten eingezogen hätte. Aber das hatte er eben nicht getan. Und jetzt wollte sie aus irgendeinem Grund nicht länger warten, und wenn er ihr keinen Namen lieferte, würde sie ohne jeden Zweifel selbst eine Entscheidung treffen, mehr oder weniger aufs Geratewohl.

»Was, zum Teufel, ist denn passiert?«

Erstaunt über seinen barschen Ton, antwortete sie: »Ich sagte bereits, daß ich Sie damit nicht belästigen möchte.«

»Oh, Sie belästigen mich keineswegs. Und wenn wir schon dabei sind, könnten Sie mir vielleicht auch erklären, warum sie so versessen auf eine Heirat sind, und warum Sie es damit so verdammt eilig haben.«

»Das geht Sie nichts an«, beharrte sie.

»Wenn Sie von mir einen Namen erfahren wollen, sollten Sie diese Ansicht schleunigst ändern.«

»Das – das ist...«

»Nicht sehr edel von mir, ich weiß.«

»Sie Schuft!«

Angesichts ihrer Wut kehrte seine gute Laune zurück. Himmel, war diese Frau schön, wenn ihre Augen Blitze schleuderten! Die goldenen Tupfen darin schienen zu lodern. Und sie war tatsächlich hier, in seinem Haus, in seinem Schlafzimmer! Unzählige Male hatte er davon geträumt, aber keine Möglichkeit gesehen, sie herzulocken.

Das Lächeln, das um seine Lippen spielte, brachte sie nur noch mehr in Rage. *Du hast dich freiwillig in die Höhle des Löwen begeben, Liebste,* dachte er unwillkürkich. *Jetzt habe ich dich.*

»Ein Drink gefällig?« fragte er.

»Sie könnten sogar einen Heiligen in den Suff treiben!« erwiderte sie erbittert und nahm einen kräftigen Schluck von dem Brandy, den er ihr reichte.

»Nun?« drängte er, als sie ihn weiterhin schweigend mit zornigen Blicken bedachte.

»Ich habe meinem Großvater versprochen, gleich nach seinem Tod zu heiraten.«

»Das weiß ich«, sagte Anthony ruhig. »Aber warum hat er Ihnen ein solches Versprechen abgenommen?«

»Also gut!« zischte sie. »Ich habe einen Vetter, der mich um jeden Preis heiraten will.«

»Und?«

»Ich sagte, *um jeden Preis.* Ob *ich* will, ist ihm völlig egal. Verstehen Sie jetzt? Wenn ich in die Hände von Geordie Cameron falle, wird er mich dazu zwingen.«

»Und Sie wollen ihn nicht haben?«

»Eine dümmere Frage fällt Ihnen wohl nicht ein, Mann?« rief sie ungeduldig und begann nervös auf und ab zu laufen. »Wäre ich sonst bereit, irgendeinen Wildfremden zu heiraten.?«

»Nein, vermutlich nicht.«

Sie sah ihn lächeln und ging sofort wieder in die Luft. »Finden Sie das amüsant?«

»Ich glaube einfach, meine Liebe, daß Sie sich diese Sache nicht so zu Herzen nehmen sollten. Sie brauchen nur jemanden, der diesen aufdringlichen Vetter überzeugt, daß es seiner Gesundheit zuträglicher wäre, wenn er sich eine andere Frau suchte.«

»Und dieser Jemand sind Sie?«

»Warum nicht?« sagte er schulterzuckend. »Ich würde Ihnen diesen Dienst gern erweisen.«

Sie hätte ihn am liebsten geohrfeigt, leerte aber statt dessen ihr Glas, dankbar für die beruhigende Wirkung des Brandys.

»Ich will Ihnen einmal etwas sagen, Anthony Malory. Es ist *mein* Leben, mit dem Sie hier Ihr Spielchen treiben wollen, nicht das Ihrige. Sie kennen Geordie nicht. Sie wissen nicht, wie versessen er darauf ist, über mich an das Vermögen meines Großvaters heranzukommen. Er wird vor nichts zurückschrecken, um sein Ziel zu erreichen. Und wenn ich erst einmal mit ihm verheiratet bin... Was sollte ihn dann davon abhalten, sich meiner durch einen vorgetäuschten Unfall zu entledigen oder mich irgendwo einzusperren und zu behaupten, ich sei verrückt geworden? Eine kleine Warnung von Ihnen würde diesen Mann nicht einschüchtern, selbst wenn Sie ihn finden könnten. Nichts wird Geordie von seinen Plänen abbringen. Ich kann mich nur schützen, indem ich jemand anderen heirate.«

Anthony hatte ihr Glas neu gefüllt, während sie ihm die Situation darlegte, doch sie hatte das nicht einmal bemerkt.

»Nun gut, jetzt weiß ich, weshalb Sie eine schnelle

Heirat für erforderlich halten. Aber warum ist die Sache plötzlich so dringend, daß Sie sogar Ihren guten Ruf aufs Spiel gesetzt haben, indem Sie zu mir ins Haus gekommen sind?«

Sie zuckte zusammen, als er ihr *diese* Gefahr unter die Nase rieb, die ihr vorhin als das kleinere Übel erschienen war. »Geordie hat mich bereits gefunden. Und letzte Nacht ist es seinen Helfershelfern lungen, mich zu betäuben und aus Frances' Haus zu entführen.«

»*Was?*«

»Ich bin heute in einer Kammer in Flußnähe aufgewacht, und Geordie hat mir eröffnet, er habe einen bestechlichen Geistlichen gefunden, der uns in Kürze trauen wird. Wenn ich nicht aus dem Fenster gesprungen wäre...«

»Großer Gott, das kann doch nicht Ihr Ernst sein!«

Sie warf ihm einen geringschätzigen Blick zu. »Ich habe mit Sicherheit noch etwas Heu in den Haaren, von dem Heuwagen, in den ich gesprungen bin. Es hat Stunden gedauert, bis ich nach Hause zurückfand, deshalb konnte ich mir nicht mehr die Zeit nehmen, mein Haar gründlich zu bürsten. Ich würde Ihnen das Heu ja zeigen, aber Ihr Dobson sieht mir nicht so aus, als könnte er mich hinterher wieder ordentlich frisieren. Und ich will Ihr Haus nicht mit aufgelöstem Haar verlassen, so als – so als...«

Anthony warf lachend den Kopf zurück. Daraufhin drehte sich Roslynn auf dem Absatz um und marschierte auf die Tür zu. Doch er holte sie ein und versperrte ihr diesen einzigen Fluchtweg, indem er über ihre Schulter hinweg seine Handfläche gegen das Holz drückte.

»Habe ich etwas Falsches gesagt?« flüsterte er ihr scheinheilig ins Ohr.

Roslynn rammte ihm ihren Ellbogen in die Magengrube und nutzte seine Überraschung aus, um unter seinem Arm durchzuschlüpfen. »Ich glaube, Sie haben sich jetzt genug auf meine Kosten amüsiert, Sir Anthony. Ich wollte mich nur einige Minuten hier aufhalten, und bis jetzt habe ich meine Zeit mit unnötigen Erklärungen vergeudet. Unten wartet ein Kutscher, und ich habe eine weite Reise vor mir. Sie sagten, Sie seien ebenfalls in Eile. Also sagen Sie mir jetzt bitte den Namen.«

Er lehnte sich gegen die Tür, aufgeschreckt durch ihre Erwähnung einer weiten Reise. »Sie wollen London doch nicht verlassen?«

»Selbstverständlich verlasse ich die Stadt. Sie glauben doch wohl nicht, daß ich hierbleiben kann, nachdem Geordie mich gefunden hat?«

»Wie wollen Sie denn einen Ihrer Verehrer zu einem Heiratsantrag bewegen, wenn Sie nicht hier sind, um ihn zu becircen?«

»Himmeldonnerwetter! Als ob ich jetzt noch Zeit hätte, mir den Hof machen zu lassen!« rief sie, wütend über seine ständige Fragerei. »Den Heiratsantrag mache *ich,* wenn Sie's unbedingt wissen wollen. *Und jetzt nennen Sie mir endlich einen Namen!«*

Der Nachdruck, den sie auf jedes Wort legte, sagte ihm, daß es höchste Zeit war, seine Taktik zu ändern, aber er wußte im Augenblick beim besten Willen nicht, was er jetzt tun sollte. Selbst wenn er ihr einen jener Männer empfehlen könnte, würde er es nicht tun. Aber wenn er das offen zugab, würde sie aus diesem Zimmer rauschen und sich Gott-weiß-wohin absetzen. Ob er es wagen konnte, sie nach ihrem Ziel zu fragen? Nein, sie hatte seine Ablenkungsmanöver unverkennbar satt.

Er deutete auf den großen Klubsessel am Kamin. »Setzen Sie sich, Roslynn.«

»Anthony...«, sagte sie drohend.

»Es ist nicht so einfach, wie Sie glauben.«

Ihre Augen verengten sich mißtrauisch. »Sie hatten jede Menge Zeit, um – wie versprochen – Tatsachen von Gerüchten zu trennen.«

»Ich hatte um eine Woche gebeten.«

»Dann haben Sie also nichts...«

»Ganz im Gegenteil«, fiel er ihr rasch ins Wort. »Aber was ich herausgefunden habe, wird Ihnen nicht gefallen.«

Sie stöhnte und begann wieder mit ihrem rastlosen Auf und Ab. »Erzählen Sie's mir.«

Anthony überlegte krampfhaft, mit welchem Schmutz er ihre Kandidaten bewerfen könnte. Er begann mit jenem, bei dem er nicht zu lügen brauchte, und hoffte auf eine Inspiration, was die übrigen betraf.

»Ich habe Ihnen doch erzählt, daß David Fleming vor einem Duell gekniffen hat. Das hat den armen Kerl nicht nur als Feigling gebrandmarkt, sondern auch – nun ja...«

»Heraus damit! Es ging dabei um eine Frau, habe ich recht?«

»Es ging nicht um eine Frau, meine Liebe, sondern um einen Mann, aber trotzdem war es eine Liebesgeschichte.« Er nutzte ihren ersten Schock aus, um ihr Brandyglas wieder zu füllen.

»Sie meinen...«

»Leider.«

»Aber er wirkte so – so – na ja, egal! Gut, *er* kommt garantiert nicht in Frage.«

»Sie werden auch Dunstanton von ihrer Liste streichen müssen«, erklärte Anthony. Da sie London verließ, konnte sie seine Behauptung nicht nachprüfen. »Er hat gerade seine Verlobung bekanntgegeben.«

»Das kann ich nicht glauben!« rief sie. »Er hat mich doch erst letztes Wochenende ins Theater eingeladen. Gewiß, er hat abgesagt, aber – nun gut. Ich wollte ja, daß meine Liste kürzer wird. Was ist mit Savage?«

Der Name brachte Anthony auf eine glänzende Idee. »Völlig indiskutabel, meine Liebe. Der Mann heißt nicht nur Savage, er *ist* auch brutal. Ein Sadist, um es ganz deutlich zu sagen.«

»Sie scherzen!«

»Es ist mein voller Ernst. Er genießt es, allen, die

schwächer sind als er, Schmerzen zuzufügen – Tieren, Frauen. Seine Dienstboten zitterten vor ihm...«

»Ersparen Sie mir die Einzelheiten! Nun da wären noch Lord Warton, den sogar Ihre eigene Nichte mir empfohlen hat, und Sir Artemus.«

Jetzt war es Anthony, der nervös auf und ab lief. Shadwells Spielleidenschaft konnte aufgebauscht werden, aber Warton bot keinerlei Angriffspunkte. Der Bursche würde zweifellos einen idealen Ehemann für Roslynn abgeben. Dieser Gedanke war Anthony so zuwider, daß ihm in letzter Sekunde doch noch eine Inspiration kam, wie er diesen Konkurrenten aus dem Rennen schlagen konnte.

Er setzte eine bedauernde Miene auf, bevor er sich Roslynn wieder zuwandte. »Warton können Sie ebenfalls vergessen. Sein scheinbares Interesse an Ihnen diente nur dem Zweck, seine Mutter von der richtigen Spur abzubringen.«

»Was wollen Sie damit sagen?«

»Er liebt seine Schwester.«

»Was?«

»Oh, es ist ein sorgsam gehütetes Geheimnis«, versicherte Anthony. »Reggie weiß mit Sicherheit nichts davon, denn Montieth will ihr nicht ihre Illusionen rauben. Schließlich ist sie mit allen drei Wartons befreundet. Mir hätte er auch nichts erzählt, wenn ich nicht zufällig erwähnt hätte, daß Sie sich für den Kerl interessieren. Er hat die beiden einmal im Wald überrascht, was ganz schön peinlich gewesen sein muß...«

»Genug davon!« Roslynn leerte ihr drittes Glas Brandy und reichte es Anthony. »Sie haben getan, worum ich Sie gebeten hatte, und dafür bin ich Ihnen dankbar. Sir Artemus stand als erster auf meiner Liste, und bei ihm bleibt es jetzt also auch.«

»Er ist völlig mittellos, meine Liebe.«

»Kein Problem.« Sie lächelte. »Ich habe genug Geld, um seine Börse wieder zu füllen.«

»Sie haben mich offenbar nicht richtig verstanden, Roslynn. Seine Spielleidenschaft ist in den letzten Jahren zur regelrechten Sucht ausgeartet. Er war früher einer der reichsten Männer in England, und jetzt ist er total verarmt. Er mußte seinen gesamten Grundbesitz verkaufen, mit Ausnahme des Gutes in Kent, und das ist mit schweren Hypotheken belastet.«

»Woher wissen Sie das?«

»Mein Bruder Edward hat die Verkäufe abgewickelt.«

Sie runzelte die Stirn, beharrte aber: »Das spielt keine Rolle. Vielleicht ist es sogar ganz günstig, denn in seiner Situation wird er es sich kaum leisten können, mir einen Korb zu geben.«

»Oh, er wäre natürlich hellauf begeistert. Und in einem Jahr wären Sie genauso mittellos wie er.«

»Sie vergessen, daß ich die Kontrolle über mein Vermögen behalten werde, Anthony.«

»Aber Sie übersehen die simple Tatsache, daß ein Mann Spielschulden machen kann. Und seine Gläubiger werden sich an Sie als Ehefrau halten, um an ihr Geld zu kommen. Gegebenenfalls werden sie sogar Klage gegen Sie erheben, meine Liebe. Und Ihr schöner Vertrag wird Ihnen vor Gericht nichts nützen, wenn bewiesen werden kann, daß Sie Shadwell geheiratet haben, obwohl Sie über seine Spielsucht Bescheid wußten. Man wird Sie zwingen, seine Schulden zu bezahlen, ob Sie nun wollen oder nicht.«

Roslynn war erbleicht und starrte ihn mit weitaufgerissenen Augen an. Sie kannte sich mit den Gesetzen so wenig aus, daß sie keinen Augenblick an Anthonys Worten zweifelte. Und sie hatte einmal geglaubt, daß ein Spieler der ideale Ehemann für sie sein könnte! Und dabei würde er sie in den Ruin stürzen! Dann könnte sie ihr Vermögen auch gleich Geordie schenken.

»Sie machten alle einen so guten Eindruck«, murmelte sie bedauernd. Sie warf Anthony einen weidwunden Blick zu. »Ist Ihnen bewußt, daß kein einziger übriggeblieben ist?«

Ihr Jammer ging ihm zu Herzen, und er verspürte leichte Gewissensbisse. Aus höchst egoistischen Motiven hatte er sich in unverantwortlicher Weise in ihr Leben eingemischt und sie durch seine Halbwahrheiten und Lügen aller Hoffnung auf eine gute Partie beraubt. Aber er brachte es einfach nicht über sich, sie einem anderen Mann zuzuführen. Nicht nur, weil er sie selbst begehrte, sondern auch, weil er die Vorstellung, daß ein anderer Mann sie auch nur berühren könnte, einfach nicht ertrug.

Nein, er bedauerte nicht, alle Kandidaten schlechtgemacht zu haben. Er war sogar grenzenlos erleichtert, sich die Rivalen so elegant vom Halse geschafft zu haben. Aber ihre Niedergeschlagenheit konnte er nicht mitansehen.

Um sie ein wenig aufzuheitern, schlug er vor: »Fleming würde Sie bestimmt heiraten, wenn auch nur, um die Gerüchte zu zerstreuen. Für Ihre Zwecke wäre er eigentlich ideal, und ich könnte dann sicher sein, Sie für mich allein zu haben.«

Seine wenig taktvolle Bemerkung brachte sie wieder in Zorn. »Ich heirate doch keinen Mann, der sich davor ekelt, mich zu berühren! Wenn ich schon heiraten muß, will ich wenigstens Kinder haben.«

»Ich stünde Ihnen jederzeit gern zur Verfügung.«

Aber sie hörte ihm nicht mehr zu. »Ich könnte eigentlich gleich nach Hause zurückkehren und einen Kleinbauern heiraten. Was spielt es schon für eine Rolle, wen ich heirate? Es muß nur bald geschehen.«

Er sah alle seine Felle davonschwimmen. »Verdammt! Sie können doch nicht...«

»Das hätte ich von Anfang an tun sollen. Zumindest weiß ich dann gleich, was ich bekomme.«

Er packte sie bei den Schultern. »Herrgott, Weib, glaubst du, ich lasse zu, daß du dich an irgendeinen Bauern wegwirfst?« Und plötzlich hörte er sich selbst sagen: »Du heiratest mich!«

Kapitel 18

Erst als Roslynns Gelächter zu leisem Kichern verebbte, fiel ihr ein, daß Anthony ihren Heiterkeitsausbruch als Affront empfinden mußte. Sie wischte sich die Tränen aus den Augen und stellte fest, daß er sogar räumlich auf Distanz gegangen war und jetzt auf dem Bett saß, bequem auf einen Ellbogen gestützt.

Er sah allerdings nicht beleidigt aus, sondern eher verwirrt. Welch ein Glück, daß ihr Fauxpas ihn nicht in Zorn versetzt hatte, was sie ihm nicht einmal hätte verübeln können. Aber es war wirklich zum Lachen. Londons berüchtigster Weiberheld und heiraten! Er hatte sich bestimmt nur einen kleinen Scherz erlaubt.

Das Lachen hatte ihr aber gut getan und sie wenigstens für einen Augenblick ihre Sorgen vergessen lassen. Mit einem Lächeln auf den Lippen trat sie etwas näher ans Bett heran.

»Sie haben wirklich das seltene Talent, einen Menschen aufzuheitern, Anthony, und an Charme fehlt es Ihnen ja nun weiß Gott nicht. Aber man merkt Ihnen an, daß Sie nicht in Ihrem Element sind, wenn es um Heiratsanträge geht. Soviel ich weiß, muß so etwas als Frage formuliert werden, nicht als Feststellung. Daran sollten Sie wirklich denken, wenn Ihr ausgeprägter Sinn für Humor Sie wieder einmal zu absurden Äußerungen verleitet.«

Er schwieg zunächst, blickte aber hoch und schaute ihr direkt in die Augen, was sie mehr verwirrte, als sie zugeben wollte.

»Sie haben völlig recht, meine Liebe«, sagte er schließlich. »Ich muß ein wenig den Kopf verloren haben. Aber andererseits gebe ich nicht viel auf gesellschaftliche Konventionen.«

»Nun...« Sie zog aus reiner Nervosität ihren hermelinbesetzten Umhang über der Brust zusammen. »Ich habe Ihre Zeit lange genug in Anspruch genommen.«

Er setzte sich auf und legte seine Hände auf die Knie. »Sie haben mir noch keine Antwort gegeben.«

»Worauf?«

»Wollen Sie mich heiraten?«

Auch in dieser konventionellen Form hörte sich der Antrag aus seinem Munde nicht minder absurd an. »Aber Sie haben doch nur einen Scherz gemacht!« rief sie ungläubig.

»Da muß ich Sie leider enttäuschen, meine Liebe. Obwohl es für mich eine ebenso große Überraschung ist wie für Sie, meine ich es völlig ernst.«

Roslynn preßte die Lippen zusammen. *Dies* war nun überhaupt nicht komisch. »Kommt nicht in Frage. Ich würde Sie genauso wenig heiraten wie Geordie.«

Anthony hatte ihr Gelächter als völlig normale Reaktion empfunden, weil er über seinen eigenwilligen Heiratsantrag zunächst selbst völlig perplex gewesen war. Doch obwohl er so unüberlegt damit herausgeplatzt war, stellte er im nachhinein fest, daß er sich mit dem Gedanken an eine feste Bindung durchaus befreunden könnte, obwohl ihm bisher immer davor gegraut hatte.

Wenn sie nicht so verführerisch vor ihm stünde, würde er sich diese Idee freilich auch leicht wieder aus dem Kopf schlagen. Er war 35 Jahre ohne Ehefrau ausgekommen und fühlte sich als Junggeselle überaus wohl. Warum, zum Teufel, beharrte er dann darauf, daß es sein Ernst sei, wenn ihre Zweifel ihm eine so günstige Möglichkeit boten, den Kopf noch einmal aus der Schlinge zu ziehen?

Das Dumme war, daß er sich nicht gern in die Enge getrieben fühlte, und genau das hatte ihre Drohung, egal wen zu heiraten, bewirkt. Und noch weniger sagte ihm die Vorstellung zu, daß sie einfach aus seinem Leben verschwinden würde, wenn sie jetzt das Zimmer verließ. Das durfte nicht geschehen. Sie war hier, und diese einmalige Chance würde er sich nicht entgehen lassen.

Den letzten Ausschlag gab jedoch ihre Weigerung, ihn

zu heiraten. Sie *würde* ihn nehmen, und wenn er sie kompromittieren mußte, um ihr Jawort zu bekommen!

»Korrigieren Sie mich bitte, wenn ich etwas Falsches sage, meine Liebe, aber meines Wissens nach ist im Augenblick kein anderer Freier in Sicht. Und Sie haben vorhin selbst gesagt, daß es überhaupt keine Rolle spiele, wen Sie heiraten.«

Sie warf ihm einen finsteren Blick zu. »Das stimmt, aber Sie bilden eine Ausnahme.«

»Warum denn das?«

»Sie würden einen schrecklichen Ehemann abgeben.«

»Dieser Meinung war ich auch immer«, stimmte er zu ihrem großen Erstaunen bereitwillig zu. »Warum hätte ich mich sonst so lange vor der Ehe gedrückt?«

»Sehen Sie, Sie müssen mir selbst recht geben!«

Er grinste. »Es ist *eine* der Möglichkeiten, Liebste. Aber betrachten wir auch einmal die Vorderseite der Medaille. Ich könnte mich als Ehemann durchaus bewähren. Bei Montieth ist das der Fall, und dabei wäre ich anfangs jede Wette eingegangen, daß die Sache nicht gut gehen könnte.«

»Zufällig *liebt* er seine Frau«, betonte sie.

»Großer Gott, erwarten Sie von mir etwa eine Liebeserklärung? Nach so kurzer Zeit...«

»Bestimmt nicht!« fiel Roslynn ihm mit hochroten Wangen ins Wort.

»Aber wir wissen beide, daß ich Sie begehre, stimmt's? Und wir beide wissen, daß Sie mich...«

»Sir Anthony, bitte!« Ihr Gesicht glühte jetzt förmlich. »Sie werden mich nicht umstimmen können. Sie kommen für mich einfach nicht in Frage. Ich hatte mir geschworen, keinen Weiberhelden zu heiraten, und Sie haben selbst zugegeben, daß Sie einer sind. Und Sie können sich nicht ändern.«

»Ich nehme an, daß ich mich für Ihre Unbeugsamkeit bei Lady Frances bedanken muß?«

Sie zeigte keine Verwunderung über seine Schlußfolgerung. »O ja, Frances weiß aus eigener bitterer Erfahrung, was passiert, wenn man sein Herz an einen Weiberhelden verliert. Ihrer hat das Weite gesucht, anstatt sie zu heiraten, und sie war gezwungen, den Erstbesten zu nehmen, und das war ein alter Mann, den sie verabscheute.«

Die exotische Form seiner Augen kam viel stärker zur Geltung, wenn er finster dreinblickte. »Ich glaube, es ist an der Zeit, daß Sie die ganze Geschichte hören, Roslynn. Der gute alte George ist einfach in Panik geraten, als er sich so unerwartet mit der Vaterschaft konfrontiert sah. Er hat sich für zwei Wochen abgesetzt, um Abschied vom Junggesellendasein zu nehmen. Und als er zurückkam, war Frances schon mit Grenfell verheiratet. Sie hat ihm nie erlaubt, seinen Sohn zu sehen. Sie weigerte sich, ihn zu empfangen, als Grenfell starb. Wenn Ihre Freundin unglücklich ist, so ist es mein Freund nicht minder. George würde sie sofort heiraten, wenn sie ihm noch eine Chance gäbe.«

Roslynn ließ sich benommen in den großen Klubsessel fallen und starrte in den kalten Kamin. Warum mußte er George Amherst kennen? Und warum hatte er ihr das erzählt? Frances würde Amherst vermutlich auf der Stelle heiraten, wenn sie sich nur dazu durchringen könnte, ihm zu verzeihen, was für einen Weiberhelden wie ihn zweifellos eine ganz natürliche Reaktion gewesen war. Und Roslynn selbst?

Sie gestand sich ein, daß sie nichts lieber täte, als Anthony Malory zu heiraten – *wenn* er sie liebte, *wenn* er ihr treu sein würde, *wenn* sie ihm vertrauen könnte. Aber das war ja nicht der Fall. Nicholas Eden mochte Regina lieben, ihr Großvater mochte ihre Großmutter geliebt haben, George Amherst hatte Frances möglicherweise ebenfalls geliebt, aber Anhtony hatte selbst zugegeben, daß er sie nicht liebte. Und leider könnte sie ihn nur allzu leicht lieben. Wenn das nicht der Fall wäre, würde sie seinen Antrag annehmen. Aber sie würde zeitlebens unter seiner Untreue leiden, und das mußte sie sich ersparen.

Sie drehte sich nach ihm um, aber das Bett war leer. Im nächsten Moment spürte sie, daß an ihrer Haube gezupft wurde. Sie rückte hastig bis zur Sesselkante vor und wandte den Kopf. Anthony hatte sich bequem auf die Rückenlehne gestützt.

Sobald Roslynn sich ein wenig an seine Nähe gewöhnt hatte, räusperte sie sich kräftig und erklärte: »Es tut mir leid, aber auch das, was Sie mir über Frances und George erzählt haben, kann mich nicht umstimmen.«

»Das dachte ich mir schon«, sagte er kopfschüttelnd, und sein Lächeln steigerte ihr Unbehagen. »Sie sind eine eigensinnige Schottin, Lady Chadwick, aber gerade das gehört zu den Dingen, die mir an Ihnen besonders gefallen. Sie glauben, schnellstens heiraten zu müssen, und ich stellte mich bereitwillig zur Verfügung. Und was tun Sie? Sie weigern sich, und zwar nur aufgrund irgendwelcher Vermutungen. Ich könnte mich als mustergültiger Ehemann erweisen, aber Sie wollen mir keine Chance geben, es zu versuchen.«

»Ich bin keine Spielernatur, Anthony, und ein mit dikkem Fragezeichen versehenes ›Vielleicht‹ ist mir ein viel zu unsicheres Fundament für mein ganzes zukünftiges Leben.«

Er legte sein Kinn auf die gekreuzten Arme. »Ihnen ist doch wohl klar, daß Sie für alle Zeiten kompromittiert sein werden, wenn ich Sie über Nacht hier behielte? Ich bräuchte Sie nicht einmal anrühren, meine Liebe. Die Umstände sprechen für sich. Deshalb mußte ja auch Reggie heiraten, obwohl ihre erste Begegnung mit Montieth ganz unschuldig verlaufen war.«

»So etwas würden Sie doch nicht tun!«

»Ich glaube schon.«

Roslynn sprang wie von der Tarantel gestochen auf. »Das ist – das ist... Aber Sie würden damit ohnehin nichts erreichen! Ich kehre nach Schottland zurück. Was macht es mir da schon aus, wenn mein Ruf hier ruiniert ist? Ich hätte immer noch meine...« Sie brachte das Wort nicht über die Lippen und umschrieb deshalb ihren Gedankengang. »Mein Mann wüßte die Wahrheit, und das ist das einzige, woran mir liegt.«

»Tatsächlich?« Seine kobaltblauen Augen funkelten teuflisch. »Nun, dann lassen Sie mir keine Wahl. Ich muß zu Taten schreiten, anstatt Sie durch Ihr bloßes Hiersein zu kompromittieren.«

»Anthony.«

Er grinste nur über ihre Entrüstung. »Ich glaube ohnehin nicht, daß ich das durchgehalten hätte. Es war sehr anständig von mir, es in Betracht zu ziehen, aber als Wüstling, der ich nun einmal bin, will ich von Ihrer Anwesenheit in meinem Schlafzimmer ja auch etwas haben.«

Sie wich in Richtung Tür zurück und beschleunigte ihre Schritte, als er ihr folgte. »Nein, nicht...«

»Mein liebes Mädchen«, sagte er kopfschüttelnd, »warum wollen Sie sich denn um das Vergnügen bringen, wenn ohnehin jeder vermuten wird, daß Sie mit mir im Bett waren?«

Obwohl sie sicher war, daß er nur mit ihr spielte, überlief sie unwillkürlich ein ahnungsvoller Schauer. Sie befürchtete keinen Augenblick lang, daß er ihr Gewalt antun würde, und trotzdem war sie einer Panik nahe, als er immer näher kam.

Sie wußte, was geschehen würde, wenn er sie küßte. Sie hatte es ja schon einmal erlebt. Sobald er sie berührte, würde er sie auch mühelos verführen können.

»Ich will nicht...«

»Ich weiß«, sagte er sanft, während er seine Hände auf ihre Schultern legte und sie an seine Brust zog. »Aber du wirst, Liebste. Das kann ich dir versprechen.«

Er hatte natürlich recht. Er wußte, was sie tief im Innern wollte, aber weder ihm noch sich selbst gegenüber zugeben konnte. Sie konnte noch so sehr dagegen ankämpfen – es nutzte nichts. Er war der attraktivste und aufregendste Mann, den sie je gesehen hatte, und sie hatte ihn vom ersten Augenblick an begehrt. Solche Gefühle hatten nichts mit Vernunft und Logik zu tun. Herz und Sinne waren nun einmal mächtiger als der Verstand.

Roslynn gab ihrem Verlangen nach, als er sie zärtlich umarmte. Sie hatte so oft davon geträumt, wieder in seinen Armen zu liegen, daß es wie ein Nachhausekommen war. Sie erinnerte sich noch genau an seinen warmen Körper, seine starken Arme, seine ungestüme Leidenschaft. Und doch war alles neu, wundervoll und unvorstellbar willkommen.

Als er sie aber küßte, spürte sie seine Lippen kaum, so sanft war die Berührung. Und sie begriff, daß er ihr eine letzte Chance gab, ihn abzuweisen. Bei seiner reichen Erfahrung war er imstande, jedweden Widerstand zu überwinden, wie er es im Wintergarten der Edens ja auch getan hatte. Daß er diesmal die letzte Entscheidung ihr überließ, wärmte ihr Herz und machte ihn nur noch begehrenswerter.

Roslynn sagte ja, indem sie ihre Arme um seinen Hals schlang, und sie spürte, mit welcher Erleichterung er sich nun seinem Verlangen überließ, obwohl er sich viel Zeit nahm und ihre Glut ganz langsam entfachte. Seine heißen Lippen bemächtigten sich ihres Mundes, und er ließ sie all die Empfindungen voll auskosten, die ein Kuß zu wecken vermag.

Doch schließlich riß er sich von ihren Lippen los und begann ihr Kleid aufzuknöpfen. Erst jetzt bemerkte sie, daß sie keine Haube und keinen Umhang mehr trug. Sie beobachtete ihn, während er sie langsam auszog, und sie konnte sich nicht bewegen, wollte es auch gar nicht. Unter den schweren Lidern waren seine Augen dunkler geworden und schauten ihr ins Herz, hypnotisierten sie, so daß sie den Blick nicht von ihm wenden konnte, nicht einmal, als ihr Kleid zu Boden glitt, ja nicht einmal, als sie auch ihrer Unterwäsche beraubt wurde.

Er berührte sie zunächst nicht, aber seine bewundernden Blicke waren eine einzige Liebkosung. Um seine Lippen spielte jenes sinnliche Lächeln, das sie unweigerlich dahinschmelzen ließ und ihr ein herrliches Schwindelgefühl gab. Sie schwankte leicht, und sofort legten sich seine Hände auf ihre Hüften, um ihr Halt zu geben. Seine Finger strichen zärtlich über ihre nackte Haut, glitten langsam höher, folgten den Kurven ihrer schmalen Taille und wölbten sich schließlich um ihre Brüste. Ihre Brustwarzen reagierten augenblicklich auf die Berührung, ihr Herz schlug schneller, und eine ungekannte Wärme durchströmte sie.

Sein Lächeln war eindeutig triumphierend, so als könnte er in sie hineinsehen und wüßte genau, was in ihr vorging. Man sah ihm an, daß er seinen Sieg genoß, aber das störte sie nicht. Inwendig lächelte auch sie, denn sie hatte ebenfalls einen Sieg errungen, einen Sieg im schweren Kampf mit sich selbst. Sie hatte sich zu ihren heimlichen Wünschen bekannt und sich gegen die Zwänge der Moral aufgelehnt. Sie begehrte diesen Mann, und wie wollte sich ihm hingeben. Er sollte ihr erster Liebhaber sein, denn sie wußte, daß es mit ihm ein herrliches, unvergeßliches Abenteuer sein würde.

Sie hatte ihn sich oft nackt vorzustellen versucht und von einem Adonis geträumt, und nun überwand sie ihre Hemmungen und wurde selbst aktiv. Sie knotete den Gürtel seines Morgenrocks auf und schob den Stoff zur Seite, um ihre Hände auf seine nackte Haut legen zu können. Sie streichelte diese behaarte Männerbrust, sie entblößte seine Schultern, und als er den Morgenrock vollends abstreifte und sie an sich ziehen wollte, setzte sie ihm Widerstand entgegen und hielt ihn auf Armeslänge von sich ab, um ihn verzückt zu betrachten. Er war noch attraktiver als in ihrer Fantasie. Sein muskulöser Körper strahlte soviel Kraft und Männlichkeit aus, daß sie das heftige Verlangen verspürte, sich an ihn zu klammern, ihm so nahe zu sein wie nur möglich.

»Ah, du bist wirklich ein hübscher Kerl, Anthony!«

Ihr heiseres Flüstern raubte ihm vollends den Verstand. Er riß sie in seine Arme, er preßte seine Lippen in glühender Leidenschaft auf ihren Mund, er hob sie hoch und trug sie zu seinem Bett.

Wie oft hatte er sich diese Szene ausgemalt! Es kam ihm wie ein Wunder vor, daß sie nun tatsächlich in seinem Bett lag, und er konnte sich an diesem Anblick nicht satt sehen. Sie war noch schöner, als er sich vorgestellt hatte, mit vollendet geformten weiblichen Rundungen, und sie begehrte ihn und würde bald ihm gehören.

Er hätte am liebsten laut gejubelt, doch statt dessen streichelte er zärtlich ihr Gesicht, grub seine Finger in ihre Haare, massierte sanft ihren Nacken. Es war unsagbar schön, sie zu berühren, sie zu liebkosen.

»Du kannst dir nicht vorstellen, was du mit mir machst!« murmelte er.

»Ich weiß, was du mit mir machst«, flüsterte sie. »Ist es das gleiche?«

Er wußte selbst nicht, ob er stöhnte oder lachte. »O Gott, ich hoffe es!«

Er küßte sie, schob seine Zunge zwischen ihre Lippen, drang in die Tiefe ihres Mundes vor. Als sie ihn umarmen wollte, hinderte er sie daran, spreizte ihre Arme und hielt ihre Hände auf dem Bett gefangen. Seine Brust strich an ihren Brustwarzen vorbei, hin und her, immer wieder, und diese kaum merkliche Berührung elektrifizierte sie förmlich.

Und dann begann er auch noch, ihre Brüste mit der Zunge zu liebkosen, knabberte und saugte daran, ohne ihre Hände loszulassen, und sie wurde fast verrückt vor Verlangen, ihn zu berühren und zu umklammern.

Ein Stöhnen entrang sich ihrer Kehle, und er blickte lächelnd auf.

»Du bist ein Teufel!« murmelte sie, als sie seine frohlockende Miene sah.

»Ich weiß.« Er leckte wieder an einer Brustwarze. »Gefällt dir das nicht?«

Sie sparte sich eine Antwort auf diese dumme Frage. »Ich möchte dich auch berühren«, sagte sie statt dessen. »Wirst du mich loslassen?«

»Nein.«

»Nein?«

»Später kannst du mich berühren, soviel du nur willst. Im Augenblick könnte ich es nicht aushalten.«

»Oh...« Sie seufzte. »Nun, was das betrifft, so kann ich es auch kaum noch aushalten.«

Er begrub stöhnend seinen Kopf zwischen ihren Brüsten. »Liebling, wenn du nicht still bist, werde ich mich noch wie ein unerfahrener Junge aufführen.«

Roslynn kicherte, und diese heiseren Laute erregten ihn so, daß er sich hastig seiner Hose entledigte. Fast hätte er sich wie ein Wilder auf sie gestürzt, aber er rief sich in letzter Sekunde zur Ordnung. Sie trug noch ihre Schuhe und Strümpfe, und dem wollte er schleunigst abhelfen.

Der Dolch, der aus ihrem Schuh fiel, verschaffte ihm wieder einen halbwegs klaren Kopf. Er mußte inwendig grinsen. Seine kleine Schottin steckte wirklich voller Überraschungen! Die Ehe mit ihr würde nicht nur außerordentlich genußreich, sondern auch interessant sein, und er freute sich jetzt rückhaltlos darauf.

Er wog den Dolch in der Hand. »Kannst du wirklich damit umgehen?«

»Ja, und ich habe ihn auch schon benutzt, als ein von Geordie bezahlter Ganove mich auf offener Straße entführen wollte.«

Anthony legte die Waffe beiseite und lächelte ihr beruhigend zu. »Das ist eine Sorge, die du nach dieser Nacht nicht mehr haben wirst, Liebste.«

Roslynn hatte diesbezüglich ihre Zweifel, behielt sie aber für sich. Nichts war geregelt. Er war nach wie vor kein Mann, den sie heiraten könnte, auch wenn sie sich noch so sehr wünschte, daß dem anders wäre. Er war ein Liebhaber, und in dieser Rolle konnte sie ihn leicht akzeptieren.

Der morgige Tag, der neue Entschlüsse von ihr verlangen würde, lag noch in weiter Ferne, und Anthonys Hände spreizten jetzt behutsam ihre Beine, streichelten ihre Schenkel und machten es ihr unmöglich, auch nur einen klaren Gedanken zu fassen. Dann lösten seine Lippen die Hände ab. Er küßte ihre Hüften, schob seine Zungenspitze in ihren Bauchnabel. Ihr Körper glühte bis in die Zehenspitzen hinein, und sie wand sich keuchend. Sein Mund wanderte weiter, beschäftigte sich nun wieder mit ihren Brüsten. Er stimulierte die empfindlichen Brustwarzen, bis sie vor Lust zu vergehen glaubte. Sie wölbte den Rücken, preßte sich an ihn, suchte den Hautkontakt. Doch das alles genügte nicht, es vermochte die Feuersbrunst in ihrem Innern nicht zu stillen.

Er hatte sich jetzt wieder völlig unter Kontrolle und ließ sich Zeit. Langsam glitten seine heißen Lippen höher, über ihren Hals, auf ihr Ohr zu. Als seine Zunge hineinfuhr, bäumte sie sich so heftig auf, daß er fast das Gleichgewicht verlor, und wurde von lustvollen Schauern geschüttelt.

Ihre Lenden waren jetzt ein regelrechtes Inferno feuchter Hitze, und als sie spürte, daß etwas sie dort unten zum erstenmal berührte, wußte sie instinktiv, was sie zu tun hatte. Sie schlang ihre Beine um Anthony, um dieses Etwas in sich aufzunehmen, und es drang langsam in sie ein und weckte in ihr völlig neuartige Gefühle.

Er küßte sie jetzt wieder, mit einer wilden Leidenschaft, die der ihrigen entsprach. Gleichzeitig bewegte sich sein Körper rhythmisch auf und ab, und ihre Lust stieg ins Unermeßliche, bis hin zur explosionsartigen Erlösung.

Gleich darauf kam es auch Anthony, und dieser Orgasmus laugte ihn so aus, daß er eine Weile zu schwach war, um auch nur den Kopf zu heben. Etwas Derartiges hatte er noch nie erlebt, und er wollte es ihr sagen, merkte aber, daß sie nicht ansprechbar war. Ob sie nun in erschöpften Schlummer gefallen oder ohnmächtig geworden war, konnte er nicht entscheiden. Er strich ihr zärtlich die Haare aus dem Gesicht und lächelte, außerordentlich zufrieden mit sich und ihr.

Am liebsten hätte er sie geweckt und das Spiel sofort von neuem begonnen, aber er bezwang seine Begierde, denn er hatte das Hindernis gespürt, als er in sie eingedrungen war. Reggie hatte ihm gesagt, daß sie noch eine Jungfrau sei. Roslynns leidenschaftliche Reaktionen hatten ihn jedoch daran zweifeln lassen. Die Wahrheit versetzte ihn in ein unerklärliches Hochgefühl. Und obwohl sie bei der Entjungferung offenbar keinen Schmerz verspürt hatte, wollte er doch Rücksicht darauf nehmen. Es gab ja auch noch den morgigen Tag. Und den Rest seines Lebens.

Er schüttelte verwirrt den Kopf. Seit wann war er so ritterlich?

Als er vorsichtig aus dem Bett stieg und sie zudeckte, streckte sie sich wohlig und seufzte zufrieden. Gott, was war sie schön! Und so verführerisch, daß er sich schwor, jeden Zentimeter ihres Körpers zu erforschen. Doch im Augenblick hatte er anderes zu tun. Er sammelte ihre Kleider auf, schlüpfte in seinen Morgenrock und verließ das Zimmer. Er mußte ihren Kutscher entlohnen und wegschicken, und anschließend galt es verschiedene Arrangements zu treffen. Die Dame würde nirgends hinfahren!

Kapitel 19

Roslynn erwachte, weil etwas sie an der Wange kitzelte. Sie schlug die Augen auf und sah zu ihrer Überraschung eine rosafarbene Blume. Dann erst fiel ihr Blick auf den lächelnden Mann, der die Blume in der Hand hielt.

»Guten Morgen, meine Liebe! Die Sonne scheint – extra für unsere Hochzeit.«

Roslynn drehte sich auf die andere Seite und begrub stöhnend ihren Kopf im Kissen. Sie wollte vor diesem Tag und vor den Konsequenzen ihres Leichtsinns die Augen verschließen, wenigstens noch ein Weilchen. Verdammt, was hatte sie da nur angestellt? Nettie mußte längst auf Silverley sein und machte sich bestimmt wahnsinnige Sorgen. Sie glaubte zweifellos, Roslynn befände sich wieder in Geordies Gewalt. Und der Kutscher! Wie hatte sie nur vergessen können, daß sie ihn angewiesen hatte zu warten? Gewiß, sie hatte ihm ein hohes Trinkgeld gegeben, aber die ganze Nacht dürfte er trotzdem nicht gewartet haben. Wahrscheinlich war er mit ihrem Handkoffer auf und davon, in dem sie nicht nur einen großen Teil ihres Schmucks verstaut hatte, sondern auch wichtige Papiere, darunter auch den Ehevertrag. Wenn sie doch nur nicht diese drei Brandys getrunken hätte!

Roslynn wurde aus diesen trüben Gedanken gerissen, als sie Anthonys Hand auf ihrem Gesäß spürte und ihn lachen hörte. »Wenn du wirklich im Bett bleiben möchtest...«

»Geh weg!« brummte sie ins Kissen, wütend auf sich selbst, weil seine Berührung sie trotz ihres Katzenjammers erregte, und wütend auf ihn, weil er so frohgemut zu sein schien.

»Ich weiß gar nicht, was du hast«, sagte er. »Ich habe dir doch die lästige Aufgabe abgenommen, eine Entscheidung treffen zu müssen. Du bist jetzt wirklich und wahrhaftig kompromittiert, Liebste!«

Sie fuhr hoch. »Das ist unmöglich! Ich habe keinen Schmerz verspürt, nur...«

Sie verstummte, und eine heftige Schamröte stieg ihr ins Gesicht. »Ich gebe ja gern zu«, lachte er offen, »daß ich kein ungeschickter Tölpel bin, aber daß ich *so* talentiert bin, wußte ich noch gar nicht. Mein liebes Mädchen, ob du es nun glauben willst oder nicht – ich habe dir die Jungfräulichkeit geraubt.« Er zog fragend eine Braue hoch und erkundigte sich scheinheilig mit einem noch breiteren Grinsen: »Und du hast es nicht bemerkt, sagst du?«

»Oh, sei still und laß mich nachdenken!«

»Worüber willst du denn nachdenken? Während du selig geschlafen hast, war ich fleißig und habe eine Sondererlaubnis eingeholt, so daß wir sofort heiraten können und dazu nicht nach Gretna Green fahren müssen. Erst jetzt ist mir klargeworden, wie nützlich es sein kann, einflußreiche Leute zu kennen.«

Er war so verdammt stolz auf sich, daß sie ihn am liebsten geohrfeigt hätte. »Ich habe nicht gesagt, daß ich dich heiraten werde.«

»Nein, das hast du nicht. Aber du wirst es, meine Liebe.« Er ging zur Tür, öffnete sie und erlaubte dem Butler, an den sie sich nur allzu gut erinnerte, einzutreten. »Lady Chadwick hätte gern ihre Kleidung und ein Frühstück, Dobson. Du bist doch hungrig, Liebste? Ich für meine Person bin nach einer Liebesnacht immer total...«

Das Kissen traf ihn mitten ins Gesicht, und er konnte sich kaum das Lachen verbeißen, als er die ungläubige Miene seines Butlers sah. »Das wäre alles, Dobson.«

»Jawohl, Sir, selbstverständlich, Sir.«

Der Ärmste war so verlegen, daß er das Zimmer gar nicht schnell genug verlassen konnte, und sobald er die Tür hinter sich geschlossen hatte, machte Roslynn ihrem Zorn Luft. »Du bist ein ekelhafter Schuft, ein richtiges Dreckschwein! Warum mußtest du ihm meinen Namen verraten?«

Er zuckte die Achseln, nicht im mindestens schuldbewußt. »Nur zur Sicherheit, Liebling. Es würde Dobson natürlich nicht im Traume einfallen, über die zukünftige Lady Malory Gerüchte zu verbreiten. Aber ansonsten...« Er ließ seinen Satz unvollendet, aber sie hatte trotzdem verstanden.

»Du vergißt, daß es mir jetzt nichts mehr ausmacht, wenn mein Ruf ruiniert ist.«

»Das versuchst du dir einzureden«, widersprach er ruhig, »aber es stimmt nicht. Es *würde* dir etwas ausmachen. Du weißt im Augenblick einfach nicht, was wichtig ist und was nicht.«

Das traf zwar den Nagel auf den Kopf, war aber unerheblich. Sie ging rasch zum Angriff über. »Ich frage mich wirklich, warum ein Mann wie du plötzlich den Wunsch zu heiraten verspüren sollte? Ist es mein Vermögen, an dem du interessiert bist?«

»Großer Gott, wie kommst du denn auf diese Idee?«

Er war so entsetzt, daß sie sich schämte, ihm etwas Derartiges unterstellt zu haben. Trotzdem konnte sie es nicht lassen, ihm unter die Nase zu reiben: »Du bist ein vierter Sohn.«

»Das stimmt. Aber du vergißt völlig, daß du mich über deinen ungewöhnlichen Ehevertrag informiert hast, den ich übrigens bereitwillig unterschreiben werde. Und außerdem vergißt du die Tatsache, daß wir miteinander geschlafen haben, Roslynn. Du könntest zur Stunde schon mein Kind unter dem Herzen tragen.«

An ihrer Unterlippe kauend, wandte sie hastig ihren Blick ab. Er hatte natürlich recht, und dieser Gedanke hatte etwas Faszinierendes an sich.

»Was hast du dann von dieser Heirat?« fragte sie nüchtern.

Er trat wieder ans Bett, entfernte einen trockenen Grashalm aus ihrem Haar und betrachtete ihn lächelnd. »Dich«, antwortete er kurz und bündig.

Roslynns Herz klopfte plötzlich zum Zerspringen. Das hörte sich so herrlich an, daß sie sich nicht mehr erinnern konnte, welche Einwände sie eigentlich hatte. So durfte es einfach nicht weitergehen!

Sie stieß einen tiefen Seufzer aus. »Ich kann so kurz nach dem Aufwachen nicht nachdenken. Und gestern abend hast du mir auch keine Zeit zum Nachdenken gelassen«, fügte sie anklagend hinzu.

»Du bist es doch, die es so schrecklich eilig hat, Liebling. Ich versuche nur, mich dir anzupassen.«

Mußte er ihr das unbedingt unter die Nase reiben? »Ich brauche Zeit zum Nachdenken.«

»Wieviel Zeit?«

»Ich wollte nach Silverley. Meine Zofe muß schon dort sein, folglich muß ich ohnehin hinfahren. Bis heute nachmittag werde ich eine Antwort für dich haben. Aber ich muß dir gleich sagen, Anthony, daß ich mir nicht vorstellen kann, dich zu heiraten.«

Sie wurde plötzlich hochgehoben und mit einer solchen Leidenschaft geküßt, daß ihr Blut in Wallung geriet. »Wirklich nicht?« flüsterte er.

Sie wehrte sich, bis er sie wieder aufs Bett fallen ließ. »Du hast nur bewiesen, daß ich überhaupt nicht denken kann, wenn ich in deiner Nähe bin. Ich werde mich jetzt auf den Weg machen, wenn du mir nur meine Kleider holst. Warum hast du sie eigentlich nicht hier liegenlassen?«

»Ich wollte nur sicherstellen, daß du noch hier sein würdest, wenn ich mit der Sondererlaubnis in der Tasche zurückkam.«

»Hast du – auch hier geschlafen?«

Er grinste über ihr Zögern. »Meine Liebe, wir haben zusammen der Lust gefrönt. Ob wir hinterher im selben Bett geschlafen haben, ist doch ziemlich nebensächlich, findest du nicht auch?«

Sie beschloß, sich dazu nicht zu äußern; es tat ihr ohnehin schon leid, das Thema überhaupt angeschnitten zu haben.

»Meine Kleider, Anthony!«

»Dobson wird sie gleich bringen. Und dein Handkoffer, den du in der Kutsche gelassen hattest, steht in meinem Ankleidezimmer, falls du etwas daraus brauchen solltest.«

»Du hast ihn geholt?« rief sie. »Gott sei Dank!«

»Allmächtiger Himmel, du warst doch nicht etwa so

leichtsinnig, etwas Wertvolles in einer Mietkutsche zu lassen?«

Sie ärgerte sich über den indirekten Tadel. »Ich war verstört, als ich herkam«, verteidigte sie sich in scharfem Ton. »Und später war ich noch verstörter, wie du weißt.«

»Ich verstehe vollkommen«, sagte er begütigend. »Aber du solltest lieber nachsehen, ob nichts fehlt.«

»Ich habe mir nur wegen des Ehevertrages Sorgen gemacht. Es würde zuviel Zeit in Anspruch nehmen, einen neuen aufzusetzen.«

»O ja«, lächelte Anthony mit ironisch funkelnden Augen. »Der berühmt-berüchtigte Vertrag! Du könntest ihn mir eigentlich zum Durchlesen hierlassen.«

»Damit du dann behauptest, ihn zufällig verloren zu haben? O nein!«

»Mein liebes Mädchen, du mußt wirklich versuchen, mir wenigstens ein klein wenig zu vertrauen. Glaubst du nicht auch, daß unsere Beziehung davon profitieren würde?« Als sie eigensinnig schwieg, seufzte er. »Also gut, ganz wie du willst.« Aber um ihr eine Kostprobe seines eigenen Mißtrauens zu geben, fügte er hinzu: »Du wirst doch auf Silverley sein, wenn ich hinkomme?«

Roslynn errötete unwillkürlich. »Ja. Du warst so freundlich, mir einen Heiratsantrag zu machen. Ich bin dir eine Antwort schuldig. Aber ich werde mich auf keine Diskussion einlassen. Du mußt meine Entscheidung akzeptieren, wie auch immer sie ausfallen wird.«

Mit einem unverschämten Grinsen verließ Anthony das Zimmer. Er traute ihr genauso wenig wie sie ihm. Er würde sie von jemandem beschatten lassen müssen, um ganz sicher zu sein, daß sie sich nicht geradewegs nach Schottland begab. Und er mußte irgendwie dafür sorgen, daß Warton nicht auf Silverley aufkreuzte, solange sie dort war. Sie durften sich nicht begegnen, nachdem er den Burschen mit einer so frechen Lüge angeschwärzt hatte.

Bezüglich ihrer Entscheidung machte er sich überhaupt keine Sorgen. Ihr Vetter war nicht mehr der einzige Mann, der sie um jeden Preis heiraten wollte.

Kapitel 20

»Ich kann es nicht glauben! Tony hat Ihnen einen Heiratsantrag gemacht? *Mein* Onkel Tony?«

»Ich weiß, was Sie meinen«, sagte Roslynn, amüsiert über Reginas totale Verblüffung. »Ich kann es selbst kaum glauben.«

»Aber so plötzlich... Nun ja, er kennt natürlich Ihr Problem... Wenn ihm daran lag, Sie zu bekommen, mußte er sich wohl beeilen, stimmt's? Oh, das ist großartig! Onkel Jason wird der Schlag treffen! Und die übrige Familie auch. Wissen Sie, keiner von uns hätte es für möglich gehalten, daß Tony heiratet. Oh, es ist einfach wunderbar!«

Ob es wunderbar war oder nicht, darüber konnte man streiten, aber Roslynn lächelte, denn sie wollte Reginas überschwengliche Begeisterung nicht dämpfen. Sie hatte ihre Entscheidung glücklicherweise schon während der langen Fahrt nach Silverley getroffen, denn seit ihrer Ankunft hatte sie keine ruhige Minute mehr gehabt. Zuerst war Nettie über sie hergefallen und hatte ihr eine – zugegebenermaßen verdiente – Strafpredigt über ihre Gedankenlosigkeit gehalten. Dann hatte sie Reggie alles über die Entführung und ihr gefährlich knappes Entkommen erzählen müssen, denn Nettie hatte Lady Eden nur in groben Zügen informiert, um ihren unerwarteten Besuch zu erklären.

Zuletzt hatte Roslynn dann berichtet, daß Anthony bald ebenfalls nach Silverley kommen würde, um ihre Antwort zu hören. Daß Regina nicht einmal gefragt hatte, wie diese Antwort ausfallen würde, war vielsagend. Sie war natürlich voreingenommen und würde bestimmt nicht verstehen, daß jemand Bedenken haben konnte, einen Mann von Anthonys blendendem Aussehen und überwältigendem Charme zu heiraten, selbst wenn er in der Vergangenheit ein berüchtigter Weiberheld gewesen war.

»Alle müssen benachrichtigt werden«, fuhr Reggie begeistert fort. »Das übernehme ich gern, wenn es Ihnen recht ist. Und sicherlich soll die Hochzeit stattfinden, sobald das Aufgebot...«

»Kein Aufgebot, Kleines!« Anthony hatte unbemerkt den Salon betreten. »Du kannst dem ganzen Familienclan mitteilen, daß Glückwünsche angebracht sind, aber ich habe den Pfarrer für heute zum Abendessen eingeladen, und im Anschluß daran wird die Trauung vollzogen werden. Diese Eile ist dir doch recht, Roslynn, oder?«

Daß sie gezwungen war, ihm ihre Entscheidung so beiläufig mitzuteilen, entsprach nicht Roslynns Vorstellungen. Aber sein Blick war fragend auf sie gerichtet, und fast hätte man meinen können, er wäre nervös. Konnte ihre Antwort für ihn von solcher Bedeutung sein?

»Ja, diese Arrangements passen mir ganz gut – aber wir haben vorher noch einiges zu besprechen.«

Anthony atmete tief aus, und seine Lippen verzogen sich zu einem breiten Grinsen. »Selbstverständlich. Du entschuldigst uns, Kleines?«

Regina sprang auf und warf ihre Arme um seinen Hals. »Dich entschuldigen? Umbringen könnte ich dich! Du hast nie auch nur eine Andeutung gemacht.«

»Diese Überraschung ist mir wirklich gut gelungen, stimmt's?«

»Oh, es ist wundervoll«, rief sie glücklich, »und ich kann es kaum erwarten, Nicholas damit zu verblüffen. Deshalb mache ich mich jetzt aus dem Staub.« Und lachend fügte sie hinzu: »Bevor du mich rausschmeißt.«

Anthony blickte ihr lächelnd nach – ein letzter kurzer Aufschub, denn er ahnte, daß Roslynn ihm gehörig den Kopf zu waschen gedachte. Na ja, er hätte sie vermutlich nicht so überrumpeln dürfen. Aber auch ihr ›einiges zu besprechen‹ hatte sich irgendwie unangenehm angehört.

»Ich hoffe nur, du wirst dich nicht immer so anmaßend aufführen?«

Roslynns Ton war schneidend. Anthony wandte sich ihr mit einem gespielten Lächeln zu.

»Aber nein! In den Händen der richtigen Frau kann ich geradezu Wachs sein.«

Sie war nicht amüsiert. Wenn es überhaupt möglich war, wurde ihre Miene noch eisiger. »Setz dich, Anthony. Bevor ich dich heiraten kann, müssen wir einiges vereinbaren.«

»Wird es weh tun?« Als er sah, daß ihre Augen sich zu Schlitzen verengten, seufzte er: »Fang an, ich bin auf das Schlimmste gefaßt.«

»Ich will ein Kind.«

»Nur eines?«

Sie hätte ihm am liebsten irgendeinen harten Gegenstand an den Kopf geworfen. Verdammt, konnte dieser Mann denn nichts ernst nehmen?

»Ehrlich gesagt, möchte ich mindestens drei, aber fürs erste genügt eines«, fauchte sie.

»Jetzt muß ich mich aber schleunigst setzen.« Er nahm neben ihr auf dem Sofa Platz. »Bevorzugst du ein bestimmtes Geschlecht? Ich meine, wenn du Mädchen haben möchtest und wir nur Jungen bekommen, bin ich gern bereit, es immer wieder zu probieren, dein Einverständnis vorausgesetzt.«

Trotz seines scherzenden Tons hatte sie den Eindruck, daß er es ernst meinte. »Du hast nichts gegen Kinder einzuwenden?«

»Mein liebes Mädchen, wir bist du nur auf die Idee gekommen, ich könnte etwas dagegen haben? Immerhin gehört jener Akt, ohne den es keine Kinder gäbe, von jeher zu meinen Lieblingsbeschäftigungen.«

Sie spürte, daß sie heftig errötete, und starrte hastig auf ihre Hände hinab, die sie auf dem Schoß verschränkt hielt. Sie wußte genau, daß ihre Verlegenheit ihn amüsierte. Nun, er hatte noch nicht alles gehört...

Weiterhin seinen Blick meidend, sagte sie: »Ich bin froh, daß du in dieser Hinsicht so einsichtig bist, aber du mußt noch einer weiteren – etwas ungewöhnlichen – Bedingung zustimmen. Deine Geliebte oder deine Geliebten, je nachdem...«

Sie verstummte, als er seine Hand unter ihr Kinn legte und sie zwang, ihn anzusehen. »Das ist überflüssig«, sagte er sanft. »Ein Gentleman gibt seine Geliebten immer auf, wenn er heiratet.«

»Nicht immer.«

»Wie dem auch sei, ich jedenfalls...«

»Du hättest mich ausreden lassen sollen, Anthony!« Ihre Stimme war wieder scharf geworden, und sie reckte eigensinnig das kleine Kinn. »Ich bitte dich nicht, etwas aufzugeben. Im Gegenteil, ich bestehe darauf, daß du deine Geliebten behältst.«

Er lehnte sich kopfschüttelnd zurück. »Ich habe zwar schon von entgegenkommenden Frauen gehört, aber glaubst du nicht auch, daß du ein bißchen zu weit gehst?«

»Ich meine es ernst.«

»Dann solltest du es dir schleunigst aus dem Kopf schlagen!« rief er wütend. »Wenn du glaubst, daß ich mich zu einer Ehe bereit erkläre, die nur auf dem Papier besteht, irrst...«

»Nein, nein, du hast mich falsch verstanden.« Sie war erstaunt über seinen Zorn, denn sie hatte geglaubt, daß dieses Arrangement ihm sehr willkommen sein würde. »Wie könnte ich denn ein Kind bekommen, wenn es nur eine Ehe auf dem Papier wäre?«

»In der Tat!«

Sie seufzte. Offenbar hatte sie seinen Stolz verletzt. Er hatte mit einer eifersüchtigen Ehefrau gerechnet, und daß sie diese Rolle nicht spielen wollte, schien ihn zu frustrieren. »Anthony, ich werde in jeder Hinsicht deine

Frau sein. Das ist das mindeste, was ich tun kann, nachdem du mich sozusagen aus höchster Not gerettet hast. Du mußt mir nur einen Augenblick zuhören.«

»Ich bin ganz Ohr!«

Sie seufzte wieder. Warum war er nur so schwierig, was diesen Punkt betraf? Sie hatte es für die ideale Lösung gehalten, und nur unter dieser Bedingung konnte sie ihn überhaupt heiraten.

Sie versuchte es noch einmal. »Ich weiß gar nicht, warum du einen solchen Wirbel um diese Sache machst. Du liebst mich nicht, das hast du selbst gesagt. Und auch ich bin gefühlsmäßig noch nicht engagiert. Aber ich mag dich, und wir fühlen uns zueinander hingezogen – jedenfalls trifft das auf *mich* zu...«

»Verdammt, du weißt genau, daß die Anziehungskraft gegenseitig ist!«

Sie ignorierte seinen wütenden Einwurf. »Das angenehme Äußere spielte für mich bei der Suche nach einem Ehemann von Anfang an eine große Rolle, damit es mir nicht allzu sehr zuwider wäre...«

Sie verstummte, als sie ihn laut schnauben hörte. Ihr war klar, daß er an die letzte Nacht dachte, an ihren unverkennbaren Genuß. Nein, sie brauchte wirklich nicht zu erwähnen, daß sie mit ihm gewissen ehelichen Pflichten sehr gern nachkommen würde.

»Du siehst gut aus«, fuhr sie fort, »und du hast Charme, das läßt sich nicht leugnen. Ich bin überzeugt davon, daß wir gut miteinander auskommen können. Aber weil keine Liebe mit im Spiel ist, brauchst du dich nicht gebunden zu fühlen. Bei mir ist das etwas anderes, denn schließlich bin ich es, die unbedingt heiraten muß. Aber es wäre höchst unrealistisch, wenn ich erwarten würde, daß du mir treu bist, siehst du das denn nicht ein? Deshalb bitte ich dich erst gar nicht darum. Wir schließen eine Vernunftehe, vielleicht kann man es so ausdrücken. Vertrauen ist dabei nicht erforderlich.«

Er starrte sie an, als hätte sie den Verstand verloren.

Nun, vielleicht hatten ihre Worte etwas herzlos geklungen, aber es war nun einmal sehr schwierig, die peinliche Tatsache zu umschreiben, daß sie ihm nicht über den Weg traute und höchstwahrscheinlich nie trauen würde. Schließlich gab er ja selbst zu, ein Schürzenjäger zu sein. Und so ein Weiberheld änderte sich nur, wenn er sein Herz verlor – das hatte ihr Großvater gesagt, und das leuchtete ihr durchaus ein. Anthony hatte überhaupt keinen Grund, ärgerlich auf sie zu sein. *Sie* könnte ärgerlich sein, daß es nötig war, eine solche Bedingung zu stellen.

»Vielleicht sollten wir das ganze vergessen«, sagte sie steif.

»Eine ausgezeichnete Idee!«

Sie preßte ihre Lippen zusammen. »Ich wollte dich von Anfang an nicht heiraten, das habe ich dir klipp und klar gesagt.«

»Was?« Er richtete sich kerzengerade auf. »Jetzt wart mal einen Moment, Roslynn! Ich meinte doch nicht, daß es eine ausgezeichnete Idee wäre, nicht zu heiraten. Ich dachte, du meintest...«

»Das ist aber nicht der Fall!« rief sie aufgebracht, und ihr Temperament ging endgültig mit ihr durch. In breitestem Schottisch bekam er zu hören: »Und wenn du nicht bereit bist, deine Geliebten zu behalten, brauchen wir überhaupt nicht weiter zu diskutieren. Es ist ja nicht so, als wollte ich körperlich nichts mit dir zu tun haben. Aber ich weiß, was du bist, Mann, und ich weiß, daß deine Augen wieder umherwandern werden, sobald der Reiz des Neuen nachläßt. Du kannst nichts dafür. Es liegt nun einmal in deiner Natur.«

»Himmeldonnerwetter!«

Sie fuhr fort, als hätte sie seinen Fluch nicht gehört. »Aber ich war trotzdem bereit, dich zu nehmen, Närrin, die ich bin. Du hättest mir hübsche Kinder geschenkt. Du hättest mich vor Geordie gerettet. Das hätte mir genügt. Um mehr habe ich dich nicht gebeten.«

»Vielleicht war ich aber bereit, dir mehr zu geben.

Aber auf diese Idee bist du vermutlich gar nicht gekommen, als du deine großmütige Geste ausgebrütet hast?«

Roslynn zuckte unter der beißenden Ironie zusammen, aber sie hatte sich jetzt wieder unter Kontrolle. »Es ist im Grunde ganz einfach, Anthony. Ich könnte dir in Bezug auf andere Frauen nie vertrauen. Falls – falls ich dich jemals lieben würde, könnte ein Betrug mich viel zu sehr verletzen. Deshalb wüßte ich lieber von Anfang an, daß du mir nicht treu sein wirst, denn dann bliebe unsere Beziehung auf dem jetzigen Stand. Wir wären Freunde und…«

»Liebespartner?«

»Ja, genau. Aber nachdem du damit nicht einverstanden bist, können wir unser Gespräch als beendet ansehen.«

»Habe ich gesagt, daß ich nicht einverstanden bin?« Seine Stimme klang jetzt wieder ruhig, aber seine düstere Miene und seine steife Haltung verrieten, daß diese scheinbare Ruhe trog, daß der Vulkan im Innern nach wie vor brodelte. »Laß mich kurz rekapitulieren, ob ich dich auch richtig verstanden habe, meine Liebe. Du willst ein Kind von mir, aber gleichzeitig willst du nicht, daß ich mich ausschließlich dir widme. Du wirst in jeder Hinsicht meine Frau sein, aber ich soll weiterleben wie bisher und kann soviel Mätressen haben, wie ich nur will.«

»Diskret, Anthony.«

»O ja, diskret! Ich verstehe schon, wer nach Möglichkeit nichts davon wissen soll, speziell da du mich sozusagen vor die Tür setzst, noch bevor ich überhaupt einen Fuß über die Schwelle getan habe. Wenn ich also zwei oder drei Nächte in der Woche nicht nach Hause komme, wirst du glücklich sein. So ist es doch?«

Sie zog vor, diese Frage nicht zu beantworten. »Bist du einverstanden?«

»Aber selbstverständlich.« Seinem gezwungenen Lächeln fehlte jede Wärme, aber das fiel Roslynn nicht auf.

»Welcher Mann könnte schon widerstehen, wenn sein Kuchenstück so dick mit Zucker bestreut wird?«

Diese Analogie sagte Roslynn nicht besonders zu, und sie wußte auch nicht, ob sein Nachgeben ihr gefiel. Er hatte wirklich nicht lange protestiert. Pro forma ein bißchen Widerstand, dann widerwilliges Einverständnis. Ha, dieser elende Schuft! Er war zweifellos über ihre Bedingungen begeistert, und sie würde jetzt damit leben müssen.

Kapitel 21

Die Kutsche der Edens war bequem und gut gefedert, mit zusätzlichen Annehmlichkeiten wie Kissen und Dekken, Champagner und Gläser. Roslynn zog jedoch die Schulter ihres Mannes einem Kissen vor, und sie wollte auch keinen Champagner mehr trinken, denn bei der Feier nach der Trauung hatte sie bereits genügend Gläser geleert.

Sie hatten wirklich und wahrhaftig geheiratet! Eine Liebesnacht, und tags darauf die Hochzeit. Es war einfach unglaublich, und Roslynn fragte sich, ob sie nicht unbewußt genau das ersehnt hatte, ob sie nicht vielleicht aus diesem Grunde Anthony aufgesucht hatte, anstatt auf direktem Wege nach Silverley zu fahren. Aber nein, es würde ja keine ideale Ehe werden. Das hatte sie sich nun mit ihrer wunderlichen Bedingung selbst eingebrockt, und sie durfte es nicht vergessen. Aber immerhin hatte sie Anthony bekommen. Er war ihr Ehemann, auch wenn sie ihn mit anderen würde teilen müssen.

Sie kuschelte sich lächelnd noch enger an ihn. Anthony nippte am Champagner und starrte nachdenklich aus dem Fenster. Das Schweigen hatte nichts Bedrückendes an sich, und Roslynn fühlte sich wohlig müde.

Ihr war nicht ganz verständlich, warum sie ihre Hoch-

über, demselben verdammten Koffer, den sie am letzten Abend so sorglos in der Mietkutsche zurückgelassen hatte. »Verdammt! *Du* bringst es natürlich fertig, mit einem Vermögen durch die Gegend zu fahren! Also gut.«

Ein sicheres Versteck gab es in der Kutsche nicht, wie er rasch feststellte. Mit schiefgelegtem Kopf betrachtete er Roslynn. »Streif dein Cape ab... Ja, so.« Der Ausschnitt ihres Kleides enthüllte ihren Brustansatz, aber gemessen an der neuesten Mode war es kein besonders tiefes Dekolleté. »Zieh dein Kleid ein bißchen nach unten.«

»Anthony!«

»Entrüstete Sittsamkeit ist im Augenblick gänzlich fehl am Platz«, erklärte Anthony ungeduldig, während er sich ihr gegenüber hinsetzte. »Du sollst als Ablenkung dienen.«

»Ach so, in diesem Fall...«

»Das ist jetzt aber wirklich tief genug, meine Liebe.« Er runzelte die Stirn. »Dir mag es egal sein, wieviel Frauen mich nackt sehen, aber ich bin nicht ganz so großzügig, wenn es um andere Männer und deine körperlichen Rei-
e geht.«

»Ich habe doch nur versucht zu helfen«, entgegnete
oslynn gereizt. Warum mußte er sie nur wieder an den
ndel erinnern, auf dem sie törichterweise bestanden
te?

Sehr lobenswert, aber wir wollen nur, daß der Kerl
anglotzt. Ihm soll nicht gleich die Hose platzen.«
ie Hose platzen? Wovon redest du eigentlich?«
lächelte endlich. »Ich werde es dir bei Gelegenheit
euden demonstrieren.«

en Augenblick wählte der Straßenräuber, um die
fzureißen und seinen Kopf hindurchzustecken.
zuckte unwillkürlich zusammen. Über einen
rfall zu sprechen, war *eine* Sache, selbst wenn er
bar bevorstand, aber den Banditen tatsächlich
zu haben, war etwas ganz anderes.
sche war so hoch, daß nur der Oberkörper des

zeitsnacht nicht auf Silverley verbrachten, wie sie angenommen hatte. Anthony hatte etwas von seinem eigenen Bett und von einem richtigen Anfang gemurmelt, auch etwas von Lärm, wegen dem er sich keine Vorwürfe machen wollte. Das hatte sich in ihren Ohren irgendwie bedrohlich angehört, was ihr jetzt unbegreiflich war. Bestimmt hatte es nur an ihrer Nervosität gelegen. Schließlich hatte sie auf ihre Freiheit verzichtet und sich einem Mann in die Hand gegeben, den sie kaum kannte und der voller Überraschungen steckte, wie er ja mit seinem impulsiven Heiratsantrag bewiesen hatte.

O ja, sie hatte allen Grund zur Nervosität gehabt, vor der Zeremonie und danach. Hatte er sie nicht auch heute gleich zweimal überrascht, zum einen mit seinem Zorn über ihre Bedingungen und zum anderen, indem er den Ehevertrag unterschrieben hatte, ohne ihn gelesen zu haben? Nicholas, der bei der Unterzeichnung als Zeuge zugegen war, hatte dagegen protestiert, ebenso auch Roslynn. Aber sogar nach der Unterzeichnung hatte Anthony sich geweigert, das verdammte Ding zu lesen. Und jetzt brachte er sie nach London zurück, womit sie für diese Nacht überhaupt nicht gerechnet hatte.

Sie wäre eigentlich lieber bei den Edens geblieben. Aber für einen Tag hatte sie schon mehr als genug Forderungen gestellt und deshalb nicht protestiert, als Anthony nach einer kurzen Hochzeitsfeier zum Aufbruch drängte. Gewiß, sie hatten früh zu Abend gegessen, und die Trauung war im Nu vorüber gewesen. Es war jetzt noch nicht allzu spät, obwohl sie Anthonys Stadthaus wahrscheinlich erst gegen Mitternacht erreichen würden.

Sie dachte, daß es wohl vernünftig wäre, während der Fahrt ein wenig zu schlafen, und unwillkürlich spielte ein Lächeln um ihre Lippen, denn beim Anblick der Kissen und Decken auf den Sitzen hatte sie zunächst nicht an Schlafen gedacht. Die Vorstellung, daß sie ihre Hochzeitsnacht in der Kutsche verbringen würden, hatte sie erschreckt, aber auch erregt. Nettie war schließlich in eine kleinere und langsamere Kutsche verbannt worden. Sie waren zu zweit allein in einer Kutsche, die so groß war, daß man darin alles mögliche treiben könnte. Die gelbe Lampe spendete ein weiches, romantisches Licht. Doch nein, Anthony hatte nur vorgeschlagen, daß sie während der Rückfahrt nach London schlafen solle. Er hatte sie nicht einmal geküßt, sondern nur fest an sich gezogen.

Wahrscheinlich war der Champagner schuld an ihrer Idee, die Hochzeitsnacht könnte in der Kutsche beginnen. In Wirklichkeit konnte sie nicht einmal sicher sein, daß sie überhaupt eine Hochzeitsnacht erleben würde. Nachdem Anthony sich wegen ihrer Bedingungen so angestellt hatte, wäre sie nicht einmal sehr überrascht, wenn er sie nur vor seinem Haus absetzte und gleich zu einer seiner vielen Geliebten weiterfuhr. Was könnte sie in diesem Fall schon sagen? Sie hatte ihn ja selbst vor die Tür gesetzt, wie er es ausgedrückt hatte.

Anthony hörte seine Frau seufzen und fragte sich, woran sie wohl dachte. Wahrscheinlich dachte sie sich neue Möglichkeiten aus, gefühlsmäßige Bindungen in dieser Ehe zu vermeiden. Es war wirklich lachhaft, aber anfangs hatte er es nicht so gesehen. Da hatte er nun zum erstenmal in seinem Leben den Wunsch verspürt zu heiraten, und die Frau wollte nichts weiter als seine Geliebte sein – noch dazu eine überhaupt nicht eifersüchtige Geliebte. Bedeutete er ihr so wenig, daß sie ihn leichten Herzens in die Arme anderer Frauen treiben wollte? Wenn flüchtige Abenteuer für ihn immer noch von unwiderstehlichem Reiz gewesen wären, hätte er mit Sicherheit nicht geheiratet.

Etwa eine halbe Stunde später unterbrach ein Pistolenschuß jäh die Stille der Nacht, und die Kutsche kam mit einem Ruck zum Stehen. Roslynn fuhr aus dem Schlaf auf und hörte Anthony leise fluchen.

»Sind wir schon da?« fragte sie verwirrt, während sie

blinzelnd aus dem Fenster in die Dunkelheit hinausschaute.

»Nicht ganz, meine Liebe.«

»Was ist denn los?«

»Ich glaube, ein Raubüberfall.«

Sie starrte ihn an. »Räuber? Warum sitzt du dann untätig hier herum? Willst du denn nichts unternehmen?«

»Mein liebes Mädchen, wir sind hier in England, und Raubüberfälle sind bei uns etwas so Alltägliches, daß wir sie sozusagen als milde Gaben an die Bedürftigen ansehen. Kein vernünftiger Mensch nimmt irgendwelche Wertsachen mit, wenn er nachts unterwegs ist. Wir leeren einfach unsere Taschen, die Räuber sind zufrieden, und wir können weiterfahren. Niemandem wird auch nur ein Haar gekrümmt. In wenigen Minuten werde wir alles hinter uns haben.«

Sie war empört. »Einfach so? Und wenn ich nun n beraubt werden will?«

Er seufzte. »Erlebst du so etwas zum erstenma

»Selbstverständlich! Und ich verstehe nicht, wi seelenruhig herumsitzen kannst, ohne etwas zu

»Was sollte ich denn deiner Meinung nach ich nicht einmal eine Waffe bei mir habe?«

»*Ich* habe eine.«

Er packte sie am Handgelenk, als sie den steckten Dolch hervorholen wollte. »Ver

»Aber...«

»Nein!«

Sie warf ihm einen beleidigten Bl prost! Wenn ein Mann seine Frau ni bern beschützen will...«

»Stell dich nicht so an, Roslyn duldig. »Es sind doch nur ein p Kleinigkeiten.«

»Und ein Vermögen an Sch fer!«

Er blickte von ihr zu de

Mannes in der Tür zu sehen war, aber er hatte einen mächtigen Brustkorb und sehr breite muskelstrotzende Schultern in einer viel zu engen Jacke. Sein schütteres Haar auf dem breiten Schädel war dunkel, und der untere Teil des Gesichts war unter einem schmutzigen Tuch versteckt. In seinen Wurstfingern hielt er eine alte rostige Pistole, die direkt auf Anthony gerichtet war.

Roslynn konnte ihren Blick nicht von der Waffe wenden. Ihr Herz klopfte zum Zerspringen. So hatte sie es sich nicht vorgestellt... Nun ja, eigentlich hatte sie sich überhaupt nichts vorgestellt. Woher hätte sie, die noch nie Bekanntschaft mit Straßenräubern gemacht hatte, auch wissen sollen, wie gefährlich sie sein konnten? Aber sie hatte Anthony gedrängt, etwas zu tun, und folglich wäre es ihre Schuld, wenn er erschossen würde. Und wofür? Für dummen Schmuck, der zu ersetzen war.

Sie überlegte gerade, wie sie Anthony signalisieren könnte, daß er auf keinen Fall sein Leben aufs Spiel setzen dürfe, als der Räuber das Wort ergriff. »'n Abend, Mylord«, sagte er liebenswürdig. Das Tuch vor dem Mund dämpfte seine Stimme. »War gescheit von Ihnen, ruhig sitzenzubleiben und auf mich zu warten, wirklich gescheit. Ich hab so'n bißchen Probleme mit meinem Gaul gehabt, nachdem ich losgeballert hab', um Ihrem Kutscher klarzumachen, was hier los ist. Will Sie ja nur so'n bißchen erleichtern, Sie oder Ihre... Potz Blitz!«

Er hatte Roslynn bei der schwachen Beleuchtung erst jetzt bemerkt. Im nächsten Moment packte Anthony den Räuber am Handgelenk und riß ihn nach vorne, während seine Faust im Gesicht des Mannes landete. Der Bandit stürzte wie ein Stein zu Boden, und Anthony stellte ihm seelenruhig ein Bein auf den Rücken, damit er nicht aus der Kutsche rutschte, bevor er ihm die Pistole abgenommen hatte.

»Sei ein braves Mädchen und bleib hier, während ich mal nachsehe, ob der Kerl allein ist.«

Bevor Roslynn etwas sagen konnte, sprang er hinaus,

der Räuber glitt langsam auf die Straße hinab, und sie blieb allein in der Kutsche zurück. Noch nie in ihrem Leben hatte sie solche Angst ausgestanden, nicht einmal um sich selbst. Anthony war in Gefahr... Jeden Moment konnten weitere Schüsse fallen...

Zum Glück kam er nach kürzester Zeit lächelnd zurück. »Unser sehr mitgenommener Kutscher – es scheint auch für ihn der erste Überfall gewesen zu sein – meint, der Bursche sei allein gewesen.«

Grenzenlos erleichtert, machte Roslynn ihrem Herzen Luft. »Was, zum Teufel, hast du dir dabei gedacht, mir einen solchen Schrecken einzujagen? Du könntest jetzt tot sein!«

Er hob erstaunt die Brauen. »Liebes Kind, was hast du dir denn vorgestellt, als du mich aufgefordert hast, etwas zu *tun?*«

»Jedenfalls wollte ich nicht, daß du umgebracht wirst!«

»Das freut mich zu hören«, erwiderte er trocken. »Aber jetzt ist es vorbei, also genug davon.«

»Ich laß mir nicht vorschreiben...«

Er zog sie auf seinen Schoß und erstickte ihre Worte mit einem Kuß. Als er sich von ihren Lippen löste, grinste er ihr zu. »So ist's besser. Jetzt kannst du wenigstens an etwas anderes als den Überfall denken, und du kannst sicher sein, daß wir dies später fortsetzen werden.« Er ließ sie sanft wieder auf den Sitz neben sich hinabgleiten und griff nach der Champagnerflasche. »Aber jetzt brauche ich erst mal einen Schluck, und du kannst weiterschlafen.«

»Als ob ich jetzt schlafen könnte!« rief Roslynn, aber ihr Zorn war verflogen.

»Du solltest es lieber versuchen, Liebling, denn ich verspreche dir, daß du später nicht viel Gelegenheit zum Schlafen haben wirst.«

Sie erwiderte nichts darauf, aber sobald er sich mit dem Glas in der Hand zurückgelehnt hatte, machte sie es sich wieder an seiner Schulter bequem. Ihr Puls hatte sich normalisiert, obwohl sie auf eine derartige Erfahrung gern verzichtet hätte. Dies war ihre Hochzeitsnacht, und solche Dinge sollten einem in der Hochzeitsnacht wirklich erspart bleiben.

»Hör nächstes Mal nicht auf mich und spiel lieber nicht den großen Helden«, sagte sie ziemlich aggressiv, weil sie sich inzwischen ihrer Angst schämte. »*So* wichtig war der Schmuck auch wieder nicht.«

»Möglich, aber als dein Ehemann hätte ich ihn ersetzen müssen, und ich will meinen Geldbeutel nicht unnötig strapazieren.«

»Dann hast du mich also doch wegen meines Geldes geheiratet?«

»Weshalb denn sonst?«

Sein Ton war so ironisch, daß sie ihm einen flüchtigen Blick zuwarf und dabei feststellte, daß er auf ihren Ausschnitt starrte. Sie hätte fast gelacht. Weshalb denn sonst, in der Tat! Der Mann war durch und durch ein Wüstling, aber das hatte sie ja von Anfang an gewußt, und sie wußte auch, daß keine Hoffnung bestand, ihn je zu ändern.

Sie seufzte und überlegte, ob sie ihm erzählen sollte, daß er angenehm überrascht sein würde, falls er sie wegen ihres Geldes geheiratet hatte. Laut Ehevertrag würde er sehr großzügig bedacht werden. Und obwohl Anthony finanziell offenbar so gut gestellt war, daß er für seinen Lebensunterhalt nicht zu arbeiten brauchte, war er doch ein vierter Sohn und konnte einfach nicht so reich sein, um zu verachten, was diese Ehe ihm einbrachte.

Sie würde es ihm sagen müssen, aber nicht jetzt. Die Aufregung und Angst machten sich nun doch bemerkbar, und sie fiel innerhalb kürzester Zeit in einen tiefen Schlaf.

Kapitel 22

Anthony rüttelte Roslynn wach, als die Kutsche von der King's Road auf den Grosvenor Place einbog. Sie näherten sich Piccadilly und seinem Stadthaus gegenüber dem Green Park. Er hoffte, daß James sich noch irgendwo herumtreiben und Jeremy schon im Bett liegen würde, denn er verspürte nicht die geringste Lust, zu dieser späten Stunde Erklärungen abzugeben. Er hatte sich während der ganzen Fahrt, von dem kurzen Intermezzo mit dem Straßenräuber einmal abgesehen, die Freuden seines Bettes ausgemalt, und nun glaubte er, das Warten nicht mehr viel länger aushalten zu können.

Roslynn war an solchen Dingen im Augenblick nicht im mindesten interessiert. Sie hatte fest geschlafen und war noch viel zu benommen, um die Tatsache, daß sie endlich angekommen waren, würdigen zu können. Sie wollte nur eines: weiterschlafen. Hochzeitsnacht und Ehemann waren fast vergessen. Und doch rüttelte jemand sie immer wieder.

Anthony war verdutzt, als Roslynn nur verärgert brummte und nach seiner Hand schlug, anstatt die Augen zu öffnen. Normalerweise schliefen Frauen in seiner Gegenwart nicht, und er hatte deshalb keine Erfahrung darin, wie man jemanden wach bekam, der so schlaftrunken war. Er hatte ihr ein Nickerchen vorgeschlagen, damit sie frisch und ausgeruht ankommen sollte, aber es hatte nun wirklich nicht in seiner Absicht gelegen, die Hochzeitsnacht ausfallen zu lassen.

Er versuchte es noch einmal. »Komm, wach auf, Mädchen, oder hast du vergessen, welcher Tag heute ist?«

»Mmm?«

»Fällt dir bei dem Wort Hochzeitsglocken vielleicht etwas ein? Oder weißt du nicht mehr, daß du einen Ehemann hast, der es kaum erwarten kann, bis du ein verführerisches durchsichtiges Nachtgewand anlegst, um ihn zu ergötzen?«

Sie setzte sich endlich gähnend auf, blinzelte mühsam und rieb sich wie ein kleines Kind den Schlaf aus den Augen. »So etwas nehme ich auf Reisen nicht mit.«

Er grinste inwendig. Immerhin arbeitete ihr Verstand wieder, wenn auch noch zu langsam, um zu erkennen, daß er sie nur neckte.

»Nur keine Angst, meine Liebe. Ich habe deine Sachen heute morgen abholen lassen.«

Das machte sie schlagartig hellwach. »O nein! Das war sehr töricht von dir. Du wußtest doch noch nicht einmal, ob ich dich heiraten würde. Und vielleicht hat Geordie gerade auf so etwas gewartet, um herauszufinden, wohin ich verschwunden bin.«

Anthony hoffte das sehr, denn dieses Motiv hatte ihn ja zum Handeln bewogen. Mit etwas Glück würde der Mann, den er auf die ›Verfolger‹ angesetzt hatte, ihm schon morgen eine Adresse nennen können.

»Ich weiß natürlich, daß für dich alles noch etwas neu und ungewohnt ist, Liebste«, lachte er, »aber es ist dennoch nicht gerade schmeichelhaft für mich, daß du deinen veränderten Familienstand ständig vergißt. Du bist jetzt verheiratet, und je eher dein Vetter davon erfährt, desto eher wird er aufhören, dich zu belästigen.«

Sie lächelte zaghaft, dann immer breiter, bis sie vor Freude übers ganze Gesicht strahlte. »Das stimmt! Ich bin so daran gewöhnt, mich vor Geordie verstecken zu müssen, daß es vermutlich noch ein Weilchen dauern wird, bis ich mich völlig entspanne. Ach, wie herrlich! Ich bin ein freier Mensch!«

»So ganz frei nun auch wieder nicht, meine Liebe.«

»Nein, ich meinte ja auch nur...«

»Ich weiß.« Er kraulte sie unter dem Kinn. »Aber du gehörst jetzt wirklich und wahrhaftig mir, und ich stelle zu meinem größten Erstaunen fest, daß ich ein sehr besitzergreifender Ehemann bin.«

Diese Bemerkung hörte sich so absurd an, daß Roslynn überzeugt war, er mache nur einen seiner üblichen

Scherze. Falls er jemals etwas ernst nehmen sollte, wäre es für sie bestimmt ein solcher Schock, daß sie auf der Stelle tot umfiele.

Ihr fiel plötzlich etwas ein. »Anthony, warum wolltest du unbedingt noch heute nacht nach London zurückkehren?«

Er zwinkerte amüsiert. »Bräute sind im allgemeinen in der Hochzeitsnacht sehr nervös, und da dachte ich, du würdest dich vielleicht in einem Bett, das du schon kennst, wohler fühlen.«

Errötend flüsterte sie: »Das habe ich wohl verdient.«

»So ist es.«

»Aber du hast etwas von Lärm erähnt?«

»Tatsächlich? Vergiß es. Wir werden uns mucksmäuschenstill verhalten.«

Er zog sie schon wieder auf. Sie wußte nicht so recht, ob ihr das gefiel. Sie wußte nicht, ob sie sich jemals an seine Anspielungen gewöhnen würde. Aber in dieser Nacht...

Sie gähnte, Anthony grinste, und die Kutsche hielt an.

»Endlich!« rief er und sprang hinaus, noch bevor das Trittbrett heruntergelassen war. »Komm, Liebling, damit ich dich über die Schwelle tragen kann.«

Sie griff nach seiner Hand, und er half ihr aus dem Wagen. »Das ist wirklich nicht notwendig«, murmelte sie.

»Du mußt mir schon erlauben, meine Rolle richtig zu spielen«, widersprach er, während er sie vom Boden hob. »Schließlich muß es für diese seltsame Sitte einen Grund geben. Vielleicht soll die Braut nicht Reißaus nehmen können, was meinst du?«

»So ein Blödsinn!« Sie legte ihm einen Arm um den Hals. »Wahrscheinlich sind irgendwann ein paar Bräute in Ohnmacht gefallen und mußten deshalb ins Haus getragen werden, und dann hat sich dieser Brauch eingebürgert.«

»Nur ein paar?« spöttelte er. »Ich kann dir versichern, daß völlige Unkenntnis über die Vorgänge im

Ehebett weit verbreitet ist. Die Mütter können sich heutzutage einfach nicht überwinden, über solche Dinge zu sprechen. Wirklich ein Jammer, denn die armen frisch gebackenen Ehemänner sind dadurch gezwungen, geduldig Nervosität und Ängste abzubauen, während sie es doch kaum erwarten können, zur Entjungerung zu schreiten.«

»Anthony!« rief sie, obwohl sein schalkhaftes Grinsen sie zum Lachen reizte. »*Mußt* du immer solche Dinge sagen?« Aber um das letzte Wort zu haben, fügte sie hinzu: »Übrigens haben manche Bräute gar keine Mütter, die sie aufklären könnten.«

»Ah, jetzt werden wir persönlich.« Er klopfte an die Tür, bevor er ihr zärtlich zulächelte. »Aber du hattest trotzdem keine Angst, Liebste, nicht wahr?«

»Du hast mir gar keine Zeit dazu gelassen«, gestand sie, während sie wieder errötete.

»Und jetzt, nachdem du weißt, was dir bevorsteht?«

»Ich spüre, daß ich gleich ohnmächtig werde.«

Er lachte schallend, tat aber rasch so, als müßte er husten, denn die Tür wurde geöffnet. Dobson ließ sie mit stoischer Miene ein. Roslynn war etwas enttäuscht, daß der Kerl so blasiert dreinschauen konnte, als wäre es etwas ganz Alltägliches, seinen Herrn mit einer Frau auf den Armen vor der Tür stehen zu sehen. Aber sie wurde einen Augenblick später entschädigt, als der Butler sich unbeobachtet wähnte und deshalb seine Entgeisterung offen zeigte. Roslynn barg ihr Gesicht hastig an Anthonys Schulter, damit Dobson ihr Lächeln nicht sah.

Dadurch entging ihr James' Miene, als dieser mit einem Drink in der Hand die Halle betrat. Wenn er überrascht war, so zeigte er es jedenfalls nicht. Auch seine Stimme, die Roslynn aufblicken ließ, war ausdruckslos.

»Ich nehme an, daß ich das eigentlich nicht sehen sollte.«

»Das hatte ich eigentlich gehofft«, erwiderte Anthony auf dem Weg zur Treppe. »Aber nachdem du uns nun schon gesehen hast, sollst du auch wissen, daß ich das Mädchen geheiratet habe.«

»Zum Teufel, das soll wohl ein Witz sein!«

»Es stimmt tatsächlich«, kicherte Roslynn, über die Reaktion ihres Schwagers noch erfreuter als über jene des Butlers. »Sie glauben doch wohl nicht, daß ich ihm andernfalls erlauben würde, mich über die Schwelle zu tragen?«

Anthony blieb kurz stehen, selbst erstaunt, daß es ihm gelungen war, diesen Bruder aus der Fassung zu bringen. »Großer Gott, James, mein Leben lang habe ich darauf gewartet, dich einmal sprachlos zu sehen. Aber du hast bestimmt Verständnis dafür, daß ich nicht warte, bis du dich wieder erholst, nicht wahr?« Und er setzte seinen Weg fort.

Im ersten Stock angelangt, flüsterte Roslynn mit einer Stimme, die vor Lachen bebte: »Das war sehr ungezogen von uns, findest du nicht auch?«

»Keineswegs, mein liebes Mädchen«, widersprach er. »Um dich ein Weilchen ganz für mich allein zu haben, war es unbedingt notwendig, meinen lieben Bruder irgendwie auszuschalten. Wir werden ohnehin noch früh genug mit den Glückwünschen und endlosen Fragen der ganzen Familie geplagt werden.« In seinem Schlafzimmer lehnte er sich seufzend an die Tür. »Endlich allein!«

Bevor Roslynn etwas sagen konnte, ließ er ihre Beine los und zog sie gleichzeitig fest an seine Brust. Sie hing auf ihm, und einen köstlichen Augenblick lang verharrten sie in dieser Position, während sein Mund zärtlich an ihren Lippen zupfte.

Er streichelte mit den Fingerrücken ihre Wangen, und als sie langsam die Augen öffnete, sah sie, daß die seinigen vor Leidenschaft verschleiert waren. Auch seine Stimme war eine Liebkosung, und sie spürte seinen heißen Atem auf ihren Lippen.

»Hast du dir jemals überlegt, daß dies die einzige Nacht deines Lebens ist, von der alle genau wissen, daß du sie nicht einfach verschläfst. Ach, Liebste, ich finde es herrlich, wenn du rot wirst!«

»Das passiert mir erst seit kurzem – erst seit ich dich kenne.«

Ihre heiser geflüsterten Worte machten Anthony plötzlich rasend vor Verlangen. Er schob sie mit zitternden Händen rasch etwas von sich, während er leise aufstöhnte.

»Ich war ein verdammter Narr, so lange zu warten! Ich gebe dir fünf Minuten Zeit für eventuelle Vorbereitungen, aber hab um Gottes willen Erbarmen mit mir und sei im Bett, bevor ich wiederkomme.«

»In einem verführerischen, durchsichtigen Nachtgewand?«

»Allmächtiger Himmel, nein!« rief er. »Ich glaube, das könnte ich im Moment nicht aushalten!«

Er verschwand in seinem Ankleidezimmer, während Roslynn mit einem versonnenen Lächeln auf den Lippen dastand. Hatte sie ihn in diesen Zustand versetzt? Kaum zu glauben. Aber auch sie selbst war alles andere als ruhig. Diesmal wußte sie, was passieren würde, und das machte alles leichter. Ein heißer Schauer der Erwartung lief ihr über den Rücken. Aber sie war doch noch zu unerfahren, um nicht zugleich etwas nervös zu sein.

Mit ungelenken Fingern zog sie sich so schnell wie möglich aus. Ihr Herz klopfte zum Zerspringen, und sie lauschte angespannt, ob die Tür sich nicht schon öffnete. Als sie ins Bett stieg, wußte sie nicht so recht, ob sie das Laken bis zum Hals hochziehen oder aber malerisch drapieren sollte. Ihr Schamgefühl gewann die Oberhand, zumindest diesmal noch. Sie fragte sich, ob wohl einmal der Tag kommen würde, da das alles nur noch eine angenehme Routine wäre, aber mit Anthony bezweifelte sie das. Wahrscheinlich würde es immer atemberaubend bleiben.

Als er zurückkam, trug er einen langen Morgenrock aus karmesinrotem Samt. Roslynn fiel plötzlich zu ihrer großen Verlegenheit ein, daß sie nicht einmal ein Nachthemd angezogen hatte. Natürlich hätte sie es ohnehin nicht lange anbehalten, aber war es nicht unschicklich, wenn eine Frau nackt auf ihren Mann wartete? Vielleicht nicht – zumindest nicht in dieser Nacht. Und Anthonys Lächeln, als er sich dem Bett näherte, drückte wirklich nur Zustimmung aus.

»Darf ich?« Er setzte sich neben sie und begann, die Haarnadeln aus ihrer Frisur zu entfernen.

Sie berührte eine rotgoldene Locke, die ihr auf die Schulter fiel. »Das habe ich ganz vergessen.«

»Wie schön!«

Er liebte es, ihr übers Haar zu streichen oder es durch seine Finger gleiten zu lassen. Mit sanftem Druck massierte er ihre Kopfhaut, bis sie mit einem verträumten Lächeln auf den Lippen die Augen schloß.

»Das tut gut«, murmelte sie.

»Ja? Und das hier?«

Seine Lippen berührten ihre Schläfe, glitten über ihre Wange zum Mund, verweilten dort zu einem langen heißen Kuß, bevor sie ihren Hals hinabwanderten und schließlich beim Brustansatz innehielten. Heiße Schauder durchliefen ihren ganzen Körper, bis in die Zehenspitzen hinein.

»Das tut *auch* gut«, flüsterte sie.

Anthony lachte leise. »Ach, Liebling, haben wir uns wirklich erst letzte Nacht geliebt? Mir kommt es wie eine Ewigkeit vor.«

Sie legte ihre Hand an seine Wange, strich mit einem Finger zärtlich über seine Lippen. »Nur wie eine Ewigkeit?«

Er flüsterte leidenschaftlich ihren Namen, bevor er nach ihrem Handgelenk griff und die Handfläche küßte, während ihre Blicke ineinander tauchten und man die Atmosphäre knistern zu hören glaubte. Auch während er seinen Morgenrock abstreifte, das Laken wegzog und sich auf sie legte, ließ er kein Auge von ihr. Und dann küßte er sie so lange und leidenschaftlich, daß ihre Erregung ins schier Unerträgliche wuchs, und als er schließlich in sie eindrang, hatte sie sofort einen Orgasmus, und als sie im Moment höchster Lust aufschrie, kam auch er zum Höhepunkt.

Roslynn hielt seinen schweißnassen Körper umschlungen, sein Kopf lag auf ihrer Schulter, und sein schwerer Atem kitzelte sie am Nacken. Sie bekam eine Gänsehaut und erschauderte kaum merklich. Trotzdem entging es ihm nicht.

»Ich habe mich wie ein typischer Bräutigam benommen«, sagte er seufzend. »Ungeduldig und rücksichtslos – und jetzt bin ich zerknirscht.« Er stützte sich auf die Ellbogen auf, wodurch sein Unterleib fester an ihre Lenden gedrückt wurde, – was auf sie die Wirkung eines Stromstoßes hatte. »Ich gestatte dir, mich zu züchtigen, meine Liebe.«

»Wofür denn?«

»Nun, wenn du das nicht weißt...«

»Wofür, Anthony?«

»Für meine mangelnde Selbstbeherrschung, wofür denn sonst? Bei einem erfahrenen Mann meines Alters gibt es dafür keine Entschuldigung, deshalb mußt du schuld daran sein. Du hast mich den Kopf verlieren lassen.«

»Ist das schlimm?«

»Das wirst du selbst beurteilen müssen, wenn ich dich nachher in gemäßigterem Tempo liebe.«

Sie lachte tief in der Kehle. »Wenn ich es nicht besser wüßte, würde ich sagen, daß du auf Komplimente aus bist. Du mußt doch wissen, daß es an deiner Leistung nichts auszusetzen gab. Ganz im Gegenteil, du warst wundervoll!«

Er schenkte ihr jenes Lächeln, das ein herrliches Schwindelgefühl auslöste. Ihre Lippen öffneten sich, und er konnte der Versuchung nicht widerstehen, sich über sie zu beugen und sie zart zu küssen.

Doch dann erhob er sich zu ihrem großen Erstaunen, deckte sie mit dem Laken zu und zog den Morgenrock an, den er vorhin achtlos auf den Boden geworfen hatte. Er setzte sich wieder auf die Bettkante, aber diesmal in einiger Entfernung von ihr, wodurch sie eigentlich hätte gewarnt sein müssen.

Mit einem gespielten tiefen Seufzer sagte er: »Und nun zum Lärm!«

Sie zwinkerte verwirrt. »Welchen Lärm?«

»Der Entfesselung deines schottischen Temperaments.«

Roslynn glaubte, er wollte sie wieder aufziehen, und grinste ihm zu. »Werde ich aus der Haut fahren?«

»Höchstwahrscheinlich, nachdem ich moralisch verpflichtet bin zu gestehen, daß ich dich heute belogen habe.«

Ihre gute Laune verflog. »In welcher Hinsicht?«

»Errätst du es nicht, meine Liebe? Ich habe nicht die Absicht, mir eine Geliebte zu halten, nachdem ich mit dir verheiratet bin. Es wäre absolut überflüssig, meinst du nicht auch?«

»Aber du warst doch einverstanden!«

Er lächelte selbstzufrieden. »Ich kann guten Gewissens sagen, daß ich heute mit allem einverstanden gewesen wäre, um dich zur Frau zu bekommen – ich hätte es dir sogar schriftlich gegeben, aber das hast du zum Glück nicht von mir verlangt.«

Roslynn starrte ihn ungläubig an. Sie fühlte sich betrogen. Heißer Zorn stieg in ihr auf.

»Du hast mich unter Vorspiegelung falscher Tatsachen geheiratet!«

»Ich habe dich mit den besten Vorsätzen geheiratet.«

»Ich habe dir eine ideale Situation angeboten, Mann!«

»Ich hatte dich aber nicht darum gebeten, und ich will nichts davon wissen. Und, meine Liebe, wenn du einmal darüber nachdenkst, wirst du selbst einsehen, wie absurd deine Forderung war. Nicht du hast mich gebeten, dich zu heiraten. Ich habe dir einen Antrag gemacht, und laß dir sagen, daß ich das nie zuvor getan habe. Und mit solchen Dingen treibe ich auch keinen Scherz. Ich habe wirklich keinen Nachholbedarf an Geliebten. Was ich jetzt will, ist eine Ehefrau.«

Seine Ruhe hob sich so vorteilhaft von ihrer Wut ab, daß sie beschämt die Stimme dämpfte. »Das sagst du *jetzt*, aber was wird nächsten Monat oder nächstes Jahr sein? Deine Augen werden bald wieder suchend umherschweifen.«

Anthony grinste ihr zu, obwohl er wußte, daß er sie dadurch noch mehr in Rage brachte. »Meine Augen schweiften in den letzten neunzehn Jahren ständig umher, wie du es ausdrückst. Gönn ihnen doch Ruhe, Roslynn. Sie haben sich für dich entschieden und wollen sich in Zukunft nur an dir ergötzen.«

Ihre Augen verengten sich zu funkelnden Schlitzen, wie er erwartet hatte. »Du glaubst also, du könntest auch darüber deine üblichen Witze reißen? Nun, dann laß dir sagen...«

Sie konnte ihren Satz nicht beenden. Er beugte sich vor, packte sie bei der Taille und zog sie an seine Brust. Roslynn war viel zu wütend, um zu bemerken, daß sie nicht mehr in das Laken gehüllt war, aber Anthony hatte seine Sinne durchaus beisammen, und eine leichte Bewegung unterhalb des Gürtels verriet ihm, daß er diese Auseinandersetzung bald beenden und zu den Freuden der Hochzeitsnacht zurückkehren sollte. Dieses törichte Geschöpf! Soviel Schwierigkeiten zu machen, und das alles nur, weil er keine andere als sie haben wollte. Sie müßte doch eigentlich glücklich sein, anstatt sich so aufzuführen. Aber er war auf diese Reaktion vorbereitet gewesen und hatte sich eine Strategie zurechtgelegt.

»Sollen wir einen Kompromiß schließen, Liebling? Bestehst du nach wie vor darauf, daß ich mir eine Geliebte halte?«

»Verdammt! Habe ich das nicht klar zum Ausdruck gebracht!«

»Also gut.« Seine Blicke glitten zärtlich über ihr Gesicht, blieben an ihren Lippen haften, und seine Stimme wurde tiefer. »Bist du bereit, diese Rolle zu übernehmen?«

»Ich?«

Er grinste wieder aufreizend. »Wer denn sonst? Zufällig bist du die einzige Frau, an der ich im Augenblick interessiert bin.«

»Du weißt genau, daß ich das nicht gemeint habe.«

»Möglich, aber mehr kann ich beim besten Willen nicht tun.«

Roslynn glaubte ihm nicht. »Du mußt doch eine Freundin gehabt haben.«

»Selbstverständlich, sogar mehrere. Aber keine konnte den Namen Mätresse für sich beanspruchen. Und wenn du es unbedingt wissen willst – seit ich dir begegnet bin, habe ich keine von ihnen wiedergesehen. Aber das ist nebensächlich, nicht wahr? Tatsache ist, daß ich nicht den Wunsch habe, mit einer von ihnen noch einmal ins Bett zu gehen – und auch mit keiner anderen. Du wirst mich so schnell nicht wieder los.«

»Anthony, nimm doch wenigstens einmal etwas ernst!« flehte sie erbittert.

»Meine Liebe, ich habe noch nie im Leben etwas so ernst gemeint. Wie soll ich denn mit einer anderen Frau ins Bett gehen, wenn ich nur dich begehre? Es geht einfach nicht, weißt du. Man kann nicht auf Kommando eine Frau befriedigen. Daran hast du wohl nicht gedacht?«

Sie blickte ihn verwirrt und verwundert an, doch gleich darauf runzelte sie wieder die Stirn und kniff ihre Lippen zusammen. »Aber das bedeutet noch lange nicht, daß du nicht irgendwann eine Frau sehen wirst, die dir gefällt.«

Anthony seufzte müde. »Falls dieser Tag kommen sollte, so wird auch das nichts ändern können, Roslynn, das schwöre ich dir. Ich werde mir nur dich vorstellen müssen, so wie ich dich jetzt vor mir habe, und dann werde ich ein zufriedener Mann sein.«

Sie schnaubte. »Das hast du sehr hübsch gesagt, das muß man dir lassen. Aber du vergißt, daß du mich nicht liebst.«

Er warf sie aufs Bett und legte sich auf sie. »Dann wollen wir doch mal sehen, *was* ich fühle, einverstanden?« Seine Stimme klang samtweich, aber sie begriff, daß er mit seiner Geduld am Ende war. »Da wäre zunächst Lust im Übermaß. Es war die reinste Hölle, dich so lange in Ruhe zu lassen. Da wäre – wie ich selbst erst vor kurzem entdeckt habe – ein ausgeprägter Besitzerinstinkt. Und da wäre Eifersucht, unter der ich gelitten habe, seit du im Garten der Crandals auf mich zugelaufen bist.« Er hob eine Braue, als sie ihn mit großen Augen anstarrte. »Sag jetzt nur nicht, daß du überrascht bist, meine Liebe.«

»Du warst eifersüchtig? Auf wen denn?«

»Auf buchstäblich jeden Mann, sogar auf meinen verfluchten Bruder. Und wenn wir schon dabei sind, kannst du auch ruhig wissen, daß die Herren, die du als Hochzeitskandidaten in Betracht zogst, durchwegs ausgezeichnete Partien gewesen wären, mit Ausnahme von Fleming, der wirklich nur an Männern interessiert ist. Ich habe dir lauter Lügen aufgetischt, Roslynn, weil ich den Gedanken nicht ertragen konnte, daß einer von ihnen dich bekommen würde.«

Er hielt sie vorsichtshalber fest, denn er rechnete damit, daß sie nach diesem Geständnis handgreiflich werden würde. Aber Roslynn lag ganz still da, überwältigt von Staunen.

»Dann mußt du mich – ein bißchen gern haben?« flüsterte sie schließlich zögernd.

»Verdammt!« explodierte er nun endlich. »Hätte ich dich sonst geheiratet?«

Nicht im mindestens eingeschüchtert, brachte sie ihm in Erinnerung: »Du hast mich geheiratet um mir aus einer schrecklichen Situation herauszuhelfen, wofür ich dir dankbar bin.«

Anthony schloß die Augen und betete um Selbstbeherrschung. Als er sie wieder öffnete, entdeckte sie darin einen harten Glanz. Aber seine Stimme war ruhig, nur eine Spur arrogant.

»Meine Liebe, wenn ich dir nur hätte helfen wollen, wie du sagst, wäre es für mich ein Leichtes gewesen, deinen lästigen Vetter ins Jenseits zu befördern. Aber ich wollte dich für mich selbst, so einfach ist das.« In strengem Ton fuhr er fort: »Und wenn du mir noch einmal sagst, ich solle mich mit anderen Frauen amüsieren, werde ich den altmodischen Ehemann spielen und dir eine ordentliche Tracht Prügel verabreichen. Habe ich mich jetzt klar und deutlich ausgedrückt? Es wird keine anderen Frauen mehr geben, weder jetzt noch in Zukunft!«

Er erwartete einen neuen Wutausbruch. Statt dessen schenkte sie ihm ein bezauberndes Lächeln, das die goldenen Tupfen in ihren Augen aufleuchten ließ.

Anthony wußte nicht, was er von diesem plötzlichen Stimmungswechsel halten sollte, bis sie sagte: »Hast du vorhin nicht erwähnt, du wolltest etwas in gemäßigterem Tempo... Und ich sollte dann beurteilen...«

Sein Lachen unterbrach sie, tief und frohlockend. »Ändere dich nie, Liebste. Ich möchte dich gar nicht anders haben.«

Und dann setzte er seinen Unterricht fort, mit einer sehr willigen und gelehrigen Schülerin.

Kapitel 23

»Was ist denn hier los? Sitzt einfach rum und grinst sich selbst zu, hat man sowas schon erlebt!«

Roslynn drehte den Handspiegel ein wenig und sah darin Netties empörtes Gesicht. Mit breitem Lächeln und leuchtenden Augen wirbelte sie auf dem Hocker herum und versuchte, eine Unschuldsmiene aufzusetzen.

»Habe ich gegrinst? Ich kann mir nicht vorstellen, warum.«

Nettie schnaubte, aber um ihre Lippen zuckte es verräterisch. »Du bist wohl sehr zufrieden mit dir?«

Roslynn mochte sich nicht länger verstellen. »Ja! Ach, Nettie, ich hätte nie gedacht, daß ich so glücklich sein werde!«

»Kein Wunder, du hast dir ja auch wirklich einen hübschen Kerl geangelt. Aber mußtest du so ein Geheimnis daraus machen?«

»Er kam als Heiratskandidat für mich wirklich nie in Betracht. Sein Antrag war eine Riesenüberraschung.«

»Nun, bei dieser schrecklichen Eile hätte ich nicht zu hoffen gewagt, daß die Sache so gut ausgeht. Wenn du mit ihm glücklich bist, macht es mir nicht einmal etwas aus, daß dieses Haus so spartanisch ist und daß die Dienstboten langweilige Snobs sind.«

Roslynn kicherte. »Du hast offenbar Dobsons Bekanntschaft gemacht?«

»Ja. Ein richtiges Ekel. Aber es ist nicht verwunderlich, daß er so hochnäsig ist – ihm ist einfach zu Kopf gestiegen, daß alle anderen Dienstboten nach seiner Pfeife tanzen müssen. Es gibt keine Haushälterin, überhaupt kein weibliches Personal, nur zwei Mädchen, die ein paarmal in der Woche zum Saubermachen herkommen. Sogar kochen tut ein Mann, und das ist auch so ein eingebildeter Knilch.«

»Ich sehe schon, daß du einigen Grund zur Klage hast, Nettie. Aber nimm es dir nicht so zu Herzen. Du vergißt, daß dies hier bisher ein reiner Junggesellenhaushalt war. Ich bin sicher, daß Anthony gegen einige Veränderungen nichts einzuwenden haben wird. Es müssen neue Möbel her.« Sie blickte sich im Schlafzimmer um und überlegte, wie sie hier weibliche Akzente setzen könnte. »Wir werden auch neue Dienstboten einstellen müssen. In den nächsten Wochen werden wir also jede Menge zu tun haben.«

»Sei nicht allzu verschwenderisch, mir zuliebe schon gleich gar nicht. Und vergiß nicht, daß du jetzt einen Mann hast, den du fragen mußt, bevor du sein Geld ausgibst. Diese Geschöpfe sind in manchen Dingen sehr empfindlich.«

»Mach dir keine Sorgen, Nettie. Ich werde doch nicht *sein* Geld ausgeben, wenn ich soviel eigenes habe.«

»Auch das solltest du vorher mit ihm besprechen, Mädchen. Ein Mann legt meistens Wert darauf, die Rechnungen seiner Frau zu bezahlen, mußt du wissen. Das Dumme an dir ist, daß viel zu lange alles nach deinem Kopf ging, auch bevor Duncan starb – Gott hab ihn selig. Aber jetzt bist du verheiratet. Du mußt Rücksicht nehmen und überhaupt vieles anders machen, wenn du nicht willst, daß der Haussegen bald schief hängt.« Es klopfte an der Tür, und Nettie erklärte: »Das wird dein Badewasser sein. Bist du in Eile, um mit deinem Mann zu Mittag essen zu können, oder hast du Zeit...«

»Ich habe jede Menge Zeit, Nettie. Anthony ist ausgegangen, glaube ich.« Roslynn errötete. »Ich habe noch halb geschlafen, als er es mir sagte. Aber er hat etwas von seinem täglichen Ausritt und verschiedenen Erledigungen erwähnt. Ich erwarte ihn erst zum Abendessen zurück und werde die Zeit nutzen, um mich im Haus umzusehen und die Dienstboten kennenzulernen. Und ich muß unbedingt an Frances schreiben und sie über alles informieren.« Mehr wollte sich Roslynn, die in der Nacht nicht viel zum Schlafen gekommen war, für diesen Tag nicht vornehmen.

Eine Stunde später verließ sie in einem leichten Musselinkleid mit gelben und rosa Frühlingsblumen auf beigem Grund Anthonys Schlafzimmer, das jetzt ihr gemeinsames Zimmer war, und ging den kurzen Korridor entlang. Sie hatte bisher so gut wie gar nichts vom Haus gesehen, aber dem war leicht abzuhelfen. Allerdings würde sie dazu Dobsons Hilfe benötigen. Nachdem auch andere Malorys hier wohnten, konnte sie nicht einfach eine Tür nach der anderen öffnen.

Ihre Gedanken verweilten bei diesen beiden anderen

Hausbewohnern, Anthonys Bruder und Sohn. Sie fragte sich, ob ihr Mann jetzt zugeben würde, daß Jeremy Malory sein Sohn war. Er hatte eigentlich keinen Grund, es abzustreiten, zumindest nicht ihr gegenüber. Jeremy war ein hübscher Bursche, ein Junge, auf den man stolz sein konnte, und er war das Ebenbild seines Vaters. Es war gerade lächerlich, daß Anthony die Vaterschaft leugnete, nachdem jeder nach dem ersten Blick auf Jeremy wissen mußte, wer ihn gezeugt hatte.

Sie würde mit dem Jungen Freundschaft schließen müssen, aber das dürfte nicht allzu schwierig sein. James Malory war ein ganz anderer Fall. Sie hatte keinen Grund, allzu freundschaftliche Kontakte mit ihm zu pflegen, im Gegenteil, sie hatte allen Grund, ihn ein wenig auf Distanz zu halten. Sollte sie Anthony erzählen, daß James sie einmal geküßt hatte? Aber vielleicht wußte er das schon. Schließlich hatte er ja gesagt, daß er eifersüchtig auf seinen Bruder gewesen sei.

Sie lächelte, als sie an diese verrückte Unterhaltung zurückdachte. Sie wußte nicht, auf welche Weise Anthony es eigentlich geschafft hatte, sie davon zu überzeugen, daß er einen fantastischen Ehemann abgeben würde. Sie hatte ihre lang gehegten Vorurteile gegen Weiberhelden aufgegeben. Er würde ihr treu sein. Sie fühlte es, glaubte von ganzem Herzen daran und konnte ihr Glück kaum fassen. Was könnte sie sich noch mehr wünschen als Anthony Malory ganz für sich allein zu haben? Seine Liebe, brachte sie sich in Erinnerung. Aber auch das würde noch kommen. Bestimmt.

»Verdammt, was machen *Sie* denn hier.«

Roslynn blieb auf der obersten Treppenstufe stehen. Jeremy Malory war auf dem Weg nach oben gewesen, stand wie angewurzelt auf der Treppe und brachte vor Staunen den Mund nicht mehr zu. Das boshafte Teufelchen in Roslynn beschloß, den Jungen, der von der Hochzeit offensichtlich noch nichts gehört hatte, ein bißchen zu foppen.

»Ich habe die Nacht hier verbracht.«

»Die Nacht hier verbracht?« wiederholte er.

»Ja, und ich gedenke hier einzuziehen.«

»Aber – aber hier wohnen nur Junggesellen!«

»Räume gibt es doch hier genug, meinst du nicht auch? Und dem Haus könnte eine weibliche Note nur guttun.«

»Finden Sie?« fragte er verwirrt, nur um gleich darauf den Kopf zu schütteln. »Aber es gehört sich nicht... Ich meine, Sie sind eine Dame – ich meine... Na ja, Sie wissen schon, was ich meine. Es wäre einfach unpassend.«

»Ja?« Roslynn grinste. »Dann werde ich mit deinem Vater sprechen müssen. *Er* besteht nämlich darauf, daß ich hierbleiben soll.«

»Mein Vater?« Jeremy schnappte nach Luft, »Verdammt, wie konnte er nur? Onkel Tony wird an die Dekke gehen. Er hatte doch selbst ein Auge auf Sie geworfen. Verflucht, jetzt setzt er uns bestimmt an die Luft.«

Roslynn erkannte, daß es an der Zeit war, das Spiel zu beenden. Sie hatte nicht gedacht, daß der Junge so aus der Fassung geraten würde. »Jeremy«, begann sie freundlich, »du brauchst nicht mehr zu schwindeln. Ich weiß, daß Anthony dein Vater ist. Es tut mir leid, daß ich dich aufgezogen habe. Ich ziehe hier ein, weil ich deinen Vater gestern geheiratet habe. Er hätte es dir wirklich selbst sagen sollen.«

Er starrte sie wieder mit weit geöffnetem Mund an, faßte sich diesmal aber schneller. »Sie meinen doch Anthony, wenn Sie von meinem Vater sprechen? Und Sie haben Anthony Malory geheiratet?«

»Kommt dir das so unwahrscheinlich vor?«

»Ich – ich glaube es einfach nicht. Tony und heiraten? Das würde er niemals tun.«

»Und warum nicht, kannst du mir das sagen?«

»Es ist einfach ausgeschlossen. Er ist ein eingefleischter Junggeselle. Alle Weiber sind ganz verrückt nach ihm. Wozu bräuchte er da eine Frau...«

»Vorsicht, Junge!« warnte Roslynn ihn etwas steif. »Du bist nahe daran, mich zu beleidigen.«

Er bekam einen hochroten Kopf. »Ich – ich bitte um Verzeihung, Lady Chadwick. Wirklich, ich wollte Sie nicht beleidigen.«

»Ich bin jetzt Lady Malory, Jeremy.« Sie streckte die Hand aus und deutete auf ihren Ehering. »Wir wurden gestern abend auf Silverley getraut, und deine Kusine Regina war Trauzeugin. Du kannst es also wirklich glauben, Junge. Ich habe keinen Grund, dich zu belügen, und du kannst ja auch deinen Vater fragen, sobald er nach Hause kommt.«

»Mein Vater war auch dabei?«

Roslynn seufzte. »Wie könnte er bei seiner eigenen Hochzeit nicht anwesend sein?«

»Nein, ich meinte doch James. *Er* ist mein Vater, müssen Sie wissen. Er ist es wirklich.«

Jetzt war Roslynn an der Reihe, überrascht zu sein, denn sie sah dem Jungen an, daß er die Wahrheit sagte. »Aber du siehst Anthony doch so ähnlich!«

»Ich weiß.« Er grinste. »Aber das tun auch Reggie und Amy – das ist Onkel Edwards Tochter. Und auch Tante Melissa, Reggies Mutter, soll so ausgesehen haben – sie ist gestorben, als Reggie noch ein Baby war. Alle anderen Malorys sind blond. Nur wir fünf sind meiner Urgroßmutter Malory nachgeschlagen.«

»Ich sehe schon, daß ich über diese Familie noch sehr viel lernen muß. Ihr seid so viele!«

»Er hat Sie also wirklich geheiratet? Wirklich und wahrhaftig?«

»Ja, Jeremy, wirklich und wahrhaftig.«

Sie ging lächelnd einige Stufen hinab und legte einen Arm um ihn. »Komm mit, dann erzähle ich dir alles. James – dein Vater – kam gestern nacht in die Halle, als Anthony mich gerade über die Schwelle trug. Nun, wenn du glaubst, daß du überrascht warst, dann hättest du erst einmal ihn sehen müssen.«

»Das kann ich mir lebhaft vorstellen!« Sein Lachen war frühreif, aber sehr ansteckend.

Kapitel 24

Als Anthony und James die Taverne betraten und sich suchend in dem überfüllten Raum umsahen, ereignete sich das gleiche Phänomen wie überall, wo sie an diesem Nachmittag aufgetaucht waren. Einige Kneipenbesucher wurden auf sie aufmerksam, stießen ihre Zechkumpane an, und die Gespräche verstummten, bis in der verräucherten Stube mit den zerkratzten Tischen eine bedrohliche Stille herrschte.

Das Gesindel in der Hafengegend schätzte es nicht, wenn aufgeputzte Typen sich auf sein Territorium wagten, und meistens war auch irgendein besonderer Pechvogel in der Spelunke, der solche Ressentiments gegen die Oberschicht hegte, daß er mit den Eindringlingen Streit suchte, der dann alsbald in Handgreiflichkeiten ausartete. Solchen stinkreichen Affenärschen – und gutgekleidete Herrschaften wurden unweigerlich dieser Kategorie zugerechnet – ordentlich die Fressen zu polieren, diese vollgefressenen Dreckskerle über den schmutzigen Fußboden zu schleifen und in halbtotem Zustand – mitunter auch in totem – auf die Straße zu schmeißen, das konnte der Glanzpunkt eines Abends sein, weil man alle angestauten Aggressionen gegen den Adel, von dem man schamlos ausgebeutet wurde, abreagieren konnte.

Aber diese beiden Aristokraten hatten keinerlei Ähnlichkeit mit den Dandies, die der Abwechslung wegen im Schutz der Dunkelheit gern Etablissements aufsuchten, über die sie am hellichten Tag verächtlich die Nase rümpften. Nein, diese beiden Herren waren anders. Allein schon ihre Statur flößte selbst den übelsten Schlägertypen Respekt ein; und ihr ganzes Auftreten verriet, daß mit ihnen nicht gut Kirschen essen war. Spätestens nach dem zweiten Blick auf die Eindringlinge zog jeder es vor, sie einfach zu ignorieren und weiterzuzechen.

Anthony hatte die kurze Stille diesmal nicht einmal wahrgenommen. Er war müde, frustriert und ein wenig beschwipst, denn sie hatten in jeder der neun Tavernen, deren Wirte sie ausfragten, etwas bestellen müssen. Aber James registrierte auch jetzt die feindselige Stimmung und fluchte inwendig, daß sie nicht einen passenderen Aufzug für diesen Kneipenbummel gewählt hatten. Man mußte sich seiner Umgebung auch in der Kleidung anpassen, wenn man nicht unangenehm auffallen wollte, und ihre Kleidung war hier ausgesprochen fehl am Platze. Aber woher hätten sie auch wissen sollen, daß ihre Unternehmung sich so schwierig gestalten und den ganzen Tag in Anspruch nehmen würde?

Anthony war nahe daran, für diesmal aufzugeben, als ein karottenroter Haarschopf seine Aufmerksamkeit erregte. Er gab seinem Bruder mit den Augen ein Zeichen. James folgte seiner Blickrichtung und sah den Burschen an der Theke ebenfalls. Natürlich war das rote Haar noch lange kein Beweis dafür, daß sie Geordie Cameron vor sich hatten, aber es deutete immerhin darauf hin, daß der Mann ein Schotte war. James seufzte. Er hoffte von Herzen, daß sie am Ende ihrer Suche angelangt waren, denn er vertrieb sich die Zeit lieber mit kurzweiligeren Dingen.

»Setzen wir uns doch drüben an den Tisch neben der Theke und spitzen die Ohren«, schlug James vor.

»Warum soll ich nicht einfach hingehen und ihn fragen?« widersprach Anthony.

»Männer dieser Kategorie schätzen es nicht, ausgefragt zu werden, mein lieber Junge. Normalerweise hat jeder von ihnen irgendwas auf dem Kerbholz, und das macht sie nicht eben gesprächig. Ist dir das noch nicht aufgefallen?«

Anthony mußte mit finsterer Miene zugeben, daß James recht hatte. Sie waren bei ihren Nachforschungen auf wenig Kooperation gestoßen. Aber verdammt, er hatte es eilig, endlich nach Hause zu kommen, wo seine junge Frau auf ihn wartete. So hatte er sich den zweiten Tag seiner Ehe wirklich nicht vorgestellt!

Was nur einige Morgenstunden, höchstens aber den Vormittag hätte in Anspruch nehmen sollen, war zu dieser nervtötenden Aktion ausgeartet. Und dabei hatte die Sache so hoffnungsvoll begonnen! Anthony hatte seinem Bruder beim Frühstück gerade von Geordie Cameron erzählt, um seine schnelle Heirat zu erklären, als der Mann, den er auf Cameron angesetzt hatte, ihn zu sprechen wünschte und ihm die Adresse von Roslynns Vetter nannte.

Anthonys frohlockende Miene hatte in James den Wunsch geweckt, den Bruder auf seinem Rachefeldzug zu begleiten. Nicht, daß Anthony die Absicht gehabt hätte, den Kerl ernsthaft zu verletzten. Nein, er wollte ihm nur eine tüchtige Tracht Prügel verabreichen und ihm persönlich die freudige Nachricht überbringen, daß Roslynn für ihn verloren war, denn es war durchaus möglich, daß Cameron keine Zeitungen las und die Heiratsanzeigen deshalb ihren Zweck verfehlten. Zuletzt wollte Anthony ihm dringend ans Herz legen, Roslynn nie wieder zu belästigen. Alles ganz einfach. Dazu brauchte er James' Hilfe nicht, aber als sich die Sache dann anders als vorgesehen entwickelte, war er über die Gesellschaft seines Bruders doch recht froh.

Zu ihrer großen Enttäuschung war Cameron nämlich aus dem Zimmer, das er gemietet hatte, am Vorabend ausgezogen. Daß er es nicht schon früher getan hatte, war interessant, denn immerhin war Roslynn ihm schon einen Tag zuvor entkommen. Er mußte entweder sicher gewesen sein, daß sie nicht zur Polizei gehen würde, oder aber er war einfach dumm. Ein Jammer, daß ihm dann doch noch eingefallen war, seinen Aufenthaltsort zu wechseln. Von Roslynns Heirat konnte er zu diesem Zeitpunkt noch nichts gewußt haben, weshalb Anthony auch stark bezweifelte, daß Cameron sein Vorhaben aufgegeben und den Rückweg nach Schottland angetreten hatte. Aus diesem Grunde hatten die Brüder stundenlang Erkundigungen in allen Pensionen und

Kneipen der Gegend eingezogen – bislang aber ohne jeden Erfolg.

Anthony kannte von Geordie Cameron nur die Beschreibung der Vermieterin, und diese paßte einigermaßen auf den Kerl an der Theke. Groß, karottenrote Haare, hellblaue Augen, stattlich und sehr gut aussehend – soweit Mrs. Pyms Angaben. Die Augen des Burschen hatte Anthony noch nicht gesehen, und ob er gut aussah, war Ansichtssache, aber die übrige Beschreibung paßte, sogar die Tatsache, daß er halbwegs ordentlich gekleidet war. Der Kerl hatte einen Gefährten bei sich, vielleicht einen der gedungenen Ganoven, ein kleines Männlein mit einer Wollmütze auf dem Kopf, die tief ins Gesicht gezogen war.

James' Vorschlag, die Unterhaltung der beiden zu belauschen, war zweifellos vernünftig, obwohl Anthony mit seiner Geduld fast am Ende war. Nach diesem anstrengenden Tag hätte er Cameron mit Wonne nicht nur verprügelt, sondern wäre auch sehr versucht gewesen, ihn ein für allemal aus dem Weg zu räumen. Seinetwegen hatte er Mittag- und Abendessen versäumt und – was noch viel schlimmer war – auf herrliche Liebesspiele mit seiner Frau verzichten müssen. Hoffentlich würde sie seine Bemühungen wenigstens gebührend zu schätzen wissen.

Er folgte seinem Bruder quer durch den Raum zu einem Tisch, an dem zwei rauhbeinige Gesellen saßen, und beobachtete amüsiert, wie James einfach dastand und die Burschen nur durch seine Blicke zu einem hastigen Räumen der Plätze veranlaßte. »Erstaunlich, wie du das machst, alter Junge!«

James grinste scheinheilig. »Was denn?«

»Aus deinen kleinen, runden, grünen Kreisen solche mörderische Blitze zu schleudern.«

»Kann ich etwas dafür, wenn die Burschen dachten, ich wollte ihnen etwas zuleide tun? Das lag überhaupt nicht in meiner Absicht, mußt du wissen. Ich bin nämlich der friedlichste Mensch auf Gottes weitem Erdboden und...«

»Nur gut, daß Connie nicht hier ist«, fiel Anthony ihm trocken ins Wort. »Der Ärmste würde vor Lachen erstikken.«

»Themawechsel, Kleiner. Wir brauchen unbedingt etwas zu trinken, wenn wir nicht noch verdächtiger aussehen wollen, als wir es ohnehin schon tun.«

Anthony drehte sich um und winkte eine Kellnerin herbei, ein für diese Spelunke überraschend hübsches Ding mit üppigen Formen, aber durchaus nicht dick. Anstatt seine Bestellung aufzunehmen, setzte sie sich unaufgefordert auf seinen Schoß und schlang als unzweideutige Einladung ihre weichen Arme um seinen Hals. Es passierte so schnell, und er war so perplex, daß er im ersten Moment nicht wußte, wie er sie loswerden sollte.

James erbarmte sich seiner amüsiert. »Du hast dir den Falschen ausgesucht, liebes Kind.« Er grinste über den verständnislosen Blick, den die Kellnerin ihm zuwarf. »Du siehst eine der mitleiderregendsten Kreaturen dieser Welt vor dir – einen verheirateten Mann, und noch dazu einen, der heute abend schwer beschäftigt ist. Wenn du dir aber die Mühe machen würdest, deinen süßen kleinen Arsch auf diese Seite des Tisches zu befördern, könnte sich diese Mühe für dich auszahlen.«

Sie kicherte über James' drastische Ausdrucksweise, an die sie zwar von den üblichen Gästen gewöhnt war, die sie von einem so eleganten Herrn aber nicht erwartet hatte. Trotzdem warf sie Anthony einen letzten schmachtenden Blick zu, denn er hatte es ihr zuerst angetan, als die beiden die Taverne betreten hatten, und obwohl der andere ihr inzwischen auch sehr gut gefiel, wollte sie doch nichts unversucht lassen.

Sie ignorierte Anthonys finstere Miene und schlang ihre langen blonden Haare um seinen Hals, um ihn näher an sich heranzuziehen, während sie gleichzeitig auf seinem Schoß provozierend mit dem Hintern wackelte. »Bist du ganz sicher, daß du keine Lust hast, Liebling? Ich würde mit Freuden...«

Anthony beeilte sich, sie auf die Füße zu stellen und in James' Richtung zu schieben. »Ein andermal, meine Schöne«, sagte er nicht unfreundlich, aber als er dem amüsierten Blick seines Bruders begegnete, verengten sich seine Augen zu Schlitzen.

James ließ sich davon nicht beeindrucken. Er packte die Kellnerin um die Taille, tätschelte ihr verheißungsvoll das Gesäß, flüsterte ihr ein paar Worte ins Ohr und entließ sie mit einer Bestellung von zwei Ale.

»Deine Geschmacksrichtung?« höhnte Anthony.

»Ob der Rotschopf dort drüben nun dein Mann ist oder nicht, lieber Junge – ich hab' für heute die Schnauze voll, und ich habe mir eine Belohnung für meinen Einsatz verdient. Außerdem ist die Kleine gar nicht so übel.«

Anthony lächelte endlich. »Du hast recht. Aber denk daran, wer ihre erste Wahl gewesen ist.«

»Dir ist offenbar dein großer Sieg zu Kopf gestiegen, Junge. Ich bringe dich ja nur höchst ungern wieder auf den Boden der Realität zurück, aber ich sehe mich doch gezwungen, dich daran zu erinnern, daß du von nun an immer nur einen Blick riskieren darfst – während ich weiterhin nach Herzenslust zugreifen kann.«

»Hörst du mich klagen, Bruderherz?«

»Du wirst noch früh genug an meine Worte denken, Junge. Frauen sind ein Genuß – aber genießbar sind sie nur ganz kurze Zeit, und danach treiben sie einen Mann in den Wahnsinn.«

Anthony lächelte herablassend, obwohl er noch vor kurzem genauso gedacht hatte. Doch James war zum Glück abgelenkt worden und betrachtete mit gerunzelter Stirn die beiden Männer, die an der Theke in ihr Gespräch vertieft waren. Der kleine Kerl hatte nämlich erstaunlicherweise einen ausgesprochen appetitlichen Weiberhintern.

Als der Rotschopf gleich darauf ein wenig die Stimme hob, fiel auch Anthony wieder ein, weshalb sie hier herumsaßen. Der breite schottische Dialekt war unverkennbar.

»Ich habe genug gehört«, erklärte Anthony, während er aufsprang. James packte ihn am Arm. »Du hast überhaupt nichts gehört«, zischte er. »Sei doch vernünftig, Tony. Wir wissen nicht, wie viele der hier Anwesenden von Cameron gekauft sind. Warten wir lieber noch ein Weilchen – vielleicht bricht er bald auf.«

»Du hast es natürlich nicht eilig, denn auf dich wartet zu Hause keine schöne junge Frau.«

James war vernünftig genug, laut »Cameron?« zu rufen, in der Hoffnung, daß keine Reaktion von den beiden Männern kommen würde, denn Anthony war ganz offensichtlich nicht mehr bei klarem Verstand. Unglückseligerweise drehten sich die Typen aber sofort um und ließen ihre Blicke durch den Raum schweifen, der kleine Kerl ängstlich, der andere ausgesprochen aggressiv. Beide Augenpaare richteten sich auf Anthony, der James' Hand abschüttelte und mit zwei Sätzen an der Theke war. Ihn interessierte nur der große Schotte.

»Cameron?« fragte er in täuschend ruhigem Ton.

»Mein Name ist MacDonell, Mann, Ian MacDonell.«

»Du lügst!« knurrte Anthony, packte den Mann am Schlafittchen und zog ihn zu sich heran, bis ihre Augen nur noch wenige Zentimeter voneinander entfernt waren.

Erst jetzt erkannte er seinen Irrtum. Die zornig funkelnden Augen des Schotten waren hellgrau, nicht blau. Im selben Moment zog der kleine Kerl ein Messer aus seinem Ärmel.

James sah sich gezwungen einzugreifen, denn Anthony hatte davon nichts bemerkt. Der ältere Malory schlug dem Kleinen das Messer aus der Hand und wurde daraufhin mit Fäusten und Fußtritten attackiert, die jedoch kaum Schaden anrichteten, denn das Kerlchen hatte nicht mehr Kraft als ein Kind. Trotzdem war James nicht gewillt, tatenlos dazustehen. Er riß seinen Angreifer herum und hob ihn mühelos in die Luft. Irgendwie war er nicht überrascht, eine volle, weiche Brust in der Hand zu haben.

Anthony starrte bestürzt auf das zarte Kinn, die glatten Lippen und die kecke Stupsnase des ›Kerlchens‹, dessen Mütze beim Kampf bis über die Augen hinabgerutscht war. Auch die sanft geschwungenen Backenknochen gehörten unverkennbar einer Frau.

Vor Überraschung rutschte ihm ziemlich laut heraus: »Großer Gott, das ist ja ein Weib!«

James grinste. »Ich weiß.«

»Ihr habt da was Schönes angerichtet, ihr Dreckskerle!« zischte die Kleine, als mehrere Männer, die Anthonys Bemerkung gehört hatten, zu der Gruppe hinüberstarrten. »Mac, tu doch was!«

MacDonell holte zu einem Boxhieb gegen Anthony aus. Obwohl dieser die Frustration dieses Tages liebend gern in einem Kampf abreagiert hätte, entschied er sich blitzschnell dagegen, fing die Faust seines Angreifers ab und schmetterte sie auf die Theke.

»Das ist nicht notwendig, MacDonell«, sagte er. »Mir ist ein Irrtum unterlaufen. Ich entschuldige mich.«

MacDonell konnte es nicht fassen, daß er so leicht außer Gefecht gesetzt worden war. Er war nicht viel kleiner als der Engländer, aber seine Faust war wie in einem Schraubstock eingezwängt, und er hatte das unangenehme Gefühl, daß es ihm nicht viel nutzen würde, wenn er sich aus diesem eisernen Griff befreien könnte.

Er war deshalb klug genug, die Entschuldigung mit einem Kopfnicken zu akzeptieren, und seine Faust wurde sofort losgelassen. Aber seine Gefährtin wurde noch immer festgehalten, und sein Zorn richtete sich jetzt gegen James.

»Lassen Sie sie sofort los, wenn Sie keinen Riesenärger haben wollen. Ich...«

»Beruhigen Sie sich, MacDonell«, sagte Anthony leise. »Er tut ihr nichts. Vielleicht erlauben Sie uns jetzt, Sie hinauszubegleiten?«

»Das ist nicht notwen...«

»Drehen Sie sich mal um, guter Mann«, fiel James dem Schotten ins Wort. »Es ist sehr notwendig, dank dem lauten Organ meines lieben Bruders.«

Er klemmte sich die Kleine unter den Arm und ging auf die Tür zu. Ihr Protest erstarb rasch, als er etwas fester gegen ihre Rippen drückte. Da MacDonell keine Klagen von ihr hörte, folgte er James. Anthony bildete die Nachhut, nachdem er einige Münzen für das nicht servierte Bier auf den Tisch geworfen hatte. Er sah, daß alle Männer im Raum das Mädchen lüstern anglotzten. Wie lange mochte es wohl in der Taverne gewesen sein, ohne daß jemand die Verkleidung durchschaut hatte? Sinnlos, sich darüber jetzt den Kopf zu zerbrechen. Ihre enge Hose hätte jetzt zweifellos jeden der Kerle verführt, die Kleine zu begrapschen, wenn James sie nicht wie ein Paket weggetragen hätte.

Anthony gab sich aber nicht der Hoffnung hin, daß sie die Kneipe ohne weiteren Zwischenfall verlassen könnten. Er holte die anderen nur ein, weil die Kellnerin plötzlich scheinbar aus dem Nichts aufgetaucht war und sich besitzergreifend bei James einhängte, wodurch sie ihn zwang stehenzubleiben.

Als Anthony näher herankam, hörte er sie fragen: »Sie woll'n doch nicht etwa schon gehen?«

James schenkte ihr ein betörendes Lächeln. »Ich komme später wieder, meine Liebe.«

Ihre Miene hellte sich auf. Ohne das Bündel unter seinem Arm auch nur eines Blickes zu würdigen, teilte sie ihm mit: »Ich mach' um zwei hier Schluß.«

»Dann also um zwei.«

»Zwei ist eine zuviel, finde ich.« Ein muskelstrotzender Seemann versperrte James den Weg zur Tür.

Anthony trat seufzend neben seinen Bruder. »Du hast wohl keine Lust, sie abzustellen und diese Sache selbst zu erledigen, James?«

»Ich bin nicht gerade erpicht darauf.«

»Das dachte ich mir schon.«

»Halt du dich da raus, Freundchen!« warnte der Seemann Anthony. »Er hat kein Recht nich', hier reinzustolzieren und uns gleich zwei von unsern Weibern wegzuschnappen.«

»Zwei? Gehört dieses kleine Gassenmädchen etwa dir?« Anthony betrachtete das Bündel, das die Wollmütze hochgeschoben hatte und ihm mörderische Blicke zuwarf. »Gehörst du ihm, Schätzlein?«

Sie war klug genug, heftig den Kopf zu schütteln. Der Seemann war zum Glück ein häßlicher roter Kerl, sonst wäre ihre Antwort vielleicht anders ausgefallen, vor lauter Wut über ihre demütigende Situation. Anthony hätte ihr nicht einmal einen Vorwurf daraus machen können, denn James hielt sie fester als unbedingt notwendig, und es war auch nicht jedermanns Sache, wie ein Mehlsack in der Luft zu hängen.

»Ich glaube, damit wäre die Sache wohl erledigt.« Es war eine reine Festellung, denn Anthony hatte jetzt endgültig genug, um so mehr, als er wußte, daß nur er an diesem Schlamassel schuld war. »Wenn du jetzt vielleicht die Güte hättest, den Weg freizumachen.«

Der Seemann rührte sich nicht von der Stelle. »Er bringt sie hier nicht raus!«

»Ach, verdammter Mist!« murmelte Anthony verdrossen, bevor er dem Kerl einen Kinnhaken versetzte.

Der Seemann landete ein ganzes Stück entfernt auf dem Boden. Sein Kumpel erhob sich schwerfällig, war aber bei weitem nicht schnell genug. Ein Treffer warf ihn auf seinen Stuhl zurück, und er griff sich an die blutende Nase.

Anthony drehte sich langsam im Kreis, eine Braue fragend hochgezogen. »Noch jemand?«

MacDonell gratulierte sich grinsend zu seinem Entschluß, den Engländer nicht anzugreifen. Kein Mann im Raum verspürte auch nur die geringste Lust, die Herausforderung anzunehmen. Alle hatten erkannt, daß sie es mit einem Meisterboxer zu tun hatten.

»Das hast du sehr ordentlich gemacht, lieber Junge«, beglückwünschte ihn James. »Können wir jetzt gehen?«

Anthony verbeugte sich tief und richtete sich grinsend wieder auf. »Bitte nach dir, Bruderherz.«

Draußen stellte James die Kleine auf die Füße. Im Schein der Lampe über der Tür konnte sie ihn zum erstenmal deutlich sehen, und sie zögerte den Bruchteil einer Sekunde, bevor sie ihn kräftig ins Schienbein trat und die Straße hinabrannte. Er rannte fluchend hinter ihr her, sah aber schon nach wenigen Metern ein, daß es sinnlos war, und machte kehrt.

Er fluchte wieder, als er feststellen mußte, daß auch MacDonell verschwunden war. »Verdammt, wo ist denn der Schotte abgeblieben?«

Anthony lachte so laut, daß er die Frage nicht verstanden hatte. »Was ist?«

James rang sich mühsam ein Lächeln ab. »Der Schotte – er ist weg!«

Anthony drehte sich suchend um. »Nun, Undank ist eben der Welt Lohn, alter Junge. Schade, ich wollte ihn doch noch fragen, warum sie sich umgedreht haben, als du ›Cameron‹ gerufen hast.«

»Zum Teufel damit!« rief James. »Wie soll ich sie denn wiederfinden, wenn ich nicht weiß, wer sie ist?«

»Sie wiederfinden?« Anthony kicherte schon wieder. »Mein Gott, was bist du nur für ein schrecklicher Vielfraß, Bruder! Was willst du denn mit einem Weib, das dich tätlich angreift, wenn ein anderes die Minuten bis zu deiner Rückkehr zählt?«

»Die Kleine hat mir gefallen«, gab James zu, fuhr aber achselzuckend fort: »Aber du hast vermutlich recht. Die Kellnerin tut's auch.«

Trotzdem betrachtete er noch einmal bedauernd die leere dunkle Straße, bevor er Anthony zur Kutsche folgte.

Kapitel 25

Roslynn stand im Empfangszimmer am Fenster, eine Wange ans kühle Glas gepreßt, die Hände in die blauen Vorhänge gekrallt. Sie stand nun schon eine halbe Stunde so da, seit sie das Eßzimmer verlassen hatte, nach einem ungemütlichen Abendessen mit Jeremy und seinem Vetter Derek, der vorbeigekommen war, um ihn zum Ausgehen abzuholen.

Zumindest hatte Derek Malorys Besuch Roslynn etwas abgelenkt. Der älteste Sohn des Marquis war ein hübscher junger Mann, etwa in ihrem eigenen Alter, mit widerspenstigem blondem Haar und braun-grünen Augen. Er machte in seinem Abendanzug eine blendende Figur, und Roslynn stellte nach kürzester Zeit fest, daß er dabei war, in die Fußstapfen seiner Onkel zu treten – ein weiterer Weiberheld in einer Familie, der es ohnehin nicht daran mangelte. Aber Derek hatte zugleich noch etwas Jungenhaftes an sich, und dadurch wirkte er harmlos und sehr charmant.

Auf die Neuigkeit von der Heirat seines Onkels reagierte er wie Jeremy – zuerst ungläubig, dann aber begeistert. Er war auch der erste, der sie Tante Roslynn nannte, ganz ernsthaft, was ihr zunächst einen gelinden Schock versetzte. Sie war jetzt wirklich die Tante einer ganzen Schar von Nichten und Neffen. Durch ihre Eheschließung hatte sie plötzlich eine große Familie, eine sehr herzliche und liebevolle Familie, wie Jeremy ihr versichert hatte.

Doch nun waren Jeremy und Derek weggefahren, und Roslynn blieb wieder ihren trüben Gedanken überlassen. Sie merkte kaum, wie die Zeit verging, während sie am Fenster stand und auf den Verkehr auf dem Piccadilly hinausstarrte.

Einerseits machte sie sich schreckliche Sorgen. Etwas mußte Anthony zugestoßen sein. Er war verletzt und konnte ihr keine Nachricht zukommen lassen. Das war die einzige Erklärung dafür, daß sie ihn den ganzen Tag nicht zu Gesicht bekommen und auch nichts von ihm gehört hatte. Andererseits war sie während des stundenlangen Wartens aber auch immer wütender geworden, besonders, als Derek gekommen war und sie ihm Anthonys Abwesenheit nicht erklären konnte. Er ging einfach seinen üblichen Beschäftigungen nach, ohne auch nur einen Gedanken daran zu verlieren, daß er jetzt eine Ehefrau hatte, die sich vielleicht Sorgen um ihn machte.

Diese widerstreitenden Gefühle hatten ihr den Appetit geraubt, als das Abendessen serviert wurde, das sie in der Hoffnung, Anthony würde doch noch kommen, um mehr als eine Stunde verschoben hatte. Und jetzt wuchs ihre Angst immer mehr, schnürte ihr fast die Kehle zu.

Verdammt, wo blieb er nur? Dies war erst der zweite Tag ihrer Ehe. Hatte er das total vergessen? Sie hätten diesen Tag zusammen verbringen sollen, um einander besser kennenzulernen.

Endlich hielt eine Kutsche vor dem Haus. Roslynn rannte aus dem Zimmer und winkte ungeduldig ab, als Dobson zur Tür gehen wollte. Sie riß sie selbst auf, als Anthony noch ein ganzes Stück entfernt war, und musterte angsterfüllt seine hohe Gestalt. Er schien unverletzt zu sein. Ihm war nichts zugestoßen. Sie wollte sich ihm in die Arme werfen, aber gleichzeitig hätte sie ihn ohrfeigen mögen. Statt dessen stand sie mit ineinander verkrampften Händen da, um weder dem einen noch dem anderen Verlangen nachzugeben.

Als Anthony sie in ihrem hellgrünen Kleid mit zartem weißem Spitzenbesatz in der Tür stehen sah, begrüßte er sie mit einem strahlenden Lächeln. »Mein Gott, du bist wirklich eine Augenweide für einen müden Kämpfer, Liebling! Ich kann dir gar nicht sagen, was für einen scheußlichen Tag ich hinter mir habe.«

Roslynn trat nicht beiseite, um ihn ins Haus zu lassen, sondern blieb auf der Schwelle stehen. »Warum hast du mir nichts gesagt?«

Ihr schottischer Dialekt verriet ihm, daß dicke Luft herrschte. Er trat einen Schritt zurück, um sie besser sehen zu können, und bemerkte erst jetzt die zusammengepreßten Lippen und das eigensinnig vorgeschobene Kinn.

»Ist etwas, meine Liebe?«

»Weißt du, wie spät es ist, Mann?«

»Ah, das ist es also.« Er kicherte. »Hast du mich sehr vermißt, Liebste?«

»Dich vermißt?« fauchte e. »Du eingebildeter Hammel! Von mir aus kannst du tagelang wegbleiben, wenn du willst. Aber die elementare Höflichkeit verlangt immerhin, daß man Bescheid sagt, wann man nach Hause zu kommen gedenkt.«

»Du hast völlig recht«, nahm er ihr den Wind aus den Segeln. »Und ich verspreche dir, daran zu denken, wenn ich nächstes Mal versuche, deinen lieben Vetter zu finden.«

»Geordie? Aber – wozu denn?«

»Um ihm die freudige Nachricht von unserer Hochzeit zu überbringen, warum denn sonst? Oder hast du noch nicht daran gedacht, daß er nach wie vor eine Gefahr für dich darstellt, solange er nichts von deinem neuen Familienstand weiß?«

Roslynn errötete vor Scham. Er kam todmüde nach Hause, nur weil er ihr helfen wollte, und sie fiel wie eine Furie über ihn her!

»Entschuldige bitte, Anthony.«

Ihre zerknirschte Miene war unwiderstehlich. Er zog sie an sich, bis ihr Kopf auf seiner Schulter lag. »Dummes Mädchen«, neckte er sie zärtlich. »Du brauchst dich nicht zu entschuldigen. Ich finde es schön, daß jemand sich um mich sorgt. Und du hast dir Sorgen um mich gemacht, stimmt's? Deshalb doch auch das ganze Theater?«

Sie nickte zerstreut. Ihr war ein starker, widerlich süßer Geruch in die Nase gestiegen, der an seinem Jackett zu haften schien, ein Geruch wie – wie Parfüm, billiges Parfüm. Sie hob den Kopf und entdeckte einen dünnen gelben Faden auf seiner Schulter – nein, ein blondes Haar. Sie zupfte es vom Stoff, aber sie mußte lange ziehen, bis es zwischen ihren Fingern herabhing – ein mindestens 30 cm langes blondes Haar! Vielleicht hätte sie es trotz der helleren Farbe für ihr eigenes Haar gehalten, aber dazu war es viel zu strohig.

»Ich wußte es!« zischte sie, unbändigen Zorn in den Augen.

»Was wußtest du? Hör mal, was ist jetzt schon wieder in dich gefahren?«

»Das da!« Sie hielt ihm das Haar vor die Nase. »Es ist nicht meines, und du wirst wohl nicht behaupten, daß es von dir ist!«

Anthony nahm ihr stirnrunzelnd das Haar aus den Fingern. »Es ist nicht, was du denkst, Roslynn.«

Sie trat einen Schritt zurück und verschränkte die Arme auf der Brust. »Oh? Ich nehme an, es war eine unverschämte Dirne, die sich ihr unaufgefordert auf den Schoß setzte und den Geruch ihres billigen Parfüms verbreitete, bevor du sie loswerden konntest?«

Großer Gott, stöhnte er inwendig, *muß sie den Nagel auf den Kopf treffen?* »Es war tatsächlich...«

»Verdammt, du kannst nicht einmal deine eigenen Märchen erfinden!« kreischte sie.

Es war wirklich lachhaft, aber Anthony wagte nicht zu lachen, solange sie so in Rage war. Deshalb erklärte er ganz ruhig: »Um genau zu sein – es war eine Kellnerin. Und sie wäre mir nicht auf den Schoß gehüpft, wenn ich nicht gezwungen gewesen wäre, sämtliche Tavernen nach deinem Vetter abzusuchen.«

»O ja, schieb die Schuld für deine Untreue jetzt auch noch auf mich! Das ist typisch Mann! Ich werde dir sagen, was man mir wirklich zum Vorwurf machen kann – daß ich dir letzte Nacht geglaubt habe! *Diesen* Fehler werde ich bestimmt nie wieder begehen!«

»Roslynn...«

Sie sprang zurück, als er nach ihr greifen wollte, und schlug ihm die Tür vor der Nase zu. Anthony fluchte unflätig vor sich hin, während er sich umdrehte und vergewisserte, daß die Straße leer war. Und zum Glück war James in der Kutsche zu White's weitergefahren, um dort die Stunden bis zu seinem Rendezvous mit der Kellnerin totzuschlagen. Es wäre schlichtweg unerträglich gewesen, wenn sein Bruder Zeuge dieses absurden Auftritts geworden wäre, denn er hätte es sich nicht nehmen lassen, schallend zu lachen und Anthony an die Freuden der Ehe zu erinnern.

Verdammt! Sie hatte ihn aus seinem eigenen Haus geworfen! Ein krönender Abschluß eines Tages, der nicht schlimmer hätte sein können. Wenn jemand davon Wind bekam...

Anthony warf wütend den Kopf in den Nacken. Es war *sein* Haus. Was hatte sie sich eigentlich dabei gedacht, ihn aus seinem eigenen Haus zu werfen?

In seinem Zorn war er nahe daran, die Tür einzutreten, doch dann kam ihm der Gedanke, sein Glück zunächst mit der Klinke zu versuchen. Als er feststellte, daß die Tür nicht verschlossen war, warf er sie mit übermäßigem Schwung auf. Der Krach verschaffte ihm eine flüchtige Befriedigung, vermochte seine Wut aber nicht zu dämpfen, ebenso wenig wie die Tatsache, daß sein holdes Eheweib auf halber Treppe wie angewurzelt stehengeblieben war.

»Komm sofort wieder herunter, Lady Malory! Wir haben unsere Diskussion noch nicht beendet.«

Zu seiner Verwunderung gehorchte sie sofort und kam steif auf ihn zu, doch nur, um ihn aus nächster Nähe einen Blick abgrundtiefer Verachtung zuzuwerfen.

»Wenn du nicht gehst, gehe ich!« erklärte sie und stolzierte tatsächlich auf die geöffnete Tür zu.

Anthony packte sie am Handgelenk und wirbelte sie herum. »Den Henker wirst du! Du verläßt dieses Haus nicht, und ich auch nicht. Wir sind verheiratet, erinnerst du dich daran? Verheiratete Menschen leben zusammen, soviel ich gehört habe.«

»Du kannst mich nicht zwingen hierzubleiben!«

»Nein?«

Er konnte es, und es brachte Roslynn nur noch mehr in Wut, daß sie ihm dieses Recht gegeben hatte.

Sie entriß ihm ihre Hand und rieb sich das Gelenk, an dem am nächsten Morgen bestimmt ein blauer Fleck zu sehen sein würde. »Dann ziehe ich mich eben hier in ein leerstehendes Zimmer zurück, und falls du dazu etwas zu sagen hast, dann spar dir deine Worte fü einen anderen Zeitpunkt auf.«

Sie wandte sich wieder zur Treppe, aber eine Hand auf ihrer Schulter zwang sie, sich umzudrehen. »Ich ziehe es aber vor, dich hier und jetzt zu äußern, meine Liebe. Du verurteilst mich voreilig.«

»Du hast das Beweisstück mit nach Hause gebracht, Mann, und es spricht Bände!«

Er schloß für einen Moment die Augen, um nicht die Fassung zu verlieren. »Selbst wenn das stimmte, was nicht der Fall ist, müßtest du mir die Chance geben, mich zu verteidigen. Dein Verhalten ist auf jeden Fall sehr unfair.«

»Unfair?« Sie erdolchte ihn förmlich mit ihren Blicken. »Ich erspare dir nur die Mühe, denn ich würde dir jetzt ohnehin kein Wort mehr glauben.«

Wieder versuchte sie sich abzuwenden, und wieder riß

er sie zurück. »Verdammt, Weib, ich habe Cameron gesucht!«

»Vielleicht, aber du hast dabei einen kleinen Umweg gemacht. Doch was soll's? Ich habe es dir ja selbst erlaubt.«

Er hätte sich die Haare raufen mögen. »Und warum führst du dann einen solchen Spektakel auf?«

»Du hast mich belogen! Du hast mir weisgemacht, daß es anders sein würde, und deshalb werde ich dir nicht verziehen!«

Sie drehte ihm beleidigt den Rücken zu. Diesmal war es seine herausfordernde Stimme, die sie zurückhielt. »Noch einen Schritt weiter, und ich lege dich übers Knie!«

»Das würdest du nicht wagen!«

Seine Augen verengten sich zu schmalen Schlitzen. »Im Augenblick, mein Schatz, täte ich nichts lieber. Und jetzt hör mir gut zu, denn ich sage das nur einmal. Und ob du mir glaubst oder nicht, ist mir offen gesagt egal. Die unverschämte Dirne, wie du dich ausgedrückt hast, ist nur ihrer Arbeit nachgegangen. Sie hat mir ein Angebot gemacht, und ich habe es abgelehnt. Das war alles.«

In eisigem Ton fragte Roslynn hoheitsvoll: »Bist du fertig?«

Nach seinen wiederholten vergeblichen Versuchen war es jetzt Anthony, der sich auf dem Absatz umdrehte und entfernte.

Kapitel 26

Zum erstenmal seit ihrer Kindheit weinte sich Roslynn an diesem Abend in den Schlaf. Daß Anthony keinen Versuch machte, sie in ihrem neuen Zimmer zu stören, war eine große Erleichterung, und doch vergoß sie auch darüber bittere Tränen. Sie haßte ihn, wollte ihn nie wiedersehen, aber sie war an ihn gebunden.

Wenn sie nur nicht eine so naive kleine Närrin gewesen wäre! Aber sie hatte sich einreden lassen, daß sie eine normale Ehe führen könnten, und jetzt bezahlte sie ihre Leichtgläubigkeit mit Groll und Verbitterung, mit Gefühlen, die sie in dieser Intensität nie zuvor verspürt hatte. Einen Vormittag lang hatte sie wie auf Wolken geschwebt, und das machte den jähen Sturz um so unerträglicher. Sie würde ihm nie verzeihen, daß er sie jeder Chance auf Glück beraubt hatte.

Warum hatte er es nicht einfach bei ihrer Ausgangssituation belassen? Warum hatte er Hoffnungen in ihr geweckt, nur um sie am nächsten Tag zu zerstören?

Nettie, die über den Vorfall nicht aufklärt zu werden brauchte, weil der ganze Haushalt den lauten Streit ungewollt mitbekommen hatte, war klug genug, den Mund zu halten, während sie Roslynn beim Umzug half. Und am nächsten Morgen legte sie ihrem Schützling kalte Kompressen auf die Augen und enthielt sich zum Glück weiterhin jeglicher Kommentare. Roslynns Augen waren wirklich stark geschwollen, und auch darin war nur dieser Schuft schuld. Er ruinierte ihr Aussehen!

Doch Netties Kräuterextrakt beseitigte alle Spuren der schlimmen Nacht, die Roslynn hinter sich hatte. Bedauerlicherweise gab es keinen ebenso wirksamen Heiltrank gegen ihren Kummer. Doch als sie in einem leuchtend gelben Kleid, das in krassem Gegensatz zu ihrer düsteren Stimmung stand, nach unten kam, war ihr nichts davon anzumerken – ein wahres Glück, denn im Empfangszimmer warteten Besucher, auf den ersten Blick als Malorys zu erkennen. Ihr Mann war jedoch nicht zu sehen, Gott sei Dank!

Nun ging es also los, und das ausgerechnet heute, wo sie nicht wußte, ob sie Anthonys Anblick überhaupt ertragen könnte. Und sie hatte keine Ahnung, in welcher Laune er herunterkommen würde. Vielleicht würde er sich etwas von den Problemen anmerken lassen. Sie jedenfalls würde es nicht tun.

Sie setzte ein herzliches Lächeln auf. Daß sie sich mit ihrem Ehemann nicht verstand, war schließlich noch lange kein Grund, die übrige Familie zu brüskieren.

James sah sie als erster und sprang sofort auf, um die Vorstellung zu übernehmen. »Guten Morgen, liebes Mädchen. Wie du siehst, sollst du begutachtet werden. Meine älteren Brüder, Jason und Edward – die errötende Braut.«

Jason runzelte die Stirn über James' Ausdrucksweise. Beide Brüder waren groß, blond und grünäugig. Jason sah wie eine ältere Ausgabe von James aus und hatte sogar ebenfalls jene Ausstrahlung von rücksichtslosem Durchsetzungsvermögen. Edward war das genaue Gegenteil, gutmütig und verträglich, sehr fröhlich, aber zugleich ein hervorragender Geschäftsmann.

Beide Männer erhoben sich. Edward umarmte Roslynn herzlich; der zurückhaltendere Jason küßte ihr die Hand. Jeremy, der natürlich nicht mehr vorgestellt zu werden brauchte, zwinkerte ihr nur zu, und sie dankte Gott, daß wenigstens er und James jene häßliche Szene in der Halle nicht miterlebt hatten.

»Du kannst gar nicht ahnen, welche Freude das für mich ist, meine Liebe«, sagte Jason mit warmem Lächeln, während er sie zum Sofa führte und neben ihr Platz nahm. »Ich hatte schon jede Hoffnung aufgegeben, daß Tony jemals heiraten würde.«

»Ich dachte auch nicht, daß der Junge monogam werden könnte«, fügte Edward fröhlich hinzu. »Aber ich bin entzückt, daß ich mich geirrt habe. Wirklich entzückt.«

Roslynn wußte nicht, was sie darauf sagen sollte, denn es hatte sich ja erwiesen, daß Anthony keineswegs bereit war, mit seiner Ehefrau vorlieb zu nehmen. Aber seine Brüder wollten offenbar so gern daran glauben, daß sie es nicht übers Herz brachte, sie zu enttäuschen. Sie durfte sie aber auch nicht in dem Glauben lassen, daß es eine Liebesheirat gewesen war.

Zögernd begann sie: »Es gab gewisse Gründe für unsere Heirat, über die ihr Bescheid wissen solltet...«

»Wir sind schon darüber informiert, meine Liebe«, fiel Edward ihr ins Wort. »Reggie hat uns von deinem Vetter berichtet. Aber das spielt keine Rolle. Tony hätte diesen entscheidenden Schritt nie gewagt, ohne sich selbst ganz sicher zu sein.«

»Er hat es getan, um mir zu helfen«, widersprach Roslynn und erntete drei ungläubige Blicke. Trotzdem beharrte sie: »Wirklich, so war es.«

»Blödsinn!« erwiderte Jason unverblümt. »Tony ist kein edler Ritter, der selbstlos Damen in Not rettet und all sowas.«

»Ganz im Gegenteil!« kicherte Edward.

James gab ebenfalls seine Meinung zum besten. »Man braucht dich ja nur anzusehen, liebes Mädchen, um zu wissen, welche Motive der Bursche hatte. Und ich kann ihm daraus wirklich keinen Vorwurf machen.«

Roslynn errötete heftig, als er ihr anzüglich zugrinste, doch zum Glück kam Jason ihr zu Hilfe. »Laß diese dummen Bemerkungen!« wandte er sich tadelnd an den jüngeren Bruder.

»Ach, gib doch nicht so an, Jason. Seit ihrer Eheschließung droht ihr von mir ohnehin keine Gefahr mehr.«

»Als ob dich das jemals abgehalten hätte!« rieb Jason ihm unter die Nase.

»Du hast recht«, erwiderte James ungerührt und fuhr schulterzuckend fort: »Aber meine Schwägerinnen verführe ich denn doch nicht.«

Roslynn wußte nicht, daß das nur ein freundschaftliches Geplänkel war, und sie konnte auch nicht wissen, daß diese Brüder ihre Streitigkeiten von Herzen genossen.

»Meine Herren, bitte«, versuchte sie zu vermitteln. »Ich bin sicher, daß James es nicht böse gemeint hat.«

»Da siehst du's alter Knabe«, wandte sich James selbstzufrieden an Jason. »Aber nicht bei mir. Ich finde es viel freut. Kannst du dir vorstellen, wie verloren ich mir unter dem ganzen Malory-Clan vorkam?«

Frances trank einen Schluck Tee, zupfte an der Serviette auf ihrem Schoß, zerkrümelte den unberührten Kuchen auf ihrem Teller. Roslynn beobachtete sie mit angehaltenem Atem. Sie wußte, was kommen würde, was noch nicht gesagt war. Und sie fürchtete sich davor, besonders jetzt, da sie ihre überstürzte Heirat selbst so bereute. Es war das erste Mal seit dieser Hochzeit, daß sie Frances sah. Als sie vorhin unerwartet gemeldet wurde, gerade als Roslynn sich an den Frühstückstisch setzen wollte, wußte sie, daß sie bald nicht nur das verführerische Essen zu verdauen haben würde, sondern auch jede Menge Kritik.

Sie versuchte, das unangenehme Thema noch ein wenig hinauszuschieben. »Ich hoffe, du hast dir neulich nicht soviel Sorgen gemacht?« Du lieber Himmel, war es wirklich erst vier Tage her, daß sie sich in Geordies Gewalt befunden hatte?

»Nicht zuviel Sorgen?« Frances lachte bitter auf. »Du ist aus meinem Haus entführt worden. Ich fühlte mich gewisser Weise verantwortlich.«

»Nein, dich trifft überhaupt keine Schuld. Geordie war fach zu trickreich für uns. Aber ich hoffe, daß du verhst, warum ich an jenem Abend nicht deine Rückkehr arten konnte.«

ja, das verstehe ich. Du konntest natürlich nicht bei bleiben, nachdem er dich dort ausfindig gemacht Aber der Brief, den du mir vorgestern geschickt *das* werde ich nie verstehen können. Wie konntest , Ros? Ausgerechnet Anthony Malory!«

da war sie, die gefürchtete Frage, die sie sich lbst ständig stellte. Die Antworten waren nicht ig, zumindest nicht in ihren eigenen Augen, leicht würden sie Frances genügen.

lem Nettie und ich an jenem Abend dein Haus hatten, bin ich hier vorbeigefahren, um Anthon.«

amüsanter, nicht so leicht durchschaubar zu sein wie du, Bruderherz!«

Edward lachte. »Jetzt hat er es dir aber gegeben, Jason! Du siehst im Augenblick wirklich etwas grimmig aus.«

»Ja«, fiel James einfrig ein. »Du siehst so grimmig aus, daß das neueste Mitglied unserer Familie noch glauben wird, daß du tatsächlich wütend bist.«

Jasons Miene hellte sich auf, als er sich Roslynn zuwandte. »Tut mir leid, meine Liebe. Was mußt du...«

«Sie hält dich für einen Thyrannen, und damit liegt sie ziemlich richtig«, unterbrach James ihn unverfroren, ohne sich von dem neuerlichen strafenden Blick einschüchtern zu lassen.

»Aber nein, keineswegs«, griff Roslynn wieder begütigend ein. »Ich bin selbst ein Einzelkind, und es ist deshalb sehr interessant für mich, eine große Familie zu beobachten. Aber wer ist nun eigentlich der Schiedsrichter in dieser Familie?«

Ihre Frage erntete herzliches Gelächter, mehr noch als sie gehofft hatte. James war, wenn er lachte, noch attraktiver als sonst. Auch Jason sah man plötzlich an, daß er mit seinen 46 Jahren noch ein verteufelt gut aussehender Mann war, und er wirkte bei weitem nicht mehr so einschüchternd wie zuvor. Edward bekam durch das Lachen etwas noch Liebenswerteres. O Gott, diese Malorys waren für das Gleichgewicht einer Frau wirklich gefährlich! Und sie hatte einen Malory geheiratet!

»Ich habe euch doch gesagt, daß sie ein Juwel ist«, sagte James zu seinen Brüdern. »Glaubt ihr mir jetzt, daß sie gut zu Tony paßt?«

»Scheint so«, meinte Edward, während er sich die Lachtränen aus den Augen wischte. »Aber du hast doch gesagt, sie sei Schottin. Ich höre nicht den geringsten Dialekt.«

Eine ruhige Stimme von der Schwelle nahm James die Antwort ab. »Der bricht nur in Situationen größter Erregung durch, und meistens völlig unerwartet.«

James konnte es natürlich nicht lassen zu frotzeln: »Das weißt du natürlich aus Erfahrung, stimmt's?«

»Natürlich«, bestätigte Anthony, den Blick auf seine Frau gerichtet.

Roslynn ballte ihre Hände zu Fäusten, als sie ihn lässig im Türrahmen lehnen sah, mit verschränkten Armen und gekreuzten Beinen. Wie konnte er es wagen! Aber wenn er anzügliche Bemerkungen machen wollte – bitte sehr, damit konnte sie ebenfalls aufwarten!

Mit einem honigsüßen Lächeln sagte sie in breitestem Dialekt: »Übertreib mal nicht, Mann, ich murre nur, wenn ich wirklich Grund dazu habe.«

James gab wieder seinen Senf dazu. »Nun, dann hast du ja nichts zu befürchten, Tony, nicht wahr?«

»Wann sticht dein Schiff denn nun in See?« konterte Anthony, worauf James schallend lachte. Die beiden älteren Brüder und Jeremy umringten Anthony und gratulierten ihm mit gutmütigen Rippenstößen. Roslynn beobachtete wutschnaubend diese fröhliche Szene. Er wollte also so tun, als wäre alles in Ordnung. Nun, solange seine Familie hier war, konnte sie das auch, zumindest, wenn er ihr nicht zu nahe kam. Aber genau das tat er. Er nahm Jasons Platz auf dem Sofa ein und legte seinen Arm um ihre Schulter, ganz der zärtliche Ehemann.

»Hattest du eine angenehme Nacht, Liebling?«

»Geh zum Teufel!« zischte sie, lächelte aber, um den Schein zu wahren.

Anthony lachte leise vor sich hin, obwohl sein Kopf bei der geringsten Bewegung zu zerspringen drohte. Dank dem Eigensinn seines holden Eheweibs hatte er jetzt einen mächtigen Kater. Am liebsten wäre er im Bett geblieben, aber das war unmöglich gewesen, nachdem Willis ihn über den Besuch der älteren Brüder informiert hatte. Verdammt ungelegen! In Gegenwart anderer konnte er den Streit mit Roslynn natürlich nicht ausfechten.

Das hätte er gleich in der Nacht tun sollen. Aber als

Narr, der er war, hatte er ihr Zeit lassen wollen, die Sache zu überschlafen und zur Vernunft zu kommen. Um nicht ihre Tür einzutreten, hatte er sich betrunken. Es wäre viel vernünftiger gewesen, die Tür einzutreten. Noch zorniger, als sie ohnehin schon gewesen war, hätte sie gar nicht mehr werden können. Verdammt! Den Trottel, der das Märchen in Umlauf gebracht hatte, Frauen seien zärtliche, anschmiegsame und gefügige Wesen, sollte man erschießen!

Anthony beschloß, sich im Augenblick nicht weiter um Roslynn zu kümmern, ließ seinen Arm aber liegen, wo er war. »Na, Eddie, wo hast du denn deine ganze Brut gelassen?«

»Sie kommen, sobald Charlotte alle beisammen ha
Übrigens möchte sie für dich und Roslynn eine Party
ben, nachdem wir schon die Hochzeit verpaßt ha
Keine große Angelegenheit – nur die Familie ur
paar Freunde.«

»Warum nicht?« stimmte Anthony zu. »Wir
unser Glück ruhig ein bißchen zur Schau stelle

Er lächelte inwendig, als er Roslynn laut ve
nach Luft schnappen hörte.

Kapitel 27

»Ich war gestern schon einmal hier,
hattest soviel Gäste…«

»Und da bist du gleich wieder
die gerade ein Brötchen mit Butter
einen vorwurfsvollen Blick zu. »
sollen.«

»Ich wollte nicht stören.«

»Fran, es war nur seine F
nen und ihm gratulieren w
nicht gestört, ganz im Geg

»Nein?!«

Roslynn zuckte zusammen. »Ich weiß, daß es in höchstem Maße unschicklich war, aber ich habe es trotzdem getan. Er hatte mir auf Silverley seine Hilfe angeboten, mußt du wissen. Reginas Mann kannte meine Heiratskandidaten lange nicht so gut wie Anthony, und er hatte sich erboten, gewissen Gerüchten über diese Herren nachzugehen – nun ja, und nachdem Geordie mich entführt hatte, durfte ich keine Zeit mehr verlieren. Ich bin hierhergekommen, um von Anthony einen Namen zu hören – den Namen des Herrn, den er mir am ehesten als Ehemann empfehlen konnte. Den Heiratsantrag wollte ich dem Glücklichen dann selbst machen.«

»Nun gut, das kann ich verstehen – auch wenn es gegen die Etikette verstößt«, sagte Frances. »Du warst verängstigt und verstört und konntest bestimmt keinen klaren Gedanken fassen. Aber was ist dann passiert? Wie konnte es dazu kommen, daß du Sir Anthony geheiratet hast?«

»Er hat mich belogen«, erklärte Roslynn, den Blick auf das Brötchen in ihrer Hand gerichtet. »Er hat mir eingeredet, daß keiner meiner fünf Herren in Frage käme, daß ich keinen von ihnen heiraten dürfe. Oh, du hättest einige der schrecklichen Geschichten hören sollen, die er vorbrachte – und mit welchem Bedauern in der Stimme und Mimik er sie vorgebracht hat! Ich bin überhaupt nicht auf die Idee gekommen, daß er lügen könnte.«

»Und woher weißt du es dann?«

Roslynn lachte kurz auf. »Er hat es mir gebeichtet, nachdem wir verheiratet waren. Hat mir ganz arrogant alles gestanden.«

»Dieser eingebildete Schuft!«

»Ja, das ist er.« Roslynn seufzte. »Als ich an jenem Abend herkam, war ich ziemlich verzweifelt, und als ich dann auch noch hörte, daß ich praktisch wieder ganz am Anfang stand, wußte ich natürlich nicht mehr, was ich machen sollte.«

»Und deshalb hast du ihn gebeten, dich zu heiraten«, folgerte Frances. »Nun ja, zumindest verstehe ich jetzt, wie es dazu kommen konnte. Du hast vermutlich geglaubt, du hättest keine andere Wahl.«

»Ganz so war es nicht«, mußte Roslynn zugeben, auch wenn sie soeben beschlossen hatte, ihre Verführung nicht zu erwähnen. Alles brauchte Frances nun auch wieder nicht zu wissen. »Selbst in jener hoffnungslosen Situation habe ich Anthony als Heiratskandidaten nicht in Betracht gezogen. Verdammt, ich war sogar bereit, nach Schottland zurückzukehren und einen Bauern zu heiraten. Es war Anthony, der mir vorschlug, lieber ihn zu heiraten.«

Frances riß vor Staunen den Mund auf. *»Er?«* Sie erholte sich aber rasch von dieser Überraschung. »Ich dachte natürlich, du hättest – ich meine, du hast ja gesagt, daß du darauf eingestellt seist, selbst den Heiratsantrag zu machen, weil die Zeit so drängte. Und als du dann plötzlich überhaupt keine Zeit mehr zu verlieren hattest, nach dieser Entführung... Na ja, da dachte ich natürlich... Er hat dir wirklich einen Antrag gemacht?«

»Ja, und ich war genauso überrascht wie du. Ich hielt es sogar für einen Scherz.«

»Aber es war keiner?«

»Nein, es war ihm völlig ernst damit. Ich habe natürlich abgelehnt.«

Frances brachte ihren Mund wieder nicht zu. »Tatsächlich?«

»Ja, und dann bin ich nach Silverley weitergefahren.« Frances brauchte nicht zu wissen, daß sie erst am nächsten Morgen dorthin aufgebrochen war. »Aber dann habe ich meine Meinung doch noch geändert. Anthony bot mir einen Ausweg aus einer hoffnungslosen Situation an, und ich beschloß, die Sache wie eine Art Geschäftsvereinbarung zu betrachten. Ich bin immer noch nicht dahintergekommen, warum er mich heiraten wollte, aber jedenfalls hast du jetzt die ganze Geschichte gehört.«

Frances lehnte sich zurück. »Nun, ich hoffe nur, daß du es nicht bereuen wirst. Um deinetwillen werde ich um das Wunder beten, daß Sir Anthony sich als zweiter Nicholas Eden erweisen möge.«

»Großer Gott, nur das nicht!« rief Anthony, während er ungezwungen ins Zimmer schlenderte. »Ich kann diesen Kerl nicht ausstehen.«

Die arme Frances bekam einen hochroten Kopf und wäre am liebsten im Erdboden versunken. Roslynn warf ihrem Mann einen wütenden Blick zu. »Spielst du gern den Horcher an der Wand?«

»Aber nein.« Sein Grinsen strafte seine Worte Lügen. »Die Verstärkung ist also eingetroffen, was?«

Jetzt errötete auch Roslynn. Ihr fiel ein, daß sie sich am Vortag jedesmal, wenn er versucht hatte, mit ihr zu sprechen, rasch entfernt und mit irgendeinem Mitglied seiner Familie geplaudert hatte, die zum Glück bis zum späten Abend geblieben war. Und jetzt waren sie wieder nicht allein, nur mit dem Unterschied, daß diese Besucherin auf Roslynns Seite war. Der Ausdruck ›Verstärkung‹ war durchaus treffend, obwohl Frances natürlich keine Ahnung hatte, worauf er anspielte.

»Gehst du aus?« fragte Roslynn hoffnungsvoll.

»Ja, ich will die Suche nach deinem lieben Vetter fortsetzen.«

»Oh! Und dabei wieder einen kleinen Umweg machen?« Sie lechzte nach seinem Blut. »Dann sehe ich dich also – irgendwann, nehme ich an.«

Anthony stützte sich mit den Händen auf den Tisch und beugte sich vor, um ihr aus nächster Nähe in die Augen zu schauen. »Du wirst mich heute abend sehen, meine Liebe, darauf kannst du dich verlassen.« Er richtete sich wieder auf und fügte mit ironischem Lächeln hinzu: »Einen schönen Tag wünsche ich den Damen. Jetzt könnt ihr nach Herzenslust weiter über mich herziehen.«

Er schlenderte genauso ungezwungen hinaus, wie er gekommen war, und ließ Roslynn in ohnmächtiger Wut zurück, während Frances sich unbehaglich fühlte, weil sie die Spannung zwischen dem Ehepaar deutlich gespürt hatte. Die Haustür wurde gleich darauf laut zugeschlagen.

Roslynn schnitt eine Grimasse. Frances warf ihr einen fragenden Blick zu. »Ist er über etwas verärgert?«

»Das kann man wohl sagen.«

»Und du bist es auch?«

»Frances, ich möchte nicht darüber sprechen.«

»So schlimm ist es also. Nun, ich kann dazu nur sagen, daß du diese Ehe eingegangen bist, obwohl du gewußt hast, was für ein Typ Mann er ist. Ich glaube nicht, daß es einfach sein wird, mit ihm zu leben, aber du mußt eben das Beste daraus machen und darfst vor allem nicht zuviel erwarten.«

Das war lachhaft. Sie hatte überhaupt nichts erwartet, bis Anthony ihr eingeredet hatte, daß er sich ändern könnte. Und keine vierundzwanzig Stunden später hatte er das Gegenteil bewiesen. Einen Monat oder auch nur eine Woche später, das hätte sie noch verstehen können, aber am nächsten Tag außer ihr? Und jetzt schien sie einfach nicht imstande zu sein, zu ihrer anfänglichen nüchternen Einschätzung seines Charakters zurückzukehren und ihn als das zu kazeptieren, was er nun einmal war und immer bleiben würde.

Anthonys Gedanken gingen ähnliche Wege, während er sich in die wartende Kutsche warf. Er hatte jedes Recht, wütend zu sein, und er *war* wütend, wahnsinnig wütend. Eine Geschäftsvereinbarung! Was hatte er denn von dieser Geschäftsvereinbarung, so wie die Dinge jetzt standen?

Eigensinniges, unvernünftiges, nervtötendes Weib! Und unlogisch noch dazu. Wenn sie nur einmal von ihrem gesunden Menschenverstand Gebrauch machen würde, müßte sie sofort einsehen, wie absurd ihre Beschuldigungen waren. Aber nein, sie wollte nicht einmal darüber sprechen. Jedesmal, wenn er es versucht hatte, war sie ihm mit einem falschen Lächeln auf den Lippen ausgewichen und hatte sich sozusagen hinter seiner eigenen Familie verschanzt. Und seine Familie war ganz begeistert von Roslynn. Nun, warum auch nicht? Sie war charmant, intelligent – nur nicht in gewissen Dingen – und bildschön, und sie sahen in ihr seine Retterin. In Wirklichkeit war sie eher eine Teufelin, die ihn in den Wahnsinn treiben sollte.

Nun, er wollte verdammt sein, wenn er sich durch den Eigensinn einer Frau noch einmal um den Schlaf bringen ließ! Sie gehörte in sein Bett, anstatt im Zimmer gegenüber ihren albernen Groll zu nähren. Heute abend würden sie sich aussprechen, bei Gott, und zwar ohne jedwede Unterbrechung.

Wie könnte er nur James und Jeremy für diesen Abend loswerden, ohne James einweihen zu müssen?

Kapitel 28

Kurz nachdem Frances gegangen war, stürmte Jeremy mit einem Stapel Zeitungen unter dem Arm ins Zimmer und berichtete fröhlich, daß die Heiratsanzeige zwei Wochen lang in jeder Ausgabe erscheinen würde. Roslynn vergewisserte sich, daß die Anzeige in allen Zeitungen veröffentlicht war, mußte Anthony in dieser Hinsicht aber trotzdem recht geben. Sie konnten nicht sicher sein, daß Geordie die wichtige Neigkeit lesen würde, und sie mußte Anthony dankbar sein, daß er trotz seiner Verärgerung versuchte, ihren Vetter zu finden.

Wenn Geordie nichts von ihrer Heirat wußte, war sie vor ihm noch immer nicht in Sicherheit. Vielleicht dachte er sich zur Stunde einen neuen Plan aus, wie er sie entführen und vor den Altar schleppen könnte. Er wußte, wo sie sich aufhielt – zumindest wußte er, daß ihr Gepäck hierher gebracht worden war. Und wenn es ihm gelang, sie noch einmal in seine Gewalt zu bringen, und wenn sie ihm dann selbst sagen mußte, daß sie einen anderen Mann geheiratet hatte – es war nicht auszudenken, was er ihr im Zorn antun könnte!

Sie beschloß deshalb, das Haus vorerst lieber nicht zu verlassen. Ihre Umgestaltung der Räume konnte sie auch in Angriff nehmen, indem sie die Lieferanten zu sich ins Haus bestellte. Sie gedachte sehr vieles zu ändern, und sie würde sich auch nicht der Mühe unterziehen, Anthony vorher zu fragen. Außerdem hatte sie ihre ursprüngliche Absicht aufgegeben, die Ausgaben von ihrem eigenen Vermögen zu bestreiten. Wenn er tief in seinen Geldbeutel greifen mußte, um die Rechnungen zu bezahlen, würde er es sich in Zukunft vielleicht zweimal überlegen, bevor er sich mit weiteren Lügen ihren Unmut zuzog.

Eine innere Stimme sagte ihr, sie sei schrecklich gehässig. Aber Roslynn wollte nicht auf dieses bessere Ich hören. Sie würde Anthonys Geld ausgeben, so als wäre er ein Krösus. Vielleicht würde sie sogar darauf bestehen, daß er für sie ein neues Haus baute, etwa einen hübschen Landsitz, aber selbstverständlich erst, wenn sie dieses Haus hier gründlich umgestaltet hatte. Es war ohnehin kein besonders großes Haus, und es hatte nicht einmal einen Ballsaal. Wie sollte sie hier denn große Feste veranstalten?

Wenn ihr der Sinn danach stünde, könnte sie den verfluchten Kerl finanziell sogar ruinieren. Ja, das wäre vielleicht gar keine so schlechte Idee. Welch reizvolle Vorstellung – ein gedemütigter Anthony, der zu ihr kommen und um ein kleines Taschengeld bitten mußte! Das wäre eine gerechte Strafe für die maßlose Enttäuschung, die er ihr bereitet hatte.

Aber Roslynn verweilte an diesem Tag nicht allzu lange bei ihrer genüßlichen Rachsucht, denn Anthonys unmißverständliche Ankündigung, daß er abends eine Aussprache erzwingen würde, beunruhigte sie mehr, als ihr lieb war. Ihre Nervosität steigerte sich im Laufe des Nachmittags immer mehr, und als James sie während des Abendessens informierte, daß er und Jeremy den Abend in Vauxhall Gardens verbringen würden, hätte sie am liebsten gebeten, mitkommen zu dürfen. Warum mußten sie ausgerechnet heute abend beide ausgehen, selbst wenn das die Regel und nicht die Ausnahme sein sollte? Anthony war zwar noch nicht zu Hause, aber sie zweifelte nicht daran, daß er sehr bald auftauchen würde.

Aber sie wollte sich den beiden Junggesellen nicht aufdrängen. Sie war doch kein Feigling, sagte sie sich immer wieder vor, doch sobald sich die Tür hinter Vater und Sohn geschlossen hatte und Roslynn mit den Dienstboten – *Anthonys* Dienstboten, denn Nettie zählte nicht – allein zurückblieb, stellte sie fest, daß sie doch ein Feigling war.

Zum Schlafengehen war es eigentlich noch viel zu früh, doch sie zog sich trotzdem in aller Eile auf ihr Zimmer zurück. Dobson sollte Anthony ausrichten, sie fühle sich nicht gut und wolle unter gar keinen Umständen gestört werden. Ob er sich daran halten würde, blieb natürlich abzuwarten.

Sie wollte jedenfalls gewisse Vorbereitungen für den Fall treffen, daß er trotzdem käme. Deshalb zog sie ihr solides Baumwollnachhemd an, das für kalte Winternächte im schottischen Hochland gedacht war, und versteckte ihre Haare unter einer häßlichen Nachtmütze, die sie sich von Nettie lieh, weil sie selbst überhaupt keine besaß. Sie vervollständigte ihren Aufzug mit einem dikken Morgenrock, den sie normalerweise nur nach dem Baden trug.

Sie spielte mit dem Gedanken, auch noch Netties Nachtcreme dick aufzutragen, entschied dann aber, daß das doch was übertrieben wäre. Es könnte Anthony zum Lachen bringen, anstatt ihn abzuschrecken.

In ihrer Vermummung hielt sie es unter der Bettdecke nicht lange aus. Aber vielleicht würde es sogar einen natürlicheren Eindruck machen, wenn sie mit einem Buch in der Hand ruhte. Sich schlafend zu stellen, solange es noch so früh war, hatte wenig Sinn, weil Anthony es ihr sowieso nicht abnehmen würde.

Nein, es durfte nicht so aussehen, als wollte sie ihn absichtlich meiden; vielmehr mußte sie so tun, als wäre sie tatsächlich indisponiert. Dann würde er gezwungen sein, sie in Ruhe zu lassen. Aber vielleicht hielt er sich ohnehin daran, daß sie nicht gestört werden wollte. Falls er überhaupt nach Hause kam...

Verdammt, das alles hätte sie sich sparen können, wenn Dobson den Zimmerschlüssel gefunden hätte, um den sie ihn schon gestern gebeten hatte. Aber andererseits könnte ein Mann wie Anthony es vielleicht als Herausforderung ansehen, wenn sie ihn aussperrte und auf diese Weise demonstrierte, daß sie nicht mit ihm sprechen wollte, weder jetzt noch in naher Zukunft. Nein, so war es besser. Sollte er ruhig kommen, wenn er wollte! Sie würde ihm schon zu verstehen geben, wie rücksichtslos es war, sie zu stören, wenn sie sich so miserabel fühlte.

Das einzige Buch, das sie zur Hand hatte, war eine langweilige Sammlung sentimentaler Sonette, das jemand, der vor ihr in diesem Zimmer logiert hatte, vergessen haben mußte. Aber sie konnte es nicht riskieren, sich einen anderen Lesestoff aus der kleinen Bibliothek in Anthonys Arbeitszimmer zu holen, denn möglicherweise würde er gerade in diesem Moment nach Hause kommen, und dann wäre ihre ganze sorgfältige Inszenierung umsonst gewesen.

Sie gab den Versuch zu lesen schnell wieder auf. Beim Durchblättern hatte sie festgestellt, daß es zum größten Teil Liebesgedichte waren, doch obwohl sie normalerweise durchaus eine Ader für diese Kunstgattung hatte, war sie im Augenblick wirklich nicht in romantischer

Stimmung. Außerdem konnte sie etwas Zeit zum Nachdenken gut gebrauchen. Sie mußte versuchen, sich über ihre Gefühle klarzuwerden, und sie mußte eine Strategie für ihr weiteres Vorgehen planen. Konnte sie sich beispielsweise auch noch morgen krank stellen?

Zum Glück hielt sie den Gedichtband noch in der Hand, als Anthony, ohne anzuklopfen, ihr Zimmer betrat. Doch es nutzte ihr nicht viel, denn er ließ sich nicht so leicht täuschen.

»Sehr amüsant, meine Liebe«, sagte er trocken, mit unergründlicher Miene. »Hast du den ganzen Tag gebraucht, um dir das auszudenken, oder ist diese Idee dir erst gekommen, als du dich von aller Welt – sprich von meinem lieben Bruder samt seinem Sprößling – im Stich gelassen sahst?«

Sie zog es vor, diese Frage zu ignorieren. »Ich bat darum, nicht gestört zu werden.«

»Das weiß ich, Liebling.« Er schloß die Tür mit einem aufreizenden Lächeln. »Aber ein Ehemann darf seine Frau stören – zu jeder Zeit, an jedem Ort, auf jede beliebige Art und Weise.«

Seine anzügliche Bemerkung trieb ihr eine heiße Röte in die Wangen, was ihm natürlich nicht entging. »Ah, du hast offenbar Fieber«, stellte er fest, während er sich dem Bett näherte. »Na ja, kein Wunder, nachdem du dich so warm vermummt hast. Oder ist es vielleicht eine Erkältung? Nein, du hast dir nicht die Mühe gemacht, durch Kneifen zu einer roten Nase zu kommen. Jetzt weiß ich's – natürlich Kopfweh! Sehr vernünftig, denn dabei braucht man keine sichtbaren Symptome vorzutäuschen.«

Seine Ironie brachte sie derart in Wut, daß ihr herausrutschte: »Du Schuft! Selbst wenn ich welches hätte, wäre es dir völlig egal!«

»Das würde ich nicht unbedingt sagen.« Er setzte sich aufs Bett und spielte am Gürtel ihres Morgenrocks. Sein Lächeln war humorvoller, seit sie ungewollt zugegeben hatte, nicht unpäßlich zu sein. »*Hast* du Kopfweh?«

»Ja!«

»Lügnerin!«

»Ich gehe eben bei einem Meister in die Lehre.«

Er lachte. »Ausgezeichnet, meine Liebe. Ich hatte gerade überlegt, wie ich das heikle Thema anschneiden sollte, aber du hast es mir abgenommen.«

»Welches Thema?«

»Welches wohl? Wollen wir jetzt auf dumm spielen?«

»Wir spielen überhaupt nichts. Du wirst jetzt dieses Zimmer verlassen!«

Sie sagte es ohne große Hoffnung, daß er es tun würde, und natürlich dachte er nicht im Traum daran zu gehen. Statt dessen lehnte er sich zurück, stützte sich bequem auf einen Ellbogen auf und studierte mit ausdrucksloser Miene ihre Aufmachung.

Plötzlich beugte er sich vor und riß ihr die Nachtmütze vom Kopf. »So ist's besser.« Er ließ die Mütze auf seinem Finger kreisen, während er die rotgoldenen Locken betrachtete, die ihr jetzt offen über die Schultern fielen. »Du weißt, wie sehr ich deine Haare liebe, und du hast sie nur versteckt, um mich zu ärgern, stimmt's?«

»Du bildest dir viel zuviel ein.«

»Vielleicht«, sagte er sanft. »Vielleicht habe ich aber auch genug Frauen gekannt, um genau zu wissen, was in ihren Köpfen vorgeht, wenn sie sich für irgendein eingebildetes Unrecht rächen wollen. Kaltes Essen, kalte Schultern, kalte Betten. Bis auf das kalte Essen hast du mir schon alles geboten, und das kommt vermutlich demnächst auch noch.«

Sie warf das Buch nach ihm. Er wich mühelos aus.

»Wenn du handgreiflich werden möchtest, Liebling, so bin ich dafür genau in der richtigen Stimmung. Ich glaube, wenn ich Cameron heute gefunden hätte, hätte ich den Kerl zuerst über den Haufen geschossen und erst hinterher Fragen gestellt. Du solltest dich also lieber etwas in acht nehmen.«

Er sagte das so ruhig, daß sie seine Worte nicht ernst

nahm. Sie hatte sich so in ihre eigene leidenschaftliche Wut hineingesteigert, daß sie nicht bemerkte, wie verändert er war. Er hatte sich völlig unter Kontrolle. Er sprach in eisigem Ton. Er war zornzig.

»Wirst du jetzt endlich verschwinden?« keifte sie. »Ich will noch nicht mit dir reden, Mann.«

»Das sehe ich.« Er schleuderte ihre Nachtmütze durchs Zimmer. »Aber es ist mir ziemlich egal, ob du willst oder nicht, meine Liebe.«

Sie schnappte nach Luft, als er sie bei den Schultern packte, und stemmte sich mit aller Kraft gegen seine Brust. Er ließ sie gewähren – zumindest für den Augenblick.

»Erinnere dich an deine erste Bedingung für diese Ehe, Roslynn. Du wolltest unbedingt ein Kind von mir haben. Ich habe dem zugestimmt.«

»Du hast auch der zweiten Bedingung zugestimmt und dich genau daran gehalten. Erst deine Lüge hat alles verändert, Mann!«

Jetzt erkannte auch sie, wie zornzig er war. Sie sah es an dem kalten Funkeln seiner Augen und an der ganzen Kinnpartie. Er war plötzlich ein anderer Mann, ein furchteinflößender Mann – ein faszinierender Mann. Er weckte in ihr irgendwelche undefinierbaren primitiven Gefühle. Vor lautem Gebrüll hatte sie keine Angst. Aber dies? Sie wußte nicht, was er als nächstes tun würde, wozu er fähig war, aber ein Teil von ihr wollte es herausfinden.

Doch Anthony war zwar zornig, aber nicht völlig außer sich. Und jener Funke von Begehren, den er in ihren Augen entdeckt hatte, als sie ihn von sich wegstieß, hatte ihn etwas weicher gestimmt. Sie begehrte ihn nach wie vor, sogar in ihrer Rage. Nachdem er das jetzt wußte, beschloß er zu warten, bis sie ihren Groll überwunden haben würde. Es würde keine angenehme Wartezeit sein, aber er wollte nicht, daß sie am nächsten Morgen zeterte, er hätte sie vergewaltigt. Damit würde er ihr nur einen neuen Anlaß zum Groll liefern.

»Du hättest dich wirklich kräftig in die Nase kneifen sollen, meine Liebe, dann hätte ich vielleicht an deine Unpäßlichkeit geglaubt.«

Roslynn glaubte sich verhört zu haben. »Oh...«

Sie stieß ihn mit aller Kraft von sich, und er räumte widerstandslos ihr Bett. Mit einem gezwungenen Lächeln blickte er auf sie herab.

»Ich übe mich in Geduld, aber ich warne dich – Geduld ist nicht die stärkste Seite des Mannes und sollte nicht überstrapaziert werden, speziell dann nicht, wenn er sich überhaupt nichts hat zuschulden kommen lassen – *noch* nicht.«

»Ha!«

Anthony ignorierte ihren Ausruf und ging zur Tür. »Es wäre eventuell eine Hilfe, wenn du mir wenigstens sagen könntest, wie lange du mich zu bestrafen gedenkst.«

»Ich bestrafe dich nicht«, erklärte sie kalt.

»Nein, Liebling?« Er drehte sich auf der Schwelle noch einmal kurz um. »Nun, du solltest nur nicht vergessen, daß beide Partner dieses Spiel spielen können.«

Was er damit wohl gemeint haben könnte, beschäftigte Roslynn während der ganzen Nacht.

Kapitel 29

Ein linker Gerader. Noch einer. Ein linker Haken, gefolgt von einem rechten Cross. Der Mann war k.o., und Anthony trat zurück und fluchte, weil der Kampf so schnell zu Ende gewesen war.

Knighton warf ihm ein Handtuch ins Gesicht und sprang, ebenfalls fluchend, in den Ring, um Anthonys Gegner zu untersuchen. »Mein Gott, Malory! Kein Wunder, daß Billy sich heute drücken wollte, nachdem er dich gesehen hatte. Ich sage ja immer, daß der Ring sich hervorragend eignet, um Frust abzureagieren, aber für dich ist das nichts.«

»Halt den Mund, Knighton«, knurrte Anthony, während er die Boxhandschuhe auszog.

»Ich denke gar nicht daran«, konterte der ältere Mann verärgert. »Ich wüßte gern, wo ich jemanden hernehmen soll, der dumm genug ist, mit dir in den Ring zu steigen. Eines sage ich dir ganz offen – ich bemühe mich erst wieder um einen Trainingspartner für dich, wenn du mit dem Weib im Bett warst und wieder ein normaler Mensch bist. Bleib bis dahin weg von meinem Boxring.«

Anthony hatte Männer schon aus viel geringeren Anlässen k.o. geschlagen, aber Knighton war sein Freund. Trotzdem war das Verlangen, ihn k.o. zu schlagen, fast übermächtig, denn Knighton hatte seinen Finger genau auf die schmerzende Wunde gelegt. Anthony stand mit geballten Fäusten da und sah vor Wut alles wie durch einen Schleier. Erst James' Stimme brachte ihn etwas zur Besinnung.

»Na, hast du wieder Probleme, Partner zu finden, Tony?«

»Nicht, wenn du noch immer bereit bist, mir einen Gefallen zu erweisen.«

»Sehe ich wie ein Vollidiot aus?« James blickte in gespieltem Erstaunen an sich hinunter. »Und dabei dachte ich, ich wäre heute besonders elegant gekleidet.«

Anthony mußte lachen und entspannte sich etwas. »Als ob du nicht überzeugt wärst, mit mir kurzen Prozeß machen zu können.«

»Selbstverständlich könnte ich das. Daran besteht nicht der geringste Zweifel. Ich habe nur keine Lust dazu.«

Anthony beschloß, es nicht auf einen Versuch ankommen zu lassen, da er mit seinem Bruder im Augenblick ja keinen Streit hatte.

»Ich werde den Eindruck nicht los, daß du mich verfolgst, alter Junge. Ist irgendwas Besonderes?«

»Ich habe ein Hühnchen mit dir zu rupfen – außerhalb des Boxrings natürlich.«

Anthony sprang hinunter und griff nach seinem Rock. »Machen wir erst einmal, daß wir hier wegkommen.«

»Ich spendiere dir einen Drink.«

»Wenn du mehr als einen spendierst, bin ich mit von der Partie.«

Bei White's herrschte nachmittags immer eine beruhigende Atmosphäre, in der man sich wunderbar entspannen, Zeitung lesen, Geschäfte abschließen, über Politik diskutieren, Gerüchte austauschen oder – wie Anthony es vorhatte – sich betrinken konnte, ohne von Frauen gestört zu werden, die hier zum Glück keinen Zutritt hatten. Um diese Zeit waren meistens nur solche Mitglieder hier anzutreffen, die mehr im Klub als zu Hause lebten. Die Scharen vom Mittagessen hatten sich schon verlaufen, und für die zu erwarteten Scharen zum Abendessen und die Spieler war es noch zu früh am Nachmittag, obwohl einige wenige Whistpartien im Gange waren.

»Wer hat eigentlich all diese Jahre meine Mitgliedschaft aufrechterhalten?« erkundigte sich James, nachdem sie es sich bequem gemacht hatten.

»Soll das heißen, daß du noch immer Mitglied bist? Und ich dachte, du hättest nur als mein Gast Zutritt.«

»Sehr komisch, lieber Junge. Aber ich weiß genau, daß Jason und Eddie sich nicht darum gekümmert hätten.«

Anthony runzelte die Stirn, weil sein Bruder ihm auf die Schliche gekommen war. »Na ja, ich bin eben ein sentimentales Arschloch. Es sind ja auch nur ein paar Guinee im Jahr, nicht der Rede wert. Ich wollte einfach nicht, daß dein Name von der Liste gestrichen wird.«

»Oder warst du dir so sicher, daß ich eines Tages zur Herde zurückkehren würde?«

Anthony zuckte mit den Schultern. »Das auch, und wer aufgenommen werden will, steht ewig auf der Warteliste. Ich wollte nicht, daß du zu Brook's abwanderst.«

»Malory!« Ein rotbäckiges Klubmitglied hatte Anthony

erspäht und schoß auf ihn zu. »Ich bin gestern bei dir vorbeigekommen, aber Dobson sagte, du seist nicht zu Hause. Ich wollte von dir nur eine kurze Auskunft. Es geht um eine kleine Wette, die ich mit Hilary abgeschlossen habe. Sie hat nämlich diese Anzeige in der Zeitung gelesen. Du wirst es nicht glauben, Malory, aber da stand, du hättest geheiratet. Ich wußte natürlich, daß das unmöglich du sein kannst. Eine zufällige Namensgleichheit, weiter nichts. Ich habe doch recht, oder? Es ist nur ein blöder Zufall.«

Anthony umklammerte sein Glas so fest, als wollte er es zerbrechen, ließ sich aber sonst keinen Unmut über die Frage anmerken. »Es ist nur ein blöder Zufall«, wiederholte er die Worte des anderen.

»Wußt ich's doch!« rief der Rotbackige. »Das muß ich Hilary erzählen. So leicht habe ich schon lange keine fünf Pfund gewonnen.«

»War das klug?« fragte James, als sie wieder unter sich waren. »Stell dir nur mal vor, was passiert, wenn er jetzt überall herumposaunt, daß er aus deinem eigenen Mund gehört hat, du seist nicht verheiratet. Das kann doch bis zu Prügeleien mit anderen führen, die es besser wissen.«

»Verdammt, das ist mir scheißegal!« knurrte Anthony. »Wenn ich das Gefühl habe, verheiratet zu sein, werde ich es auch zugeben.«

James lehnte sich mit einem leichten Lächeln auf den Lippen zurück. »Ah, das laute Wehklagen hat also schon begonnen!«

»Ach, halt die Klappe!« Anthony leerte sein Glas und begab sich an die Bar. Er kam nicht mit einem vollen Glas, sondern gleich mit einer ganzen Flasche zurück. »Ich dachte, du hättest mit mir ein Hühnchen zu rupfen. Nur zu. Du bist im Augenblick keineswegs der einzige.«

James tat ihm den Gefallen, das weitaus interessantere Thema vorerst fallenzulassen. »Ganz wie du willst. Also, Jeremy hat mir erzählt, Vauxhall sei deine Idee gewesen und nicht seine. Warum hast du dich hinter dem Jungen versteckt, wenn du uns für den Abend los sein wolltest?«

»Habt ihr euch nicht amüsiert?«

»Darum geht es nicht. Ich lasse mich nur nicht gern manipulieren, Tony.«

»Aber gerade deshalb habe ich dem Jungen ja die Nachricht zukommen lassen.« Anthony grinste. »Du hast mir selbst erzählt, wie schwer es dir fällt, ihm etwas abzuschlagen, seitdem du ein so treu sorgender Vater geworden bist.«

»Verdammt, du hättest dich doch direkt an mich wenden können! Oder hältst du mich für so unsensibel, daß ich kein Verständnis dafür hätte, wenn du mit deiner jungen Frau einen Abend allein verbringen möchtest?«

»Komm hör auf, James. Du bist so sensibel wie ein Nilpferd. Wenn ich dich gestern gebeten hätte, abends auszugehen, wärest du extra zu Hause geblieben, nur um zu sehen, warum ich dich los sein wollte.«

»Glaubst du?« James grinste. »Na ja, vermutlich hast du sogar recht. Ich hätte mir vorgestellt, daß du und die kleine Schottin splitterfasernackt im Haus herumlaufen wolltet, und du wärest mich nie losgeworden, denn das hätte ich um nichts in aller Welt versäumen mögen. Aber Scherz beiseite – wozu wolltest du denn mit ihr allein sein?«

Anthony schenkte sich wieder ein. »Das spielt jetzt keine Rolle mehr. Der Aend verlief nicht so, wie ich gehofft hatte.«

»Es gibt also tatsächlich Regen im Paradies?«

Anthony stellte die Flasche geräuschvoll auf dem Tischchen neben seinem Sessel ab. »Du wirst es nicht glauben, wessen sie mich beschuldigt!« explodierte er. »Sie glaubt, ich wäre mit dieser kleinen Mistbiene von Kellnerin ins Bett gegangen!«

»Vorsicht, mein Junge, ich habe schöne Erinnerungen an Margie.«

»Du hast sie also getroffen?«

»Du glaubst doch wohl nicht, daß ich mir ein so hübsches Ding entgehen lasse? Obwohl das kleine Teufelsding in Hosen mir... Na ja, was soll's...«

James goß sich ebenfalls einen weiteren Drink ein, selbst verwundert über die Tatsache, daß er jenem Mädchen noch immer nachtrauerte. »Warum hast du deiner Holden denn nicht einfach erzählt, daß Margie für mich reserviert war? Ich meine, wir haben zwar früher manchmal Frauen brüderlich geteilt, aber doch nicht an ein und demselben Tag. Das wäre etwas unappetitlich, findest du nicht auch?«

»Du hast völlig recht, aber meine liebe Frau traut mir alles zu, auch Geschmacklosigkeiten. Und mir ist es denkbar zuwider, erklären zu müssen, daß ich überhaupt nichts verbrochen habe. Das müßte nun wirklich nicht sein. Ein bißchen Vertrauen könnte nichts schaden.«

James seufzte. »Tony, mein Junge, du hast noch sehr viel zu lernen, was frisch gebackene Ehefrauen betrifft.«

»Du hattest wohl schon eine, daß du ein solcher Experte bist?« höhnte Anthony.

»Das nun nicht gerade«, erwiderte James gelassen. »Aber der gesunde Menschenverstand sagt doch jedem, daß dies für eine Frau eine sehr schwierige Zeit ist. Sie ist noch verdammt unsicher und nervös, fühlt sich in ihrer neuen Rolle noch nicht ganz wohl. Vertrauen? Ha! Die ersten Eindrücke sind viel wichtiger, als du glaubst. Leuchtet dir das ein?«

»Ich sehe nur, daß du keine Ahnung hast, wovon du redest. Wann hast du zuletzt auch nur den Ellbogen einer Dame gestreift? Captain Hawkes Geschmack geht doch in eine völlig andere Richtung.«

»Nicht ganz, mein Junge. Gewiß, das Piratenleben hat den Nachteil, daß man in der Auswahl gewisser Etablissements nicht allzu wählerisch sein darf. Und es ist schwer, alte Gewohnheiten wieder abzulegen. Aber mein Geschmack unterscheidet sich im Grunde nicht von deinem. Ob nun Herzogin oder Hure – sie muß nur hübsch und willig sein. Und *so* lange ist es nun auch wieder nicht her, als daß ich die Eigenheiten der Herzogin vergessen hätte. Außerdem sind sie in einer Hinsicht alle gleich, mein Junge – die Eifersucht macht sie zänkisch und unausstehlich.«

»Eifersucht?« murmelte Anthony verdutzt.

»Herrgott, Mann, darin besteht doch das Problem, oder?«

»Daran habe ich nicht gedacht – aber jetzt, wo du's sagst... Ja, es könnte sein, daß sie deshalb so unvernünftig ist. Sie ist so wütend, daß sie nicht einmal darüber sprechen will.«

»Knighton hatte also recht.« James lachte schallend. »Was ist nur aus deiner Finesse geworden? Du hast doch weiß Gott genügend Erfahrung in solchen Dingen, um zu wissen, wie man...«

»Hört, hört!« fiel Anthony ihm verärgert ins Wort. »Hier spricht derselbe Mann, der erst vor wenigen Tagen einen ordentlichen Tritt vors Schienbein einstecken mßte. Was ist nur aus Hawkes Finesse geworden...«

»Halt die Klappe, Tony«, knurrte James. »Wenn du diesen Namen weiter so herumposaunst, ende ich noch am Galgen. Hawke ist tot. Vergiß das bitte nicht.«

Anthonys Laune besserte sich etwas, als er die finstere Miene seines Bruders sah. »Beruhige dich, alter Junge. Diese Burschen hier haben doch von Tuten und Blasen keine Ahnung. Aber ich werd's mir merken. Nachdem du Hawke offenbar abgemurkst hast, sollten wir ihn wirklich in Frieden ruhen lassen. Aber du hattest es mir nie erzählt. Und was ist aus deinen anderen Piraten geworden?«

»Manche sind ihre eigenen Wege gegangen. Andere haben wieder auf der ›Maiden Anne‹ angeheuert, obwohl sie jetzt unter neuer Flagge segelt. Sie warten sehnsüchtig darauf, daß die Reise losgeht.«

»Und wann wird das sein, wenn ich fragen darf?«

»Beruhige dich, alter Junge«, warf James ihm seine eigenen Worte an den Kopf. »Es macht mir soviel Spaß zuzusehen, wie du dein Leben versaust, daß ich vorläufig noch nicht den Anker lichten kann.«

Kapitel 30

Es war fünf Uhr nachmittags, als George Amherst den beiden Malory-Brüdern vor der Sandsteinfassade des Hauses auf dem Piccadilly aus der Kutsche half. Sie waren wirklich auf seine Hilfe angewiesen. George lächelte; er schmunzelte die ganze Zeit, seit er im Klub auf die beiden Herren gestoßen war und vermittelnd in das tumultartige Geschehen eingegriffen hatte. Er mußte einfach grinsen, ob er wollte oder nicht. Noch nie hatte er Anthony so total betrunken erlebt. Und was James betraf, so war es äußerst komisch zu sehen, wie dieser normalerweise so schüchterne Malory sich über den Zustand seines Bruders fast totlachte, obwohl er selbst alles andere als nüchtern war.

»Das wird ihr gar nicht gefallen«, sagte James, während er einen Arm um Anthonys Schultern schlang, wodurch beide fast das Gleichgewicht verloren.

»Wem?« fragte Anthony herausfordernd.

»Deiner Frau.«

»Frau?«

George stützte Anthony hastig, als die Brüder taumelten, und steuerte mit ihnen auf die Tür zu. »Großartig!« kicherte er. »Du fliegst fast aus dem Klub raus, weil du Billings verprügelt hast, dessen einziges Verbrechen darin bestand, dir zur Hochzeit zu gratulieren, und jetzt weißt du überhaupt nicht mehr, daß du eine Frau hast.«

George mußte sich auch erst an diesen Gedanken gewöhnen. Er war völlig sprachlos gewesen, als Anthony am Vortag bei ihm vorbeigekommen war, um ihm die große Neuigkeit persönlich mitzuteilen.

»Wenn du lachst, George – oder auch nur schmunzelst –, werde ich dir eine neue Nasenform verpassen!« hatte Anthony gedroht. »Ich muß vorübergehend den Verstand verloren haben. Das ist die einzig mögliche Erklärung. Also bitte keine Glückwünsche. Beileidsbekundungen wären eher angebracht.«

Danach war aus ihm kein Wort mehr herauszubringen gewesen, weder wer die Frau war, noch warum er sie geheiratet hatte und warum er es bereits bereute. Aber George war sowieso nicht überzeugt davon, daß sein Freund diesen Schritt wirklich bereute, denn Anthony hatte ihn auf die Suche nach einem Vetter seiner Frau mitgeschleppt, der eine Gefahr für sie darstellte. Anthonys Wunsch, sie zu beschützen, war unverkennbar. Ebenso sein Wunsch, nicht über sie zu sprechen. Am unverkennbarsten war aber sein Zorn, der den ganzen Tag dicht unter der Oberfläche gebrodelt hatte. George war sehr erleichtert gewesen, daß sie den Kerl nicht gefunden hatten, denn es hätte schreckliche Folgen haben können.

Eine zufällige Bemerkung von James, als George die Brüder aus dem Klub geschoben hatte, war ganz aufschlußreich gewesen. »Du bist zufällig an eine geraten, die genauso temperamentvoll ist wie du selbst, Tony. Keine schlechte Sache bei einer Frau. Zumindest wird sie dich ganz schön auf Trab halten, wenn schon nichts anderes.« Und er hatte gelacht, sogar als Anthony lallte: »Wenn du selbst einmal heiratest, Bruderherz, hoffe ich nur, daß du an eine gerätst, die so süß ist wie die kleine Viper, die dich neulich getreten hat, anstatt dir für deine Hilfe zu danken.«

Die Tür wurde geöffnet, noch bevor George klopfen konnte. Dobsons Miene war zunächst völlig ausdruckslos, doch das änderte sich rasch, als James seinen Bruder losließ und statt dessen an dem Butler einen festeren

Halt suchte. Jetzt spiegelte Dobsons Gesicht eine Mischung aus Überraschung und Sorge wider.

»Wo ist Willis, lieber Junge? Ich glaube, ich werde bei meinen Stiefeln Hilfe brauchen.«

Die Stiefel waren nicht das einzige, wobei er Hilfe benötigen würde, dachte George grinsend, während der magere Dobson sich abmühte, den viel größeren Lord zur Treppe zu bringen.

»Sie sollten vielleicht lieber noch einige Dienstboten rufen, Dobson«, schlug George vor.

»Ich befürchte«, keuchte Dobson, ohne sich umzudrehen, »daß sie im Auftrag der gnädigen Frau unterwegs sind, Mylord.«

»Verdammt!« explodierte Anthony unerwartet. »Was fällt ihr ein, meine Leute einzuspan...«

George brachte ihn mit einem Rippenstoß zum Schweigen. Die betreffende Dame war aus dem Empfangszimmer getreten, stand mit den Händen in den Hüften da und ließ ihre Blicke von einem zum anderen schweifen. Ihre Augen funkelten gefährlich. George schluckte. Das war also Anthonys Frau? O Gott, sie war atemberaubend schön – und unglaublich wütend.

»Ich bitte um Verziehung, Lady Malory«, begann er zögernd. »Ich habe die beiden im Klub getroffen. Sie haben ein bißchen zu tief ins Glas geschaut, deshalb hielt ich es für vernünftig, sie nach Hause zu bringen, damit sie ihren Rausch ausschlafen können.«

»Und wer sind Sie, Sir?« erkundigte sich Roslynn eisig.

George hatte keine Gelegenheit zu antworten. Anthony schnaubte wie ein Stier und lallte sodann: »Aber, aber, meine Liebe, du mußt doch den guten alten George kennen! Das ist doch der Bursche, der für dein Mißtrauen gegenüber dem männlichen Geschlecht verantwortlich ist.«

Heiße Röte schoß George in die Wangen, als sie ihn aus schmalen Augenschlitzen wütend anstarrte. »Hol dich der Teufel, Malory?« zischte George, während er

Anthonys Arm von seiner Schulter stieß. »Ich überlasse dich der Gnade oder Ungnade deiner Frau. Etwas Besseres hast du nach dieser Entgleisung nicht verdient.« Er hatte zwar keine Ahnung, was Anthony mit seiner dummen Bemerkung gemeint hatte, aber so stellte man doch seinen besten Freund niemandem vor, schon gar nicht der eigenen Frau.

George nickte Roslynn flüchtig zu. »Ich hoffe, daß wir uns ein andermal unter angenehmeren Umständen wiedersehen, Lady Malory.« Er entfernte sich verärgert und machte sich nicht einmal die Mühe, die Haustür zu schließen.

Anthony starrte ihm verdutzt nach, während er wenig erfolgreich versuchte, mitten in der Halle das Gleichgewicht zu halten. »Habe ich etwas Falsches gesagt, George?«

James mußte darüber so lachen, daß er und der bedauernswerte Dobson auf der Treppe zwei Schritte rückwärts taumelten. »Du bist einmalig, Tony! Entweder erinnerst du dich an gar nichts oder an mehr, als gut für dich ist.«

Anthony drehte sich torkelnd um und blickte zu James empor, der inzwischen die halbe Treppe hinter sich gebracht hatte. »Was, zum Teufel, soll das heißen?« schrie Anthony, erhielt als Antwort aber nur ein weiteres Lachen.

Als es ganz danach aussah, als würde Anthony jeden Moment auf der Nase liegen, eilte Roslynn herbei, zog seinen Arm über ihre Schulter und packte ihn um die Taille. »Es ist einfach unglaublich, Mann«, brachte sie zähneknirschend heraus, während sie ihn vorsichtig zur Treppe lotste. »Wie kannst du nur um diese Tageszeit in solchem Zustand nach Hause kommen? Weißt du, wieviel Uhr es ist?«

»Selbstverständlich«, erwiderte er empört. »Es ist – es ist – ganz egal, wieviel Uhr es ist, aber wohin sollte ich denn sonst kommen als nach Hause?«

Er stolperte über die unterste Stufe und riß Roslynn mit sich zu Boden.

»Verdammt, ich sollte dich einfach deinem Schicksal überlassen!« schimpfte sie.

In seiner Trunkenheit mißverstand Anthony ihre Worte. Er schlang seinen Arm um sie und drückte sie so fest an seine Brust, daß sie keine Luft bekam. »Du darfst mich nicht verlassen, Roslynn! Das erlaube ich nicht.«

Sie starrte ihn ungläubig an. »Du... O Gott, bewahre mich vor Betrunkenen und Narren«, murmelte sie wütend, während sie ihn von sich schob. »Los jetzt, du törichter Kerl. Steh auf.«

Irgendwie brachte sie ihn die Treppe hinauf und in sein Schlafzimmer. Als Dobson gleich darauf auf der Schwelle erschien, winkte sie nur ab, warum, hätte sie selbst nicht sagen können. Sie hätte seine Hilfe eigentlich gut gebrauchen können. Aber es war eine einmalige Situation, Anthony so hilflos daliegen zu sehen. Nachdem ihre erste Wut verraucht war, genoß sie diese Situation. Und daß er vermutlich ihretwegen in diesem Zustand war, war ebenfalls sehr befriedigend. Aber stimmte das überhaupt?

»Würdest du mir vielleicht erklären, warum du am hellichten Tag betrunken nach Hause kommst?« erkundigte sie sich, während sie sich daran machte, ihm den Stiefel auszuziehen.

»Betrunken? Allmächtiger Himmel, Frau, das ist ein abscheuliches Wort. Ein Gentleman betrinkt sich nicht.«

»Oh, was tut er denn dann?«

Er stemmte seinen anderen Fuß gegen ihr Gesäß, bis der Stiefel endlich ausgezogen war. »Der richtige Ausdruck ist – ist – verdammt – ist...«

»Betrunken!« wiederholte sie selbstzufrieden.

Er grunzte, und beim zweiten Stiefel stemmte er sich so fest gegen sie, daß sie fast das Gleichgewicht verlor. Als sie sich wütend umdrehte, grinste er ihr mit Unschuldsmiene zu.

Sie warf den Stiefel auf den Boden und zerrte an seinem Rock. »Du hast meine Frage nicht beantwortet, Anthony.«

»Welche Frage?«

»Warum bist du in diesem abscheulichen Zustand?«

Diesmal bemängelte er ihre Wortwahl nicht. »Warum trinkt ein Mann wohl ein Gläschen zuviel, meine Liebe? Entweder er hat sein Vermögen verloren, oder ein Verwandter ist gestorben, oder aber sein Bett ist leer.«

Jetzt war sie an Reihe, eine Unschuldsmiene aufzusetzen. »Ist jemand gestorben?«

Er legte seine Hände auf ihre Hüften und zog sie zwischen seine Beine. Er lächelte, aber es war kein fröhliches Lächeln. »Wenn du mit dem Feuer spielst, Liebling, wirst du dich verbrennen«, warnte er sie.

Roslynn lockerte mit einem Ruck seine Krawatte. »Schlaf deinen Rausch aus, *Liebling.*«

Sie drehte sich auf dem Absatz um.

»Du bist eine herzlose Person, Roslynn Malory«, rief er ihr nach.

Sie schlug wütend die Tür zu.

Kapitel 31

Anthony erwachte mit rasenden Kopfschmerzen. Er setzte sich fluchend auf und zündete die Lampe neben seinem Bett an. Auf der Kaminuhr war es einige Minuten nach zwei. Draußen herrschte tiefe Dunkelheit. Er fluchte wieder, als ihm klar wurde, daß er mitten in der Nacht aufgewacht war. Sein Kopf drohte zu zerspringen, und bis zum Morgen waren es noch etliche Stunden.

Was, zum Teufel, war nur in ihn gefahren? Nun ja, er wußte natürlich, was ihn rasend machte, aber er hätte sich besser beherrschen sollen. Er erinnerte sich vage, daß George ihn und James nach Hause gebracht hatte.

Und zuvor war im Klub irgend etwas vorgefallen... O Gott, ja, er hatte Billings verprügelt! Das hätte er nicht tun sollen. Billings war ein netter Kerl. Er würde sich bei ihm entschuldigen müssen, wahrscheinlich mehr als einmal. Und war George nicht wütend weggegangen? Anthony konnte sich nicht mehr genau erinnern.

Er betrachtete mißmutig seine zerknitterte Kleidung und schnitt eine Grimasse. Fieses Weibsstück! Sie hätte ihn wenigstens ausziehen und zudecken können, denn schließlich war sie ja schuld daran, daß er sich so betrunken hatte. Und war sie nicht auch noch schnippisch gewesen? Wenn er sich nur besser an alles erinnern könnte!

Anthony beugte sich vornüber und massierte sanft seine Schläfen. Nun, sogar zu dieser nachtschlafenden Zeit hatte er verschiedene Möglichkeiten. Er könnte versuchen, wieder einzuschlafen, aber es würde ihm wahrscheinlich nicht gelingen, denn er hatte schon mehr Stunden geschlafen als gewöhnlich. Er könnte sich auch umziehen und im Klub Whist spielen... Falls man ihn nach dem Skandal vom Nachmittag überhaupt einlassen würde. Oder er könnte genauso gehässig wie seine liebe Frau sein, sie aufwecken und sehen, was dabei herauskam. Nein, er fühlte sich viel zu miserabel, um der Lust zu frönen, auch wenn sie wider Erwarten entgegenkommend wäre.

Er mußte lachen und verzog vor Schmerz das Gesicht. Am vernünftigsten war es zweifellos zu versuchen, seinen Kater bis zum Morgen loszuwerden. Ein Bad wäre jetzt herrlich, aber er wollte die Dienstboten nicht mitten in der Nacht aus dem Schlaf reißen. Nichts hinderte ihn jedoch daran, etwas zu essen.

Jeder Schritt hallte schmerzhaft in seinem Kopf wider, als er langsam den Raum verließ. Unter der Zimmertür seines Bruders schimmerte Licht. Er klopfte an, trat aber unaufgefordert ein und sah James nackt auf der Bettkante sitzen, den Kopf zwischen den Händen. Anthony hätte fast gelacht, unterließ es aber lieber.

Ohne aufzuschauen, knurrte James leise: »Sprich bitte im Flüsterton, wenn dir dein Leben lieb ist.«

»Hämmert auch in deinem Schädel ein kleiner Mann herum?«

James hob langsam den Kopf und bedachte seinen Bruder mit einem mörderischen Blick. »Einer? Mindestens ein Dutzend, und jeden einzelnen habe ich dir zu verdanken, du verdammter...«

»Zum Teufel, du warst es doch, der mir einen Drink spendieren wollte! Wenn also jemand das Recht hat, sich zu beklagen...«

»Einen Drink, nicht einige Flaschen, du Arschloch!«

Ihre erhobenen Stimmen ließen beide vor Schmerz zusammenzucken.

»Hmmm, ich glaube, du hast recht.«

»Nett, daß du es wenigstens zugibst«, schnaubte James, während er sich wieder die Schläfen massierte.

Um Anthonys Lippen begann es unwillkürlich zu zukken. Es war schon zum Lachen, was ihre Körper durch ihre Exzesse erdulden mußten. Aber James' Körper wies eigentlich keinerlei Abnutzungserscheinungen auf. Anthony hatte seinen Bruder nicht mehr nackt gesehen, seit er damals ins Schlafzimmer jener Gräfin gestürzt war, um James zu warnen, daß ihr Ehemann bald eintreffen würde. Seitdem waren mehr als zehn Jahre vergangen, und James hatte sich sehr verändert. Er strotzte nur so von Kraft, und die Muskelpakete an Brust, Armen und Beinen waren wirklich phänomenal. Er mußte sie sich beim vielen Klettern an der Takelage während seiner zehnjährigen Piratenlaufbahn erworben haben.

»Weißt du, James, du siehst geradezu gemeingefährlich aus.«

James schüttelte über diese unerwartete Bemerkung den Kopf, blickte flüchtig an sich herab und grinste Anthony zu. »Die Damenwelt scheint das aber nicht zu stören.«

»Das kann ich mir lebhaft vorstellen«, schmunzelte

Anthony. »Wie wär's mit einem kleinen Kartenspiel? Ich könnte jetzt beim besten Willen nicht mehr einschlafen.«

»Wenn du mich dabei mit Brandy verschonst, gern.«

»Himmel, mit Alkohol könntest du mich jetzt jagen! Nein, ich dachte an Kaffee, und außerdem ist mir eingefallen, daß wir das Abendessen verpennt haben.«

»Wir treffen uns in einigen Minuten in der Küche.«

Roslynn nahm müde am Frühstückstisch Platz. Auch in dieser Nacht hatte sie sich stundenlang von einer Seite auf die andere gewälzt, ohne Schlaf zu finden, und diesmal konnte sie nicht einmal jemand anderem die Schuld daran geben. Sie hatte Gewissensbisse verspürt, weil sie Anthony nachmittags so ungnädig behandelt hatte. Das mindeste wäre doch wirklich gewesen, ihn auszuziehen und zuzudecken, sie aber hatte ihn einfach liegengelassen und sich nicht weiter um ihn gekümmert. Immerhin war er ihr Ehemann. Sein Körper war ihr vertraut, also wäre nichts Peinliches daran gewesen.

Im Laufe des Abends war sie mehrmals nahe daran gewesen, ihn doch noch ordentlich zu Bett zu bringen, hatte es dann aber doch unterlassen, weil sie befürchtete, er könnte aufwachen und ihr Verhalten falsch auslegen. Und nachdem sie selbst zu Bett gegangen war, hatte sie natürlich erst recht nicht mehr in sein Schlafzimmer gehen können, denn einen Besuch im Nachtgewand hätte er mit Sicherheit mißdeutet.

Sie ärgerte sich über ihre Schuldgefühle. Er verdiente überhaupt kein Mitleid. Wenn er sich betrinken und sie dafür verantwortlich machen wollte, so war das seine Sache. Und wenn er jetzt einen mordsmäßigen Kater hatte, so geschah ihm das nur recht. Für Exzesse mußte man eben bezahlen. Warum hatte ihr dann aber die Vorstellung, daß er hilflos auf seinem Bett lag, die Nachtruhe geraubt?

»Wenn das Essen so miserabel ist, daß du es nur mit

finsterer Miene anstarrst und unberührt stehenläßt, sollte ich vielleicht lieber im Klub frühstücken.«

Roslynn blickte auf und war so perplex über Anthonys plötzliches Auftauchen, daß sie nichts anderes herausbrachte als: »Das Essen ist ganz in Ordnung.«

»Wunderbar!« rief er fröhlich. »Dann darf ich mich zu dir setzen?«

Er wartete ihre Antwort gar nicht erst ab und ging zur Anrichte, wo er seinen Teller mit verschiedenen Speisen füllte. Roslynn betrachtete wütend diese tadellos gekleidete hohe Gestalt. Er trug ein dunkelbraunes Reitjackett, eine Wildlederhose und glänzende Schaftstiefel. Er hatte kein Recht, an diesem Morgen so blendend auszusehen und so frohgemut zu sein. Er müßte ächzen und stöhnen und seine Dummheit verfluchen.

»Du hast lange geschlafen«, sagte sie kühl, während sie mit der Gabel in ein fettes Würstchen auf ihrem Teller stach.

»Oh, ich bin gerade von meinem Morgenritt zurückgekommen.« Er nahm ihr gegenüber Platz und warf ihr einen fragenden Blick zu: »Bist du denn erst jetzt aufgestanden, meine Liebe?«

Es war nur gut, daß sie den Bissen noch nicht zum Mund geführt hatte, sonst hätte sie an Anthonys scheinbar unschuldiger Frage leicht ersticken können. Wie konnte er es wagen, sie um die Genugtuung zu bringen, ihn wegen seines Zustands vom Vortag zur Rede zu stellen? Und genau das tat er, indem er hier seelenruhig dasaß und herzhaft frühstückte, so als hätte er die herrlichste Nacht seines Lebens hinter sich.

Anthony erwartete keine Antwort auf seine Frage. Er beobachtete amüsiert, wie Roslynn ihr Essen hinunterwürgte und so tat, als wäre er überhaupt nicht vorhanden. Sie zu reizen, bereitete ihm ein diebisches Vergnügen.

»Mir ist vorhin in der Halle ein neuer Wandbehang aufgefallen.«

Sie würdigte ihn keines Blickes, obwohl es eine grobe Beleidigung war, den teuren, antiken Stücken nachempfundenen Gobelin einfach als Wandbehang zun bezeichnen. »Eigenartig, daß er dir nicht schon gestern nachmittag aufgefallen ist.«

Bravo, Liebling! Er lächelte inwendig. Sie wollte ihn wegen gestern nicht ungeschoren davonkommen lassen.

»Und einen neuen Gainsborough haben wir ja auch«, setzte er die Konversation mit einem anerkennenden Blick auf das herrliche Gemälde an der Wand zu seiner Linken fort.

»Der neue chinesische Rosenholzschrank und der Eßtisch müßten heute geliefert werden.«

Sie hielt ihre Augen noch immer auf den Teller gerichtet, aber ihr plötzlicher Stimmungswechsel entging Anthony nicht. Anstatt vor mühsam unterdrücktem Zorn zu kochen, schnurrte sie jetzt förmlich vor Zufriedenheit.

Anthony konnte sich nur mit größter Mühe das Lachen verbeißen. Sie war so leicht zu durchschauen, seine süße Frau. In Anbetracht ihrer derzeitigen Antipathie gegen ihn war es wirklich nicht schwer zu erraten, was sie im Schilde führte. Daß eine Frau ihren Unmut am Geldbeutel des Mannes ausließ, war ein uralter Trick. Und aus früheren Bemerkungen Roslynns hatte er entnommen, daß sie glaubte, sein Geldbeutel vertrage nicht allzu viel Unmut.

»Du verschönst also unser Heim?«

Ein leichtes Schulterzucken und eine honigsüße Antwort: »Ich wußte, daß du nichts dagegen haben würdest.«

»Selbstverständlich nicht, meine Liebe. Ich wollte es selbst vorschlagen.«

Sie hob ruckartig den Kvpf, faßte sich aber sofort wieder. »Ausgezeichnet, denn ich habe erst einen kleinen Anfang gemacht. Und es wird dich bestimmt freuen, daß die Sache bei weitem nicht so teuer wird, wie ich anfangs dachte. Bisher habe ich nur viertausend Pfund ausgegeben.«

»Sehr schön.«

Roslynn starrte ihn ungläubig an. Sie hatte mit allem möglichen gerechnet, nur nicht mit dieser Gleichgültigkeit. Ob er vielleicht dachte, daß sie ihr eigenes Geld ausgab? Dann würde der Schuft bald eines Besseren belehrt werden, wenn die Rechnungen ins Haus flatterten.

Sie war so verärgert über seine Reaktion – vielmehr über das Ausbleiben einer Reaktion –, daß sie seine Gegenwart nicht länger ertrug. Sie erhob sich und warf ihre Serviette auf den Tisch, konnte sich aber nicht den dramatischen Abgang verschaffen, der ihre Stimmung etwas gehoben hätte, weil ihr etwas Wichtiges eingefallen war. Sie durfte nicht riskieren, daß er wieder in diesem Zustand nach Hause kam.

»Ich habe Frances für heute abend zum Essen eingeladen. Falls du also entgegen deiner üblichen Gewohnheit, spät nach Hause zu kommen, mit uns zu speisen gedenkst, so bitte nur in nüchternem Zustand.«

Anthony konnte nicht verhindern, daß es um seine Lippen zuckte. »Brauchst du wieder Verstärkung, meine Liebe?«

»Das nehme ich dir sehr übel«, erklärte sie eisig, bevor sie hoheitsvoll aus dem Zimmer rauschte. Allerdings konnte sie es dann nicht lassen, sich auf der Schwelle noch einmal umzudrehen. »Nur zu deiner Information, Mylord – ich mißtraue keineswegs allen Männern, wie du mir gestern törichterweise unterstellt hast, sondern nur den Weiberhelden und Angebern!«

Kapitel 32

»Das is' er, gnäd'ger Herr!«

Geordie Cameron hätte den kleinen schnauzbärtigen Mann ohrfeigen können. »Welcher der beiden, du Idiot?«

Wilbert Stow zuckte nicht einmal mit der Wimper. Er hatte sich inzwischen an die Beleidigungen des Schotten gewöhnt, an seine Ungeduld, seinen Jähzorn, seine Arroganz. Wenn Cameron ihn nicht so gut bezahlen würde, hätte er ihm schon längst einmal gesagt, was er ihn mal könne. Vielleicht hätte er ihm sogar schon die Gurgel durchgeschnitten. Aber der Kerl spuckte nun einmal dreißig englische Pfund aus, und das war für Wilbert Stow ein Vermögen. Deshalb hielt er wie immer den Mund und ließ die Beschimpfungen über sich ergehen.

»Der Dunkle«, erklärte er und bemühte sich um einen servilen Ton. »Das ist der, dem das Haus gehört. Sir Anthony Malory heißt der Kerl.«

Geordie setzte ein Fernglas an die Augen und konnte Malorys Gesichtszüge deutlich erkennen, als dieser sich seinem blonden Gefährten zuwandte. Das also war der Engländer, der in den vergangenen Tagen die Slums nach ihm durchkämmt hatte, das war der Bursche, der Roslynn versteckte. Oh, Geordie wußte genau, daß sie sich dort aufhielt, obwohl sie nicht zu sehen gewesen war, seit Wilbert und sein Bruder Thomas das Haus abwechselnd observierten. Hierher waren ihre Sachen gebracht worden, und hierher war diese Lady Grenfell nun schon zum zweitenmal zu Besuch gekommen.

Roslynn hielt sich wohl für sehr schlau, nur weil sie das Haus nie verließ. Aber sie hier zu beschatten war viel einfacher als in der South Audley Street, wo es nur von einer Kutsche aus möglich gewesen war, was immer auffallen oder verdächtig wirken konnte. Dieses Haus hingegen lag genau gegenüber Green Park, und hinter den Bäumen im Park konnte man sich wunderbar verstecken. Roslynn konnte keinen Schritt machen, ohne von Wilbert oder Thomas gesehen zu werden, und in der Nähe stand eine leere Kutsche, mit der sie ihr folgen konnten. Das ganze war nur noch eine Frage der Zeit.

Aber zunächst einmal würde er sich mit diesem englischen Geck beschäftigen, der sie versteckte und der ihn durch sein Herumschnüffeln in den letzten fünf Tagen schon zweimal zu einen Umzug gezwungen hatte. Nachdem er jetzt wußt, wie der Dandy aussah, würde es kinderleicht sein, mit ihm abzurechnen.

Geordie senkte lächelnd das Fernglas. *Bald, Mädchen! Bald wirst du für den ganzen Ärger bezahlen. Du wirst dir noch wünschen, du hättest dich nicht gegen mich gestellt wie deine blöde Mutter und wie der Alte, mögen sie beide in der Hölle schmoren!*

»Möchtest du noch einen Sherry, Frances?«

Frances blickte von ihrem fast vollen Glas zu Roslynn hinüber, die sich gerade das zweite Glas einschenkte. »Entspann dich doch, Ros. Wenn er bis jetzt nicht hier ist, kommt er vermutlich nicht mehr, meinst du nicht auch?«

Roslynn rang sich ein gezwungenes Lächeln ab. »Anthony taucht absichtlich immer dann auf, wenn man ihn am wenigsten erwartet, nur um mich nervös zu machen.«

»Und du *bist* nervös?«

Roslynn gab einen Laut von sich, der ein Lachen sein sollte, sich aber mehr wie ein Stöhnen anhörte, trank einen großen Schluck Sherry und nahm wieder neben Frances auf dem neuen Sofa Platz. »Dumm von mir, nicht wahr? Schließlich muß er sich ja anständig benehmen, wenn du hier bist, und ich habe ihm gesagt, daß du kämest.«

»Aber?«

Roslynns Lächeln hatte mehr Ähnlichkeit mit einer Grimasse. »Er verwirrt mich mit seinen vielen verschiedenen Stimmungen. Ich weiß nie, was mich erwartet.«

»Daran ist doch nichts Ungewöhnliches, meine Liebe. Wir haben doch auch unsere Launen. Hör auf, dich verrückt zu machen. Sag mir lieber, was er zu dieser neuen Einrichtung gesagt hat?«

Roslynn kicherte jetzt fröhlich. »Er hat sie noch gar nicht gesehen.«

Frances machte große Augen. »Heißt das, daß du ihn vor dem Kauf nicht gefragt hast, ob ihm die Sachen gefallen? Aber diese Möbel sind so – so...«

»Zierlich und feminin?« schlug Roslynn augenzwinkernd vor.

Franes schnappte nach Luft. »Großer Gott, du hast es absichtlich getan! Du hoffst, daß er die Sachen scheußlich findet, habe ich recht?«

Roslynn ließ ihre Blicke zufrieden durch den Raum schweifen, dem sie durch die eleganten Satinholzmöbel eine völlig neue Atmosphäre verliehen hatte. Jetzt sah er so aus, wie ein Empfangszimmer aussehen mußte, das nun wirklich zur weiblichen Domäne gehörte. Adams war berühmt für seine kunstvoll verzierten und verschnörkelten Möbel, die natürlich nicht jedermanns Geschmack waren, aber ihr persönlich gefielen die vergoldeten Gestellte an den zwei Sofas und Sesseln, und besonders gut gefielen ihr die Polsterbezüge aus Samtbrokat mit ihrem Muster von silbernen Blumen auf olivgrünem Grund. Die Farben waren nicht feminin. Hier hatte sie eine Art Kompromiß geschlossen. Aber ansonsten entsprachen die Möbel zweifellos mehr dem Geschmack einer Frau als dem eines Mannes. Und wenn dann noch eine neue Tapete hinzukam...

»Ich glaube nicht, daß Anthony die Sachen scheußlich finden wird, Frances, und falls doch, so wird er wahrscheinlich schweigend darüber hinwegsehen. So ist er eben.« Sie zuckte die Achseln. »Aber wenn er seinen Unmut wider Erwarten zum Ausdruck bringen sollte, kaufe ich einfach etwas anderes.«

Frances runzelte die Stirn. »Ich glaube, du bist viel zu sehr daran gewöhnt, Geld aus dem Fenster zu werfen. Du vergißt, daß dein Mann nicht so reich ist wie du.«

»O nein, das ist das einzige, was ich nicht vergesse!«

Nach kurzem Schweigen seufzte Frances: »Darum

geht es also. Nun, hoffentlich weißt du, was du tust. Männer reagieren in Geldfragen manchmal sehr komisch, weißt du? Manche zucken nicht einmal mit der Wimper, wenn sie zwanzigtausend Pfund verlieren. Andere gehen bei einem solchen Verlust hin und erschießen sich.«

»Mach dir keine Sorgen, Frances. Anthony gehört bestimmt zur sorglosen Kategorie. Möchtest du jetzt vielleicht noch etwas trinken?«

Frances betrachtete wieder zuerst ihr eigenes, noch immer halbvolles Glas, dann Roslynns leeres. Sie schüttelte den Kopf, aber nicht als Antwort auf die Frage ihrer Freundin. »Du willst die Sache auf die leichte Schulter nehmen, Ros, aber du kannst mir nicht weismachen, daß du nicht soch etwas Angst vor seiner eventuellen Reaktion hast. War er sehr – unangenehm, als ihr diese Auseinandersetzung hattet, über die du nicht sprechen willst?«

»Es war keine Auseinandersetzung«, erwiderte Roslynn steif. »Und unangenehm ist er ständig, seit ich ihn geheiratet habe.«

»Na ja, du warst auch nicht gerade von überwältigendem Charme, als ich euch beide zusammen gesehen habe. Ich nehme an, daß seine Laune von der deinigen abhängt, meine Liebe.«

Roslynn verzog über diese weise Bemerkung nur den Mund. »Er kommt offenbar nicht zum Essen nach Hause, und sein Bruder und Neffe sind ausgegangen. Wir sind also ganz unter uns und können bestimmt ein angenehmeres Gesprächsthema finden.«

Frances grinste. »Bestimmt, wenn wir uns sehr große Mühe geben.«

Roslynn mußte lachen und entspannte sich endlich ein wenig. Frances' Gesellschaft tat ihr gut, auch wenn sie die Ratschläge ihrer Freundin nicht hören wollte.

Sie stellte ihr Glas ab und erhob sich. »Komm, Dobson wartet nur darauf, daß wir im Eßzimmer Platz genommen haben, um mit dem Servieren zu beginnen. Wart nur, bis du den neuen Tisch siehst, der heute nachmittag geliefert wurde. Sehr elegant, aber ganz schlicht.«

»Und zweifellos wahnsinnig teuer?«

Roslynn kicherte. »Das auch.«

Arm in Arm verließen sie das Empfangszimmer, um sich in das kleine Eßzimmer zu begeben, das bisher nur ein Frühstückszimmer gewesen war, weil Anthony als Junggeselle nur sehr selten zu Hause gespeist hatte, woran sich seit seiner Hochzeit im übrigen nicht viel geändert hatte. Etwa auf halbem Wege blieb Roslynn stehen, denn Dobson war gerade dabei, die Haustür zu öffnen. Sie versteifte sich merklich, als Anthony eintrat, doch als sie dann seinen Begleiter entdeckte, blieb ihr einfach die Luft weg. Er hatte es tatsächlich gewagt, George Amherst mitzubringen, obwohl er wußte, daß Frances hier sein würde. Seinen Freund hatte er offenbar nicht eingeweiht, denn George war wie angewurzelt stehengeblieben, als er Frances gesehen hatte.

»Großartig!« sagte Anthony fröhlich, während er dem Butler Hut und Handschuhe überreichte. »Wir kommen gerade rechtzeitig zum Essen, George.«

Roslynn ballte die Hände zu Fäusten. Frances' Reaktion war um einiges dramatischer. Sie stieß einen leisen Schreckensschrei aus, riß sich mit aschfahlen Gesicht von Roslynn los und rannte ins Empfangszimmer zurück.

Anthony schlug seinem Freund auf den Rücken, um ihn aus der Erstarrung zu lösen. »Na, was stehst du denn noch wie eine Salzsäule hier herum, George? Geh zu ihr!«

»Nein!« schrie Roslynn, bevor George auch nur einen Schritt machen konnte. »Haben Sie noch nicht genug Unheil angerichtet?«

Doch auch ihre schneidende Verachtung war jetzt nicht mehr imstande, George aufzuhalten. Roslynn wirbelte auf dem Absatz herum, um das Empfangszimmer vor ihm zu erreichen und ihm die Tür vor der Nase zuzuwerfen. Aber sie hatte nicht mit Anthonys Eingreifen gerechnet. In wenigen Sätzen stand er neben ihr, packte sie mit eisernem Griff am Handgelenk und zog sie auf die Treppe zu.

Außer sich vor Wut, kreischte sie: »Laß mich los, du...«

»Aber, aber, meine Liebe, mäßige dich bitte«, fiel er ihr energisch ins Wort. »Ich finde, daß wir die Dienstboten mit lauten Szenen in der Halle nun wirklich genug ergötzt haben. Wir brauchen keine weiteren zu inszenieren.«

Sie mußte ihm in diesem Punkt recht geben und senkte deshalb die Stimme, was an ihrem Zorn aber nichts änderte. »Wenn du nicht...«

Er preßte ihr einen Finger auf die Lippen. »Jetzt hör mir mal zu, Liebling. Sie weigert sich, ihn anzuhören. Es wurde langsam Zeit, daß man sie dazu zwingt, und hier kann George das endlich tun – ohne unliebsame Störungen.« Er grinste ihr zu. »Hört sich das nicht irgendwie bekannt an?«

»Keineswegs«, fauchte sie. »Ich habe dich angehört. Ich habe dir nur nicht geglaubt.«

»Störrisches Ding!« schimpfte er. »Na ja, das ist jetzt auch nicht weiter wichtig. Du kommst jetzt mit, während ich mich zum Abendessen umziehe.«

Ihr blieb gar nichts anderes übrig als mitzukommen, denn er trug sie praktisch die Treppe hinauf. Doch sobald sie in seinem Zimmer waren, riß sie sich los. Sie hatte nicht einmal bemerkt, daß Willis neben dem Bett stand.

»Das ist das Abscheulichste, was du je getan hast!« explodierte sie.

»Freut mich, das zu hören«, erwiderte er fröhlich. »Und ich dachte bisher, meine abscheulichste Tat sei...«

»Halt den Mund! Halt endlich den Mund!«

Sie stieß ihn beiseite, um zur Tür zu gelangen. Er packte sie bei der Taille, setzte sie in den Klubsessel am Kamin, stützte sich mit den Händen auf den Armlehnen auf und beugte sich vor, so daß sie gezwungen war, sich an die Rückenlehne zu pressen, um wenigstens einen kleinen Abstand von ihm zu wahren. Aus seinem Gesicht war jede Spur von Humor gewichen. Seine Miene war ausgesprochen grimmig.

»Du wirst hier ruhig sitzenbleiben, liebe Frau, andernfalls binde ich dich an diesem Sessel fest. Hast du mich verstanden?«

»Das würdest du nicht wagen!«

»Ich würde es sehr wohl wagen, meine Teure.«

Er hielt ihren mörderischen Blicken völlig ungerührt stand und blieb über sie gebeugt stehen, bis sie es für geraten hielt, zunächst einmal nachzugeben.

Zum Zeichen ihrer Unterwerfung senkte sie die Augen und zog die Beine auf den Sitz hoch, um es sich bequem zu machen. Anthony richtete sich auf, aber seine frühere gute Laune wollte sich nicht wieder einstellen. Er hatte erkannt, daß er sich selbst gehörig geschadet hatte, indem er George half. Roslynns Zorn auf ihn war erneut aufgelodert. Nun, sei's drum. George hatte nach all diesen Jahren eine Chance verdient. Was waren im Vergleich dazu einige Wochen dicke Luft? Nichts – nur die reinste Hölle.

Er wandte sich mit finsterer Miene vom Sessel ab, daß sein Kammerdiener vor Schreck unwillkürlich einen Schritt zurücktrat, was ihm endlich Anthonys Aufmerksamkeit einbrachte. »Vielen Dank, Willis.« Seine betont beherrschte Stimme verbarg den Aufruhr in seinem Innern. »Sie haben wie üblich eine vorzügliche Wahl getroffen.«

Roslynns Kopf fuhr herum, und sie starrte zuerst Willis und dann die Kleidungsstücke an, die sorgfältig auf dem Bett ausgebreitet waren. »Du wußtest also, daß du zum Abendessen nach Hause kommen würdest?«

»Selbstverständlich, meine Liebe«, erwiderte Anthony, während er sein Jackett ablegte. »Ich sage Willis immer Bescheid, wann ich seine Hilfe benötigen werde.«

Sie warf Willis einen anklagenden Blick zu, und der arme Kammerdiener bekam einen hochroten Kopf. »Er hätte es mir sagen können«, sagte Roslynn, an Anthony gewandt.

»Das gehört nicht zu seinen Aufgaben.«

»*Du* hättest es mir sagen können.«

Anthony überlegte kurz, ob es für ihn von Vorteil sein könnte, wenn ihr Zorn sich an diesem unwichtigen Thema abreagierte. »Du hast völlig recht, Liebling. Und das hätte ich auch getan, wenn du heute morgen nicht schmollend aus dem Zimmer gerauscht wärest.«

Sie sprang mit funkelnden Augen aus dem Sessel auf, bevor ihr seine Drohung einfiel und sie sich vorsichtshalber wieder hinsetzte. Die Stimme hatte sie jedoch nicht verloren. »Das ist nicht wahr! Wie kannst du etwas Derartiges behaupten?«

»Oh?« Anthony sah sie über die Schulter hinweg an. Um seine Mundwinkel spielte ein leichtes Lächeln. »Wie würdest du deinen Abgang denn sonst nennen?«

Er ließ sein Hemd in Willis' ausgestreckte Hand fallen. Roslynn wandte hastig ihren Blick ab. Anthony hätte fast laut gelacht. Das neue Thema verbesserte zumindest seine Stimmung, wenn schon nicht die ihrige. Und daß sie ihn nicht unbekleidet sehen wollte, war höchst interessant.

Er setzte sich auf die Bettkante, damit Willis ihm die Stiefel ausziehen konnte, aber sein Blick ruhte weiterhin auf seiner Frau. Sie hatte eine neue etwas frivole Frisur mit vielen kleinen Locken. Es war viel zu lange her, daß seine Finger in diesen herrlichen rotgoldenen Haaren gewühlt hatten, und es war viel zu lange her, seit er seine Lippen auf die zarte Haut ihres Nackens gepreßt hatte. Sie hatte ihren Kopf abgewandt, aber ihr Körper war im Profil zu sehen, und er betrachtete fasziniert ihre volle Brust.

Um sich selbst und Willis nicht in Verlegenheit zu bringen, wenn er seine Hose auszog, schaute sie rasch beiseite. »Weißt du, meine Liebe, mir ist nach wie vor nicht klar, warum du heute morgen so schlechte Laune hattest.«

»Du hast mich provoziert.«

Er hatte Mühe, sie zu verstehen, weil sie beharrlich in die Gegenrichtung starrte. »Und ich dachte, ich hätte mich geradezu musterhaft verhalten.«

»Du hast gesagt, Frances sei meine Verstärkung!«

Diesmal war ihre Stimme nicht zu überhören. »Du wirst es vermutlich für sehr unfein halten, Liebling, wenn ich dich darauf hinweise, daß du schon lange vor der Erwähnung deiner Freundin ausgesprochen übel gelaunt warst.«

»Du hast völlig recht«, zischte sie. »Es ist unfein von dir, das zu sagen.«

Er sah, daß ihre Finger die Armlehnen umklammerten. Sie fühlte sich in die Ecke gedrängt. Das hatte nicht in seiner Absicht gelegen.

Er sagte deshalb in ruhigem Ton: »Übrigens, Roslynn, ich möchte dich bitten, das Haus nicht ohne mich zu verlassen, bis ich deinen Vetter ausfindig gemacht habe.«

Der plötzliche Themawechsel kam ihr sehr gelegen. Normalerweise hätte sie schnippisch geantwortet, sie sei schon von allein auf die Idee gekommen, daß es vernünftig sein könnte, eine Zeitlang im Haus zu bleiben. Jetzt aber war sie dankbar, daß er nicht weiter in sie drang, was ihre Laune beim Frühstück betraf.

»Selbstverständlich«, stimmte sie ohne weiteres zu.

»Möchtest du in den nächsten Tagen irgendwohin?«

Gezwungen zu sein, seine Gesellschaft zu ertragen? »Nein«, versicherte sie rasch.

»Ausgezeichnet. Aber falls du deine Meinung ändern solltest, sag mir bitte Bescheid.«

Mußte er so verdammt vernünftig und entgegenkommend sein? »Bist du noch nicht angezogen?«

»Ehrlich gesagt...«

»Malory!« tönte es gedämpft durch die Tür, doch im nächsten Moment stürmte George Amherst ins Zimmer. »Tony! Du wirst...«

Roslynn war nicht interessiert daran, was er ihrem Mann so dringend mitzuteilen hatte. Sie rannte an ihm vorbei zur Tür hinaus, wobei sie ein kurzes Stoßgebet zum Himmel sandte, daß Anthony nicht wieder versuchen möge, sie mit Gewalt zurückzuhalten.

Sie hastete die Treppe hinab und stürzte ins Empfangszimmer. Frances stand mit dem Rücken zu ihr vor dem weißen Marmorkamin, drehte sich aber gleich darauf um, und Roslynn schnürte es vor Mitleid die Kehle zu, als sie die großen Tränen in den Augen ihrer Freundin sah.

»O Frances, es tut mir ja so leid«, rief Roslynn, während sie Frances in die Arme schloß. »Das werde ich Anthony nie verzeihen. Er hatte kein Recht, sich einzumischen und...

Frances trat etwas zurück und fiel ihr ins Wort: »Ich werde heiraten, Ros.«

Roslynn stand wie vom Blitz getroffen da. Nicht einmal das strahlende Lächeln, das Frances ihr schenkte, ein Lächeln, wie sie es von ihr seit Jahren nicht gesehen hatte, konnte sie davon überzeugen, daß sie richtig gehört hatte. In Frances' Augen standen doch Tränen...

»Warum weinst du denn dann?«

Frances lachte zittrig. »Ich kann nichts dagegen machen. Ich war so töricht, Ros. George sagt, daß er mich liebt, daß er mich immer geliebt hat.«

»Und du – du glaubst ihm?«

»Ja.« Und noch einmal, mit größerem Nachdruck: »Ja!«

»Aber, Fran...«

»Sie versuchen doch nicht etwa, sie umzustimmen, Lady Malory?«

Roslynn zuckte zusammen, und als sie sich umdrehte, erntete sie den unfreundlichsten Blick, den sie je von einem Mann bekommen hatte. Georges graue Augen waren eisig, und in seiner kalten Stimme hatte ebenfalls eine unüberhörbare Drohung mitgeschwungen.

»Nein«, murmelte sie unbehaglich. »Es würde mir nicht im Traum...«

»Gut!« Seine finstere Miene machte schlagartig einem bezaubernden Lächeln Platz. »Denn nachdem ich jetzt weiß, daß sie mich noch liebt, lasse ich nicht zu, daß jemand einen Keil zwischen uns treibt.«

Seine auf Frances ruhenden Augen strahlten sehr viel Wärme aus, und sie verstand, daß er mit ›jemand‹ auch sie selbst meinte und genoß seine subtile Warnung.

Sie umarmte die völlig verwirrte Roslynn und flüsterte ihr glücklich ins Ohr: »Verstehst du jetzt, warum ich nicht an seiner Aufrichtigkeit zweifle? Ist er nicht wunderbar?«

Wunderbar? Dieser Mann war ein Weiberheld, ein Wüstling. Wie oft hatte Frances sie davor gewarnt, solchen Männern auch nur ein Wort zu glauben, und jetzt wollte ihre Freundin ausgerechnet jenen heiraten, der ihr das Herz gebrochen hatte.

»Ich hoffe, du verzeihst uns, wenn wir uns jetzt verdrücken, meine Liebe«, sagte Frances. Errötend fügte sie hinzu: »George und ich haben soviel zu besprechen.«

»Ich bin sicher, sie hat vollstes Verständnis dafür, daß wir jetzt allein sein möchten, Franny«, kommentierte George, während er einen Arm um Frances' Taille legte und sie ungehörig eng an sich zog. »Schließlich ist sie ja selbst jung verheiratet.«

Roslynn schnappte laut vernehmlich nach Luft, aber die beiden hörten zum Glück nichts, weil sie sich selig in die Augen schauten. Irgendwie mußte sie aber doch ein paar passende Worte herausgebracht haben, denn eine Minute später stand sie allein im Zimmer und starrte wie betäubt zu Boden, während in ihrem Innern ein solcher Aufruhr herrschte, daß keines der widerstreitenden Gefühle die Oberhand gewinnen konnte.

»Ich sehe, daß du die frohe Botschaft vernommen hast.«

Roslynn wandte sich langsam zur Tür, und einen Augenblick lang vergaß sie beim Anblick ihres Mannes alles andere. Er trug einen eleganten smaragdgrünen Satinrock und ein schneeweißes Spitzenjabot, und er hatte seine schwarzen Haare der neuen Herrenmode zum Trotz zurückgekämmt, aber sie waren so weich, daß sie ihm bereits wieder in großen Wellen über die Schläfen fielen. Er sah einfach hinreißend aus, es gab kein anderes Wort dafür.

Doch dann nahm sie gereizt wahr, daß er in seiner üblichen lässigen Haltung im Türrahmen lehnte, die Arme über der Brust verschränkt – und daß er von Selbstgefälligkeit nur so triefte. Sie stand ihm im Gesicht geschrieben, in dem arroganten Lächeln, in den ironisch funkelnden blauen Augen. Der Schuft spreizte sich wie ein Pfau und trug diese unerträgliche typisch männliche Überheblichkeit zur Schau.

»Hat dir die Erkenntnis, daß du soviel Lärm um nichts gemacht hast, die Sprache verschlagen, Liebling?«

Er mußte es ihr natürlich direkt unter die Nase reiben. Ihre Hände ballten sich zu Fäusten, und sie knirschte mit den Zähnen. Ihre widerstreitenden Gefühle wurden jetzt von einem einzigen beherrscht: Wut. Aber er war noch nicht am Ende. Offenbar lechzte er nach ihrem Blut.

»Ich sehe ein, daß es ziemlich niederschmetternd sein muß, wenn ausgerechnet jene Frau, die dein Mißtrauen gegen Männer genährt hat, plötzlich ins feindliche Lager überwechselt und einem Mann der übelsten Kategorie – einem Wüstling – ihr Vertrauen schenkt. Das wirft ein ganz neues Licht auf die Dinge, nicht wahr?«

»Du...« Sie beherrschte sich im letzten Moment. Nein, sie würde nicht wieder wie ein Marktweib keifen und sich zum Gespött der Dienstboten machen. »Ihr Fall und der meinige lassen sich erstens überhaupt nicht miteinander vergleichen«, stieß sie wütend zwischen den Zähnen hervor, »und zweitens wird sie morgen früh schon wieder zur Vernunft kommen.«

»Da ich George sehr gut kenne, wage ich das zu bezweifeln. Deine Freundin wird morgen früh nur an eines denken – an die hinter ihr liegende Nacht. Kommt dir das irgendwie bekannt vor?«

Obwohl sie nach Kräften dagegen angekämpft hatte, schoß ihr die Röte in die Wangen. »Du bist geschmacklos, Anthony! Sie haben vieles zu besprechen.«

»Wenn du meinst, mein Schatz.«

Sein herablassender Ton brachte sie nur noch mehr in Rage. Natürlich hatte er recht. Sie wußte es genauso gut wie er. Es war ja geradezu peinlich klar gewesen, warum George und Frances es so eilig hatten, allein zu sein. Aber das würde sie Anthony gegenüber niemals zugeben.

»Ich glaube, ich bekomme Kopfweh«, sagte sie steif. »Wenn du mich also entschuldigen würdest...« Sie mußte an der Tür stehenbleiben, weil er noch immer im Rahmen lehnte. »Würdest du mich bitte vorbeilassen?« zischte sie.

Anthony zog langsam seine Beine ein und beobachtete amüsiert, wie sie sich mit dem Rücken zu ihm hastig vorbeischlängelte, um jede Berührung zu vermeiden. »Feigling«, rief er ihr leise nach und fuhr grinsend fort: »Ich glaube, ich bin dir noch eine Lektion im Sessel schuldig?«

Er hörte sie nach Luft schnappen, und dann rannte sie auf die Treppe zu. Sein Gelächter folgte ihr. »Ein andermal, Liebling!«

Kapitel 33

Zwei Tage nach Frances' unerwartetem Verrat, wie Roslynn die Versöhnung ihrer Freundin mit Amherst insgeheim verbittert bezeichnete, schritt sie auf die weit geöffneten Flügeltüren von Edward Malorys großem Ballsaal zu, blieb aber plötzlich stehen und zwang dadurch auch ihre beiden Begleiter stehenzubleiben. Die vielen Kutschen vor dem Haus hatten zwar auf zahlreiche Gäste hingedeutet, aber daß an die zweihundert Personen in dem riesigen Raum versammelt sein würden, hatte sie dann doch nicht erwartet.

»Ich dachte, dies sollte ein kleines Fest nur für die Familie und für Freunde sein«, wandte sie sich stief an Anthony. Diese Party wurde schließlich für sie beide veranstaltet, da hätte man ihr doch wenigstens Bescheid sagen können. »Keine große Angelegenheit – das waren die Worte deines Bruders, wie ich mich genau erinnere.«

»Für Charlottes Begriffe ist das wirklich nur ein Fest im kleinen Kreis.«

»Und vermutlich sind das alles *deine* Freunde?«

»Ich muß dich leider enttäuschen, Liebling, aber so bekannt bin ich nicht«, grinste Anthony. »Als Eddie von ein paar Freunden der Familie gesprochen hat, muß er wohl an den gesamten Freundeskreis jedes einzelnen Familienmitglieds gedacht haben. Aber du bist völlig passend gekleidet, meine Liebe.«

Ihre Kleidung bereitete ihr keine Sorgen. Das moosgrüne Abendkleid aus Seidenkrepp mit kurzen schwarzen Spitzenärmeln, tiefem Dekolleté und hoher Taille eignete sich für jeden Ball. Schwarze Abendhandschuhe und Satinschuhe vervollständigten ihre Garderobe, aber es war der Diamantschmuck – Ohrringe, Kollier, Armbänder und mehrere Ringe –, der sie in ihren Augen sogar für eine Vorstellung bei Hofe repräsentabel gemacht hätte.

Sie sagte nichts mehr. Anthony hörte sowieso nicht richtig zu, weil er seine Blicke durch den Ballsaal schweifen ließ. Das gab ihr die Gelegenheit, ihn kurz zu betrachten, bevor sie hastig wieder wegschaute.

Sie hätte eigentlich sehr stolz darauf sein müssen, daß zwei der bestaussehenden Männer von London, Anthony und James, ihre Begleiter waren, aber sie hatte jetzt wichtigere Dinge im Sinn. Sie überlegte krampfhaft, wie sie es anstellen sollte, der Nähe ihres Mannes so schnell wie möglich zu entfliehen. Nach der unerträglichen Kutschfahrt, während der sie neben ihm hatte sitzen müssen, war sie ein einziges Nervenbündel.

An sich waren die Sitze breit genug, um Abstand halten zu können, aber Anthony hatte sie absichtlich an sich gezogen und den Arm um ihre Schultern gelegt, und sie hatte sich ihm nicht entziehen können, weil James ihnen gegenüber saß und sie leicht amüsiert betrachtete. Aber genau deshalb hatte Anthony sich ja soviel herausgenommen. Er hatte gewußt, daß sie ihm vor seinem Bruder keine Szene machen würde.

Aber es war die reinste Hölle gewesen, eine qualvolle Seligkeit, Seite an Seite mit ihm zu sitzen, seine Hüfte und seinen Schenkel zu spüren. Und er hatte seine verdammte Hand nicht eine Sekunde stillgehalten. Seine Finger hatten unablässig ihren nackten Arm zwischen dem kurzen Ärmel und dem ellbogenlangen Handschuh gestreichelt. Und obwohl sie steif wie ein Brett dagesessen war, hatte sie nicht verhindern können, daß ihr Atem schneller ging, ihr Herz zum Zerspringen klopfte, ihre Haut unter seinen Fingern verräterisch prickelte und ihr Erschauern ihm verriet, wie wirkungsvoll seine *unschuldigen* Berührungen waren.

Die Fahrt schien eine Ewigkeit gedauert zu haben, obwohl es nur wenige Blocks bis zum Grosvenor Square waren, wo Edward Malory mit seiner Frau und seinen fünf Kindern wohnte. Und obwohl Roslynns Puls sich normalisiert hatte, seit sie wieder etwas Abstand zu Anthony halten konnte, so wußte sie doch genau, daß sie ihm noch nicht so schnell entkommen konnte, denn dieses Fest fand ja ihnen zu Ehren statt, und deshalb erforderte es die Etikette, daß sie während des Vorstellungsdefilees zusammenblieben. Bei den vielen Gästen würde das endlos dauern. Aber sobald sie es hinter sich hatte...

Alle Malorys waren versammelt. Sie entdeckte Regina und Nicholas, die neben einigen von Edwards Sprößlingen standen; Jason und sein Sohn Derek hielten sich am Buffet auf, zusammen mit Jeremy, der seiner Tante Charlotte bei den letzten Dekorationen geholfen hatte, für die offenbar jede Blume in Charlottes Garten geopfert worden war. Roslynn sah auch Frances und George sowie verschiedene andere bekannte Gesichter.

Und dann wurde es plötzlich still im Saal. Man war auf die Hauptpersonen des Abends aufmerksam geworden. Roslynn stöhnte innerlich, als Anthony einen Arm um ihre Taille legte, ganz der zärtliche Ehemann. Würde er sich an diesem Abend immer neue Freiheiten herausnehmen? Es hatte ganz diesen Anschein, denn er ließ sie auch nicht los, als Edward und Charlotte zu ihnen traten, mit einer kleinen Schar von Gästen im Schlepptau. Die Vorstellungen nahmen ihren Lauf, und dann mußten Roslynn und Anthony als die Ehrengäste auch noch den Ball eröffnen, was der Schuft natürlich ebenfalls schamlos ausnutzte.

Bald lernte sie auch seine Freunde kennen, die allesamt auf den ersten Blick als wollüstige Weiberhelden zu identifizieren waren. Alle musterten sie unverhohlen, flirteten mit ihr, machten anzügliche Scherze. Sie waren amüsant. Sie waren verwegen. Und sie baten sie um einen Tanz nach dem anderen, wodurch sie endlich von Anthony getrennt wurde. Als sie schließlich um eine kleine Verschnaufpause bat, war er nicht mehr zu sehen, und sie konnte sich entspannen und den Abend genießen.

»Also wirklich, Malory, spielst du nun eigentlich Karten oder nicht?« fragte der Ehrenwerte John Willhurst erbittert, als Anthony sich zum drittnmal in weniger als einer Stunde vom Tisch erhob.

Die beiden anderen Spieler hielten unwillkürlich den Atem an, als Anthony die Hände auf den Tisch stützte und sich zu Willhurst hinüberbeugte. »Ich will mir ein wenig die Beine vertreten, John, aber wenn dir das nicht paßt, weißt du ja, was du tun kannst.«

»Nein – keineswegs«, brachte John Willhurst heraus. Er war ein Nachbar von Jason und kannte das aufbrausende Wesen der Malorys zur Genüge. Wie hatte ihm das nur passieren können? »Ich könnte selbst noch einen Drink gebrauchen.«

Willhurst sprang hastig vom Tisch auf, während Anthony abwartete, ob die beiden anderen Spieler ebenfalls irgendwelche Einwände erhoben, was aber nicht der Fall war.

Anthony nahm gelassen sein Glas zur Hand, so als wäre er nicht soeben noch nahe daran gewesen, einen alten Freund der Familie zu fordern. Er verließ das Kartenzimmer und blieb wie zuvor am Eingang zum Ballsaal stehen. Seine Blicke schweiften suchend über die Menge.

Der Teufel sollte sie holen! Er konnte sich nicht einmal auf ein einfaches Kartenspiel konzentrieren, wenn sie irgendwo in der Nähe war, und deshalb hatte er in dieser kurzen Zeit schon fast tausend Pfund verloren. Es war die reinste Hölle! Er konnte nicht in ihrer Nähe sein, ohne sie zu berühren, aber er konnte sich auch nicht von ihr fernhalten.

Am anderen Ende des Saals versetzte Conrad Sharp James einen Rippenstoß. »Da ist er schon wieder.«

James folgte Connies Blick und schmunzelte über Anthonys finstere Miene, als seine Frau auf dem Tanzparkett an ihm vorbeiwirbelte. »Sein Gesicht spricht Bände«, kommentierte James. »Ich würde sagen, daß mein lieber Bruder gar nicht glücklich ist.«

»Dem könntest du leicht abhelfen, wenn du ein paar Worte mit der Dame wechseln und sie über den tatsächlichen Sachverhalt aufklären würdest.«

»Ja, vermutlich könnte ich das.«

»Aber du wirst es nicht tun?«

»Es Tony so leicht machen? Also wirklich, Connie! Es ist doch viel amüsanter zuzuschauen, wie er sich mühsam durchwurstelt. Er ist einfach nicht daran gewöhnt, daß jemand ihm die kalte Schulter zeigt, und ich glaube, er wird sich noch tiefer in die Scheiße reiten, bevor er da schließlich wieder rauskommt.«

»Falls er rauskommt.«

»Wo bleibt dein Glaube, Mann? Die Malorys gewinnen am Ende immer.« James grinste. »Außerdem wird sie allmählich schwach. Hast du das noch nicht bemerkt? Sie hält ständig Ausschau nach ihm. Wenn es jemals eine verliebte Frau gab, so heißt sie Lady Malory.«

»Sie weiß es wohl nur noch nicht?«

»So ist es.«

»Worüber grinst ihr beide denn so hämisch?« fragte Regina, die mit Nicholas zu ihnen getreten war.

James nahm sie kurz in den Arm. »Über die Schwächen der Männer, Süße. Wir können manchmal Riesenarschlöcher sein.«

»Sprich bitte nur für dich selbst, alter Knabe«, brummte Nicholas.

»Mich selbst nehme ich natürlich aus«, erwiderte James, während er seinen angeheirateten Neffen ironisch musterte. »Du hingegen bist geradezu ein Prachtbeispiel, Montieth.«

»Na großartig!« seufzte Regina, bedachte beide mit einem tadelnden Blick und hängte sich bei Conrad Sharp ein. »Connie, würdest du mich retten, indem du mit mir tanzt? Ich habe es wirklich satt, ständig Blutspritzer von ihren Hieben abzubekommen.«

»Liebend gern, Naseweis«, lachte Connie.

James schnaubte, als die beiden sich aufs Tanzparkett begaben. »Sie nimmt kein Blatt vor den Mund, was?«

»Du weißt ja noch nicht einmal die Hälfte«, knurrte Nicholas vor sich hin. »Versuch mal, auf dem Sofa zu schlafen, weil deine Frau wütend auf dich ist.«

James konnte einfach nicht anders. Er lachte schallend.

»Großer Gott, du auch? Das ist ja köstlich, Junge. Zum Brüllen komisch! Und womit hast du dieses grausame Schicksal verdient?«

»Ich habe dir nicht verziehen, das ist es.« James' Gelächter auf seine Kosten besserte seine Stimmung nicht gerade. »Und sie weiß das. Jedesmal, wenn du und ich einen Wortwechsel haben, fällt sie später über mich her. Wann, zum Teufel, verläßt du London endlich?«

»Diese Frage scheint von allgemeinem Interesse zu sein«, kicherte James. »Vielleicht bleibe ich ganz hier, lieber Junge, wenn das zur Folge hat, daß du öfter mal aufs Sofa verbannt wirst.«

»Du bist wirklich eine Seele von Mensch, Malory.«

»Freut mich, daß du das endlich einsiehst. Wenn es dich übrigens tröstet – ich habe dir längst verziehen.«

»Wie großmütig! Du warst doch von Anfang an im Unrecht.«

»Und wer hat mich ins Gefängnis gebracht?« brummte James, nun nicht mehr amüsiert.

»Ha! Das war erst, nachdem du mich zusammengeschlagen hattest und ich wochenlang das Bett hüten mußte«, betonte James säuerlich.

»Das ist eine verdammte Lüge!«

»So? Du kannst doch nicht leugnen, daß meine Brüder dir die Daumenschrauben anlegen mußten, um dich zum Altar zu bringen. Ich wollte, ich wäre damals auch hier gewesen...«

»Aber das warst du doch, alter Junge – du hast dich in dunklen Gassen versteckt und mir aufgelauert.«

»Versteckt? Ich und versteckt?« tobte James.

Nicholas stöhnte. »Jetzt hast du mit deinem verdammten Gebrüll was angerichtet.«

James folgte seinem Blick und stellte fest, daß Regina nicht mehr tanzte. Sie stand auf dem Tanzparkett und starrte ungnädig zu ihnen herüber, während Connie sich vergeblich den Anschein gab, ihre erhobenen Stimmen nicht gehört zu haben.

»Ich glaube, ich könnte jetzt einen Drink gebrauchen«, sagte James. »Mach's dir auf dem Sofa bequem, Junge.« Er schlenderte zum Buffet. Als er dabei an Anthony vorbeikam, mußte er natürlich eine Bemerkung loswerden. »Du und Montieth seid Leidensgefährten, lieber Junge. Er hat den gleichen Grund zur Klage, hast du das gewußt?«

»Tatsächlich?« Anthony suchte in der Menge nach Nicholas und fügte trocken an: »Er hat aber offenbar entdeckt, wie er da Abhilfe schaffen kann.«

James lachte, als er sah, daß Nicholas seine Frau küßte, ohne sich um das Aufsehen zu kümmern, das sie damit erregten. »Verdammt, das ist eine gute Idee! Er hat Regan auf wirklich elegante Weise den Mund gestopft, das muß man dem Kleinen lassen.«

Aber Anthony hörte diesen Kommentar nicht mehr. Er hatte Roslynn wieder einmal über irgendeinen dummen Scherz ihres Tanzpartners lachen gehört, und nun riß ihm endgültig der Geduldsfaden. Er bahnte sich einen Weg zu dem Paar und klopfte Justin Warton nicht allzu sanft auf die Schulter.

»Ist was, Malory?« fragte Lord Warton, dem Anthonys Gereiztheit nicht entgangen war.

»Aber nein«, lächelte Anthony gezwungen, während er Roslynn am Arm packte, bevor sie ihm entwischen konnte. »Ich hole mir nur zurück, was mir gehört.« Er nickte Warton kurz zu und tanzte mit seiner Frau im Arm davon. »Na, amüsierst du dich, Liebling?«

»Ich *habe* mich amüsiert«, erwiderte Roslynn mit abgewandtem Blick.

Nur der festere Druck seiner Finger auf ihrer Taille verriet, daß ihr Hieb gesessen hatte. »Sollen wir dann vielleicht nach Hause fahren?«

»Nein«, murmelte sie hastig.

»Aber wenn es dir doch keinen Spaß macht...«

»Es *macht* mir Spaß«, knirschte sie.

Er lächelte auf sie hinab, zog sie enger an sich, sah den

beschleunigten Puls an ihrem Hals und fragte sich, was sie wohl täte, wenn er Montieths Strategie anwandte.

»Was würdest du tun, mein Schatz, wenn ich diesen Tanz mit einem Kuß beenden würde?«

»Was?«

Endlich schaute sie ihn an, und sofort tauchten ihre Blicke ineinander. »Das versetzt dich in Panik, stimmt's? Warum eigentlich?«

»Du irrst dich gewaltig, Mann.«

»Ah, der schottische Dialekt bricht auch schon durch, ein sicheres Zeichen...«

»Halt den Mund!« fauchte sie und kam vor Aufregung beim Tanzen völlig aus dem Takt.

Anthony grinste erfreut und beschloß, sie im Augenblick nicht weiter am Haken zappeln zu lassen. In einem Ballsaal etwas anzufangen, war nicht nur unpassend, sondern führte auch zu nichts.

Sein Blick blieb auf ihrem Diamantschmuck haften, der bei jeder Bewegung im Licht funkelte, und er fragte in völlig neutralem Ton: »Was schenkt ein Mann einer Frau, die schon alles hat?«

»Etwas, das man nicht kaufen kann«, antwortete Roslynn geistesabwesend, weil sie nur daran dachte, was sich am Ende dieses Tanzes ereignen könnte.

»Vielleicht sein Herz?«

»Vielleicht – nein – ich meine...«, stammelte sie, atmete tief durch, um wieder einen klaren Gedanken fassen zu können, und fuhr in bitterem Ton fort: »*Dein* Herz will ich nicht, Mann, jetzt nicht mehr.«

Eine Hand spielte mit ihren Schläfenlocken. »Aber wenn es dir schon gehört?« fragte er leise.

Sie geriet in den mächtigen Strudel seiner blauen Augen, schmiegte sich unbewußt fester an ihn und bot ihm ihre Lippen dar. Für einen Moment hatte sie völlig vergessen, wo sie waren, und sie hatte auch ihren Groll vergessen. Doch dann fiel ihr alles wieder ein, und sie rückte hastig von ihm ab.

Wütend auf sich selbst, zischte sie: »Wenn dein Herz mir gehört, kann ich damit machen, was ich will, und dann bekommst du es in kleine Stücke zerschnitten zurück.«

»Herzloses Weib!«

»Aber nein.« Sie rang sich ein gequältes Lächeln ab und bemerkte zum Glück nicht, wie amüsiert er war. »Mein Herz sitzt genau am rechten Fleck, und dort bleibt es auch.«

Sie riß sich von ihm los und eilte auf seine älteren Brüder zu. Nur in deren Nähe fühlte sie sich vor Anthonys anzüglichen Scherzen und scheinbar harmlosen Berührungen sicher.

Kapitel 34

George klopfte kräftig, trat etwas zurück und pfiff eine fröhliche Melodie vor sich hin. Gleich darauf öffnete Dobson die Tür.

»Sie haben ihn um etwa fünf Minuten verfehlt, Mylord«, sagte der Butler, noch bevor George überhaupt den Mund aufgeamcht hatte.

»Verdammt, und ich dachte, ich wäre sogar etwas zu früh dran«, rief George, fuhr aber unverdrossen fort: »Na, macht nichts. Er wird nicht schwer zu finden sein.«

Er schwang sich wieder in den Sattel seines rotbraunen Hengstes und ritt zum Hyde Park. Er kannte Anthonys bevorzugte Pfade, denn er hatte ihn schon oft bei seinen Morgenritten begleitet, allerdings immer nur nach durchfeierten Nächten, wenn es sie beide noch nicht ins Bett zog. Extra aufgestanden war George so früh am Morgen noch nie, weder zum Ausreiten noch zu sonstigen Zwecken – bis vor kurzem.

Er pfiff immer noch vor sich hin, denn er fühlte sich wie im siebten Himmel. Jahrelange Gewohnheiten waren in den letzten drei Tagen völlig über den Haufen geworfen worden, aber er hätte nicht glücklicher sein können. Er ging früh zu Bett, er stand frühmorgens auf, und er verbrachte den ganzen Tag mit Franny. Nein, er könnte wirklich nicht glücklicher sein, und das verdankte er einzig und allein Anthony. Aber er hatte bisher noch keine Gelegenheit gehabt, ihm zu danken, und deshalb hatte er beschlossen, mit ihm auszureiten.

Sobald er im Park war, ritt er schneller, um seinen Freund einzuholen, aber es dauerte trotzdem ein Weilchen, bis er ihn ein ganzes Stück weiter vorne erspähte, und auch das nur, weil Anthony an der Startlinie der langen Rennbahn, auf der er immer seinen Galopp absolvierte, eine kurze Pause einlegte. George hob den Arm, aber noch bevor er seinem Freund etwas zurufen konnte, fiel ein Schuß.

Er hörte diesen Schuß, konnte aber nicht glauben, was passiert war. Er sah, daß Anthonys Hengst sich hoch aufbäumte. Fast konnte man meinen, Pferd und Reiter würden einen Purzelbaum rückwärts schlagen. Anthony landete tatsächlich auf dem Boden. Das Pferd kam wieder auf die Vorderbeine, war aber so erschrocken, daß es schnaubend und seine Mähne schüttelnd scheute, einen Busch streifte, noch mehr erschrak und durchging. Und knapp zwanzig Meter von Anthony entfernt sprang ein rothaariger Mann auf ein Pferd, das im Gebüsch versteckt gewesen war, und galoppierte davon.

Das alles hatte sich in wenigen Sekunden abgespielt, und Anthony lag noch am Boden. George stockte der Atem, als er begriff, was geschehen war. Doch dann setzte Anthony sich zum Glück auf, fuhr sich mit der Hand durchs Haar, und Georges leichenblasses Gesicht bekam wieder etwas Farbe. Er blickte dem fliehenden Rotschopf nach, und als er feststellte, daß Anthony bereits aufstand, offenbar völlig unverletzt, zögerte er nicht länger und nahm die Verfolgung auf.

Anthony hatte sein Pferd gerade dem Stallknecht übergeben, als George hinter ihm auftauchte. Das hatte ihm gerade noch gefehlt! Er war nicht in der Stimmung für Georges Freudentaumel. Nicht, daß er ihm sein Glück mißgönnt hätte. Er wollte nur nicht daran erinnert werden, daß ihm selbst nicht voviel Glück beschieden war.

»Du bist also ohne fremde Hilfe nach Hause gekommen«, stellte George fest und grinste über Anthonys finstere Miene. »Keine gebrochenen Knochen?«

»Offenbar hast du gesehen, wie ich aus dem Sattel flog? Vielen Dank auch, daß du mir geholfen hast, meine Schindmähre einzufangen.«

George schmunzelte über seinen Sarkasmus. »Ich dachte, daß dir dies hier vielleicht lieber wäre.« Er überreichte Anthony einen Zettel.

Die Adresse sagte Anthony nichts. »Ist das ein Arzt? Oder ein Abdecker?«

George lachte jetzt laut. Er wußte genau, daß Anthonys Lieblingspferd keinerlei Gefahr drohte. »Weder noch. Du wirst dort den Rothaarigen finden, der dich als Zielscheibe benutzte. Übrigens ein komischer Kauz, hat sich nicht einmal vergewissert, ob er dich wirklich getroffen hat. Hält sich wohl für einen Meisterschützen.«

Anthonys Augen funkelten. »Du bist ihm also zu dieser Adresse gefolgt?«

»Nachdem ich gesehen habe, daß du dich aufrappeln konntest, versteht sich.«

»Versteht sich.« Anthony lächelte jetzt endlich. »Besten Dank, George. Bis ich wieder im Sattel saß, war von dem Kerl natürlich nichts mehr zu sehen.«

»Ist das der Bursche, den du überall gesucht hast?«

»Darauf könnte ich jede Wette eingehen.«

»Wirst du ihm einen Besuch abstatten?«

»Worauf du dich verlassen kannst.«

Der kalte Glanz in Anthonys Augen verursachte George ein gewisses Unbehagen. »Brauchst du Gesellschaft?«

»Diesmal nicht, alter Junge«, erwiderte Anthony. »Diese Begegnung ist seit langem überfällig.«

Roslynn öffnete die Tür zum Arbeitszimmer, blieb aber auf der Schwelle stehen, als sie Anthony am Schreibtisch sitzen und Duellpistolen reinigen sah. Sie hatte nicht gewußt, daß er von seinem Morgenritt schon zurückgekommen war. Sie hatte absichtlich in ihrem Zimmer gewartet, bis sie ihn weggehen hörte, denn sie wollte möglichst jede Begegnung mit ihm vermeiden, nachdem sie sich auf dem Ball so töricht benommen hatte.

Anthony hatte sich natürlich köstlich darüber amüsiert, als sie Jeremy unbedingt mit nach Hause nehmen wollte, obwohl der Junge dagegen protestierte. Anthony wußte genau, warum sie nicht mit ihm allein sein wollte, nicht einmal während der kurzen Kutschfahrt. James hatte den Ball mit Conrad Sharp schon früher verlassen, und so war nur Jeremy als Retter aus höchster Not in Frage gekommen. Sie hatte sich einfach nicht getraut, mit Anthony allein zu sein.

Und jetzt war sie doch wieder allein mit ihm. Sie hatte sich aus seiner kleinen Bibliothek mit neuem Lesestoff versorgen wollen. Aber er hatte nicht einmal aufgeblickt, als sie hereingekommen war. Vielleicht konnte sie sich unbemerkt zurückziehen.

»Wolltest du etwas Bestimmtes, meine Liebe?«

Er schaute noch immer nicht auf. Roslynn knirschte mit den Zähnen. »Nichts, was nicht warten könnte.«

Anthony würdigte sie endlich eines Blickes, interessierte sich aber offenbar nur für das Buch, das sie krampfhaft umklammert hielt. »Ah, der liebste Gefährte von alten Jungfern und Witwen! Mit einem guten Buch geht der Abend relativ schnell vorbei, wenn man nichts Besseres zu tun hat, nicht wahr?«

Sie hätte ihm das Buch am liebsten an den Kopf geworfen. Mußte er jedesmal, wenn sie sich sahen, Anspielungen auf ihre Entfremdung machen? Konnte er sie nicht völlig in Ruhe lassen, bis sie sich mit seiner Untreue abgefunden haben würde? Er benahm sich so, als wäre *sie* der schuldige Teil.

Diese Ungerechtigkeit machte sie aggressiv. »Wieder einmal ein Duell, Mylord! Ich habe gehört, daß dies zu deinem Lieblingsbeschäftigungen gehört. Mit einem Ehemann, dem du die Hörner aufgesetzt hast, nehme ich an?«

»Keineswegs, Liebling. Ich dachte daran, dich zu fordern. Wenn du mein Blut fließen siehst, bekommst du vielleicht doch Mitleid, und wir können unseren kleinen Krieg beenden.«

Es dauerte mindestens fünf Sekunden, bis sie ihren Mund wieder schließen konnte. »Mach keine dummen Scherze.«

Er zuckte mit den Schultern. »Dein lieber Vetter ist hartnäckig. Er glaubt offenbar, dich doch noch heiraten zu können, wenn er deinen derzeitigen Ehemann beseitigt.«

»Nein!« Roslynns Augen waren schreckensweit aufgerissen. »Ich hätte nie gedacht...«

»Nicht?« fiel er ihr trocken ins Wort. »Mach dir keine Vorwürfe, Liebling. Ich habe von Anfang an mit dieser Möglichkeit gerechnet.«

»Heißt das, daß du mich geheiratet hast, obwohl du wußtest, daß du damit dein Leben in Gefahr bringst?«

»Gewisse Dinge lohnen den Einsatz des Lebens – zumindest dachte ich das damals.«

Der Hieb hatte gesessen, und er war so schmerzhaft, daß sie in ihr Zimmer rannte, wo sie ihren Tränen freien Lauf lassen konnte. O Gott, sie hatte geglaubt, daß alles überstanden sein würde, sobald sie heiratete. Sie hätte sich nie träumen lassen, daß Geordie versuchen könnte, ihren Mann umzubringen. Und ihr Mann war Anthony! Sie könnte es nicht ertragen, wenn ihm ihretwegen etwas zustieße.

Sie mußte etwas unternehmen. Sie mußte Geordie finden und selbst mit ihm reden, ihm ihr Vermögen geben, alles, was er wollte. Nur Anthony durfte nichts geschehen.

Roslynn trocknete ihre Tränen und ging wieder nach unten, um Anthony ihren Entschluß mitzuteilen. Sie würde Geordie abfinden. Ihm ging es ja ohnehin nur um das Geld.

Aber Anthony war schon weggegangen.

Kapitel 35

Anthony begriff jetzt, warum es weder ihm selbst noch seinen Agenten nicht gelungen war, Cameron ausfindig zu machen. Der Schotte hatte die Hafengegend verlassen und sich ein Zimmer in einem besseren Stadtteil genommen, trotz der hohen Preise, die während der Saison verlangt wurden. Der Vermieter, ein sympathischer Mann, erzählte, daß Cameron erst seit wenigen Tagen hier wohne und im Augenblick zu Hause sei. Ob er allein war, wußte der Wirt nicht. Aber das war Anthony auch egal.

Der Rothaarige hatte sich unter dem Namen Campbell eingetragen, aber Anthony zweifelte nicht daran, Cameron gefunden zu haben. Er fühlte sich geradezu beschwingt. Sobald er mit Roslynns Vetter abgerechnet hatte, würde er sich auch mit ihr selbst beschäftigen. Sie hatte ihn jetzt lange genug nach ihrer Pfeife tanzen lassen!

Das Zimmer war im zweiten Stock, die dritte Tür auf der linken Seite. Anthony klopfte leise, und schon nach wenigen Sekunden wurde die Tür aufgerissen, und er stand endlich Geordie Cameron gegenüber. Die weit aufgerissenen hellblauen Augen des Mannes verrieten eindeutig, daß er seinen Besucher wiedererkannt hatte.

Sobald der Schotte den ersten Schock überwunden hatte, versuchte er, Anthony die Tür vor der Nase zuzuschlagen, doch eine Hand drückte so kräftig dagegen, daß die Klinke Geordie aus der Hand rutschte und er zurückspringen mußte, um von der Tür nicht getroffen zu werden, die jetzt weit aufflog.

Wut und Furcht stiegen gleichzeitig in ihm auf. Der Engländer hatte von ferne nicht so kräftig ausgesehen. Auch nicht so gefährlich. Und außerdem sollte er jetzt eigentlich tot oder ernsthaft verwundet sein, zumindest aber völlig eingeschüchtert durch die Erkenntnis, in Geordie Cameron einen Todfeind zu haben. Und Roslynn hätte daraufhin eigentlich in Panik geraten, das Haus auf dem Piccadilly verlassen und Wilbert und Thomas in die Arme laufen sollen. So war das alles gedacht und geplant gewesen. Keineswegs aber war vorgesehen, daß der Engländer bei bester Gesundheit plötzlich hier auftauchte und sich gewaltsam Zutritt verschaffte, mit einem ominösen Lächeln, das Geordie einen kalten Schauder über den Rücken jagte.

»Es freut mich, daß wir keine Zeit damit vergeuden müssen, uns gegenseitig vorzustellen«, sagte Anthony, während er ins Zimmer trat. »Ich brauche Ihnen auch nicht zu erklären, weshalb ich hier bin. Hören Sie zu – ich gebe Ihnen eine faire Chance, was man von Ihnen heute morgen nun wirklich nicht behaupten konnte. Sind Sie Gentleman genug, um meine Forderung anzunehmen?«

Der ruhige, ungezwungene Ton ließ Geordie neuen Mut schöpfen. »Ha, ich bin doch kein Narr, Mann!«

»Darüber ließe sich streiten, aber ich habe eigentlich auch nicht erwartet, daß wir das auf die übliche Art erledigen würden. Also, sei's drum.«

Geordie sah den Schlag nicht kommen. Der Kinnhaken schleuderte ihn gegen den kleinen Eßtisch, dessen wackelige Beine unter seinem Gewicht nachgaben. Er landete auf dem Fußboden, sprang aber sofort wieder auf. Der Engländer legte währenddessen in aller Ruhe sein Jackett ab. Geordie bewegte sein Kinn hin und her, stellte fest, daß nichts gebrochen war und schielte zu seinem eigenen Jackett hinüber, das auf dem Bett lag. In der Tasche steckte eine Pistole. Vielleicht könnte er an die Waffe kommen...

Er hatte keine Gelegenheit dazu, denn kaum daß er den ersten Schritt in Richtung Bett gemacht hatte, wurde er herumgerissen. Eine Faust landete dicht über seiner Gürtellinie, die andere auf seiner Backe. Er ging wieder zu Boden, und diesmal kam er nicht so schnell auf die Beine. Der verdammte Engländer hatte Fäuste aus Stein.

Anthony trat auf ihn zu. »Das war für heute morgen. Und jetzt kommen wir zur eigentlichen Sache.«

»Ich kämpfe nicht mit Ihnen, Mann«, knirschte Geordie. Er hatte einen Blutgeschmack auf der Zunge, denn seine Zähne hatten die Backe aufgeritzt.

»O doch, das wirst du, mein Freund«, erwiderte Anthony seelenruhig. »Dir bleibt nämlich gar keine andere Wahl. Dein Blut wird fließen, ob du dich nun verteidigst oder nicht.«

»Sie sind ja verrückt!«

»Nein.« Anthonys Ton wurde plötzlich scharf und bedrohlich. »Ich meine es verdammt ernst.«

Er bückte sich, um Geordie auf die Beine zu stellen. Geordie trat nach ihm, aber Anthony schob sein Knie vor und riß ihn hoch. Und dann trafen die steinharten Fäuste wieder Geordies Kinn. Diesmal taumelte er nur ein Stück zurück und hatte Zeit, seine eigenen Fäuste zu heben, bevor Anthony sich näherte. Geordies rechter Haken traf ins Leere. Er krümmte sich vor Schmerz, als zwei Volltreffer in seiner Magengrube landeten. Noch bevor er wieder Luft bekam, hatte er aufgeplatzte Lippen.

»Ge-nug!« stammelte er.

»Noch lange nicht, Cameron«, widersprach Anthony, dem keinerlei Anstrengung anzusehen war.

Geordie stöhnte, und er stöhnte noch lauter bei den nächsten beiden Hieben. Die rasenden Schmerzen machten ihn fast wahnsinnig. Er war noch nie im Leben verprügelt worden, und er hatte nicht den Charakter, Prügel wie ein Mann einzustecken. Er begann zu schreien und wild um sich zu schlagen. Als er endlich einen Treffer landete, lachte er, nur um gleich darauf, als er die Augen einen Spalt weit öffnete, feststellen zu müssen, daß er die Wand getroffen und sich dabei drei Knöchel gebrochen hatte. Anthony wirbelte ihn herum, und im nächsten Moment prallte sein Schädel gegen die Wand. Während er langsam zu Boden glitt, stellte er fest, daß jetzt auch seine Nase gebrochen war.

Er dachte, damit sei es zu Ende. Er war besiegt, das wußte er. Alles tat ihm weh, und er blutete. Aber es war noch nicht zu Ende. Anthony zog ihn am Hemdkragen hoch, lehnte ihn an die Wand und schlug zu, als hätte er einen Sandsack vor sich. Geordies Versuche, den Boxhieben auszuweichen, waren völlig sinnlos.

Nach einer scheinbaren Ewigkeit hatte er es dann doch überstanden. Er saß auf dem Boden – aber er saß nur deshalb, weil die Wand ihm als Rückenstützte diente. Er blutete aus Mund, Nase und mehreren anderen Gesichtsverletzungen. Zwei Rippen waren gebrochen. Auch der kleine Finger der linken Hand war gebrochen, bei einem seiner sinnlosen Abwehrversuche. Ein Auge war zugeschwollen, aber mit dem anderen Auge sah er, daß Anthony mit Widerwillen und Verachtung auf ihn herabstarrte.

»Verdammt, Cameron, Sie verschaffen einem nicht die geringste Befriedigung!«

Das war komisch, und Geordie versuchte zu lächeln, aber seine Lippen waren völlig taub, so daß er nicht wußte, ob es ihm gelungen war. Mühsam brachte er ein einziges Wort hervor: »Bastard!«

Anthony ging vor ihm in die Hocke. »Soll ich vielleicht weitermachen?«

Geordie stöhnte. »Nein – nein...«

»Dann paß jetzt mal gut auf, Schotte. Davon könnte nämlich dein Leben abhängen, denn wenn ich mir dir noch einmal vorknöpfen muß, benutzte ich nicht mehr meine Fäuste. Sie gehört jetzt mir, und ihr Vermögen auch. Ich habe sie vor einer Woche geheiratet.«

Geordie schüttelte seine Benommenheit ab. »Sie lügen! Sie hätte Sie nur geheiratet, wenn Sie diesen blöden Ehevertrag unterschrieben hätten, und das würde kein Mann mit etwas Grips tun.«

»Da irrst du dich gewaltig, mein Junge. Ich habe ihn unterzeichnet, und zwar vor Zeugen – und nach der Trauung habe ich ihn verbrannt!«

»Das geht doch gar nicht, wenn es Zeugen gab.«

»Ich habe wohl vergessen zu erwähnen, daß es sich bei den Zeugen um Verwandte von mir handelte.«

Geordie versuchte vergeblich, sich etwas aufrechter hinzusetzen. »Na und? Sie bekommt trotzdem alles zurück, wenn ich sie zur Witwe mache.«

»Du lernst offenbar nichts dazu.« Anthony packte Geordie wieder beim Kragen.

Geordie griff rasch nach seinen Handgelenken. »Ich hab's nicht so gemeint, Mann, wirklich nicht, ich schwör's!«

Anthony ließ ihn los, weil er es jetzt für wirkungsvoller hielt, seine Lüge auszubauen. »Ob ich bald sterbe oder nicht, Schotte – dir kann das völlig egal sein. Gemäß meinem neuen Testament fällt mein gesamter Besitz, einschließlich des Vermögens meiner Frau, an meine Familie, die natürlich dafür Sorge tragen wird, daß es meiner Witwe an nichts fehlt. Aber ansonsten bekommt sie nichts. Sie hat an ihrem Hochzeitstag alles verloren – und du ebenfalls!«

Geordies unverletztes Auge verengte sich vor Wut. »Sie muß doch einen Mordshaß auf Sie haben, weil Sie sie so reingelegt haben.«

»Das ist mein Problem, nicht wahr?« Anthony erhob sich. »Dein Problem besteht darin, in deinem gegenwärtigen Zustand London noch heute zu verlassen. Wenn du morgen noch hier bist, Schotte, lasse ich dich wegen deines kleinen Manövers von heute morgen verhaften.«

»Sie haben keine Beweise, Mann.«

»Nein?« Anthony grinste. »Der Graf von Sherfield hat alles mit angesehen und ist dir hierher gefolgt. Wie hätte ich dich sonst finden können? Wenn meine Aussage dich nicht ins Gefängnis bringt, so tut seine es mit Sicherheit.«

Im Hinausgehen hörte Anthony den Schotten murmeln, wie er London denn verlassen solle, wenn er nicht einmal aufstehen könne.

Kapitel 36

Roslynn sah Anthony zum Glück nicht, als er nach Hause kam. Als er gebadet und sich umgezogen hatte, war ihm von dem Kampf nichts mehr anzusehen. Er hatte nicht einmal an den zarten Knöcheln irgendwelche Abschürfungen oder Verletzungen von Camerons Zähnen, weil er vorsichtshalber Handschuhe getragen hatte. Trotzdem war er angewidert von dieser Geschichte. Mit einer Memme zu kämpfen, war wirklich alles andere als befriedigend. Er hatte so schlechte Laune, daß er nicht die geringste Lust verspürte, seinen Vorsatz auszuführen und nun auch noch Roslynn zur Vernunft zu bringen.

Er wollte sie im Augenblick nicht einmal sehen und bedauerte es regelrecht, daß sie aus dem Empfangszimmer trat, als er das Haus gerade wieder verlassen wollte.

»Anthony?«

Er wunderte sich über ihren sanften Ton und ihre unübersehbare Unsicherheit. Das sah ihr so gar nicht ähnlich. »Was gibt's?«

»Hast du – hast du Geordie zum Duell gefordert?«

»Er hat gekniffen«, knurrte Anthony.

»Du hast ihn also gesehen?«

»O ja. Du kannst dich von nun an unbesorgt frei bewegen. Er wird dich künftig in keiner Weise mehr belästigen.«

»Hast du...«

»Ich habe ihn nur davon überzeugt, daß er London verlassen sollte. Und er wird verschwinden, auch wenn er dazu vielleicht eine Tragbahre benötigen wird. Warte mit dem Abendessen nicht auf mich. Ich gehe in meinen Klub.«

Er verließ das Haus, und sie starrte die geschlossene Tür an und fragte sich, warum seine kurz angebundene Art sie so verstörte. Sie müßte jetzt eigentlich erleichtert sein und sich freuen, daß Geordie eine ordentliche Tracht Prügel bezogen hatte, denn sie war sich fast sicher, daß Anthony ihn auf diese Weise zur Vernunft gebracht hatte. Statt dessen war sie aber zutiefst deprimiert über Anthonys Schroffheit und kalte Gleichgültigkeit. Sie hatte ihn im Laufe der vergangenen Woche in vielen verschiedenen Stimmungen erlebt, aber dieses Benehmen war neu, und es gefiel ihr gar nicht.

Sie begriff, daß sie zu lange gezögert und eine Entscheidung aufgeschoben wurde. Es war höchste Zeit, daß sie in bezug auf ihre Beziehung mit Anthony einen Entschluß faßte. Andernfalls würde die Entscheidung über ihren Kopf hinweg fallen. Sie mußte sich noch heute, bevor Anthony nach Hause kam, darüber klarwerden, was sie nun eigentlich wollte.

»Nun, Nettie?«

Nettie, die dabei war, Roslynns Haare zu bürsten, hielt in dieser Beschäftigung inne und betrachtete ihre Herrin im Spiegel. »Willst du das wirklich tun, Mädchen?«

Roslynn nickte. Sie hatte Nettie endlich alles erzählt, angefangen mit ihrer Verführung an jenem schicksalhaften Abend, über die Bedingungen, die sie vor der Hochzeit gestellt hatte, bis hin zu Anthonys Treueschwüren und seiner Untreue gleich am Tag danach. Nettie war bestürzt gewesen, hatte aber auch mit ihrem Ärger über beide Ehepartner nicht hinter dem Berge gehalten. Roslynn hatte ihr nichts verschwiegen, und zuletzt hatte sie ihr auseinandergesetzt, zu welchem Entschluß sie gekommen war. Sie wollte die Meinung ihrer Zofe hören, wollte Zustimmung finden.

»Ich glaube, du machst einen großen Fehler, Mädchen.«

Aber gerade das wollte sie nicht hören. »Warum?«

»Du willst ihn nur benutzzen. Glaub mir – das wird ihm denkbar zuwider sein.«

»Ich werde das Bett mit ihm teilen«, betonte Roslynn. »Wie sollte ich ihn da nur benutzen?«

»Du willst aber nur eine Zeitlang das Bett mit ihm teilen.«

»Er war einverstanden, als ich sagte, daß ich ein Kind von ihm wolle.«

»Das glaube ich gern, Aber damals war nicht die Rede davon, daß er dich in Ruhe lassen solle, sobald das Kind gezeugt ist, oder?«

Roslynn runzelte die Stirn. »Ich will mich doch nur schützen, Nettie. Ständige Intimitäten mit ihm... Ich will ihn nicht lieben!«

»Das tust du schon jetzt.«

»Das ist nicht wahr!« Roslynn drehte sich auf dem Hocker abrupt um und starrte ihre Zofe mit funkelnden Augen an. »Und ich werde ihn auch nie lieben. Das werde ich zu verhindern wissen. Und zu meinem Entschluß soll er sich selbst äußern. Ich weiß überhaupt nicht, warum ich dich eigentlich eingeweiht habe.«

Nettie war völlig unbeeindruckt von diesem Wutausbruch. »Dann geh eben hin und trag ihm die Sache vor. Ich habe ihn vorhin in sein Zimmer gehen sehen.«

Roslynn wandte betreten ihren Blick ab. Ihr war fast übel vor Nervosität. »Vielleicht sollte ich doch lieber bis morgen warten. Er war nicht besonders gut gelaunt, als er wegging.«

»Der Mann war noch keine Sekunde gut gelaunt, seit

du aus seinem Schlafzimmer ausgezogen bist«, brachte Nettie ihr in Erinnerung. »Aber vielleicht begreifst du jetzt, wie töricht dein Vorhaben ist...«

»Nein«, schnitt Roslynn ihr das Wort ab, schon wieder fest entschlossen, ihren Plan auszuführen. »Es ist nicht töricht. Es ist reiner Selbstschutz.«

»Wenn du meinst, Mädelchen.« Nettie seufzte. »Aber denk daran, daß ich dich gewarnt habe.«

»Gute *Nacht*, Nettie.«

Nachdem Nettie sich entfernt hatte, saß Roslynn weitere zehn Minuten vor ihrem neuen Toilettentisch und starrte in den Spiegel. Sie hatte die richtige Entscheidung getroffen. Sie hatte Anthony nicht verziehen und würde ihm niemals verziehen. aber mit dem jetzigen Arrangement bestrafte sie letztlich nur sich selbst. Sie konnte entweder weiter ihren Groll nähren und Anthony von sich fernhalten oder aber ein Kind bekommen. Sie wollte ein Kind. So einfach war das.

Aber dazu mußte sie ihren Stolz überwinden und zu Anthony gehen. Nach seiner heutigen Kälte hegte sie kaum Zweifel daran, daß sie den ersten Schritt machen müßte. Aber er mußte sich mit der zeitlichen Begrenzung einverstanden erklären. Sie brachte es einfach nicht mehr fertig, ihn so zu akzeptieren, wie er nun einmal war, obwohl das bei der Eheschließung ihr fester Vorsatz gewesen war. Ehrlich gesagt, wollte sie ihn, so wie er war, nicht mehr haben. Sie wollte ihn mit keiner anderen Frau teilen müssen, sie war egoistisch genug, ihn ganz für sich allein besitzen zu wollen. Aber nachdem das ein unerfüllbarer Wunsch war, mußte sie innerlich auf Distanz bleiben, mußte sich immer wieder in Erinnerung rufen, daß sie nie die einzige Frau in seinem Leben sein würde.

Roslynn beschloß, rasch zu handeln, bevor der Mut sie wieder verlassen würde. Sie eilte aus ihrem Zimmer und klopfte laut an Anthonys Tür, doch danach hätte sie am liebsten kehrtgemacht. Ihr zweites Klopfen fiel so leise aus, daß außer ihr niemand hören konnte. Doch das erste hatte vollauf genügt.

Willis öffnete die Tür, nahm ihr Nachtgewand zur Kenntnis und entfernte sich unauffällig. Roslynn trat zögernd ein und schloß hinter sich die Tür. Anthony war nicht zu sehen, aber ihr Blick fiel auf das Bett. Es war leer, aber die Decke war zurückgeschlagen. Ihre Wangen röteten sich, und ihre Hände wurden schweißnaß. Schlagartig kam ihr zu Bewußtsein, weshalb sie hergekommen war – um mit Anthony ins Bett zu gehen. Obwohl sie ihn noch gar nicht zu Gesicht bekommen hatte, klopfte ihr Herz plötzlich zum Zerspringen.

Anthony ließ sie währenddessen nicht aus den Augen. In ihrem weißen Seidenneglige, das ihre Figur umschmeichelte, war sie einfach atemberaubend schön. Der geöffnete Morgenmantel war ebenfalls aus dieser dünnen Seide; nur die langen Ärmel waren aus einem durchsichtigen Material, das ihre Haut durchschimmern ließ. Das Haar fiel ihr in rotgoldenen Wellen offen über den Rücken, und er verspürte den mächtigen Drang, es durch seine Finger gleiten zu lassen. Und sie war barfuß!

Er überlegte, was sie wohl zu ihm geführt haben mochte. Nur zwei Motive kamen in Frage. Entweder wollte Roslynn ihn mit diesem aufreizenden Negligé nur quälen und gedachte, sich gleich wieder auf ihr Zimmer zurückzuziehen, oder aber sie war hier, um seinen Qualen ein Ende zu bereiten.

Doch aus welchem Grund auch immer sie gekommen war – fortlassen würde er sie nun nicht mehr. Sein erzwungenes Strohwitwerdasein war endlich vorüber!

»Roslynn?«

Sie hörte die Frage in seiner Stimme. Er wollte wissen, warum sie hier war. Verdammt, würde sie es tatsächlich in Worte fassen müssen? Lag es denn nicht auf der Hand? Willis hatte sofort begriffen, als er sie im Negligé gesehen hatte, und das war peinlich genug gewesen. Aber Anthony würde darauf bestehen, daß sie es aussprach. Sie hätte wissen müssen, daß er es ihr nicht leicht machen würde.

Sie wandte sich in die Richtung seiner Stimme. Er saß in dem großen Klubsessel, und sie wurde nur noch verlegener, als ihr einfiel, daß er neulich gedroht hatte, sie daran festzubinden, und als ihr außerdem einfiel, daß er sie gezwungen hatte, in diesem Sessel sitzenzubleiben, während er sich umzog. Jetzt betrachtete er sie aufmerksam, mit unergründlicher Miene, und sie konnte plötzlich kein Wort hervorbringen.

Ihr Herz schlug noch schneller, seit sie ihm gegenüberstand. Er trug über einer weiten Hose jenen silberblauen Morgenrock, den er auch in der Nacht ihrer Verführung getragen hatte, und diese Erinnerungen ließen ihre Wangen wie im Fieber erglühen und versetzten sie wider Willen in Erregung.

»Nun, meine Liebe?«

Roslynn räusperte sich, aber es half nicht viel. »Ich – ich dachte, wir könnten...«

Sie brachte es einfach nicht über die Lippen, während er ihr in die Augen schaute.

Anthony verlor die Geduld. Sie sollte endlich aussprechen, was er hören wollte. »Wir könnten *was?* Es gibt viele Dinge, die du und ich tun könnten. Was schwebt dir denn so vor?«

»Du hast mir ein Kind versprochen!« platzte sie heraus und seufzte erleichtert, weil sie es nun endlich hinter sich hatte.

»Ziehst du wieder hier ein?«

Verdammt, sie hatte die Einschränkung zu erwähnen vergessen. »Nein, ich... Wenn ich schwanger bin, wird ja kein Grund mehr bestehen...«

»Daß du mit mir schläfst?«

Trotz des Zornes in seiner Stimme und in seiner Miene hielt sie an ihrem Entschluß fest. »Genau.«

»Ich verstehe.«

Die beiden harmlosen kleinen Wörter hörten sich aus

seinem Mund so ominös an, daß sie erschauderte. Nettie hatte sie ja gewarnt, und jetzt konnte sie an dem eisigen Blau seiner Augen und an den zusammengebissenen Zähnen erkennen, wie zornig er war. Trotzdem blieb er ruhig im Sessel sitzen, und auch seine Stimme war völlig beherrscht, als er sagte: »Das entspricht nicht unserer ursprünglichen Vereinbarung.«

»Seitdem hat sich alles verändert«, rief sie ihm ins Gedächtnis.

»Nichts hat sich verändert. Du brütest in deinem mißtrauischen Kopf nur allerlei dummes Zeug aus.«

Sie zuckte zusammen. »Wenn du nicht einverstanden bist...«

»Du rührst dich jetzt nicht vom Fleck, Roslynn«, fiel er ihr barsch ins Wort. »Ich muß deine neueste Bedingung erst einmal verdauen.« Er stellte sein Brandyglas ab und faltete die Hände auf dem Schoß, ohne Roslynn aus den Augen zu lassen. Seine Stimme blieb ruhig oder doch zumindest beherrscht, als er konstatierte: »Du willst dich also vorübergehend meines Körpers zu Zuchtzwecken bedienen?«

»Du brauchst nicht vulgär zu werden.«

»Wir sollten die Dinge doch wenigstens beim Namen nennen, meine Liebe. Du willst einen Zuchthengst, weiter nichts. Die Frage ist nur, ob ich überhaupt imstande bin, diese Rolle zu spielen. Es wäre eine ganz neue Erfahrung für mich, völlig unbeteiligt zu bleiben. Und ich bin mir nicht so sicher, ob ich bei einem rein mechanischen Einsatz überhaupt funktionsfähig sein werde.«

Er war so wütend auf sie, daß er sie am liebsten übers Knie gelegt und mit einer ordentlichen Tracht Prügel zur Vernunft gebracht hätte. Aber er würde ihr genau das geben, was sie verlangte, und danach abwarten, bis sie zugab, daß es nicht das Richtige war.

Roslynn kamen schon jetzt leichte Zweifel. Aus seinem Munde hörte sich die Sache so – so animalisch an. Und was zum Teufel meinte er mit ›mechanisch‹? Er hatte doch selbst gesagt, daß der Akt sich ohne Begehren nicht vollziehen ließe. Natürlich hatte er das in der Hochzeitsnacht behauptet, als er auch geschworen hatte, daß er keine Frau außer ihr haben wolle, und wahrscheinlich war diese Behauptung ebenso eine Lüge gewesen wie seine Treueschwüre. Aber sogar jetzt sagte er ja, daß er nicht sicher sei, ob er dazu imstande wäre. Verdammt, er hatte sie doch von Anfang an begehrt! Wie könnte er da nicht funktionsfähig sein, wie er sich ausgedrückt hatte?

Ein ruhiger Befehl schreckte sie aus ihren wirren Gedanken. »Komm her, Roslynn.«

»Anthony, vielleicht...«

»Willst du ein Kind?«

»Ja«, murmelte sie.

»Dann komm her.«

Sie näherte sich ihm langsam und ein bißchen ängstlich. Er war ihr unheimlich, wenn er sich so kalt und beherrscht gab. Und sie wußte genau, daß unter dieser ruhigen Oberfläche sein Zorn weiterglomm. Trotzdem schlug ihr Herz mit jedem Schritt schneller. Sie würden miteinander schlafen. Wie, das spielte keine Rolle. Sie schaute unwillkürlich zu dem leeren Bett hinüber, bevor sie ihren Blick wieder Anthony und dem Sessel zuwandte. Und dann fiel ihr plötzlich Anthonys Drohung ein, er schulde ihr eine Lektion in einem Sessel. Sie blieb wie angewurzelt stehen.

Aber sie war schon viel zu nahe herangekommen. Anthony griff nach ihr und zog sie auf seinen Schoß. Sie wollte sich seitlich hinsetzen, aber er hinderte sie daran und zwang sie, mit dem Rücken zu ihm gerade zu sitzen. Diese Position steigerte noch ihre Nervosität, weil sie sein Gesicht nicht sehen konnte. Aber vielleicht entsprach genau das seiner Absicht. Sie wußte einfach nicht, was sie davon halten sollte.

»Du bist steif wie ein Brett, meine Liebe. Muß ich dich daran erinnern, daß das deine Idee war?«

»Nicht in einem Sessel.«

»Ich habe nicht gesagt, daß es hier stattfinden würde – aber auch nicht das Gegenteil. Was spielt es denn schon für eine Rolle, wo? Zuerst einmal muß geklärt werden, ob ich überhaupt einsatzbereit bin.«

In ihrer Position, auf seinen Schenkeln sitzend, konnte sie nicht sehen, daß er äußerst einsatzbereit war, und das schon seit dem Moment, da sie das Zimmer betreten hatte. Sie spürte, wie er nach ihren Haaren griff, aber sie konnte auch nicht sehen, daß er die seidigen Locken zärtlich an seine Lippen und Wangen drückte und dabei selig die Augen schloß.

»Anthony, ich denke...«

»Psst!« Er zog ihren Kopf bei den Haaren zurück, beugte sich etwas vor und flüsterte ihr ins Ohr: »Du denkst viel zuviel, meine Liebe. Versuch's doch mal zur Abwechslung mit etwas Spontanität. Vielleicht würde es dir gefallen.«

Sie war still, als er den Morgenrock über ihre Schultern hinabgleiten ließ, als seine Hände an ihren Armen entlangfuhren, die Ärmel herunterschoben und dann wieder zu den Schultern zurückkehrten. Er fuhr fort, sie zu streicheln, ihre Schultern, ihren Nacken, aber sie merkte rasch den Unterschied zu seinen früheren Liebkosungen. Sogar als er in der Kutsche auf der Fahrt zum Ball ihren nackten Arm gestreichelt hatte, war seine glühende Leidenschaft spürbar gewesen. Jetzt hingegen berührte er sie scheinbar völlig unbeteiligt und gleichgültig, so als gehörte Streicheln eben zum notwendigen Ritual. Ganz mechanisch – o Gott!

Sie konnte es nicht ertragen, *so* nicht. Sie versuchte aufzustehen, aber er wölbte seine Hände um ihre Brüste und zog sie zurück.

»Du bleibst hier, meine Liebe. Du bist mit deinen ekelhaften Bedingungen hier angerückt, und ich habe zugestimmt. Jetzt ist es zu spät für einen erneuten Meinungsumschwung.«

Roslynns Kopf fiel an seine Brust. Seine Hände waren

nicht untätig gewesen, während er redete. Sie hatten ihre Brüste geknetet und gedrückt, und ihr wurde dabei immer heißer, und ihr Körper versteifte sich vor sehnsüchtiger Erwartung. *Er* mochte nichts empfinden, aber sie empfand um so mehr, sie glaubte zu zerschmelzen und war ihren Sinnen wehrlos ausgeliefert. Jetzt war es ihr sogar egal, ob er dabei unbeteiligt blieb oder nicht.

Seine Hände streichelten ihren Bauch, ihre Hüften und Schenkel, abwechselnd sanft und kräftig – und keineswegs mehr rein mechanisch. Doch solche feinen Unterschiede vermochte sie nicht mehr wahrzunehmen. Ihr seidenes Nachthemd wurde langsam hochgeschoben, wobei seine Finger zart über ihre nackte Haut strichen, höher und immer höher. Schließlich berührte seine Hand ihre Schamhaare und blieb dort liegen.

»Spreiz deine Beine«, befahl er leise, und sie spürte seinen warmen Atem dicht an ihrem Ohr.

Sie versteifte sich sekundenlang, aber seine Worte hatten sie wider Willen bis in die Zehenspitzen hinein erschauern lassen. Ihr Herz hämmerte in der Brust, und sie hielt den Atem an, während ihre Knie ein klein wenig auseinanderrückten. Seine Hand verharrte regungslos auf den krausen rotgoldenen Haaren, während er mit der anderen Hand ihr Nachthemd noch höher schob und wieder an ihren Brüsten spielte, diesmal direkt auf der Haut, nicht mehr durch die weiche Seide hindurch.

»Breiter, Roslynn!« kommandierte er.

Sie spreizte ihre Schenkel, bis ihre Knie über die seinigen hinausragten und ihre Beine an seinen Unterschenkeln entlangstreiften. Doch das genügte ihm noch immer nicht. Er spreizte nun auch seine eigenen Schenkel, um sie noch weiter zu öffnen. Erst dann glitt seine Hand von den Schamhaaren in die Tiefe, und er führte einen Finger in sie ein.

Roslynn stöhnte tief in der Kehle, wölbte seinen Rükken, grub ihre Finger in seinen Morgenrock. Sie war sich all dessen nicht bewußt, aber ihm entging nicht die geringste Kleinigkeit. Ihr lustvolles Keuchen war Balsam für seine Seele. Daß er seine Begierde noch derart unter Kontrolle hatte, war ihm selbst unbegreiflich, aber viel länger würde er es nicht mehr aushalten.

»Es spielt keine Rolle, nicht wahr?« Seine Frage war bewußt grausam, um seinen Zorn neu zu entfachen. »Hier? Auf dem Bett? Auf dem Fußboden?«

Sie schüttelte als Antwort heftig den Kopf.

»Im Augenblick könnte ich dich ohne weiteres dazu bringen, deine verdammten Bedingungen zu widerrufen. Das weißt du doch, Liebling?« Sie konnte nur mit einem Wimmern antworten. »Aber ich tu's nicht. Du sollst im Gedächtnis behalten, daß du selbst es so und nicht anders gewollt hast.«

Seine Worte drangen nur noch wie aus weiter Ferne an ihre Ohren. Sie wurde von dem lodernden Feuer verzehrt, das er in ihr entfacht hatte. Und nun griff es auch auf ihn über, und er warf endlich seine eiserne Selbstbeherrschung über Bord.

Ohne Vorwarnung schob er sie auf seinen Beinen ein Stück nach vorne, um seine Waffe zücken zu können, dann hob er sie hoch, nur um sie im nächsten Moment förmlich zu pfählen. Ihr leiser Aufschrei war Ambrosia in seinen Ohren. Ihre Hände umklammerten seinen Kopf, da sie keinen anderen Halt finden konnte. Sie lehnte sich an ihn und kostete den Genuß aus, ihn tief in sich zu spüren, während er zärtlich ihren Oberkörper streichelte.

Er gönnte ihr und sich diesen kurzen Moment tiefer Harmonie, bevor er sich energisch ins Gedächtnis zurückrief, daß dies kein Liebesakt war, daß er ihr sozusagen nur als Mittel zum Zweck diente. Zum Teufel mit ihr und ihren blödsinnigen Bedingungen! Er wollte sie küssen, sie mit all der Zärtlichkeit und Leidenschaft nehmen, die er für sie empfand. Aber er beherrschte sich. Sie sollte später mit Widerwillen an diesen Akt zurückdenken und einsehen, daß sie von ihm mehr wollte als nur ein Kind.

Deshalb griff er nach ihren Händen und legte sie auf die Armlehnen des Sessels, lehnte sich vor, bis sie aufrecht saß und ließ sie in dieser Position, während er selbst sich wieder zurücklehnte. Sie warf ihm über die Schulter hinweg einen erwartungsvollen Blick zu. Er wußte, daß sie von ihm eine Führung, eine Anleitung erhoffte. Sie ahnte noch nichts von der Vielfalt verschiedenster Positionen, und sie konnte auch nicht wissen, daß in dieser speziellen Position ihr die aktive Rolle zufiel.

Er wählte absichtlich wieder grausame Worte. »Du wolltest dich meines Körpers bedienen. Jetzt steht er dir zur Verfügung. Reite auf mir!« Sie machte große Augen, aber er ließ ihr keine Zeit zu Protesten. »Los!«

Sein Ansinnen trieb ihr die Schamröte in die Wangen. Aber sie spürte ihn tief in sich und wußte, daß etwas geschehen mußte, und wenn er nichts tat...

Es war leicht, sobald sie ihren Rhythmus gefunden hatte, und es war herrlich, selbst das Tempo zu bestimmen und verschiedene Variationen ausprobieren zu können. Anthony mußte ihr schließlich Einhalt gebieten, denn sie erwies sich als so geschickte Reiterin, daß er befürchten mußte, zum Höhepunkt zu kommen, bevor auch sie soweit war. Er sagte sich, daß er eigentlich nicht auf sie warten, daß er ihr die Erfüllung versagen sollte. Sie brauchte überhaupt keine Lust zu empfinden, um zu einem Kind zu kommen. Aber das konnte er ihr einfach nicht antun, ob sie es nun verdienen würde oder nicht.

Er setzte sich auf, raubte ihr die Bewegungsfreiheit, indem er einen Arm um ihre Taille schlang, und stimulierte sie mit der anderen Hand an ihrem Lustzentrum, bis sie den Gipfel der Leidenschaft fast erreicht hatte. Dann ließ er sie ihren Ritt vollenden, und sie erlebten gleichzeitig den Höhepunkt.

Sie lehnte sich an ihn, erschöpft, selig, und er gönnte ihr einen Moment wohliger Entspannung, gönnte auch sich selbst den Genuß, sie in seinen Armen zu halten –

aber wirklich nur einen kurzen Moment. Dann setzte er sich aufrecht hin und schob sie von seinem Schoß.

»Geh ins Bett – in mein Bett. Du wirst hier schlafen, bis du schwanger bist.«

Seine kalte Stimme riß sie jäh aus ihrer Euphorie, versetzte ihr einen Schock. Sie drehte sich nach ihm um. Er knöpfte gelassen seine Hose zu, und erst jetzt kam ihr zu Bewußtsein, daß er sich nicht entkleidet, ja nicht einmal den Gürtel seines Morgenrocks geöffnet hatte. Und sie selbst trug auch ihr Nachthemd.

Tränen traten in ihre Augen. Als Anthony das bemerkte, verzerrte sich sein Gesicht vor Zorn.

»Hör sofort auf zu heulen«, knurrte er, »sonst versohle ich dir den Hintern. Du hast genau das bekommen, was du haben wolltest.«

»Das ist nicht wahr!« rief sie.

»Nein? Hast du etwa mehr erwartet, obwohl du für die Lust einen Zeitplan festgelegt hast?«

Sie wandte ihm den Rücken zu, damit er ihre Tränen nicht sehen konnte, und suchte Zuflucht in seinem Bett. Am liebsten wäre sie in ihr eigenes Zimmer geflüchtet, aber sie wagte es nicht, solange er in dieser Stimmung war. Sie weinte jetzt vor Scham, denn er hatte recht. Sie hatte geglaubt, es würde alles so sein wie bei jenen früheren köstlichen Liebesspielen. Daß sie etwas ganz anderes bekommen hatte, war ihre eigene Schuld. Und sie schämte sich jetzt auch, daß sie trotzdem Genuß verspürt hatte.

Sie war so sicher gewesen, die richtige Entscheidung getroffen zu haben. O Gott, warum hatte sie nur nicht auf Nettie gehört? Warum war sie immer so egozentrisch, warum dachte sie nie an die Gefühle anderer Menschen, nur an ihre eigenen? Wenn Anthony ein derartiges Ansinnen an sie gestellt hätte, wenn er ihr erklärt hätte, daß sie sein Bett nur mit ihm teilen solle, bis sie schwanger sein würde, daß er von ihr nichts anderes wolle als nur ein Kind – sie wäre völlig niedergeschmettert gewesen und hätte ihn für den grausamsten und herzlosesten Menschen der ganzen Welt gehalten. O Gott, wofür mußte er jetzt *sie* halten? Sie hätte einer so geschmacklosen Bedingung nie zugestimmt. Sie wäre wahnsinnig gekränkt gewesen – und wütend, genau wie er.

Zum Glück liebte er sie wenigstens nicht, sonst könnte sie es sich nie verziehen, derart auf seinen Gefühlen herumgetrampelt zu sein. Aber auch wenn er sie nicht liebte, so begehrte er sie doch, und er war eifersüchtig und wollte sie mit niemandem teilen...

Wie Schuppen fiel es ihr plötzlich von den Augen, daß diese Gefühle verschiedene Ausdrucksformen der Liebe waren. Aber er hatte doch selbst gesagt, daß er sie nicht liebte! Nein, er hatte nur gesagt, es sei zu früh, von Liebe zu sprechen. Aber er hatte auch nie widersprochen, wenn sie erwähnt hatte, daß er sie ja nicht liebte. Nein, er liebte sie bestimmt nicht. Aber wenn er sie nun doch liebte?

Und wenn er vielleicht doch die Wahrheit gesagt hatte und ihr überhaupt nicht untreu gewesen war? Wenn dem so wäre, gäbe es für ihre Verhaltensweise keinerlei Entschuldigung. Nein... Nein! Sie konnte sich doch nicht in jeder Hinsicht irren, konnte doch nicht völlig im Unrecht sein.

Sie setzte sich auf und sah, daß er noch immer im Sessel saß und das Brandyglas wieder in der Hand hatte. »Anthony?«

Er würdigte sie nicht einmal eines Blickes, und die Bitterkeit in seiner Stimme war unüberhörbar. »Schlaf jetzt, Roslynn. Den Zeitpunkt für unsere nächste Paarung bestimme ich!«

Sie legte sich wieder hin. Glaubte er wirklich, daß sie ihn zu einer weiteren ›Paarung‹ hatte einladen wollen? Nein, er war nur garstig, und sie konnte es ihm nicht einmal verübeln. Sie würde in nächster Zeit auf noch viel mehr schlechtere Laune und Sarkasmus gefaßt sein müssen, denn sie konnte sich nicht vorstellen, wie sie ihre groteske Vereinbarung rückgängig machen sollte.

Sie konnte nicht einschlafen. Und Anthony ging nicht zu Bett.

Kapitel 37

Es war erst halb acht, als Roslynn am nächsten Morgen die Treppe zur Halle hinunterging. Sie errötete noch in der Erinnerung an die unvermutete Begegnung mit James, als sie vorhin im Negligé aus Anthonys Zimmer geschlüpft war. James trug noch einen Abendanzug und war offenbar nach einer durchfeierten Nacht nach Hause gekommen. Er wollte gerade in sein Zimmer gehen, als er Roslynn gesehen hatte, und er hatte es natürlich nicht lassen können, sie genauestens zu betrachten, von Kopf bis Fuß. Und es war ihm nur zu deutlich anzusehen gewesen, daß er sich köstlich amüsierte, als sie mit glühenden Wangen in größter Verlegenheit in ihr Zimmer gerannt war. Am liebsten hätte sie sich unter der Bettdecke verkrochen und wäre nie wieder hervorgekommen. Welche Schlüsse mochte James daraus ziehen, daß sie zwar einerseits die Nacht in Anthonys Bett verbracht hatte, sich aber andererseits doch wieder in ihr Ausweichquartier zurückzog? Aber was Anthonys Bruder über ihr seltsames Verhalten dachte, sollte ihr eigentlich egal sein. Sie hatte genügend andere Probleme, die ihr Kopfzerbrechen bereiteten.

Als erstes mußte sie die Rechnungen für ihre Neuanschaffungen finden, bevor Anthony sie zu sehen bekam. Sie sah inzwischen ein, wie kindisch es von ihr gewesen war, ihm finanziellen Schaden zufügen zu wollen. Für eine Frau ihres Alters war das ein unverzeihlich verantwortungsloses Verhalten. Hinzu kam aber noch, daß sie befürchtete, die Entdeckung, daß sie auf seine Rechnung und seinen Namen Unsummen für überflüssige Dinge ausgegeben hatte, könnte das Faß zum Überlaufen bringen, nachdem er jetzt ohnehin so wütend auf sie war.

Ihr blieb nicht viel Zeit. Anthony hatte zwar noch im Sessel geschlafen, als sie aus seinem Zimmer geschlichen war, aber er stand früh auf, um seinen Morgenritt zu absolvieren. Sie wollte aus dem Haus sein, bevor er herunterkam. Nachdem Geordie für sie jetzt keine Gefahr mehr darstellte, konnte sie die Bank aufsuchen und anschließend alle Rechnungen persönlich bezahlen. Dann würde sie wenigstens in dieser Hinsicht ein reines Gewissen haben, wenn sie Anthony unter die Augen trat. Und sobald sie das erledigt hatte, mußte sie sich überlegen, wie sie diese schreckliche Vereinbarung rückgängig machen könnte, ohne ihren Stolz einbüßen zu müssen. Sie hatte die halbe Nacht über dieses Problem gegrübelt, ohne zu einem brauchbaren Resultat gekommen zu sein.

Sie legte ihre Handtasche und ihre Haube auf einen Stuhl in Anthonys Arbeitszimmer und ging zu seinem Schreibtisch. Ihre kurze braune Jacke, mit Goldborte dezent verziert, und das schlichte rotbraune Kleid waren nicht nur die passende Garderobe für geschäftliche Erledigungen, sondern entsprachen auch ihrer düsteren, deprimierten Stimmung, die fast schon an Verzweiflung grenzte, weil sie nicht wußte, wie sie aus der Grube herauskommen sollte, die sie sich selbst gegraben hatte.

Die oberste Schublade enthielt Haupt- und Kontobücher, in der zweiten lagen Privatbriefe, die sie nicht anrührte. In der dritten Schublade fand sie endlich, wonach sie gesucht hatte. Rechnungen über Rechnungen, manche nicht einmal geöffnet. Das war typisch für den Adel, und darauf hatte sie auch gehofft. Rechnungen pflegten monatelang ignoriert zu werden, ja manchmal blieben sie sogar noch länger liegen. Sie stellte erleichtert fest, daß auch die Rechnungen der fünf Geschäfte, in denen sie eingekauft hatte, nicht geöffnet worden waren.

Sie konnte der Versuchung nicht widerstehen, den übrigen Inhalt der Schublade wenigstens flüchtig durchzusehen. Eine Schneiderrechnung über fünfhundert Pfund erstaunte sie nicht, die Rechnung eines Juweliers über zweitausend Pfund schon eher. Und sie glaubte ihren Augen nicht zu trauen, als sie auf die Rechnung eines Squire Simmons über dreißigtausend Pfund stieß, wofür, das war nicht einmal ersichtlich.

Und das waren nur drei von mindestens zwanzig Rechnungen, die sich in der Schublade stapelten!

War Anthony bereits verschuldet? Verdammt, und sie hatte diesen Schuldenberg noch um beträchtliche Summen erhöhen wollen. Er wäre bestimmt fuchsteufelswild geworden, wenn er ihre Rechnungen gesehen hätte. Ein wahres Glück, daß er es offenbar vorzog, lästige Dinge dieser Art zunächst einfach zu ignorieren.

Sie würde nachher bei der Bank für ihn ein Konto eröffnen, auf das sie ihm gemäß dem Ehevertrag zustehende Summe von ihrem Konto überwiesen werden sollte. Danach stand ihr die unangenehme Aufgabe bevor, diese Geldfragen mit Anthony zu besprechen, denn sonst würde er ja nicht wissen, daß er über eine beträchtliche Summe verfügen konnte.

»Hallo!«

Roslynn zuckte erschrocken zusammen und schob die Rechnungen im Schutze des Schreibtischs hastig in ihre Rocktasche. Zum Glück war es nur Jeremy, dem sie natürlich keine Rechenschaft schuldig war. Viel schlimmer wäre es gewesen, wenn Anthony sie beim Stöbern in seinem Schreibtisch ertappt hätte.

»Du bist ja früh auf!« sagte sie gespielt munter, während sie hinter dem Schreibtisch hervorkam und ihre Haube aufsetzte.

»Derek holt mich gleich ab. Wir fahren aufs Land, zu einer wilden Party, die vielleicht mehrere Tage dauern wird.«

Er sprühte nur so vor Vorfreude und Lebenslust. Roslynn wünschte plötzlich, sie hätte Anthony in diesem Alter gekannt. Er hatte vermutlich genauso ausgesehen wie Jeremy, aber sie konnte sich nicht vorstellen, daß er jemals so leicht zu durchschauen gewesen war, auch nicht im zarten Alter von siebzehn Jahren.

»Weiß dein Vater Bescheid?«

»Selbstverständlich.«

In ihr erwachten unerklärlicherweise mütterliche Instinkte. »Was verstehst du eigentlich unter einer *wilden* Party?«

Jeremy zwinkerte ihr ausgelassen zu. »Es werden keine Damen da sein, aber jede Menge Frauen, wenn du verstehst, was ich meine.«

»Weiß dein Vater *das* auch?«

Er lachte über ihre mißbilligende Miene. »Er hat gesagt, daß er vielleicht selbst vorbeikommt.«

Roslynn errötete unwillkürlich. Ihr stand natürlich nicht das Recht zu, Einwände zu erheben, wenn sein Vater einverstanden war. Der Junge war ja auch alt genug. Aber ihr Sohn würde sich mit siebzehn noch nicht mit Frauen amüsieren, dafür würden sie unbedingt sorgen – falls sie jemals einen Sohn haben würde.

Sie griff seufzend nach ihrer Handtasche »Nun, dann wünsche ich dir...« Sie brach mitten im Satz ab. Nein, sie würde ihm keine schönen Träume wünschen, denn sie konnte einfach nicht billigen, daß er in diesem Alter schon amourüse Abenteuer hatte, obwohl sie zugeben mußte, daß er schon wie ein erwachsener Mann aussah. »Also, dann bis bald.«

»Gehst du aus?« erkundigte er sich besorgt. »Ist das nicht gefährlich?«

»Nein.« Sie lächelte. »Dein Onkel hat dafür gesorgt, daß es nicht mehr gefährlich ist.«

»Sollen wir dich vielleicht irgendwohin begleiten? Derek muß jeden Moment hier sein.«

»Nein, draußen wartet schon eine Kutsche, und einer der Diener begleitet mich, obwohl ich nur zur Bank möchte. Sei ein braver Junge, Jeremy«, fügte sie zu seinem Kummer noch hinzu.

Die Bank war noch geschlossen, als die Kutsche dort ankam. In ihrer Hast, nur ja schnell aus dem Haus zu kommen, hatte sie nicht bedacht, daß es sehr früh am Morgen war. Um nicht einfach herumsitzen zu müssen, ließ sie den Kutscher mehrmals langsam um den Block fahren, bis die Bank endlich ihre Tore öffnete.

Es nahm mehr Zeit in Anspruch, als sie gedacht hatte, das Konto für Anthony zu eröffnen. Ein Grundkapital von hunderttausend Pfund und monatlich weitere zwanzig – das stand ihm gemäß ihrem Ehevertrag zu. Und wenn er so hoch verschuldet war, wie sie inzwischen glaubte, so müßte ihm dieses Geld sehr zustatten kommen. Ob er ihre Mitgift zu schätzen wissen würde, war allerdings eine andere Frage. Die meisten Männer wären sehr erfreut. Aber sie war sich nicht so sicher, daß Anthony zu diesen Männern gehörte.

Als sie die Bank nach einer knappen Stunde verließ, war auf der Straße eine Prügelei im Gange, ein ungewohnter Anblick in diesem vornehmen Stadtviertel. Sowohl ihr Kutscher als auch der Diener, der sie begleitete, verfolgten interessiert das Geschehen.

Plötzlich legte sich ein Arm von hinten um ihre Taille und schnürte ihr förmlich die Luftzufuhr ab. Gleichzeitig stach etwas Hartes und Spitzes sie in die Seite.

»Keine krummen Sachen diesmal, sonst hab'n Sie ein scharfes Messer zwischen den Rippen!«

Sie gab keinen Mucks von sich. Im ersten Moment war sie viel zu überrascht, und dann jagte seine Drohung ihr schreckliche Angst ein. Am hellichten Tag, direkt vor einer Bank – es war einfach unglaublich. Ihre Kutsche stand keine zwei Meter entfernt, aber der Kerl führte sie um den Wagen herum, während die allgemeine Aufmerksamkeit noch immer der Prügelei zugewandt war. Ob es sich dabei um ein Ablenkungsmanöver handelte? Wenn Geordie dahintersteckte... Doch nein, das konnte ja gar nicht sein. Anthony hatte ihn doch sehr nachdrücklich gewarnt, und da würde er es nicht wagen – oder doch?

Sie wurde in eine alte Kutsche gestoßen. Die dunklen Vorhänge waren zugezogen, und ihr Entführer schloß hinter sich die Tür. Als sie sich vom Boden erheben wollte, wurde sie grob daran gehindert.

»Machen Sie kein' Ärger, M'lady, dann passiert Ihnen auch nix«, sagte er, während er ihr ein Tuch in den Mund stopfte und ihr die Hände auf dem Rücken fesselte. Nach kurzer Überlegung fesselte er ihr vorsichtshalber auch die Füße. Mit einem unsympathischen Lachen zog er den Dolch aus ihrem Schuh. »Mit dem werden Sie nich' noch mal auf mein' Bruder losgehn können.«

Roslynn stöhnte inwendig. Er war also einer jener Männer, die schon einmal versucht hatten, sie zu entführen – einer jener Männer, die für Geordie arbeiteten. Ihr Vetter mußte verrückt sein, daß er noch immer versuchte, sie in seine Gewalt zu bekommen. Er wußte jetzt, daß sie verheiratet war. Was, zum Teufel, wollte er von ihr? Ihr brach unwillkürlich der Angstschweiß aus, als ihr die einzig mögliche Antwort einfiel. Geordie wollte sich dafür rächen, daß sie seine Pläne durchkreuzt hatte.

Der Mann stieg aus und ließ sie einfach auf dem Boden liegen. Gleich darauf setzte sich das alte Gefährt in Bewegung.

Roslynn drehte sich auf die Seite und versuchte sich aufzusetzen und den Knebel mit der Zunge aus ihrem Mund zu schieben. Es war ihr fast schon gelungen, als die Kutsche langsamer wurde und sie den Kutscher rufen hörte: »Das reicht, Tom!«

Eine Sekunde später wurde die Tür aufgerissen, und ein Mann sprang herein. Sie erkannte in ihm jenen Kerl, den sie damals auf der Oxford Street mit dem Messer verletzt hatte. Seine Lippe war blutig, und er war völlig außer Atem. Die Prügelei war also tatsächlich ein Ablenkungsmanöver gewesen. Dieser kleine Ganove hatte wahrscheinlich irgendeinen harmlosen Passanten angegriffen, nur damit es niemandem auffiel, daß sie von seinen Komplizen entführt wurde. Und sie hatte sich ja auch wie ein Lamm zur Schlachtbank wegführen lassen, eingeschüchtert durch die Messerspitze an ihren Rippen.

Tom hob sie grinsend hoch und setzte sie auf den Sitz. Er schob ihr den Knebel wieder fest in den Mund, wobei er amüsiert den Kopf schüttelte. Zumindest schien er nicht nachtragend zu sein. Er betrachtete sie grinsend, und schließlich lachte er lauthals.

»Mann o Mann, Sie sind ja wirklich 'ne Wucht und eigentlich viel zu schade für das Arschloch, von dem wir unsere Mäuse kriegen.« Sie versuchte vergeblich, trotz des Knebels etwas zu sagen. »Ich dacht' schon, wir würden Sie nie schnappen, aber jetzt hat's doch noch geklappt. Seien Sie vernünftig, dann passiert Ihnen nichts.«

Mit ganz ähnlichen Worten hatte sie auch sein Bruder gewarnt. Und wenn sie nun nicht ›vernünftig‹ war? Was würde dann geschehen? Eine dumme Frage, nachdem sie an Händen und Füßen gefesselt war und auch nicht um Hilfe schreien konnte.

Kapitel 38

Tom warf sie sich über die Schulter wie einen Mehlsack, um sie ins Haus zu tragen, nachdem Wil, der kleinere der Brüder, sich vergewissert hatte, daß die Luft rein war. Roslynn schöpfte sofort neue Hoffnung. Man hatte sie also irgendwohin gebracht, wo jemand sie sehen und den Männern unbequeme Fragen stellen könnte. Vielleicht bräuchte sie nur einmal laut zu schreien, um befreit zu werden.

Da sie mit dem Kopf nach unten hing, sah sie nur sehr wenig von dem Gebäude, in das sie gebracht wurde. Aber auf der anderen Straßenseite erspähte sie Häuser mit Sandsteinfassaden. Dies schien eine gediegene Wohngegend zu sein.

Geordie war also in ein besseres Stadtviertel umgezogen. Kein Wunder, daß es Anthony soviel Zeit und Mühe gekostet hatte, ihn ausfindig zu machen. Aber es hatte sowieso nichts genutzt, daß er Geordie schließlich doch gefunden hatte. Und sie war Geordie in die Falle gegangen, eben weil sie sich in Sicherheit geglaubt hatte. Verdammt, warum mußte Geordie aber auch ein so sturer Schotte sein, den nichts zum Aufgeben bewegen konnte?

Sie wurde eine Treppe hinaufgetragen, Wil klopfte an eine Tür, noch einige Schritte, und dann wurde sie auf einem Stuhl abgesetzt. Ihre gefesselten Handgelenke schmerzten nach der langen Fahrt, aber sie ignorierte diesen Schmerz und suchte wütend nach Geordie.

Als sie ihn neben dem Bett stehen sah, ein gefaltetes Hemd in der Hand, offenbar beim Packen eines Koffers, der offen auf dem Bett lag, starrte sie ihn völlig perplex an. Wären die karottenroten Haare nicht gewesen, sie hätte ihn nicht erkannt.

Sie schnitt unwillkürlich eine Grimasse. Er sah einfach schrecklich aus. Er sah so aus, als gehörte er ins Bett, anstatt Koffer zu packen. Großer Gott, was hatte Anthony nur mit ihm gemacht! Geordies ganzes Gesicht war dick geschwollen und blau und grün verfärbt. Ein Auge war völlig zugeschwollen, und auch das andere ließ sich nur einen Spalt weit öffnen. Seine Nase war offenbar gebrochen. Seine Lippen waren blutverkrustet. Und er hatte mehrere häßliche Platzwunden auf den Wangen und über den Augen.

Er starrte die beiden Ganoven, die sie hergebracht hatten, wortlos an, und Wil und Tom starrten ihn ebenfalls an, als hätten sie ihn noch nie gesehen. Hatten sie nicht gewußt, daß er Prügel bezogen hatte? War sie vielleicht nur irrtümlich entführt worden?

So war es tatsächlich. Geordie warf sein Hemd wütend

in den Koffer und griff sich im nächsten Moment stöhnend an die Rippen. Die unbedachte, heftige Bewegung hatte einen rasenden Schmerz zur Folge. Wilbert und Thomas Stow standen verdutzt herum und wußten nicht, was sie von der Situation halten sollten.

Geordie stieß ihnen gleich darauf ordentlich Bescheid. Durch die geschwollenen Lippen redete er ziemlich undeutlich, aber seine Stimme zitterte vor Wut. »Ihr Vollidioten! Habt ihr denn meine Nachricht nicht erhalten? Ich habe doch extra jemanden losgeschickt, der euch finden sollte.«

»Is' das die Nachricht?« Tom zog einen Zettel aus der Tasche. »Wir können nich' lesen, gnäd'ger Herr«, erklärte er achselzuckend und warf das Papier auf den Boden.

Geordie stieß einen undefinierbaren Laut aus. »Das hat man nun davon, wenn man englische Trottel engagiert!« Er deutete mit steifen Finger auf Roslynn. »Ich will sie nicht mehr haben. Sie hat den verdammten Engländer geheiratet.«

Wilbert und Thomas fanden das offenbar sehr komisch, denn sie brachen in schallendes Gelächter aus, und Roslynn konnte beobachten, wie Geordies Gesicht sich vor Wut rotviolett verfärbte, wo es nicht grün und blau war. Wenn die Entführung sie nicht sowohl mitgenommen als auch empört hätte, hätte sie die Situation vielleicht auch ganz amüsant gefunden.

Nicht so Geordie. »Raus mit euch beiden, aber schnell!«

Das Gelächter verstummte urplötzlich. »Sobald wir unser Geld bekommen haben, gnäd'ger Herr!«

Trotz der höflichen Anrede war Wilberts Ton alles andere als respektvoll. Der kleine schnauzbärtige Mann starrte Geordie sogar ausgesprochen drohend an. Ebenso sein Bruder. Und Geordie war verdächtig still geworden. An die Stelle des Zorns war jetzt ein anderes Gefühl getreten. Roslynn konnte es kaum fassen – er hatte Angst! Hatte er vielleicht kein Geld, um die Ganoven zu bezahlen?

Geordie hatte tatsächlich nur soviel Geld, wie er unbedingt brauchte, um nach Schottland zurückzukehren. Er hatte vorgehabt, seine Helfer von Roslynns Geld zu entlohnen. Roslynns vieles Geld, das der Engländer einfach abkassiert hatte. Es war einfach ungerecht. Und jetzt würden die beiden Stows ihn wahrscheinlich umbringen. Und in seinem Zustand konnte er sich nicht einmal wehren.

Roslynn war es inzwischen unbemerkt gelungen, den Knebel wieder mit der Zunge zu lockern, und nun spuckte sie ihn aus. »Löst mir die Fesseln, dann bekommt ihr euer Geld von mir – im Austausch gegen meinen Dolch.«

»Ihr rührt sie mir nicht an!« kommandierte Geordie.

Roslynn fiel wütend über ihn her. »Halt die Klappe, Geordie! Weißt du, was mein Mann mit dir machen wird, wenn er von dieser Sache erfährt? Wenn ich mir vorstelle, wie du hinterher aussehen wirst, muß ich sagen, daß du jetzt noch ein sehr hübsches Gesicht hast. Er schlägt dich zu Brei, wenn du ihm noch einmal zwischen die Finger gerätst.«

Das bedeutungsvolle ›noch einmal‹ entging Wilbert und Thomas nicht, aber sie hätten ohnehin nicht mehr auf Geordie gehört. Sie hatten zwar schon einige Männer umgelegt, aber einer Frau hatten sie nie zuvor etwas zuleide getan. Dieser Auftrag hatte ihnen von Anfang an nicht so recht gefallen, und sie hatten ihn nur angenommen, weil der Schotte ihnen einen so fürstlichen Lohn versprochen hatte – für ihre bescheidenen Verhältnisse ein kleines Vermögen.

Wilbert trat vor und zerschnitt Roslynns Fesseln mit ihrem eigenen Dolch. Dann überreichte er ihr das Messer, sprang aber vorsichtshalber sofort außer Reichweite.

Roslynn war ganz überrascht, wie glatt die Sache gegangen war. Sie war alles andere als sicher gewesen, daß die beiden Rüpel ihr gehorchen würden. Sie fühlte sich jetzt schon wesentlich wohler. Und sie hatte offenbar richtig vermutet, denn wenn Geordie Geld gehabt hätte,

hätte er seine Helfer bestimmt schnell entlohnt, nur damit sie gefesselt blieb. Statt dessen hatte er sich aber auf das Bett gesetzt, hielt sich die Rippen und ließ seinen Blick müde von den Ganoven zu Roslynn und wieder zurück schweifen.

»Wieviel?« fragte sie, während sie aufstand.

»Dreißig Pfund, Mylady.«

Sie warf ihrem Vetter einen verächtlichen Blick zu. »Du bist ein Geizkragen, Geordie. Zwei so zuverlässige Männer wie diese hier hättst du wirklich etwas großzügiger behandeln können.«

»Vielleicht hätte ich das getan, wenn sie dich geschnappt hätten, bevor dieser Dreckskerl dich geheiratet hat!« fauchte er.

Roslynn konnte noch kaum glauben, daß sie bei dieser Konfrontation, vor der sie sich lange Zeit so gefürchtet hatte, Oberwasser gewonnen hatte. Es war ein äußerst befriedigendes Gefühl. Sie zog einige Banknoten aus der Tasche und reichte sie Wilbert. »Das dürfte genügen, meine Herren.«

Die beiden Brüder bekamen leuchtende Augen beim Anblick der fast fünfzig Pfund. Wilbert warf einen begehrlichen Blick auf die Handtasche. Roslynn wollte sich nicht anmerken lassen, daß ihr nun doch wieder etwas mulmig wurde.

»Schlagt euch das lieber sofort wieder aus dem Kopf«, warnte sie energisch. »Und wenn ihr nicht aussehen wollt wie der da« – sie deutete mit dem Kopf auf Geordie – »solltet ihr mir lieber nie wieder unter die Augen kommen.«

Die beiden Ganoven grinsten, als die kleine Frau *ihnen* drohte. Aber sie waren gut bezahlt worden. Wenn der Schotte nicht schon so übel zugerichtet gewesen wäre, hätten sie ihm vielleicht selbst ein bißchen die Fresse poliert, um sich für seine Beschimpfungen zu revanchieren. So aber waren sie rundum zufrieden und zogen grinsend von dannen.

Auf dem Treppenabsatz verging ihnen jedoch schlagartig das Grinsen. Der Mann, der langsam die Treppe heraufkam, war kein anderer als der vornehme Herr, dessen Haus sie in den letzten zehn Tagen observiert hatten und der offenbar der Ehemann der rothaarigen Dame war. Er sah nicht bedrohlich aus, er schaute sie nicht einmal an, und doch mußten die Brüder plötzlich daran denken, daß der jämmerliche Zustand des Schotten das Werk dieses Mannes war.

Wilbert zückte sein Messer, um sich etwas sicherer zu fühlen, hielt es aber eng an den Schenkel gepreßt. Das lässige Auftreten des reichen Knilchs täuschte aber gewaltig. Er hatte das Messer gesehen und blieb stehen. Sie hörten ihn laut seufzen, bevor er sagte: »Verdammt. Aber wenn's sein muß, bringen wir's eben hinter uns.«

Wilbert und Thomas verständigten sich mit einem Blick, bevor sie gleichzeitig angriffen. Ihre Attacke ging aber anders als erwartet aus. Der Adlige wich in letzter Sekunde aus und drückte sich an die Wand. Thomas verlor das Gleichgewicht und purzelte die Treppe hinab. Und Wilbert verlor sein Messer, bevor er wußte, wie ihm geschah. Als er es in der Hand des Adligen sah, rannte er die Treppe hinab, zerrte seinen stöhnenden Bruder auf die Beine und zog ihn mit sich, auf die Straße hinaus.

Oben im Zimmer lief Roslynn wütend vor einem verbitterten Geordie auf und ab. »Du bist eine so gemeine, bösartige, verabscheuungswürdige, schändliche Kreatur, daß mir dafür einfach die Worte fehlen, Geordie Cameron. Es ist eine Schande, daß du den Namen Cameron trägst. Du hast ihm nie Ehre gemacht.«

»Du etwa?«

»Halt die Klappe, Mann! Nur wegen dir bin ich jetzt verheiratet. Wegen dir *mußte* ich heiraten, obwohl ich es gar nicht wollte, zumindest nicht auf diese Weise.«

»Und du hast dabei auch noch das ganze Geld verloren, du blöde Kuh!« schoß Geordie zurück. »Ha, wie mich das freut! Wenn ich das Vermögen der Camerons schon nicht haben kann, weiß ich wenigstens, daß du es auch nicht mehr hast, weil er dich ausgetrickst hat.«

Roslynn blieb stehen und starrte ihn verwundert an. »Was redest du da?«

»Er hat mir erzählt, daß er deinen tollen Ehevertrag verbrannt hat«, berichtete Geordie glucksend. »Der schlaue Kerl hat dich wirklich sauber reingelegt. Er hat jetzt die ganzen Piepen, und auch wenn er abkratzt, kriegst du sie nicht zurück, weil er nämlich alles seiner eigenen Sippe hinterläßt. An einen feinen Ehemann bist du da geraten, Kusine!«

Sie konnte sich nur mit Mühe das Lachen verbeißen, aber wenn Anthony sich schon die Mühe gemacht hatte, Geordie diesen Bären aufzubinden, würde sie ihm bestimmt nicht auf die Nase binden, daß es nicht stimmte. Es war wirklich eine glänzende Idee von Anthony gewesen, Geordie auf diese Weise zu überzeugen, daß ihr Vermögen für ihn unwiederbringlich verloren war.

»Immerhin ist er mir noch lieber als du, *Vetter!*«

Er wollte aufspringen, ließ sich aber mit einem lauten Stöhnen wieder aufs Bett fallen. Ohne jedes Mitleid stichelte Roslynn weiter.

»Du hättest verduften sollen, als du die Gelegenheit dazu hattest. Wenn mein Mann herausfindet, daß du noch hier bist, bleibt von dir nur noch ein nasser Fleck übrig. Mit ihm ist nicht zu spaßen, wie du ja feststellen konntest. Aber du hast es nicht besser verdient, nachdem du versucht hast, ihn zu töten.«

»Ich wollte ihm nur etwas Angst einjagen, damit er dich aufgeben sollte. Ich wußte da noch nicht, daß du den Kerl geheiratet hast. Und für diesen Schuß hat er mir nur einige wenige Boxhiebe verpaßt. So zugerichtet hat er mich dann nur deinetwegen. Und ich sage dir, ich konnte mich erst heute morgen vom Boden aufrappeln.« Das hörte sich sehr nach einer Jammertirade an. »Aber du hast ja jetzt mit eigenen Augen gesehen, daß ich beim

Packen bin, da brauchst du diesem verdammten Spartaner doch nichts zu erzählen.«

Spartaner? Ja, bisweilen hatte Anthony wirklich ein wenig Ähnlichkeit mit diesem strengen Stamm, der für seine Disziplin und militärische Tapferkeit berühmt gewesen war. Anthonys Selbstbeherrschung war einfach phänomenal, wenn er wollte, aber ansonsten war er temperamentvoll wie ein Schotte. Man brauchte sich doch nur mal anzusehen, wie er Geordie zugerichtet hatte, ohne selbst auch nur einen Kratzer davonzutragen. Man könnte ja meinen, das ein Pferd auf dem armen Geordie herumgetrampelt wäre.

»Ich erzähle Anthony nichts, wenn du wirklich abreist«, versprach sie.

»Du bist wirklich ein herzensguter Mensch, Mädchen.«

Sein bitterer Sarkasmus war nicht zu überhören, und sofort geriet sie wieder in Zorn. »Wenn du von mir Mitleid erwartest, Geordie, so muß ich dich enttäuschen. Ich habe nicht das geringste Mitleid mit dir, dazu hast du zuviel auf dem Kerbholz. Dir war wirklich auch das schäbigste Mittel recht, um mich in deine Gewalt zu bringen.«

»Ich habe dich geliebt!«

Diese Worte schnürten ihr die Kehle zu, raubten ihr den Atem. War das möglich? Er hatte es ihr im Laufe der Jahre oft gesagt, aber sie hatte ihm nie geglaubt. Warum hatte sie dann diesmal das Gefühl, daß er die Wahrheit sagte? Oder hatte er sich nur selbst etwas eingeredet?

Sie sagte leise: »Wenn das stimmt, Geordie, dann beantworte mir bitte ehrlich eine Frage. Hast du in das Boot meiner Mutter ein Loch gebohrt?«

Sie fürchtete sich vor seiner Antwort. Er hob langsam den Kopf vom Bett und setzte sich noch langsamer auf. »Warum hast du mich das nicht gleich damals gefragt, als es aktuell war, Ros? Warum hat der Alte mich nie gefragt? Nein, ich habe ihr Boot nicht angerührt. Ich war unten am See, weil ich nach Würmern suchte, die ich dem Koch in den Suppentopf schmuggeln wollte. Aber ich war überhaupt nicht in der Nähe der Boote.«

»Aber dein Gesicht, als man es dir sagte? Alle haben gesehen, daß du entsetzt warst.«

»Ja, weil ich ihr den Tod gewünscht hatte. Sie hatte mir nämlich an jenem Morgen eine Ohrfeige gegeben. Natürlich meinte ich es nicht ernst, aber als dann der Unfall passiert war, hatte ich das Gefühl, ich sei daran schuld.«

Roslynn verspürte eine leichte Übelkeit. Jahrelang hatten sie ihn zu Unrecht verdächtigt. Und er hatte genau gewußt, was sie insgeheim glaubten, aber er hatte sich nie verteidigt, sondern nur immer stärkere Ressentiments gehegt. Er war ihr jetzt auch nicht sympathischer als bisher, aber ein Verbrechen hatte er nie begangen...

»Es tut mir leid, Geordie, wirklich.«

»Aber du hättest mich trotzdem nie geheiratet, nicht wahr – ich meine, auch wenn du die Wahrheit gewußt hättest?«

»Nein, und du hättest nicht versuchen sollen, mich zu zwingen.«

»Ein Mann ist zu allem fähig, wenn er verzweifelt ist.«

Was mochte sein Hauptmotiv gewesen sein – Habgier oder Liebe? Sie fragte ihn nicht danach. Aber sie überlegte, ob ihr Großvater vielleicht ein anderes Testament gemacht hätte, wenn er die Wahrheit gewußt hätte. Irgendwie glaubte sie das nicht. Er hatte Geordies Schwäche immer verabscheut, weil das für einen Mann von Duncans Charakterstärke ein unverzeihlicher Fehler war. Sie selbst war nicht so unerbittlich. Und sie verspürte Gewissensbisse, daß sie Geordie für den Tod ihrer Mutter verantwortlich gemacht hatte, während es nur ein entsetzlicher Unfall gewesen war.

Um ihr schlechtes Gewissen zu beschwichtigen, würde sie ihm das Geld in ihrer Handtasche hier lassen, mit dem sie die Rechnungen hatte bezahlen wollen. Zehntausend Pfund waren für sie nicht viel, aber für Geordie würden sie doch ein kleines Startkapital sein, und vielleicht würde er es dann doch noch zu etwas bringen.

Roslynn wandte ihm den Rücken zu, um das Geld aus der Tasche zu holen, ohne daß er es sah. Er sollte es erst finden, nachdem sie gegangen sein würde.

»Ich helfe dir beim Packen, Geordie.«

»Du brauchst mir keinen Gefallen zu erweisen.«

Sie ignorierte seine Verbitterung und ging zur Kommode. In einer offenen Schublade lagen noch mehrere Kleidungsstücke. Sie schob das Geld dazwischen und legte den ganzen Stapel in seinen Koffer. In seine Nähe zu kommen, war ein Fehler gewesen. Er packte sie plötzlich am Handgelenk. »Ros...«

Die Tür öffnete sich, und er ließ sie los. Sie würde nun nie erfahren, was er ihr hatte sagen wollen. Aber sie wollte zu seinen Gunsten annehmen, daß er sich hatte entschuldigen wollen. Doch im Augenblick spielte das keine große Rolle mehr.

»Es war so still im Zimmer geworden, daß ich befürchtete, ihr hättet einander umgebracht«, erklärte Anthony.

Sie fragte ihn nicht, warum er hergekommen war. Statt dessen konstatierte sie: »An Türen zu horchen scheint eine schlechte Gewohnheit von dir zu sein, Mylord.«

Er stritt es nicht ab. »Es kann aber sehr nützlich sein, und mitunter ist es hochinteressant.«

Sie wußte, daß dieses ›mitunter‹ sich auf jene Unterhaltung zwischen Frances und ihr bezog, die er belauscht hatte. Was er damals gehört hatte, hatte ihm mißfallen. Aber diesmal hatte sie nichts gesagt, worüber er verärgert sein könnte. Er machte zwar eine finstere Miene, aber inzwischen kannte sie die feinen Unterschiede. Er war verärgert, aber nicht sehr verärgert. Vielleicht schwelte dieser Zorn noch von der letzten Nacht in ihm.

»Geordie steht im Begriff abzureisen, wie du siehst«, sagte sie, während sie auf ihren Mann zuging.

»Und da wolltest du dich wohl verabschieden?« erwiderte Anthony trocken. »Wie rücksichtsvoll, meine Liebe.«

Sie ging nicht darauf ein. »Wenn du hergekommen

bist, um mich nach Hause zu bringen, so bin ich dir sehr dankbar. Ich bin nämlich ohne Kutsche hier.«

Sie hoffte, daß ihn das zum Aufbruch veranlassen würde, daß er Geordie in Ruhe lassen würde. Sie legte keinen gesteigerten Wert darauf, Anthony in jener Stimmung zu erleben, in der er mit Geordie abgerechnet hatte. Sein forschender Blick bereitete ihr Unbehagen. Und dann schweifte sein Blick zu Geordie hinüber. Roslynn wußte, daß ihr Vetter jetzt Todesängste ausstehen mußte.

»Ich bin in einer Stunde weg«, beteuerte Geordie hastig.

Anthonys intensiver Blick ruhte noch einen Moment auf ihm. Dann nickte er kurz und führte Roslynn aus dem Zimmer. Sie wußte, daß jeder Versuch, ihren Ellbogen aus seinem Griff zu befreien, sinnlos wäre. Draußen stand keine Kutsche; ein Straßenjunge hielt Anthonys Pferd am Zügel.

Roslynn beschloß anzugreifen, bevor er es tun würde. »Was wolltest du denn hier?«

»Dich nach Hause bringen, was sonst?«

»Du wolltest dich vergewissern, ob er weg ist, stimmt's? Denn das ich hier sein würde, konntest du ja gar nicht wissen.«

»Das auch.«

Sie knirschte mit den Zähnen. »Oder hast du es *doch* gewußt?«

»Erst als ich hörte, wie du dem armen Mann an den Kopf warfst, er sei eine gemeine, bösartige, verabscheuungswürdige und schändliche Kreatur.«

Er hatte also von Anfang an vor der Tür gestanden. Hatte sie vielleicht doch etwas gesagt, das er nicht hätte hören dürfen? Nein, diesmal nicht. Aber sie war noch immer gereizt.

»Du hättest gut daran getan, auch seine Männer zu vertreiben, die das Haus noch immer observiert haben – vom Park aus, nehme ich an. Sie sind mir zur Bank gefolgt und...«

»Ja, Jeremy sagte mir, daß du zur Bank wolltest. Stell dir meine Überraschung vor, als ich dich statt dessen hier fand.«

Das hörte sich fast so an, als glaubte er ihr nicht. »Verdammt, Anthony! Ich wußte doch gar nicht, wo er sich aufhielt. Wie hätte ich ihn denn finden sollen, selbst wenn ich gewollt hätte, was nicht der Fall war? Diese Ganoven, die für ihn arbeiteten, wußten einfach noch nicht, daß er aufgegeben hatte.«

»Plausibel«, meinte er, während er dem Jungen eine Münze zuwarf und sich in den Sattel schwang. Dann beugte er sich herunter und streckte ihr seine Hand entgegen. Sie zögerte. Auf dem ganzen Heimweg dicht neben ihm zu sitzen war im Augenblick kein sehr verlockender Gedanke. Sie wäre viel lieber mit einer Mietkutsche gefahren, aber auf der Straße war keine einzige zu sehen.

Sie ließ sich von ihm hochziehen und saß gleich darauf zwischen seinen Beinen. Ihre Beine lagen über seinem Schenkel. Sie errötete, weil sie gezwungen war, ihre Arme um ihn zu legen. Es wurde ein Ritt, der sie völlig aus der Fassung brachte und ihr das Hauptdilemma deutlich vor Augen führte. Von seiner Wärme eingehüllt, mit seinem männlichen Geruch in der Nase, überlegte sie krampfhaft, wie sie die Vereinbarung rückgängig machen und ohne irgendwelche Bedeutung in sein Bett zurückkehren könnte.

Kapitel 39

Der Ritt zum Piccadilly dauerte eine Ewigkeit, aber Roslynn wünschte, er würde überhaupt niemals enden. Sie befand sich in einem Zustand stiller Euphorie. Eingelullt vom ruhigen Schritt des Pferdes und von Anthonys Herzschlag dicht an ihrem Ohr, konnte sie der Realität entfliehen und sich geborgen und glücklich fühlen.

Als sie dann plötzlich auf ihre Beine gestellt wurde, war sie einen Augenblick lang noch so benommen, als wäre sie abrupt aus einem herrlichen Traum gerissen worden. Sie starrte den zerknitterten Briefumschlag vor ihren Füßen gut fünfzehn Sekunden an, bevor sie mit Schrecken begriff, was das war, und sich hastig danach bückte. Doch Anthony war schneller als sie.

Roslynn stöhnte innerlich. Sie hatte diese dummen Rechnungen total vergessen. Daß eine davon aus ihrer Rocktasche gefallen war, war schlimm genug. Daß Anthony sie aufgehoben hatte, war eine Katastrophe, denn sie konnte nicht hoffen, daß er sie ihr einfach zurückgeben würde. Das tat er auch nicht. Er öffnete sie!

»Anthony!«

»Die Rechnung ist an mich interessiert«, sagte er ruhig.

Sie schickte sich an, ins Haus zu gehen, so als könnte sie damit einen Schlußpunkt unter die Sache setzen, aber er hielt sie am Arm zurück, während er die Rechnung studierte.

Als er endlich etwas sagte, hörte sich seine Stimme nur neugierig an: »Dürfte ich fragen, was du damit vorhattest?«

Sie sah ein, daß es keinen Ausweg gab, und wandte sich ihm zu. »Es ist eine Rechnung für die Möbel, die ich gekauft habe.«

»Das sehe ich, meine Liebe. Ich habe dich aber gefragt, was du damit vorhattest.«

»Ich wollte sie bezahlen. Deshalb...«

Sie verstummte, als sie sah, daß er ihre Rocktasche betrachtete. Ihr Blick wanderte nach unten, und sie stellte bestürzt fest, daß ein weiterer Umschlag hervorschaute. Sie mußten während des Rittes hochgerutscht sein. Und bevor sie etwas sagen konnte, hatte Anthony seine Hand in ihre Tasche geschoben und brachte die restlichen Rechnungen zum Vorschein.

»Wolltest du die hier auch bezahlen?«

Sie nickte, doch da er sie nicht ansah, murmelte sie: »Ja.«

»Wäre es dann nicht angebracht gewesen, sie gleich auf deinen Namen ausstellen zu lassen anstatt auf meinen?«

Sie konnte nicht verstehen, daß er so ruhig blieb. »Ich – das wollte ich auch, aber ich habe es vergessen.«

»O nein, so war es nicht«, widersprach er, und sie verlor fast den Mut, doch im nächsten Moment verblüffte er sie mit der amüsierten Feststellung: »Du bist keine gute Geschäftsfrau, meine Liebe. Ich hätte diese Sachen für den halben Preis finden können, den du dafür bezahlt hast.«

Er stopfte die Rechnungen in seine eigene Tasche, was sie insofern ärgerte, als es genau das war, was sie von ihm erwartet hatte. »Es sind *meine* Anschaffungen«, rief sie ihm ins Gedächtnis.

»Aber sie zieren *mein* Haus.«

»Ich habe diese Sachen gekauft«, beharrte sie, »und ich werde sie auch bezahlen.«

»Nein, das wirst du nicht. Du hattest ursprünglich durchaus nicht die Absicht, sie zu bezahlen, also lassen wir's doch dabei.«

Er lächelte ihr zu. Er lächelte!

»Sei doch nicht so eigensinnig, Anthony. Du hast genug andere Gläubiger. Ich will bezahlen, was ich...«

»Mach dir keine Sorgen, Liebling«, fiel er ihr ins Wort, während er seine Hände auf ihre Schultern legte. »Ich hätte dich wohl nicht in dem Glauben lassen sollen, daß ich mich nur mühsam über Wasser halten kann, aber du hattest soviel Freude bei der Vorstellung, mich ruinieren zu können, daß ich es nicht übers Herz brachte, dich zu enttäuschen.« Er kicherte, als sie schuldbewußt zu Boden blickte, und hob ihr Kinn an. »Die Wahrheit ist, daß du hundert Häuser umgestalten könntest, ohne daß ich mit der Wimper zucke.«

»Aber du kannst doch nicht reich sein!«

Er lachte zufrieden. »Es macht sich bezahlt, wenn man einen Bruder hat, der in Geldangelegenheiten ein Genie ist. Edward hat goldene Finger, könnte man sagen. Er kümmert sich um die Finanzen der ganzen Familie. Wenn das Stadthaus dir trotz der vielen Mühe, die du dir damit gemacht hast, noch immer nicht gefällt, sagen dir meine Landsitze in der näheren Umgebung vielleicht mehr zu oder die in Kent, Northampton, Norfolk, York, Lincoln, Wiltshire, Devon...«

»Hör auf!«

»Bist du so enttäuscht, daß ich dich nicht wegen deines Geldes geheiratet habe, meine Liebe?«

»Du bekommst trotzdem etwas davon, laut Ehevertrag. Ich habe heute morgen für dich ein Konto eröffnet, auf das dieses Geld überwiesen wird.« Gott sei Dank war jetzt wenigstens das schon gesagt!

Er amüsierte sich köstlich. »Dann wirst du eben noch einmal auf die Bank gehen und es statt dessen für unsere Kinder anlegen müssen. Und wenn wir schon einmal bei diesem Thema sind, Roslynn – für deinen Unterhalt komme ich auf. Ich bezahle deine Kleidung, deinen Schmuck, alles, was deinen Körper schmückt.«

»Und was soll ich dann mit *meinem* Geld machen?« fragte sie scharf.

»Was immer du möchtest, solange du es nicht für Kleidung, Essen und Wohnen ausgibst. Vielleicht solltest du mich in Zukunft fragen, bevor du etwas von deinem Geld kaufst. Auf diese Weise können wir Streitigkeiten vermeiden.«

Sie war wütend, weil ihre Unabhängigkeit eingeschränkt wurde. Aber ihr Frauenherz war entzückt. Das Wort ›Kinder‹ ging ihr nicht mehr aus dem Kopf. Es deutete darauf hin, daß ein Ende ihrer Probleme in Aussicht war, obwohl bis dahin bestimmt noch viel Zeit vergehen würde.

»Könnten wir diese Diskussion nicht vielleicht im Haus fortsetzen?«

Anthony grinste über ihren neutralen Ton. Er hatte seinen Standpunkt klargemacht, und es freute ihn, daß sie offenbar keinen Groll mehr gegen ihn hegte. Sie machte ihm, aus welchen Gründen auch immer, ein Friedensangebot, und er würde ihr auch eines machen.

»Zum Thema Geld ist zunächst einmal alles gesagt, glaube ich.« Anthony führte sie ins Haus. »Aber einem anderen Thema müssen wir uns sofort zuwenden.«

Roslynns Herzschlag setzte aus, aber sie war nicht ganz sicher, ob sie ihn richtig verstanden hatte, und wollte sich lieber keinen falschen Hoffnungen hingeben. Doch er nahm ihren Arm und geleitete sie tatsächlich in sein Zimmer. Sogar als er die Tür schloß, wußte sie nicht so recht, was er vorhatte. Er durchquerte den Raum, zog sein Jackett aus und warf es auf den verdammten Klubsessel.

Sie starrte mit gerunzelter Stirn auf diesen Sessel. Oh, sie hatte darin ihre Lektion gelernt, wie er ihr angedroht hatte. Sie verspürte wieder einen leichten Groll, aber gleichzeitig versetzte allein die Tatsache, daß sie wieder in diesem Zimmer weilte, sie in starke Erregung.

»Komm her, Roslynn.«

Er saß auf dem Bett und knöpfte langsam sein weißes Batisthemd auf. Ihr Herz klopfte noch schneller. Er sah so unglaublich verführerisch aus, aber sie könnte es nicht ertragen, noch einmal ›mechanisch‹ genommen zu werden.

»Du – du kannst Begehren wohl simulieren?«

»Simulieren?« Seine Brauen schossen in die Höhe. »Ah, ich verstehe. Du glaubst noch immer nicht an Spontanität, stimmt's, Liebling? Komm und hilf mir mit den Stiefeln, ja?«

Sie tat es, weil er ihre Frage noch nicht beantwortet hatte und weil sie nicht weglaufen wollte, bevor sie es ganz genau wußte. Garstige oder sarkastische Bemerkungen könnte sie ertragen, nicht aber ein völliges Fehlen von Leidenschaft.

»Du bist nervös«, stellte er fest, als sie sich nicht umdrehte, nachdem sie ihm beide Stiefel ausgezogen hatte. »Das brauchst du nicht, meine Liebe. Du solltest dich meiner bedienen, wann immer sich eine günstige Gelegenheit bietet.«

Er sah, wie sie sich versteifte, und bereute seine Worte. Er hatte seinen Standpunkt letzten Abend zur Genüge klargestellt. Sie würde es nicht wieder vergessen. Aber noch einmal wäre er dazu einfach nicht imstande.

Er zog sie zwischen seine Beine, legte seine Hände auf ihre Brüste und schmiegte seine Wange an ihr Jäckchen. Ihr Kopf fiel zurück. Sie wölbte sich seinen Händen entgegen. Er zog sie aufs Bett hinunter.

»Simulation, meine Liebe? Ich glaube nicht, daß du und ich zu solchen Kunststücken imstande wären.«

Er preßte seine Lippen in glühender Leidenschaft auf ihren Mund. Es war herrlich, genauso, wie sie es in Erinnerung gehabt hatte, ein verzehrendes Feuer, gegen das keine Vernunft ankam. Die letzte Nacht war vergessen. Er küßte sie jetzt, als hinge sein Leben davon ab, er vorenthielt ihr nichts, und die Seele der Frau erblühte in seinen Armen.

Kapitel 40

»In zwei Tagen geht die Reise los, Tony«, war das erste, was James von sich gab, als er das Eßzimmer betrat.

»Brauchst du meine Hilfe beim Packen?«

»Spiel nicht den wilden Mann, Kleiner. Du weißt selbst, wie gern du mich hier hattest.«

Anthony stieß eine Art Grunzen aus und widmete sich wieder seinem Frühstück. »Wann hast du das denn endgültig beschlossen?«

»Als ich gesehen habe, wie hoffnungslos verfahren

deine Situation ist. Ehrlich, es macht einfach keinen Spaß mehr zuzuschauen.«

Anthony legte seine Gabel hin und starrte verdutzt auf den Rücken seines Bruders, der an der Anrichte seinen Teller füllte. Anthony glaubte, in den vergangenen zwei Wochen große Fortschritte gemacht zu haben. Er brauchte Roslynn jetzt nur zu berühren, und schon lag sie in seinen Armen. Er konnte beim besten Willen nicht einsehen, was daran hoffnungslos sein sollte. Bald würde sie auch zugeben, daß sie ihn genauso brauchte wie er sie. Sie würde ihre Torheit zugeben und auf ihre absurden Bedingungen verzichten. Doch bis es soweit war, würde er sich genauestens an diese Bedingungen halten.

»Könntest du mir deine Bemerkung vielleicht erklären?«

James nahm ihm gegenüber Platz und sagte zufrieden: »Mir gefällt dieses Zimmer jetzt sehr gut. Was hat es dich gekostet?«

»Komm zur Sache, James.«

Ein Schulterzucken. »Das liegt doch auf der Hand, mein Junge. Sie hält sich zu allen möglichen Tages- und Nachtzeiten in deinem Zimmer auf, aber wenn ihr euch nicht gerade hinter jener Tür vergnügt, hat man das Gefühl, ihr wärt euch völlig fremd. Wo ist nur deine Finesse geblieben, für die du einst so berühmt warst. Die Frauen haben dir doch in Scharen aus der Hand gefressen. Oder ist sie dagegen immun?«

»Das geht dich nichts an, weißt du das?«

»Ich weiß.«

Anthony beantwortete seine Frage trotzdem. »Sie ist nicht immer dagegen, aber sie ist auch nicht wie andere Frauen. Sie hat so schreckliche Ideen – und ich will, daß sie aus eigenem Antrieb zu mir kommt, nicht nur, weil ihre Sinne ihr keine andere Wahl lassen.«

»Soll das heißen, daß sie – nicht zu dir kommt?« Als Anthony ihn nur finster anstarrte, kicherte James. »Jetzt sag nur nicht, daß das kleine Mißverständnis in bezug auf die süße Margie noch immer nicht ausgeräumt ist?«

»Du erinnerst dich sogar noch an ihren Namen?«

»Ehrlich gesagt, habe ich sie ziemlich oft wiedergesehen. Sie ist wirklich ein niedlicher Käfer.« Aber der kleine Satansbraten, der ihn vors Schienbein getreten hatte, war nicht mehr in der Taverne aufgetaucht, obohl James in erster Linie deshalb immer wieder hgegangen war. »Ist dir nie die Idee gekommen, deiner Holden die Sache zu erklären.«

»Das habe ich ja getan, und ein zweites Mal werde ich es bestimmt nicht tun.«

James seufzte über eine derartige Sturheit, obwohl dieser Charakterzug bei ihm genauso stark ausgeprägt war. »Stolz kann eine Vorstufe zur Narretei sein, mein lieber Junge. Du bist jetzt fast einen Monat verheiratet. Wenn ich gewußt hätte, daß du so einen Schlamassel anrichten würdest, hätte ich der Dame selbst ernsthaft den Hof gemacht.«

»Nur über meine Leiche!« fauchte Anthony.

»Wir sind ganz schön empfindlich, was?« grinste James. »Reg dich ab. Du hast sie nun einmal gewonnen. Aber was du dann mit dem Preis gemacht hast, kann man nur als jämmerlich bezeichnen. Ein bißchen Romantik könnte gewiß nichts schaden. Schließlich ist sie dahingeschmolzen, als sie dich zum erstenmal im Mondschein zu Gesicht bekommen hat.«

Anthony verspürte den heftigen Drang, seinem Bruder an die Gurgel zu springen. »Was ich wirklich am allerwenigsten brauche, sind deine weisen Ratschläge, James. Ich habe meine eigene Strategie, was meine Frau betrifft, und sie funktioniert, auch wenn du davon nicht überzeugt zu sein scheinst.«

»Eine verdammt komische Strategie ist das – Feinde bei Tag, ein Liebespaar bei Nacht. Ich selbst hätte einfach nicht die Geduld dazu. Wenn sie nicht dem ersten Ansturm erliegen...«

»... sind sie der Mühe nicht wert?«

»Manche schon. Aber es gibt einfach zu viele andere süße Dinger, die nur darauf warten, einen zu trösten.«

»Aber ich habe Roslynn bekommen.«

James lachte. »Ein Punkt für dich. *Ist* sie der Mühe wert?«

Anthonys Antwort bestand in einem Lächeln, das sich langsam auf seinem Gesicht ausbreitete. James' Gelächter verebbte. Ja, er konnte sich durchaus vorstellen, daß sich bei der kleinen Schottin ein bißchen Geduld wohl auszahlen könnte. Was aber Anthonys Strategie betraf, so stand für James fest, daß sein lieber Bruder sich – vulgär ausgedrückt – immer tiefer in die Scheiße ritt. Es würde ihn gar nicht wundern, wenn Roslynn bei seiner Rückkehr nach England sehr viel mit Jasons Frau gemeinsam hätte, der jeder Vorwand recht war, ihrem Mann ausweichen zu können.

Nettie tauchte in der Tür auf. »Entschuldigen Sie, Sir Anthony, aber Lady Roslynn möchte gern mit Ihnen sprechen.«

»Wo ist sie?«

»In ihrem Zimmer, Mylord. Sie fühlt sich nicht wohl.«

Sobald Nettie außer Hörweite war, knurrte Anthony: »Verfluchte Scheiße!«

James schüttelte tadelnd den Kopf. »Siehst du? Du hörst, daß deine Frau krank ist, und anstatt um sie besorgt zu sein...«

»Halt die Klappe, James, denn du hast nicht die geringste Ahnung, was los ist. Wenn sie sich nicht wohl fühlt, so heißt das, das ihre Gebete erhört worden sind. Mir ist es schon gestern morgen aufgefallen, als sie... Verdammt, James, sie will mir sagen, daß ich bald Vater werde!«

»Ah, aber das ist doch großartig!« rief James begeistert, doch als er Anthonys düstere Miene sah, fragte er zögernd: »Oder etwa nicht?«

»Nein, es ist total beschissen!«

»Um Himmels willen, Tony, wenn du heiratest, mußt du dich doch auch auf Kinder einstellen...«

»Das weiß ich selbst, du Idiot! Ich möchte ja auch Kinder haben. Ich freue mich auf dieses Kind. Nur die damit verbundenen Konditionen sagen mir überhaupt nicht zu.«

James lachte, weil er ihn falsch verstanden hatte. »Das ist eben der Preis der Vaterschaft. Großer Gott, es sind doch nur ein paar Monate, in denen du nicht mit ihr schlafen kannst. Und dich abreagieren kannst du leicht anderswo.«

Anthony erhob sich. Seine Stimme war ruhig, aber eisig. »*Wenn* ich mich anderswo abreagieren wollte und *wenn* es nur ein paar Monate wären, könntest du recht haben, Bruderherz. Aber mein Bett wird leer sein, sobald meine liebe Frau mir ihren Zustand ankündigt.«

James war total perplex. »Wessen lächerliche Idee war das denn?«

»Meine ganz bestimmt nicht.«

»Soll das heißen, daß sie nur zu dir gekommen ist, weil sie ein Kind wollte?«

»So ist es.«

James schnaubte. »Ich sage es nur ungern, alter Junge, aber ich habe den Eindruck, daß man deinem Weib ordentlich den Hintern versohlen müßte.«

»Nein, sie muß nur zugeben, daß sie einen großen Fehler begangen hat, und letztendlich wird sie das auch. Die große Frage ist nur – wann? Denn wenn dieser Zustand sehr lange anhält, werde ich den Verstand verlieren.«

Kapitel 41

Schwacher Tee und Zwieback, hatte Nettie kategorisch erklärt. Kein sehr verlockendes Frühstück, aber immerhin besser als die heiße Schokolade und das Gebäck, nach deren Genuß sie vorhin kaum noch den Nachttopf erreicht hatte. Sie hatte schon vermutet, daß sie schwanger war, als vor einer Woche ihre Menstruation ausgeblieben war. Und vor drei Tagen war sie dann ganz sicher gewesen, denn da hatte sie zum erstenmal jene scheußliche morgendliche Übelkeit verspürt, die erst gegen Mittag verging. Seitdem war es mit jedem Tag etwas schlimmer geworden. An diesem Morgen nun hatte sie fast eine Stunde in der Nähe des Nachttopfes bleiben und sich immer wieder übergeben müssen. Sie hoffte von Herzen, daß es morgen früh nicht so schlimm sein würde, denn da fand Frances' Hochzeit statt. Sie war sich gar nicht sicher, daß sie in der Lage sein würde, daran teilzunehmen, und auch das trug dazu bei, daß sie äußerst deprimiert war, anstatt sich über ihren Zustand zu freuen.

Trotz des Zwiebacks, an dem sie lustlos geknabbert hatte, hatte ihr Magen sich noch nicht ganz beruhigt. Sie mußte sich immer wieder ins Gedächtnis rufen, daß sie sich nichts so sehr wünschte wie ein Kind. Aber warum konnte sie nicht zu jenen glücklichen Frauen gehören, denen diese Übelkeit erspart blieb? Und daß sie schon so früh darunter zu leiden hatte! Sie hatte ihre schändliche Vereinbarung mit Anthony erst vor zwei Wochen getroffen, und bereits eine Woche später hatte sie vermutet, schwanger zu sein, was nur die Erklärung zuließ, daß ihre Vereinbarung völlig überflüssig gewesen war, weil das Kind mit größter Wahrscheinlichkeit schon in der Nacht ihrer Verführung gezeugt worden war.

Roslynn stellte die Teetasse vorsichtig auf dem Tischchen neben dem Sofa ab. Auch abrupte Bewegungen ließen ihren Magen rebellieren, wie sie vor einigen Tagen mitten im Liebesspiel entsetzt festgestellt hatte. Es war ihr gelungen, durch größte Konzentration die Übelkeit zu überwinden, und Anthony hatte nichts davon gemerkt. Und dann hatte sie sich noch zwei Nächte gegönnt, hatte es herausgeschoben, ihm die Neuigkeit mitzuteilen. Aber jetzt konnte sie es nicht mehr länger hinauszögern. An diesem Morgen hatte sie sein Zimmer gerade noch verlassen können, bevor er aufgewacht war. Und wenn die Übelkeit nun mit jedem Tag schlimmer würde, konnte sie morgens ohnehin nicht mehr mit ihm der Lust frönen. Sie mußte ihm sagen, daß sie ein Kind erwartete, bevor von selbst darauf käme und ihr vorwerfen könnte, daß sie sich selbst nicht an ihre eigenen Bedingungen halte.

O Gott, wie verhaßt ihr diese Vereinbarung doch war! Anthony war in diesen zwei Wochen so herrlich verliebt gewesen, zumindest im Schlafzimmer. Er hatte sie so oft geliebt, daß ihm für eine andere Frau einfach die Kraft gefehlt hätte, das wußte sie genau. Sie hatte ihn während dieser Zeit ganz für sich allein gehabt, und jede Nacht war ihr wie ihre Hochzeitsnacht vorgekommen, mit solcher Leidenschaft und Zärtlichkeit hatte er sich ihr gewidmet.

Aber außerhalb des Schlafzimmers war er ein völlig anderer Mann gewesen, entweder gleichgültig oder kalt und sarkastisch, nie freundlich oder gar herzlich. Und Roslynn wußte, daß jene Bedingung daran schuld war, daß er ihr auf diese Weise demonstrieren wollte, wie verabscheuungswürdig er diese Vereinbarung nach wie vor fand.

Und jetzt war die schöne Zeit vorüber. Aber Roslynn wollte nicht, daß sie vorüber war. Verdammt, sie hing an Anthony, aber durch ihre eigene Torheit würde sie ihn jetzt verlieren. Vorübergehend, hatte sie verlangt. Und es waren nur zwei kurze Wochen geworden...

»Du wolltest mich sprechen?«

Er war ins Zimmer getreten, ohne anzuklopfen. Seit jenem Abend, als sie sich unpäßlich gestellt hatte, war er nicht mehr hier gewesen. Jetzt brauchte sie ihm das Unwohlsein nicht mehr vorspielen.

Anthony betrachtete flüchtig die neuen Möbel, bevor seine kobaldblauen Augen sich auf sie richteten. Sie mußte wieder gegen eine Übelkeit ankämpfen – aber diesmal war Nervosität die Ursache.

»Ich bekomme ein Kind!« platzte sie heraus.

Er stand vor ihr, die Hände in den Taschen. Sein Gesichtsausdruck veränderte sich nicht, und das war das Schlimmste. Er hätte zumindest ein klein wenig Freude über das Kind zeigen können – oder seinen Unmut. Unmut wäre ihr im Augenblick lieber gewesen. Sie hätte jetzt sogar jenen kalten Zorn begrüßt, den sie erlebt hatte, als sie mit ihrer Bedingung zu ihm gekommen war.

»Wie schön für dich«, sagte er völlig gleichgültig. »Deine Besuche in meinem Zimmer sind also beendet?«

»Ja. Es sei denn...«

»Es sei denn?« fiel er ihr absichtlich schroff ins Wort. »Mir liegt es völlig fern, deinen Bedingungen zuwiderzuhandeln, Liebling.«

Sie biß sich auf die Lippe, um diese Bedingungen nicht in seiner Gegenwart laut zu verfluchen. Sie hatte vergessen, was sie ihm hatte sagen wollen, als er sie unterbrochen hatte. Aber er hatte es ja nicht hören wollen. Und sie hatte gehofft und gebetet, daß *er* darauf bestehen würde, diese Vereinbarung zu vergessen, daß er von ihr verlangen würde, wieder ganz in sein Zimmer zu ziehen. Er hatte es nicht getan. War es ihm inzwischen egal?

Sie starrte zum Fenster hinüber, und obwohl es doch ein so erfreuliches Thema war, klang ihre Stimme gedrückt und tonlos, als sie sagte: »Ich werde ein Kinderzimmer benötigen.«

»James reist in zwei Tagen ab, dann kannst du sein Zimmer entsprechend einrichten.«

Sie hatte den Eröffnungszug gemacht, aber er reagierte nicht darauf. Er hätte jetzt *diesen* Raum vorschlagen können, der seinem Schlafzimmer gegenüberlag und deshalb für ein Kinderzimmer besonders gut geeignet wäre.

Sie schaute weiter aus dem Fenster, ohne etwas wahrzunehmen. »Es ist doch auch dein Kind, Anthony. Welche Farben wären denn nach deinem Geschmack?«

»Das überlasse ich ganz dir, meine Liebe. Übrigens bin ich heute zum Abendessen nicht hier. Wir feiern im Klub Georges Abschied vom sorglosen Junggesellendasein.«

Sein abrupter Themawechsel traf sie empfindlich. Offensichtlich hatte er weder an dem Baby noch an ihr irgendein Interesse, denn er entfernte sich, ohne ein weiteres Wort zu verlieren.

Auf dem Korridor schlug Anthony mit der Faust gegen die Wand. Und Roslynn weinte in ihrem Zimmer heiße Tränen.

Sie hatte sich noch nie im Leben so miserabel gefühlt, und all das war nur ihre eigene Schuld. Sie konnte sich nicht einmal mehr erinnern, warum sie diese blödsinnige Bedingung überhaupt gestellt hatte. Doch, jetzt fiel es ihr wieder ein. Sie hatte befürchtet, daß sie sich in Anthony verlieben könnte, wenn sie ständig sein Bett teilen würde. Nun, es war sowieso passiert. Nettie hatte recht gehabt.

»War es die Mitteilung, die du erwartet hast?«

Anthony drehte sich um und sah James vor seinem Zimmer stehen. »Ja.«

»Deine Strategie funktioniert also doch nicht so perfekt, oder?«

»Hol dich der Teufel, James! Könntest du nicht vielleicht schon einen Tag früher abreisen?«

Kapitel 42

»Warum sagst du es ihm nicht einfach, Ros?«

»Ich kann nicht«, erwiderte Roslynn und trank nervös einen großen Schluck Champagner.

Sie hatten sich ein wenig von den anderen Partygästen abgesondert. Eine richtige Party war es eigentlich nicht, nur ein gemütliches Beisammensein von Frances' Freundinnen im Hause ihrer Mutter. Es war schließlich nicht nur den Herren vorbehalten, am Vorabend der Hochzeit zu feiern. Doch Roslynn war absolut nicht nach Feiern zumute, obwohl sie inzwischen akzeptiert hatte, daß Frances selig über diese Heirat war. Roslynn freute sich aufrichtig über das Glück ihrer Freundin – aber ihr war davon nichts anzusehen.

Ihre deprimierte Stimmung war Frances nicht entgangen, und sie befürchtete, daß Roslynn noch immer gegen ihre Verbindung mit George sein könnte. Um Frances zu überzeugen, daß dem nicht so war, hatte Roslynn ihr die Wahrheit gestehen müssen.

»Wenn das so einfach wäre...«, setzte Roslynn nun an, wurde aber sofort von Frances unterbrochen.

»Aber es ist ganz einfach. Du brauchst nur zu sagen: Ich liebe dich. Drei kleine Worte, meine Liebe, und alle deine Probleme werden gelöst sein.«

Roslynn schüttelte den Kopf. »Dir kommen diese Worte leicht über die Lippen, weil du weißt, daß George deine Liebe erwidert. Aber Anthony liebt mich nicht. Das ist ein gewaltiger Unterschied.«

»Warst du denn liebenswert?«

Roslynn schnitt eine Grimasse. »Nein. Man könnte sagen, daß ich seit unserer Hochzeit ständig ein widerliches Ekel war.«

»Nun, du hattest dafür ja auch gute Gründe. Das war wirklich abscheulich von Sir Anthony, aber du sagst, du seist fast sicher, daß er nur dieses eine Mal gestrauchelt ist. Es liegt jetzt nur an dir, meine Liebe. Du kannst ihm sagen, daß du ihm diesen Fehltritt verziehen hast und einen Neuanfang machen möchtest, oder du kannst so weitermachen wie bisher.«

Eine herrliche Wahl, dachte Roslynn, deren Groll tief im Innern noch immer schwelte. Warum sollte sie all diese Konzessionen machen? Anthony hatte sich ja nicht einmal entschuldigt.

»Ein Mann wie Sir Anthony wird nicht ewig warten, weißt du«, fuhr Frances fort. »Du treibst ihn einer anderen Frau direkt in die Arme.«

»Die sucht er sich schon ganz allein«, entgegnete Roslynn bitter.

Aber sie mußte Frances recht geben. Wenn *sie* Anthonys Bett nicht teilte, würde eines Tages eine andere Frau ihren Platz einnehmen. Aber das hatte sie ja schon gewußt, als sie ihre Bedingung stellte. Nur hatte sie damals noch nicht zugeben wollen, daß sie darunter leiden würde. Aber es würde wahnsinnig weh tun, denn sie liebte ihn.

Roslynn kam um elf nach Hause und hatte kaum ihren Abendmantel und ihre Handschuhe ausgezogen, als die Tür wieder geöffnet wurde und Anthony und George über die Schwelle torkelten. Dobson konnte ein Seufzen nicht unterdrücken. Roslynn hatte das Gefühl, diese Szene schon einmal erlebt zu haben. Allerdings waren diesmal die Rollen vertauscht, denn es war Anthony, der seinen Freund stützte. George sah aus, als würde er gleich einschlafen.

»Du kommst früh nach Hause«, sagte Roslynn in betont neutralem Ton.

»Der alte Junge hat sich einen Mordsrausch angetrunken, und da hielt ich es für vernünftiger, ihn zu Bett zu bringen.«

»Aber warum hast du ihn nicht zu ihm nach Hause gebracht?«

Anthony zuckte die Achseln. »Alte Gewohnheit, meine Liebe. Wenn wir uns früher zusammen eine Nacht um die Ohren geschlagen haben, ist George am Ende meistens hier gelandet. Er hat sogar ein eigenes Zimmer. Nein, halt, das ist ja jetzt dein Zimmer.«

Sie tauschten einen langen Blick, bis George murmelte: »Was ist los? Wer hat mein Zimmer?«

»Nur keine Angst, alter Junge. Meine Frau wird es dir für heute nacht bestimmt überlassen, nicht wahr, meine Liebe?«

Roslynns Herzschlag setzte kurz aus. Hatte er George

absichtlich mitgebracht, damit sie umziehen *mußte?* Und sie konnte nur in sein Zimmer umziehen.

»Machen Sie sich meinetwegen keine Umstände, Lady Malory.«

Sie verstand ihn, obwohl er schrecklich lallte und bei diesen Worten nicht sie, sondern Dobson anschaute. »Es macht mir keine Umstände, George«, beruhigte Roslynn ihn. »Ich brauche nur einen Augenblick...«

»Bitte beeil dich«, mischte sich Anthony ein. »Der Kerl ist verdammt schwer, weißt du. Und wenn ich ihn irgendwo hinsetze, steht er mir nicht wieder auf. Hol dir nur schnell die Sachen, die du unbedingt brauchst.«

Sie suchte in aller Eile ihre Sachen zusammen, während Anthony George auf das Bett fallen ließ. Georges Zimmer? Also gehörten die Sonette, die sie gefunden hatte, George. Diesen Geschmack hätte sie einem Weiberhelden nicht zugetraut. Man konnte eben nie wissen. Frances hatte wohl doch Glück.

Sie hastete aus dem Zimmer, denn Anthony hatte schon begonnen, seinen Freund zu entkleiden. Im Korridor blieb sie stehen und starrte auf die Tür von Anthonys Zimmer. Das hatte er doch wohl gemeint? Wo sollte sie denn sonst auch schlafen? Jeremy und James waren zwar wahrscheinlich noch nicht zu Hause, aber sie würden nach Hause kommen. Und es gab nur diese vier Räume hier oben.

Sie betrat zögernd das Zimmer und rechnete damit, daß Willis auf Anthony warten würde. Aber der Raum war leer. Entweder hatte Anthony diese Sache geplant, oder aber er hatte seinen Kammerdiener noch nicht informiert, daß er sich in Zukunft wieder bereithalten solle. In den beiden letzten Wochen hatte Willis das Zimmer nämlich nur betreten, wenn Anthony ihn gerufen hatte. Aber für Londoner Begriffe war es auch noch früh am Abend, und Willis würde Anthony bestimmt nicht so früh zurückerwarten.

Roslynn seufzte. Sie wußte nicht, was sie von der Sache halten sollte. Aber sie würde sich diese günstige Gelegenheit nicht entgehen lassen. Sie hätte sich selbst nichts Besseres ausdenken können. Sie würde ihren Stolz nicht zu Grabe tragen und nicht zugeben müssen, was für eine Närrin sie gewesen war. Sie konnte Anthony jetzt einfach zeigen, daß sie nichts dagegen hatte, hier zu sein, daß sie sogar hier sein *wollte.*

Sie begann sich auszuziehen und stand im Hemd da, als Anthony das Zimmer betrat. Sein Blick ruhte kurz auf ihr, bevor er sich in sein Ankleidezimmer begab. Roslynn legte sich rasch zu Bett. Sie wünschte, er hätte irgend etwas gesagt. O Gott, wie sie das an ihre Hochzeitsnacht erinnerte! Und sie war jetzt auch nicht minder nervös.

Als er zurückkam, trug er nur einen Morgenrock. Sie selbst hatte wenigstens daran gedacht, ein Nachthemd anzuziehen. Sie wollte nicht *zu* deutlich zeigen, worauf sie aus war.

Aber sich selbst gestand sie es ein, während sie Anthony betrachtete, der die Lampen löschte. Die goldenen Tupfen in ihren Augen hatten einen wollüstigen Glanz. Sie hatte ihn in den beiden letzten Wochen so oft gehabt. Sie hatte festgestellt, daß es ihr bei weitem noch nicht genügte. Sie würde von ihm nie genug bekommen.

Es war jetzt dunkel im Zimmer. Silberne Mondstrahlen fielen durch die Fenster ein. Ihre anderen Sinne reagierten schneller als die Augen, die sich erst an die Dunkelheit gewöhnen mußte. Sein Geruch stieg ihr in die Nase, als er näher kam. Und als er sich hinlegte, hielt sie den Atem an. Gleich würde er sich zu ihr hinüberbeugen. Sein Mund würde im Dunkeln ihre Lippen suchen, er würde sie leidenschaftlich küssen...

»Gute Nacht, meine Liebe.«

Sie riß die Augen weit auf. Verdammt, er hatte ihren Umzug in dieses Zimmer also doch nicht geplant! Er hielt sich genau an ihre Bedingung, er würde sie nicht mehr anrühren, nachdem sie jetzt schwanger war. Das war gemein. Wie *konnte* er nur, wenn sie direkt neben ihm lag und ihn wahnsinnig begehrte?

»Anthony...«

»Ja?«

Sein scharfer Ton raubte ihr den Mut. »Nichts«, murmelte sie.

Sie lag da und wünschte, sie hätte auf der Party mehr als nur zwei Glas Champagner getrunken. Aber sie hatte sich zurückgehalten, weil sie an ihre morgendliche Übelkeit gedacht hatte, die sie irgendwie in den Griff bekommen mußte, um Frances' Hochzeit nicht zu versäumen. Sie hatte ja nicht gewußt, daß sie keinen Schlaf finden würde. Noch in der vergangenen Nacht hatte sie sich an Anthony schmiegen und den Kopf an seine Brust legen können. Welch einen Unterschied doch ein einziger Tag machen konnte. Nein, nicht der Tag. Ihre verdammte Bedingung.

So ging es einfach nicht. Sie mußte...

Sie hörte Anthony stöhnen, und gleich darauf zog er sie an seine Brust. Sein Kuß war wild, voller entfesselter Leidenschaft, die sie beide immer mehr entflammte. Roslynn war so erleichtert und so selig, daß sie sich ihm rückhaltslos hingab. Sie würde ihren Stolz besiegen. Sie liebte ihn. Sie würde es ihm sagen müssen, aber jetzt war dafür nicht der richtige Zeitpunkt. Später, wenn sie wieder einen klaren Gedanken fassen konnte...

Kapitel 43

Alles schien sich gegen Roslynn verschworen zu haben, um sie an einem Gespräch unter vier Augen mit Anthony zu hindern. Nach dem Liebesakt in jener Nacht war sie sofort eingeschlafen, und am nächsten Morgen hatte Anthony sie geweckt und ihr mitgeteilt, George sei gegangen, sie könne also ihr Zimmer zurückhaben. Ganz kühl und nüchtern hatte er das vorgebracht, so als wäre die Nacht nicht gewesen. Und noch bevor sie ihm etwas hätte sagen können, war ihr übel geworden, und sie hatte ihr Zimmer in allerletzter Sekunde erreicht.

Dann hatte die Trauung stattgefunden, und das anschließende Mittagessen hatte sich bis zum späten Nachmittag hingezogen. Und dann waren James und Anthony zusammen ausgegangen, um James' letzten Abend an Land würdig zu begehen, und Roslynn hatte schlecht geschlafen, weil ihr der Gedanke, was die beiden wohl so alles treiben mochten, keine Ruhe gelassen hatte. Sie waren jedenfalls erst im Morgengrauen nach Hause gekommen.

Und an diesem Morgen nun hatte sie sich in aller Eile fertigmachen müssen, um zum Hafen zu fahren, wo sich anläßlich des Auslaufens der ›Maiden Anne‹ der ganze Malory-Clan versammelt hatte. Jetzt stand sie etwas abseits, neben Jeremy, während James' Brüder ihn umarmten und ihm eine gute Fahrt wünschten. Auch Roslynn hatte James zum Abschied geküßt, sehr flüchtig, unter Anthonys wachsamen Augen, was James natürlich sofort kommentiert hatte.

»Du wirst ihn bestimmt schrecklich vermissen, Jeremy?«

Der Junge grinste ihr zu. »Na ja, er wird wohl nicht ewig wegbleiben. Und wahrscheinlich werde ich gar keine Zeit haben, um ihn zu vermissen. Weißt du, er hat mir jede Menge Verhaltensmaßregeln gegeben. Ich soll mich eifrig meinen Studien widmen und mir keinen Bast... äh – also, ich soll nicht in Schwierigkeiten geraten, und ich soll auf Onkel Tony und natürlich auch auf dich hören und mich überhaupt so benehmen, daß er stolz auf mich sein kann.«

»Ich bin sicher, daß du das alles spielend schaffst.« Roslynn rang sich ein Lächeln ab, aber die Hafengerüche waren Gift für ihren Magen, und sie wußte, daß sie sich rasch in die Kutsche begeben mußte, wenn sie sich nicht in aller Öffentlichkeit übergeben wollte. »Ich glaube, jetzt bist du an der Reihe, um dich von deinem Vater zu verabschieden, Junge.«

Jeremy wurde nicht nur von James, sondern auch von Conrad fest umarmt und mußte sich von letzterem auch noch einmal anhören, was er zu tun und zu lassen hatte. Die Gezeiten waren seine Rettung. Für die ›Maiden Anne‹ wurde es allmählich höchste Zeit auszulaufen, und die beiden Männer mußten an Bord gehen.

Wegen eines Katers, den er Anthony zu verdanken hatte, hätte James fast etwas Wichtiges vergessen. In letzter Minute rief er Jeremy noch einmal zu sich und händigte ihm einen Brief aus. »Sieh zu, daß deine Tante Roslynn das bekommt, aber so, daß Tony es nicht sieht.«

Jeremy schob das Blatt in die Tasche. »Es ist doch wohl kein Liebesbrief, oder?«

»Ein Liebesbrief?« schnaubte James. »Verschwinde, aber schnell! Und paß auf…«

»Ich weiß, ich weiß.« Jeemy hob abwehrend die Hände und rief lachend: »Ich tu nichts, was du nicht tätest.«

Er rannte die Laufplanke hinab, bevor sein Vater ihm wegen seiner Unverschämtheit die Ohren lang ziehen konnte. James drehte sich lächelnd um und stieß fast mit Connie zusammen.

»Worum ging's denn?«

James war klar, daß Connie gesehen hatte, wie er seinem Sohn den Brief übergab. Schulterzuckend erklärte er: »Ich habe beschlossen, doch die gute Fee zu spielen. Ich befürchte nämlich, daß Tony sonst auch noch in hundert Jahren verzweifelt herumrudert und keinen festen Boden unter die Füße bekommt.«

»Ich dachte, du wolltest dich nicht einmischen«, rief Connie ihm ins Gedächtnis.

»Na ja, immerhin ist er ja mein Bruder. Obwohl er es eigentlich nicht verdient hat, daß ich ihm helfe, nachdem er mir letzte Nacht so übel mitgespielt hat.« Connie warf ihm einen fragenden Blick zu, und James grinste trotz seines Brummschädels. »Der Schuft hat mich zum Saufen verführt, nur damit ich mich heute hundsmiserabel fühle.«

»Aber du mußtest natürlich mithalten.«

»Selbstverständlich. Ich konnte mich doch von dem Kleinen nicht unter den Tisch trinken lassen, oder? Aber jetzt übergebe ich erst mal dir das Kommando. Ich bin im Augenblick echt geschafft. Komm dann später in meine Kajüte.«

Eine Stunde später bediente sich Connie in der Kapitänskajüte mit Whisky und nahm James gegenüber am Schreibtisch Platz. »Du machst dir doch keine Sorgen um den Jungen, oder?«

»Um diesen Schlawiner?« James schüttelte den Kopf, wurde durch die heftige Bewegung daran erinnert, daß er immer noch Kopfweh hatte, und trank wieder einen Schluck von dem Tonic, das Connie ihm aus der Kombüse hatte bringen lassen. »Tony wird schon dafür sorgen, daß dem Burschen nichts passiert. Ich glaube, wenn jemand sich hier an Bord Sorgen machen wird, so bist du es. Du hättest einen eigenen Sohn haben sollen, Connie.«

»Wahrscheinlich habe ich irgendwo einen. Ich habe ihn nur noch nicht gefunden. Und du hast bestimmt außer Jeremy auch noch andere Söhne, von deren Existenz du nichts weißt.«

»Großer Gott, einer genügt mir!« rief James in gespieltem Entsetzen. »Und was hast du mir jetzt alles zu berichten? Wie viele von der alten Mannschaft waren noch aufzutreiben?«

»Achtzehn. Und die Reihem aufzufüllen, war auch nicht schwer. Bis auf den Bootsmann, wie ich dir ja schon gesagt hatte.«

»Wir haben also keinen an Bord? Das ist für dich eine zusätzliche Belastung, Connie.«

»Ja, das wär's tatsächlich, wenn ich nicht gestern zufällig doch noch einen Mann gefunden hätte. Das heißt, er hat sich freiwillig gemeldet. Er und sein Bruder wollten als Passagiere mitgenommen werden. Als ich ihm sagte, daß die ›Maiden Anne‹ keine Passagiere befördert, erbot er sich anzuheuern. Ein hartnäckigerer Schotte ist mir noch nie begegnet.«

»Noch ein Schotte? Als ob ich mit denen in letzter Zeit nicht genug zu tun gehabt hätte! Weißt du, ich bin schon heilfroh, daß du dich an deine schottischen Vorfahren nicht mehr erinnern kannst, Connie. Zuerst die zermürbende Suche nach diesem liebenswerten Vetter von Roslynn, und dann noch der kleine Satansbraten aus der Taverne samt ihrem Gefährten...

»Ich dachte, die Kleine hättest du dir aus dem Kopf geschlagen?«

James runzelte als Antwort nur die Stirn. »Woher weißt du überhaupt, daß dieser Schotte von der Takelage was versteht?«

»Ich habe ihn auf Herz und Nieren geprüft. Ich würde sagen, der Mann hat sein Zeug im Griff. Übrigens behauptet er, schon früher als Quartiermeister, Bootsmann und Schiffszimmermann zur See gefahren zu sein.«

»Wenn das stimmt, können wir ihn gut gebrauchen. Ausgezeichnet. Gibt's sonst noch was Besonderes?«

»Johnny hat geheiratet.«

»Johnny? Mein Schiffsjunge Johnny?« James' Augen schleuderten Blitze. »Allmächtiger Himmel, er ist doch erst fünfzehn! Was zum Teufel ist denn in ihn gefahren?«

Connie zuckte mit den Schultern. »Er sagt, er hätte sich verliebt und brächte es nicht fertig, die kleine Frau zu verlassen.«

»Kleine Frau?« schnaubte James. »Dieser Dreikäsehoch brauchte doch noch eine Mutter und keine Frau.« Sein Schädel dröhnte wieder, und er trank den Rest Tonic.

»Ich hsbe aber einen neuen Schiffsjungen für dich gefunden. MacDonnels Bruder...«

James verschluckte sich am Tonic. *»Wer?«*

»Verdammt, James, was hast du denn?«
»Sagtest du eben MacDonell? Heißt er mit Vornamen zufällig Ian?«
»Ja.« Connies Augen funkelten fröhlich. »Großer Gott, das ist doch nicht etwa der Schotte aus der Taverne?«
James wischte die Frage mit einer ungeduldigen Geste vom Tisch. »Hast du dir den Bruder genau angesehen?«
»Jetzt, wo du mich fragst – nein. Ist so ein kleines, mageres Kerlchen, versteckt sich hinter dem großen Bruder. Mir blieb keine andere Wahl als ihn zu nehmen, weil Johnny mir erst vor zwei Tagen mitgeteilt hat, daß er in England bleibt. Aber du willst doch wohl nicht sagen...«
»Genau das.« James lachte plötzlich. »O Gott, Connie, das ist wirklich köstlich! Weißt du, ich habe überall nach dieser kleinen Hexe Ausschau gehalten, aber sie und ihr Schotte waren aus der Gegend verschwunden. Und jetzt fällt sie mir plötzlich in den Schoß.«
Connie grunzte. »Na ja, ich sehe schon, daß du eine angenehme Fahrt haben wirst.«
»Darauf kannst du Gift nehmen.«
Und während die ›Maiden Anne‹ England hinter sich ließ, dachte James an die Pflichten, die sein neuer Schiffsjunge im Laufe der Zeit übernehmen würde... O ja, dies würde wirklich eine sehr angenehme Reise werden!

Kapitel 44

»Gehst du wieder fort?«
Anthony hatte gerade seine Handschuhe anziehen wollen. »Ja.«
Roslynn ging auf ihn zu. Sie waren vor etwas mehr als einer Stunde vom Hafen zurückgekommen, und nun hatte sie endlich ihren ganzen Mut zusammengenommen, um mit Anthony zu sprechen. Sie mußte diese Sache endlich hinter sich bringen.

»Ich möchte gern mit dir reden.«

»Selbstverständlich.« Er deutete auf das Empfangszimmer.

»Nein, oben.« Sie errötete, als er fragend die Brauen hob, und fügte rasch hinzu: »In meinem Zimmer.«

Jeremy war irgendwo im Haus, und sie durften bei diesem wichtigen Gespräch nicht gestört werden. »Dort können wir uns in Ruhe unterhalten.«

»Also gehen wir rauf.«

Sein Ton klang gleichgültig. O Gott, er würde es ihr nicht leicht machen! Und was, wenn ihn nun alles, was sie ihm zu sagen hatte, überhaupt nicht interessierte? Vielleicht würde sie sich nur lächerlich machen...

Roslynn rannte die Treppe hinauf, während Anthony ihr sehr langsam folgte. Er befürchtete, daß sie ihm wieder etwas Unangenehmes zu eröffnen hatte. Es war noch viel zu früh, um von ihr das zu hören, worauf er sehnlichst wartete. Vermutlich würde es noch Wochen dauern, bis sie zugab, daß sie nicht gern allein schlief. Und dann würde er endlich gebieterisch auftreten und verlangen, daß sie vereinbarungsgemäß in jeder Hinsicht seine Frau war.

Roslynn saß schon auf der Chaiselongue, als er das Zimmer betrat. Er nahm auf dem Hocker vor ihrem Toilettentisch Platz und spielte nervös mit den Parfümflaschen, während er darauf wartete, daß sie das Gespräch eröffnete. Als ihm ein Blatt Papier zwischen die Finger geriet, spielte er damit zunächst genauso geistesabwesend wie mit den Flakons. Doch dann erkannte er plötzlich James' Schrift, und nun war sein Interesse geweckt.

»Anthony, könntest du mich wenigstens anschauen?« Er richtete seine zu schmalen Schlitzen verengten Augen auf sie, und sie senkte rasch die Lider. »Ich weiß nicht so recht, wie ich es sagen soll – ich – Anthony, ich hatte unrecht.«

»Unrecht?«

»Es war falsch von mir, Bedingungen für unsere Ehe

zu stellen. Ich – ich würde gern einen neuen Anfang machen.«

Sie blickte hoch. Mit Zorn als Reaktion auf ihre Worte hatte sie nun wirklich nicht gerechnet, aber er war unverkennbar wütend.

»Könnte das hier vielleicht etwas mit deinem plötzlichen Umschwung zu tun haben?« Er schwenkte das Blatt Papier zwischen den Fingern.

»Was ist das?« fragte sie verständnislos.

»Stell ich nicht dumm, Roslynn. Du weißt genau, was das ist«, sagte er scharf.

Sie vergaß vorübergehend, daß sie eine Versöhnung angestrebt hatte, und paßte sich seinem Ton an. »Nein, ich weiß es nicht! Wo hast du den Zettel denn her?«

»Er lag auf deinem Toilettentisch.«

»Unmöglich. Ich habe mich nach der Rückkehr vom Hafen umgezogen, und das da lag *nicht* auf meinem Toilettentisch.«

»Das werden wir gleich geklärt haben.«

Er war wütend über James' Einmischung, aber noch viel wütender war er auf Roslynn. Wie konnte sie ihn wochenlang Höllenqualen leiden lassen und dann urplötzlich, nur wegen ein paar Zeilen, zugeben, daß sie unrecht hatte? An ihrer Zerknirschung lag ihm nichts. Er wollte, daß sie ihn ohne jedes Wenn und Aber liebte. Und bald würde er sie soweit haben. Dann – und erst dann – würde er sie davon überzeugen, daß sie ihn zu Unrecht beschuldigt hatte, daß er ihr niemals untreu geworden war.

Er ging zur Tür, riß sie weit auf und rief nach Jeremy. Entweder hatte James ihr den Zettel beim Abschiednehmen zugesteckt, was unwahrscheinlich war, denn er – Anthony – war nicht von ihrer Seite gewichen, oder aber James hatte den Brief seinem Sohn gegeben, damit dieser ihn ihr zukommen ließ. Er würde in dieser Hinsicht jedenfalls keine Lügen von ihr dulden!

Als der Junge den Kopf aus seinem Zimmer am Ende

des Korridors heraussteckte, fragte Anthony ihn streng: »Hat dein Vater dir aufgetragen, meiner Frau etwas zu übergeben?«

Jeremy stöhnte. »Verdammt, Tony, ich dachte, du wärest weggegangen. Ich habe den Zettel eben erst hingelegt... Du solltest ihn nämlich nicht sehen«, schloß er betreten.

Anthony zerknüllte das Papier. »Schon gut, Junge. Mach dir deswegen keine Gedanken.«

Er schloß die Tür und ärgerte sich über sich selbst, über sein Mißtrauen und seine törichte Unterstellung. Sie hatte James' Briefchen nicht gelesen. Und das bedeutete... Verdammt, er hätte sich ohrfeigen mögen. Ausgerechnet in diesem entscheidenden Moment hatte er sie unterbrochen und ihr Vorwürfe gemacht!

Sie hatte sich von der Chaiselongue erhoben, ihre Augen funkelten vor Empörung, und sie streckte die Hand nach dem Zettel aus. »Wenn du mir das bitte geben würdest!«

Sie war in ihren schottischen Dialekt verfallen, ein unverkennbares Zeichen, daß sie sehr wütend war. »Hör zu, Roslynn. Es tut mir leid, daß ich falsche Schlüsse gezogen habe. Der Brief ist nicht wichtig. Was...«

»Was wichtig ist, entscheide ich lieber selbst. Der Brief lag auf meinem Toilettentisch und war folglich für mich bestimmt, nicht für dich.«

»Dann lies ihn eben.«

Er streckte seine Hand aus. Das zerknüllte Papierknäuel lag lose darauf. Sie griff danach, kam aber nicht dazu, den Brief zu lesen, denn Anthonys Finger legten sich um ihre Hand, und dann zog er sie in seine Arme.

»Du kannst das später lesen«, sagte er sanft. »Erzähl mir erst, was du damit gemeint hast, daß du unrecht hattest.«

Sie vergaß den Brief. »Ich habe es dir doch schon gesagt... Diese Bedingungen... Ich – ich hätte nie Bedingungen für unsere Ehe aufstellen dürfen.«

»Stimmt. Ist das alles?«

Er lächelte ihr zu, und es war jenes unwiderstehliche Lächeln, das sie dahinschmelzen ließ. »Ich hätte nicht so zu dir kommen dürfen – ich meine, nur wegen des Kindes – aber ich hatte Angst, daß ich mich zu sehr an dich gewöhnen würde...«

»Und du hast es getan?« Seine Lippen berührten ihre Wange, ihren Mundwinkel.

»Was?«

»Dich viel zu sehr an mich gewöhnt?«

Sie konnte nicht antworten, denn seine Lippen lagen auf ihrem Mund, raubten ihr den Atem, riefen einen süßen Schwindel hervor. Sie schob ihn von sich. »O Mann, wenn du mich so küßt, werde ich nie alles sagen, was ich zu sagen habe.«

Er lachte leise. »Das alles war nicht notwendig, Liebling. Du bist von völlig falschen Voraussetzungen ausgegangen. Du hast geglaubt, ich würde dich ewig das Blümchen-rühr-mich-nicht-an spielen lassen. Falsch! Und du hast geglaubt, ich hätte deine absurden Bedingungen akzeptiert. Wieder falsch!« Er küßte sie leidenschaftlich, bevor er fortfuhr: »Ich hasse es, dich enttäuschen zu müssen, Liebling, aber du kannst deine ungewöhnlichen Forderungen nur so lange durchsetzen, wie ich es dir erlaube. Und ich hätte dir höchstens noch ein paar Wochen Zeit gegeben, um zur Vernunft zu kommen.«

»Und dann?«

»Dann wäre ich hier eingezogen.«

»Tatsächlich?« Sie spielte auf entrüstet, aber ihre Lippen zuckten. »Auch ohne meine Erlaubnis?«

»Das werden wir jetzt nie erfahren.« Er grinste. »Was wolltest du mir sonst noch sagen?«

Er blickte sie warm und zärtlich an, sein Mund war nur wenige Zentimeter von ihrem entfernt, und er hielt sie eng an sich gedrückt. Und plötzlich war es wirklich nicht schwer, es auszusprechen. »Ich liebe dich.«

Er preßte sie so fest an sich, daß sie keine Luft bekam. »O Gott, Roslynn, ich dachte schon, ich würde diese Worte nie von dir hören! Liebst du mich wirklich? Obwohl ich oft so ein dummes Arschloch war?«

»Ja.« Sie lachte, entzückt über seine Reaktion.

»Dann lies jetzt James' Brief.«

Das war das letzte, was sie in diesem Augenblick erwartet hätte. Aber ihre Neugier war geweckt, und so glättete sie das zerknüllte Papier. Es war ein sehr kurzer Brief.

> Nachdem Tony zu störrisch ist, um es Dir zu sagen, dachte ich, daß Du es wissen solltest, daß die kleine Hure sich an jenem Abend mit mir begnügen mußte, obwohl Tony ihre erste Wahl war, so wie er ja auch Deine erste Wahl war. Grund zur Klage hatte sie allerdings nicht. Dein Verdacht war unbegründet, liebes Mädchen. Ich glaube wirklich, daß Tony Dich liebt.

Roslynns Augen waren feucht, als sie zu ihm emporblickte. »Wie kannst du mir jemals verzeihen, Tony?«

»Du hast mir doch auch verziehen, nicht wahr?«

»Aber du warst unschuldig!«

»Psst, Liebling. Das spielt jetzt alles keine Rolle mehr. Du bist immer noch die einzige Frau, die ich begehre. Ich habe dich schon begehrt, als ich dich zum erstenmal sah. Da hast du mir nämlich deinen süßen kleinen Hintern so verführerisch präsentiert, als du in den Ballsaal der Crandals spähtest.«

»Anthony!«

Er nahm sie lachend noch fester in den Arm, damit sie nicht nach ihm schlagen konnte. »Es stimmt aber, meine Liebe. Ich war völlig fasziniert.«

»Du warst ein Weiberheld!«

»Das bin ich noch heute«, versicherte er. »Und es würde dir bestimmt nicht gefallen, wenn ich plötzlich ein Moralapostel würde, oder? Es würde dir nicht gefallen, nur im Dunkeln geliebt zu werden, keusch bekleidet, ohne Hautkontakt – aua!« Sie hatte ihn gezwickt. »Ich will dich nicht ärgern, meine Liebe. Ich führe dir nur vor Augen, wie Justin Warton den Liebesakt vollzogen hätte.« Er kicherte. »Natürlich hätte er sich die Lippen danach geleckt – na, na, nicht mehr zwicken!«

»Dann sei einmal ernst.«

»Es ist mein voller Ernst, liebes Mädchen.« Seine Finger wühlten in ihren Haaren, zerstörten ihre Frisur. »Als du im Mondschein auf mich zugerannt kamst, raubte deine Schönheit mir den Atem. Am liebsten hätte ich dich gleich dort genommen. Und welcher Art waren deine Gefühle?«

»Ich – ich habe bedauert, dich nicht haben zu können.«

»Ja?« fragte er leise, während seine Daumen ihre Wangen streichelten. »Und willst du mich jetzt auch noch haben?«

»Ich habe dich immer gewollt, Anthony«, flüsterte sie und schlang die Arme um seinen Nacken. »Ich habe dagegen angekämpft. Ich dachte, ich würde dir nie vertrauen können.«

»Vertraust du mir jetzt?«

»Mir bleibt nichts anderes übrig. Ich liebe dich – obwohl du mich nicht...«

Er legte einen Finger auf ihre Lippen. »Oh, du süßes dummes Mädchen! Hast du nicht gelesen, was James schreibt? Meine ganze Familie weiß, daß ich dich wahnsinnig liebe, ohne daß ich es ihnen hätte sagen müssen. Warum weißt du es dann nicht?«

»Du liebst mich?«

»Hätte ich dich sonst geheiratet?«

»Aber warum hast du mir das nicht gesagt?«

»Du wolltest mich nicht heiraten, Liebling«, brachte er ihr in Erinnerung. »Ich mußte dich praktisch dazu zwingen. Und später hast du dann alles mögliche versucht, um mich auf Distanz zu halten. Hättest du mir damals geglaubt, wenn ich dir gesagt hätte, daß ich dich liebe?«

»Aber...« Es gab kein Aber mehr. Sie küßte ihn, und ihr Herz wollte vor Freude fast zerspringen.

»O Anthony, ich bin ja so glücklich, daß du mich liebst. Und ich werde nie, nie wieder so töricht sein, das schwöre ich dir...«

Zwischen seinen Küssen flüsterte er: »Du kannst so töricht sein, wie du willst – solange du nicht aufhörst, mich zu lieben.«

»Das könnte ich nicht, selbst wenn ich wollte. Und du?«

»Niemals, Liebste. Darauf kannst du dich verlassen.«

»Anthony, darf ich mir etwas wünschen?«

»Alles, was du willst.«

Sie brachte es kaum über die Lippen. »Glaubst du – glaubst du, wir könnten es noch einmal im Sessel probieren?«

HEYNE BÜCHER

Romane für »SIE«

Romane um Liebe, Abenteuer, Leidenschaft und Verrat – vom großen historischen Liebesroman bis zum modernen Roman aus der Glitzerwelt des Jet-Set.

04/66

04/67

04/68

04/69

04/71

04/72

04/73

Wilhelm Heyne Verlag München